보스의 연인

보스의 연인 1

초판 1쇄 찍은 날 | 2016년 2월 12일
초판 1쇄 펴낸 날 | 2016년 2월 19일

지은이 | 이류경
펴낸이 | 예경원

편집 | 유경화 · 안유진

펴낸곳 | 예원북스
등록번호 | 제396-2012-000132호
등록일자 | 2012. 7. 25
YRN | 제1-0130호

주소 | 경기도 고양시 일산동구 호수로 646-24 위너스21-Ⅱ 206A호 (우) 10401
전화 | 031-819-9431 팩스 | 031-817-9432
http://cafe.naver.com/yewonromance
E-mail | yewonbooks@naver.com

ISBN 979-11-5845-070-0 04810
ISBN 979-11-5845-069-4 (세트)

※ 이 도서의 국립중앙도서관 출판시도서목록(CIP)은 서지정보유통지원시스템 홈페이지(http://seoji.nl.go.kr)와 국가자료공동목록시스템(http://www.nl.go.kr/kolisnet)에서 이용하실 수 있습니다.

19세 미만 구독 불가

이류경 장편 소설

보스의 연인 1

YEWONBOOKS
ROMANCE
STORY

예원북스

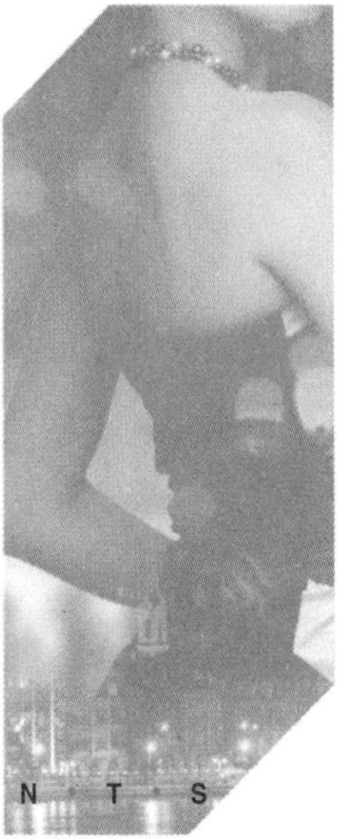

C·O·N·T·E·N·T·S

프롤로그 · 7

CHAPTER 1 · 14
CHAPTER 2 · 57
CHAPTER 3 · 100
CHAPTER 4 · 136
CHAPTER 5 · 170
CHAPTER 6 · 209
CHAPTER 7 · 253
CHAPTER 8 · 288
CHAPTER 9 · 321

프롤로그

"아우, 허리야! 두들겨 맞은 것처럼 온몸이 다 쑤시네."

소령은 새로운 주인을 맞이하게 될 사무실이 정리되자 그제야 굽혔던 허리를 펴 뭉쳐 있는 근육을 마사지했다. 갑작스럽게 내려진 탓에 쉴 틈도 없이 청소를 했더니 여기저기 안 쑤시는 곳이 없었다.

"민 비서, 사무실 정리는 다 됐나?"

"아, 네. 최 이사님."

불쑥 들려오는 목소리에 깜짝 놀란 소령이 마사지하던 손을 얼른 내리며 대답했다. 그러자 정리된 사무실을 빙 둘러보며 최 이사가 입을 열었다.

"깔끔하니 괜찮군. 민 비서, 고생했어."

"아닙니다. 그런데 회장님은 좀 어떠세요?"

"위험한 고비는 넘긴 것 같으니 걱정 말게. 민 비서의 빠른 대처 덕분에 그만하지 않나 싶네. 자네가 회장님을 살린 게지. 고맙네, 민 비서. 내 친구를 살려줘서."

"아닙니다. 제가 뭘 한 게 있다고요. 그런 말씀 마세요."

소령은 과한 칭찬에 얼굴이 화끈거리자 손사래를 쳤다. 회장 비서로서 당연히 해야 할 조치였고, 다행히 심폐소생술을 배워두었기에 심장 발작을 일으킨 회장을 도울 수 있었던 것이다.

"충분히 들을 자격 있어. 하나 남은 친구마저 잃었다면 나도 견디지 못했을 테니까."

"이사님, 왜 자꾸 그러세요. 부끄럽게."

"하하하. 그럼 그만할까?"

"네. 그만하세요. 충분합니다."

호탕하게 웃으며 묻는 소리에 소령이 고개까지 끄덕이며 대꾸했다. 그러다 문득 떠오르는 것이 있어 다시 입을 열었다.

"저기, 이사님. 이번 일 다른 분들은 몰랐으면 합니다. 회장님 비서로서 당연한 일을 한 것뿐이라 사람들 입에 오르내리는 거 부담스럽거든요."

"민 비서는 너무 조심스럽군. 타인의 생명을 구한 일은 마땅히 칭찬받아야 할 일인데. 알았네. 젊은 사람들이 하는 말로 내 입에 지퍼 채우지."

손을 입으로 가져간 최 이사가 장난스럽게 입에 지퍼 채우는 동작을 했다. 검은 머리보다 흰머리가 더 많은 분이 그런 장난을 치니 절로 웃음이 터졌다.

"하하하. 감사합니다. 아, 저기 하나 더 여쭤봐도 되겠습니까?"

"얼마든지."

"새로 오시는 사장님은 어떤 분이세요? 회장님 자제분이라고 들었는데 전 한 번도 뵌 적이 없는 것 같아서요."

"아마 그럴 걸세. 그 친구가 여기 온 적은 한 번도 없었지. 그래서 말인데 민 비서가 그 친구를 잘 좀 보필해 주길 바라네."

"그분을 제가 모셔야 한다는 말씀인가요? 저는 다른 적임자와 함께 오시는 줄 알았는데요."

"무슨 그런 말이 있나. 당연히 자네가 모셔야 할 분이네. 자네보다 더 적임자가 어디 있다고. 행여나 다른 생각은 하지도 말게."

"하지만 전……."

"어허, 모레부터 출근할 모양이니 그렇게 알고 있게나."

다른 말은 허용치 않겠다는 듯 딱 잘라 말하고서 최 이사가 사무실을 나갔다. 소령의 미간에 살짝 주름이 잡혔다. 회장의 비서였으니 어쩌면 당연한 일인지도 모른다. 하지만 이상하게 이번 일은 내키지가 않았다. 아니, 젊은 사장을 모셔야 한다는 게 불편하고 싫었다.

"설마 안하무인에 꼴통은 아니겠지."

그녀의 입에서 넋두리 같은 혼잣말이 튀어나왔다. 그때, 검은 그림자가 그녀의 머리 위로 드리워졌다. 문이 열리는 소리를 듣지 못한 소령은 뭔가 싶어서 고개를 들다가 낯선 남자가 시야에 들어오자 자리에서 벌떡 일어났다.

"누구, 아얏!"

"제길!"

소령의 머리가 무언가에 부딪치는 순간, 낯선 남자의 목소리가 그녀의 목소리와 뒤섞였다. 소령은 아프기도 하고 짜증도 나서 고개를 홱 치켜들었다. 남자가 책상 위에 있는 티슈를 뽑아서 코를 감싸고 있었다.

"여기가 어디라고…… 어머! 어떡해."

한마디 쏘아붙이려던 소령은 빨갛게 물들어가는 화장지를 보고는 서둘러 가방에서 손수건을 꺼내 내밀었다.

"이걸로 하세요."

남자는 그녀가 건넨 손수건을 낚아채듯 가져가며 무슨 말인가를 중얼거렸다. 미처 남자의 이야기를 듣지 못한 소령이 얼른 입을 뗐다.

"뭐라고 하셨는지 다시 한 번 말씀해 주시겠습니까?"

"머릿속에 뭐가 들었는지 궁금하다고 했습니다."

소령은 대놓고 돌머리라고 조롱하는 것 같아서 여간 불쾌한 게 아니었다. 그러니 말투가 전투적으로 나갈 수밖에 없었다.

"무슨 뜻으로 한 말이죠?"

"살짝 부딪친 것 같은데 받은 충격이 너무 커서 한 말입니다. 대체 어떤 운동을 하면 머리가 돌처럼 단단해지는 겁니까?"

이제는 아예 대놓고 시비조로 나오자 소령의 눈빛이 날카로워졌다. 이 남자야말로 여기 있으면 안 되는 존재였다. 이곳은 아무나 들어올 수 있는 곳이 아니니까. 하지만 남자는 마치 이곳이 제 공간인 듯 편안하게 보이기까지 했다. 그게 오히려 그녀의 심기를 불편하게 했다.

"말씀이 지나치군요. 그리고 여기는 잡상인이 함부로 들어올 수 있는 곳이 아닙니다. 경비를 부르기 전에 그만 나가주세요."

"꽤나 날카로운 혀를 가지고 있군요. 나 같은 사람을 잡상인 취급하다니."

소령은 피식거리며 웃는 남자를 차가운 눈길로 노려보았다. 사실 외모로 보자면 어느 집 귀공자 타입의 모습이지 잡상인과는 거리가 멀었다. 하지만 말투는 그야말로 거만하기 이를 데 없어 이대로 꼬리 내리고 도망치고 싶지는 않았다.

"잡상인은 겉모습이 아니라 말투에서 묻어나죠."

"아아, 내가 숙녀분께 실례를 범한 건가요? 그렇다면 부디 용서를."

정말로 사과라도 한다는 듯이 남자가 고개를 살짝 숙였다. 의심의 눈초리로 남자를 바라보고 있던 소령은 고개를 든 남자의 얼굴에 방금까지 어려 있던 미소가 보이지 않자 그제야 눈에서 힘을 빼며 말했다.

"그쪽에서 사과를 하시니 저도 미안하다는 말을 해야겠군요. 미안합니다. 병원에는 안 가봐도 되겠습니까?"

"됐습니다. 피는 멈춘 것 같으니까."

남자가 손수건을 내리자 코가 약간 부은 것 같긴 했지만 피는 멈춰 있었다.

"다행이군요. 그런데 여긴 무슨 일로 오셨나요?"

"조금 전 당신이 말한 것 같은데요. 잡상인이라고."

소령은 또다시 말장난을 하는 남자로 인해 애써 미소 짓고 있던 표정을 거두었다. 사람을 가지고 노는 게 취미인지 방금 사과라는 것을 한 걸로 아는데 다시금 이렇게 나오는 저의를 알 수가 없었다.

'왜 저렇게 뚫어지게 보는 거야. 부담스럽게.'

소령은 어둠이 짙게 깔린 눈동자로 그녀를 바라보는 남자에게서 좀처럼 눈을 뗄 수가 없었다. 남자도 마찬가진지 눈빛 하나 흔들림이 없었다. 그렇게 두 사람은 입을 꼭 다문 채로 서로에 대해서 탐색이라도 하듯 뚫어져라 바라보기만 했다. 그렇게 얼마나 있었을까. 두근거리는 심장 소리만이 사무실을 맴돌고 있을 때, 요란하게 울리는 전화벨 소리가 침묵을 깨트렸다.

"받아요."

"네?"

"누군가가 당신을 찾고 있지 않습니까."

소령은 남자가 고갯짓을 하자 그제야 울리는 전화기를 향해 손을 뻗었다. 그리고 남자는 그녀가 여보세요, 라고 말하기도 전에 문을 열고 사무실을 나가고 있었다. 소령은 뭔가에 홀린 듯 멀뚱히 남자의 뒷모습을 바라보다 아차 싶어서 얼른 귀에다 전화기를 가져다댔다.

"여보세요?"

[민 비서?]

"네, 최 이사님."

[거기 사장님 안 오셨던가?]

"사장님은 모레부터 출근하신다고 말씀하신 것 같은데 아닌가요?"

[그랬는데 회사도 둘러볼 겸 오늘 온다는 연락을 받았다는군. 혹시나 사장님 오시면 나에게 연락 좀 주게.]

"알겠습니다."

[그럼 수고하게.]

"네."

소령은 천천히 수화기를 내려놓으며 조금 전 이 방에서 나간 남자를 떠올렸다.

"설마 그 남자는 아니겠지."

아니길 바라는 그녀의 입에서 한탄스러운 신음 소리가 흘러나왔다. 그 남자를 떠올리는 순간 무언가가 뒷목을 잡아당기는 것처럼 목덜미가 묵직했던 것이다.

CHAPTER 1

"여지없이 태양은 뜨는구나."

소령은 늘어지게 기지개를 켰다. 밤새 뒤척이다 새벽녘에야 잠이 들었는데 야속하게도 시간은 정확히 6시에 요란한 소리를 울리며 그녀를 깨웠다. 하지만 오늘 아침은 정말 일어나기가 싫었다. 좀 더 정확하게 말해서 회사에 출근하기가 두려웠다.

사무실로 찾아온 사장을 잡상인 취급한 직원을 누가 고용하겠는가. 당장 사직서를 제출하라는 불호령이 떨어지는 것이 당연했다. 어쩌면 그녀가 먼저 제출하는 게 나을지도 모른다. 그러면 추천서 정도는 써주겠지. 하지만 여기보다 더 좋은 일자리를 구하기는 힘들 것이다. 아니, 요즘 같은 불경기에 일자리를 구하는 것은 하늘에 별 따기보다 어렵다는데 쉽게 구해질 리가 없었다. 그럼 방법은 한 가지뿐이었다.

"그래. 부딪쳐 보자. 깨지더라도 자존심은 지켜야지."

소령은 복잡한 마음을 한편으로 밀치고 단호히 침대에서 일어나 욕실로 향했다. 그녀만의 잘못은 아니니까 어쩌면 아무 일 없었다는 듯이 지나갈 수도 있을 것이다. 그렇게 스스로를 위로하며 회사에 들어선 시간은 7시 30분. 아직은 이른 시간이라 그런지 사람들이 그다지 많이 눈에 띄지 않았다. 소령은 사장이 출근하면 호출을 부탁하려고 안내 데스크로 발길을 잡았다.

"안녕하세요, 민 비서님."

그녀가 다가가자 직원이 보기 좋은 미소를 지으며 인사를 했다. 소령도 화사한 미소로 직원에게 인사를 건넸다.

"안녕하세요. 일찍 나오셨네요."

"오늘은 사장님의 첫 출근 날이라 일찍 나왔습니다. 그런데 민 비서님은 조금 늦으셨네요."

"예? 그게 무슨 말씀이세요?"

소령이 의아한 눈빛으로 직원을 바라보았다. 평소보다 30분이나 일찍 왔는데 늦었다고 하니 이해가 되지 않았다.

"사장님은 벌써 출근하셔서 사무실로 올라가셨습니다."

"사장님이 벌써 출근을 하셨다고요?"

황당한 소리에 그녀의 눈이 동그랗게 커졌다. 특별한 지시가 없는 한 그녀의 출근 시간은 8시 30분이었다. 하지만 그녀는 늘 8시면 사무실 문을 열고 들어가 커피머신을 작동시켰다. 커피를 마시며 여유롭게 하루를 시작하고픈 마음에서였다. 하지만 오늘은 무려 정식 출근 시간보다 1시간이나 먼저 왔는데 그녀보다 그가 먼저 출근을 했다는 게 도저히 믿어지지가 않았다.

"네. 조금 전에 올라가셨습니다."

"알겠습니다. 수고하세요."

소령은 똑같은 대답이 돌아오자 상기된 얼굴로 뛰다시피 엘리베이터로 가 버튼을 눌렀다. 그가 출근을 하기 전에 책상 앞에 앉아 있을 생각이었는데 일이 이렇게 되고 나니 괜한 짓을 했다는 후회가 밀려왔다.

"하아. 진짜 정 안 가는 인간일세."

소령은 바뀌어가는 숫자들을 바라보며 한숨을 푹 내쉬었다. 출근 시간 정도는 알려줘도 될 텐데 그는 상대방에 대한 배려가 전혀 없었다. 그런 사람과 매일 붙어 다니며 일을 해야 한다는 게 영 달갑지가 않았다. 띠링. 도착했다는 알림 소리를 끝으로 엘리베이터의 문이 열렸다.

소령은 바쁜 걸음으로 사무실로 들어가 책상 위에 가방을 올려놓은 다음 사장실 문을 두드렸다. 이내 들어오라는 소리가 들렸고, 소령은 옷매무새를 점검한 다음 전투태세를 갖춘 후 문을 열고 안으로 들어갔다. 그는 책상에 엉덩이를 걸치고서 커다란 창문을 통해 들어오는 아침 햇살을 받으며 창밖을 바라보고 있었다.

"안녕하십니까. 오늘부터 사장님을 모시게 된 민소령입니다."

"알고 있습니다."

그는 창밖을 바라보고 있는 시선을 거두지 않은 채 말했다. 소령은 거만함이 몸에 밴 남자라고 생각하며 무심코 고개를 돌리다 책상 위에 놓여 있는 그녀의 인사기록부가 눈에 띄자 살짝 눈살을 찌푸렸다. 이제야 그의 대답을 이해할 수 있었다. 벌써 그녀에 대한 조사가 끝난 것이다. 소령은 슬쩍 화가 치밀자 여유롭게 햇살을 즐기고 있는 그를 노려보며 입을 열었다.

"다른 시키실 일 없으면 이만 나가보겠습니다."

"커피 두 잔 부탁합니다."

"알겠습니다."

딱 잘라 대답하는 말에 그제야 고개를 돌려 소령을 바라보는 그의 입가에 뜻 모를 미소가 어려 있었다.

"뭘 알겠다는 겁니까?"

"네?"

"뭘 알겠다고 하는지 물었습니다."

"커피 달라고 하지 않으셨나요?"

"난 블랙입니다. 한 잔은 알아서 가져오세요."

"알겠습니다."

소령은 살짝 고개를 숙인 다음 뒤돌아섰다. 굳이 블랙이라 말하지 않아도 그것을 준비하려 했었다. 몸에 착 달라붙는 블랙 슈트 차림에 말투까지 딱 부러지는 게 다른 건 생각조차 나지 않았으니까.

"하아. 죽을 뻔했네."

소령은 집무실을 나오자마자 긴 숨을 토해냈다. 깊이를 알 수 없는 눈빛에 짓눌려 저도 모르게 숨을 참고 있었던 것이다. 한숨 돌린 그녀는 서둘러 커피를 준비해서 다시 사무실로 들어갔다. 그는 창가가 아닌 소파에 앉아 있었다. 소령은 그가 마실 커피를 앞에 놓아둔 다음 나머지 한 잔은 옆자리에 두고서 돌아섰다. 손님이 오기로 약속되어 있다면 서둘러 나가서 맞이해야 했다.

"어디 가는 겁니까. 앉으세요."

조용하지만 무게감이 실려 있는 목소리가 그녀의 발목을 붙잡았다. 소령은 천천히 그를 향해 뒤돌아섰다. 커피를 두 잔 준비하라고 한 것은 이런 의미였나 보다. 그녀가 움직이지 않자 그가 살짝 미간을 좁히며 고갯짓을 했다.

소령은 무거운 마음으로 걸음을 옮겨 잔이 놓여 있는 자리에 앉았다. 그녀가 자리에 앉자 그가 커피 잔을 향해 손을 뻗었다. 소령은 어떻게 할까 잠시 망설이다가 커피 잔을 들었다. 그와 마주 앉아 커피를 마실 생각은 없었지만 긴장된 근육을 풀어주기에는 이보다 좋은 것은 없었다.

"날 보고도 놀라지 않는군."

잔을 들고 있는 그녀의 손이 흠칫했다. 하지만 그뿐, 침착함을 잃지 않은 그녀가 다시 여유롭게 커피를 마시고 있었다. 태민은 지그시 그녀를 바라보며 미소를 지었다. 겉으로는 태연한 척 보이지만 속으론 어떤 대답으로 그의 기를 죽일까 궁리하는 게 훤히 눈에 보였다. 그래서 가만히 두고 볼 수가 없었다.

"내 말을 씹다니, 역시 강심장이야."

"그럴 이유가 없기 때문에 대답하지 않은 겁니다."

그녀가 잔을 내려놓더니 그의 눈을 똑바로 바라보며 대답했다. 마치 그녀의 말이 진실이라는 듯.

"상대할 가치가 없는 게 아니고?"

"상대가 마음에 안 든다고 해서 반항할 정도로 어리지 않습니다."

"내가 당신 상관이라는 것이 다행이란 소리군."

소령은 아무런 말도 하지 않았다. 그가 그렇게 느꼈다면 아니라고 반박해 봤자 달라지는 것은 없었다. 그녀가 대꾸를 하지 않자, 그가 잔을 내려놓더니 다시 입을 열었다.

"업무를 시작하기 전에 당신과 합의해야 할 일이 있습니다."

"말씀하세요."

갑자기 그의 말투가 달라졌다. 소령도 업무적인 일이었기에 잔을 내려놓고서 침착하게 대답했다.

"오전 7시 30분에 출근하면 퇴근 시간은 따로 정해놓지 않을 겁니다. 단시일 안에 업무를 파악하려면 그만큼 많은 시간을 일에 매달려야 하니까. 그러기 위해선 무엇보다 당신의 도움이 뒷받침되어야 할 겁니다. 할 수 있겠습니까? 물론, 근무 외 시간은 수당으로 지급될 겁니다."

그가 무슨 말을 하는지 귀를 쫑긋 세워서 듣고 있던 소령은 궁금한 것이 있자 천천히 입술을 달싹였다.

"출퇴근을 사장님과 같은 시간에 해야 한다는 말씀입니까?"

"정확하게 알아들었군요. 아, 때로는 휴일 근무도 해야 할 겁니다."

"바로 대답을 원하시나요?"

"애인한테 허락을 받아야 한다면 오후까지 기다려 줄 수는 있습니다."

소령은 튀어 나가려는 한숨을 꾹 눌러 참았다. 업무적인 일에 애인이라는 단어를 엮다니. 역시 생각했던 대로 이 남자와는 좋은 유대 관계를 맺기가 힘들 것 같았다.

"지금 바로 대답해 드리겠습니다. 물론 대답은 예습니다."

"좋습니다. 그만 나가보세요."

그가 일어나더니 창가로 자리를 옮겼다. 소령도 자리에서 일어나 쟁반에다 커피 잔을 챙기고서 문으로 향했다. 그리고 막 문을 열려는 찰나, 그에게서 들려온 말이 그녀의 인내심을 또다시 자극했다.

"애인이 없거나 아니면 오기로 대답을 했거나 둘 중에 하나이겠군. 나야 어느 쪽이든 상관없지만."

"제 사생활 침해까지 회사에 위임한 기억은 없습니다. 따라서 방금 하신 말씀은 상당히 불쾌합니다."

"후훗. 오늘은 용케도 가시를 잘 숨기고 있다는 생각을 막 하던 참인데 역시 거기까지군. 그 점에 대해선 사과하지. 미안합니다."

정말로 그녀에게 용서를 구하는 것은 아니란 표정이 얼굴에 고스란히 드러나 있었다.

'빌어먹을 남자 같으니라고. 감히 날 시험하다니!'

소령은 끓어오르는 화를 삭이며 힘들게 한마디 내뱉었다.

"서로가 편하게 일을 하려면 개인적인 일에는 간섭을 하지 않는 게 좋겠습니다."

"개인적인 일이라……. 기준이 뭡니까?"

"그건!"

버럭 입을 열었던 소령은 그만 말을 잇지 못했다. 신경을 날카롭게 세우고 있던 탓에 입이 제멋대로 벌어졌지만 그런 말까지 주고받아야 한다는 게 이상하게 싫었다. 그가 피식 웃더니 입을 열었다.

"남녀 사이를 말하는 거라면 나 역시 찬성입니다. 그래서 말인데 12시에 점심 예약을 해줬으면 합니다. 장소는 알아서 정하면 되고.”

“몇 분이십니까?”

“둘.”

“알겠습니다.”

소령은 상대가 여자라고 생각하며 대답했다. 첫날부터 회사로 여자를 불러들이다니. 그녀의 짐작이 틀리지 않다면 많은 여자들이 이 남자의 품에서 머물다 떠났을 것이다. 그는 지금껏 그녀가 본 남자들 중에서 가장 오만하면서도 또, 가장 잘생긴 남자이기도 했다. 그러니 저렇듯 붉은 입술로 그가 작정하고 유혹한다면 어떤 여자가 마다하겠는가. 넙죽 엎드려 절할 수밖에.

‘이런 미친. 지금 무슨 생각을!’

제 생각에 놀란 소령은 세차게 머리를 흔들었다. 그를 상대로 쓸데없는 잡생각에 빠져 있었다니, 결코 해서는 안 될 일이었다.

“당신 머릿속이 꽤나 복잡한 모양이군.”

나지막이 들려오는 목소리에 그녀의 몸이 경직됐다. 사무실이란 걸, 아니, 이 남자의 앞이란 걸 까맣게 잊고 있었다니. 침착한 성격으로 좀처럼 실수를 하지 않는 그녀인데 이 남자 앞에서는 벌써 두 번이나 실수를 범하고 있었다.

“이, 이만 나가보겠습니다.”

당황한 소령은 얼른 그에게서 등을 돌렸다. 목소리까지 떨리는 게 여간 곤혹스럽지가 않았다.

“다음에는 나도 끼워주면 좋겠어. 혼자서 기다리려니 지루해서 말이야.”

웃음기를 매달고 있는 목소리로 인해 그녀의 얼굴이 빨갛게 달아올랐다. 그가 일부러 그녀를 자극하고 있다는 것을 알고 있었지만 반박할 말이 없었다. 그저 조용히 문을 닫고 나오는 것밖에는.

시간이 어떻게 흘러갔는지도 모르게 바쁜 오전 시간을 보냈다. 비록, 반나절이긴 하지만 그의 일에 대한 열정은 가히 칭찬할 만했다. 간부들과의 첫 회의에서도 망설이지 않고 자기의 권한을 십분 발휘했다. 아침에 건네준 업무 보고서와 간부들의 인사기록을 전부 습득했는지 회의가 진행되는 동안 한 사람, 한 사람을 예의 주시하고 있었다.

브리핑을 하는 동안 내용이 마음에 들지 않거나 궁금한 점이 있을 땐, 가차 없는 질타와 질문으로 자리를 지키고 있는 사람들을 긴장시켰다. 그 시간이 얼마나 힘들었는가를 녹초가 되어 회의실을 빠져나가는 사람들의 얼굴에 고스란히 담겨 있었다.

처음 사장 자리에 한태민이란 사람이 물망에 오르자 우려하는 목소리들도 적지 않았다. 회장의 자제란 연줄로 인하여 그 자리에 앉게 되었다는 비난의 소리가 대부분이었으니까. 하지만 오늘 이후로 어느 누구도 말을 함부로 내뱉지는 못할 것이다. 그만큼 오늘 회의에서 그가 어떤 인물인지를 확실하게 알렸던 것이다. 결재서류를 정리하던 시선을 들어 시간을 확인한 소령은 점심 약속 시간을 알리기 위해서 사장실 문을 두드렸다.

"네."

대답이 들려오자 문을 열고 들어간 소령은 곧바로 용건을 말했다.

"사장님, 나가실 시간입니다."

"알겠습니다."

그가 자리에서 일어났다. 소령은 문을 열어둔 채로 그가 나가길 기다렸다.

"2시까지 돌아옵니다. 점심 맛있게 먹어요."

그가 먼저 인사를 건네자 어리둥절해진 소령은 고개를 끄덕거릴 뿐, 아무런 대답도 하지 않았다.

"후훗. 당신도 말문이 막힐 때가 있군."

한마디를 잊지 않고 그가 사무실을 나가자 눈을 살짝 흘긴 소령은 긴장하고 있던 어깨에서 힘을 쭉 뺐다. 어젯밤 잠도 못 잔 데다 오전 내내 쫓아다니느라 잠시도 쉴 틈이 없었기에 몸이 녹초가 된 상태였다. 소령은 밥보다는 쉬고 싶다는 생각이 더 간절해 오자 편안한 곳을 찾아 걸음을 옮겼다.

'이 여자가 진짜!'

태민의 눈썹이 눈에 띄게 일그러졌다. 어떤 의도로 약속 장소를 이곳으로 잡았는지 궁금했다. 하지만 당사자가 없으니 그저 눈을 부릅뜨는 게 다였다.

"태민 씨, 여긴 어떻게 알았어? 정말 근사하다. 음식도 깔끔하고 맛도 입에 착 감기는 게 우리 여기 자주 오자."

그녀의 목소리가 흥분으로 살짝 들떠 있었다. 태민은 이를 갈며 민소령을 떠올렸다. 다 된 밥에 재 뿌린다고 안 그래도 골치가 아픈데 일을 더 엉망으로 꼬아놓은 것이다.

솔직히 이곳에 처음 들어왔을 때는 깔끔하고 고풍스러운 분위기가 썩 마음에 들었다. 하지만 시간이 흐를수록 이곳의 분위기는 빠르게 바뀌어갔다. 아무리 둘러보아도 연인들뿐인 것이 여긴 연인들을 위한 공간이었다. 장소는 알아서 하라는 말에 그녀는 지레 짐작으로 여기를 잡았을 것이다. 물론 앞에 앉아 있는 여자가 연인이었다면 칭찬을 아끼지 않았을 것이다. 하지만…….

"빌어먹을!"

저도 모르게 욕이 튀어나왔다. 그 소리를 들은 그녀의 얼굴이 살짝 찌푸려졌다.

"왜 그래? 뭐 안 좋은 일 있어?"

"보자고 한 용건이나 말해."

태민이 물 잔을 입으로 가져가며 말꼬리를 돌렸다. 태연스럽게 물어보는 말에는 대답할 가치도 없었다.

"용건이랄 게 뭐 있어. 그냥 보고 싶어서 그런 거지."

"끝이라고 분명히 말한 걸로 아는데 못 알아들었어?"

낮게 가라앉은 목소리에는 시퍼런 칼날이 눈에 보이듯 아주 날카로웠다. 하지만 스테이크를 썰고 있는 미경에겐 아무런 영향도 미치지 못한 듯 그녀가 생긋이 웃으며 입을 열었다.

"나도 분명히 말했지. 자기 뜻대로는 안 된다고. 그리고 봐봐. 지금도 내 앞에 앉아 있잖아."

맞는 말이긴 했다. 하지만 그것은 회사로 쳐들어온다는 협박 때문에 마지못해 나온 거였다. 그녀도 잘 알고 있는 사실이었고. 그런데도 참 뻔뻔스럽게 말하고 있었다.

"오늘이 마지막이야. 다시는 네 얼굴 볼 일 없어."

"또 그 소리야!"

이번에는 그의 말이 먹혀들었는지 그녀가 포크와 나이프를 소리 나게 내려놓았다. 하지만 태민은 눈썹 하나 까닥하지 않았다. 오히려 목소리가 험악하게 흘러나왔다.

"회사로 쳐들어올 테면 와. 대신, 비참하게 쫓겨날 각오는 해야 할 거야."

"대체 왜 그래? 뭐가 불만인데!"

"너. 널 보는 게 불만이야. 그러니까 그만 질척거려. 짜증나."

주먹을 꽉 틀어진 그녀의 손이 바들바들 떨렸다. 이유도 듣지 못한 채 내쳐진다는 게 분하기도 하겠지. 하지만 상진을 모욕하고 그를 기만한 행동을 서슴지 않고 하면서도 죄책감조차 느끼지 않는 그녀를 용서할 수가 없었다. 두 마리 토끼를 다 제 품 안에 가두려는 가당치도 않은 그녀의 욕심 때문에 오래된 지우인 상진을 잃어버릴 위기에 처한 것을 생각하면 피가 거꾸로 치솟았다.

차라리 양다리만 걸친 거라면 뭐 이런 년이 다 있나 하고 빰 한 대 올려붙이고 끝내면 그만이었다. 하지만 이건 양쪽을 다 바보 천치로 만든 꼴이라 그녀의 목을 비틀어도 시원찮았다. 그러니 이쯤에서 그만두는 것을 다행으로 여겨야 했다. 연인이었던 시간보다 친구로 지낸 시간이 더 오래되었기에 이 정도로 참는 거였다. 태민이 의자를 뒤로 밀며 사납게 자리에서 일어났다.

"거기 서. 한태민!"

성질을 이기지 못한 그녀가 테이블을 쾅 내려치며 소리를 질렀다. 식사를 하고 있던 사람들이 놀라서 그들을 쳐다보았다. 두어 걸음을 뗐던 태민이 못마땅한 시선으로 돌아서자, 표독스러운 눈빛이 금방이라도 달려들 것처럼 이글거리고 있었다.

"내가 널 놔줄 것 같아. 천만에! 죽어서도 절대 너 안 놔줘."

가소로운 말에 피식 웃음이 튀어나왔다.

"후훗. 네가 과연 그럴 수 있을까."

"무슨 뜻이야?"

"내 말이 무슨 뜻인지는 두고 보면 알겠지."

태민은 비릿한 웃음을 지으며 돌아섰다. 죽어서도 안 놔줘? 천만에. 지금은 버림받았다는 것에 화가 나서 저러는 것일 뿐, 만일 그에게 다른 여자가 생기면 뒤도 돌아보지 않고 다른 남자를 찾아 나설 여자였다. 그만큼 욕심 많고 이기적인 여자가 바로 진미경이였다.

"민소령. 딱 기다려!"

엘리베이터에서 내린 태민은 빠르게 사무실로 향했다. 돌아오는 내내 진정하려 했지만 가슴에 이는 뜨거운 바람이 좀처럼 가시지 않았다. 태민은 감정을 그대로 실어 사무실 문을 벌컥 열고 안으로 들어갔다. 하지만 그녀는 자리에 없었다.

"하아. 제길!"

갑자기 허탈감이 밀려왔다. 하늘 높은 줄 모르고 치솟은 콧대를 납작하게 해줄 요량으로 잔뜩 벼르고 왔다. 그래선지 가슴으로 이는 휑한 바람이 제법 서늘했다. 태민은 피식 웃어버렸다. 혼자서 북 치고 장구 친다고, 지금 이게 뭐 하는 짓인가 싶었다.

"이게 무슨 소리지."

태민이 집무실로 향할 때, 어디선가 달그락거리는 소리가 들렸다. 접견실에서 들려오는 소리란 걸 확인한 그는 별생각 없이 문을 열었다. 하지만 문고리를 잡은 채 그대로 굳어지고 말았다. 점심을 먹으러 가서 아직 안 온 줄 알았던 그녀가 소파에 웅크린 채로 자고 있었던 것이다.

"하! 저 여자는 대체 심장이 몇 개야."

태민은 어이가 없어 고개를 내저었다. 이곳은 누구라도 들어올 수 있는 오픈된 공간이었다. 그런데 간 크게도 문도 잠그지 않은 채 잠을 자다니. 정말 대책 없는 여자였다.

"이걸 확 깨워 버려."

잡상인 취급에다 오늘의 일까지. 그녀에게 당한 걸 생각하자 심술보가 삐죽이 고개를 내밀었다. 그를 본 그녀가 어떤 표정을 지을지 몹시도 궁금해서.

"에이, 말자. 이 여자랑 싸우면 골치만 아파."

태민은 이내 골려줄 생각을 떨쳐 내곤 등을 돌렸다. 그러다 다시 그녀를 향해 천천히 돌아섰다. 그리고 무언가에 이끌리듯 천천히 걸음을 옮겨 잠든 그녀의 얼굴을 가만히 들여다보았다. 잡티 하나 없는 깨끗한 피부에 우뚝 솟은 콧날. 거기다 붉게 물든 입술까지. 어떤 남자라도 한번쯤 뒤돌아볼 그런 얼굴이었다. 하지만 태민은 그녀의 외모보다는 그에게 당당히 맞서던 패기가 더 마음에 들었다.

"참 잘도 자네."

새근거리며 자고 있는 모습을 지켜보던 그는 입고 있던 상의를 벗어 그녀에게 덮어주었다. 자는 동안 체온이 떨어졌는지 그녀가 몸을 웅크렸던 것이다. 그의 체온이 남아 있는 열기에 온기라도 느낀 듯 그녀의 입가에 부드러운 미소가 번졌다.

그 모습에 홀린 듯 그의 상체가 앞으로 쓰윽 수그려졌다. 저 입술에 키스하면 어떤 느낌일까. 꿀처럼 달콤할까. 아니면 심장이 녹아내릴 만큼 아찔할까. 그것도 아니면 독주를 마신 듯 쓰디쓸까. 그게 무엇이든 유혹적인 것만은 확실했다.

"젠장!"

무심코 손을 뻗어 그녀의 입술을 만지려던 태민은 흠칫 놀라서 얼른 손을 거두었다. 그리고는 벌떡 일어나 손바닥으로 마른세수를 하며 창가로 자리를 옮겼다. 왜 그 순간 그녀의 입술을 맛보고 싶다는 충동이 일었는지 모르겠다. 어느 여자보다 위험한 존재라는 것을 알면서.

그렇게 얼마나 있었을까. 여기서 나가야지. 그녀에게서 벗어나야지. 하면서도 선뜻 자리를 뜨지 못하고 있던 태민은 부스럭거리는 소리가 들려오자 천천히 몸을 돌렸다. 단잠을 잤는지 그녀가 양팔을 위로 쭉 뻗고서 늘어지게 기지개를 켜고 있었다. 왠지 모르게 그 모습이 참 얄밉게 보였다.

"잠자리가 편했나 보군."

"아악!"

그녀가 비명을 지르며 소파에서 쿵 떨어졌다. 깜짝 놀란 태민이 한달음에 그녀에게 다가갔다.

"괜찮아?"

"아주 고약한 취미를 가지고 있군요!"

소령은 냅다 소리를 질렀다. 도둑이 제 발 저리다고, 부딪친 곳이 아프기도 하고 또 그를 보기가 부끄럽기도 했다.

"내 자신도 모르고 있던 고약한 취미를 드러낼 정도로 당신의 행동이 대단한 건 아니고?"

"제가 뭘 어쨌다고요?"

"당신 손에 뭐가 들려 있는지 봐."

"무슨……!"

무심코 시선을 내렸던 소령은 손에 들고 있는 옷이 눈에 들어오자 그만 입을 다물고 말았다. 이걸 왜 그녀가 들고 있는지는 모르겠지만 손에 들고 있는 옷은 분명 그의 것이었다. 대체 어떻게 된 일이지. 왜 이게 그녀의 손에 있는 걸까. 그녀는 단지 오후 시간의 업무를 방해받고 싶지 않아서 점심을 먹는 대신 쏟아지는 졸음을 조금이나마 쫓아내고 싶었을 뿐이었는데. 소령은 슬그머니 소파 팔걸이에 옷을 걸쳤다.

"겁도 없이 아무 데서나 잠을 자다니. 남자를 유혹하려는 게 아니라면 그 버릇은 고쳐야 할 거야. 꽤나 성욕을 자극하는 행동이니까."

소령은 노골적으로 드러내 놓고 질책하는 말이 불쾌했지만 아무런 대꾸도 할 수가 없었다. 그의 말이 틀리지 않았기에.

"그리고 또 하나."

소령은 재빨리 숨을 삼켰다. 이것 말고 또 다른 지적거리가 있다는 게 그녀를 긴장시켰다.

"장소를 알아서 정하라는 말에는 특별한 의미가 없다는 뜻이야. 그런데 당신은 꽤나 많은 의미를 담았더군."

소령은 튀어나오려는 신음 소리를 가까스로 삼켰다. 상대가 여자라고 짐작했기에 연인들이 즐겨 찾는 곳으로 나름 생각해서 선택했다. 그런데 동행한 상대가 여자가 아니었다면 꽤나 곤란했을 것이다.

"죄송합니다. 여자분이라고 생각했습니다."

"예리하긴 한데 번지수가 틀렸어. 연인이었다면, 그래. 당신 말대로 꽤나 그곳이 마음에 들었을 거야. 하지만 오늘 만난 상대는 떨쳐 내고픈 귀찮은 존재일 뿐이었어."

"죄송합니다."

소령은 진심으로 사과했다. 지레짐작한 결과로 그가 곤란해졌다면 그건 전적으로 그녀의 잘못이었다.

"사과할 필요 없어. 당신이 마무리하면 되니까."

"무엇을 말입니까?"

"귀찮은 혹을 떼어내는 일, 말이야."

그녀의 눈빛이 차갑게 얼어붙었다.

"농담…… 이시죠?"

"지금 내 표정이 농담하는 것처럼 보여?"

소령은 숨을 죽인 채 무례할 정도로 그를 빤히 쳐다보았다. 그러나 어디에서도 농담이란 흔적은 보이지 않았다. 그래서 더 화가 났다. 가슴 저 밑바닥에서부터 분노가 끓어오를 만큼.

"진심이군요. 하지만 못 들은 걸로 하겠습니다."

"왜? 그게 뭐가 그렇게 어려워서."

"대꾸할 가치도 없으니 이만 나가보겠습니다."

소령은 그대로 문을 열고 나갔다. 상사만 아니라면 뺨이라도 한 대 올려붙이고 싶었다. 그녀의 모습이 사라지자 태민은 토해내듯 숨을 쏟아냈다. 태연하게 말을 하긴 했지만 심장은 그야말로 튀어나올 듯 두근거렸다. 그녀에게서 듣게 될 말이 두려워서. 그리고 역시나 예상했던 대답이었다.

"후훗, 그래. 그래야 민소령이지."

태민은 새삼 그녀가 만만한 상대가 아니란 것을 깨달았다. 하지만 그도 자신의 행동이 의문이긴 했다. 그녀에게 듣게 될 대답은 뻔했고, 그걸 알면서도 왜 그런 제안을 했는지 말이다.

"대체 날 어떻게 보고 그런 일을 시키는 거야. 기분 나쁘게."

소령은 닫힌 문을 노려보며 투덜거렸다. 아무리 그녀가 잘못을 했다지만 출근 첫날부터 대놓고 비서에게 그런 일을 시키는 상사는 아마 그가 유일할 것이다.

"후우. 역시 첫 인상이 틀리지 않다니까."

고개를 가로저으며 사무실을 나온 소령은 화장실로 향했다. 오후 업무를 보기 전에 잠을 잔 흔적은 지워야 했다. 막 화장실로 들어서는데 그녀의 휴대전화가 부르르 몸을 떨었다. 통화키를 누르는 그녀의 얼굴에 부드러운 미소가 번졌다.

"네, 진하 씨. 어쩐 일이에요?"

[점심 먹었어?]

"그럼요. 진하 씬요?"

소령은 점심을 걸렀지만 일부러 거짓말을 했다. 안 먹었다고 하면 왜 안 먹었는지에 대한 설명과 함께 그의 잔소리를 들어야 했다. 그녀를 생각해서 하는 말이라는 것은 알지만 유난히 밥에 민감한 사람이라 입을 다무는 것이 신상에 좋았다.

[나야 당연히 먹었지. 지금은 커피 마시는 중이고.]

"아, 나도 커피 마시고 싶다."

[마시면 되잖아. 그게 뭐가 어려워서. 마셔.]

"후훗. 네. 근데 어쩐 일로 전화한 거예요?"

[아, 맞다. 저녁에 시간 돼?]

"어쩌죠? 일이 바빠서 늦을 것 같은데. 왜요? 무슨 일 있어요?"

[일은 무슨. 공짜 영화표가 생겨서 보러 갈까 했지.]

그러고 보니 영화를 안 본 지도 제법 오래되었다. 학교 다닐 때는 주말만 되면 영화관에 출근 도장 찍었었는데. 오빠라는 핑계로 공짜 영화 보는 재미가 쏠쏠했으니까. 소령은 새삼 그 시절이 그리웠다. 부모님도 함께했던 시간이라.

"에이, 아쉬워라. 가면 좋은데."

[일 때문인데 어쩔 수 없지. 다음에 가자.]

"네. 그때는 제가 풀코스로 쏠게요."

[오호, 민소령 센데.]

"헤헤헤, 뭐 그 정도 가지고."

[하하하. 그럼 기대하고 있을게. 바쁘다며. 그만 들어가.]

"네, 수고해요."

[너도.]

짧은 대답을 끝으로 전화가 끊어졌다. 소령은 주머니에 전화기를 넣고서 수도꼭지를 틀어 손을 씻었다. 그런데 손을 씻다 말고 피식 웃음이 나왔다. 통화할 때는 몰랐는데 그가 말한 공짜표가 거짓말이 아닐까, 하는 생각이 문득 든 것이다.

[들어와.]

오후 6시쯤 되자, 그가 인터폰으로 그녀를 집무실로 불렀다. 소령은 괜스레 긴장되자 잠시 호흡을 가다듬은 뒤, 문을 열고 안으로 들어갔다. 그녀가 들어서는 걸 보고서 그가 자리에서 일어났다.

"시키실 일이라도 있습니까?"

소령은 그가 소파에 앉는 것을 보며 딱딱한 목소리로 물었다. 결코 가벼운 여자가 아니라는 것을 보여주기 위해서였다.

"앉아."

소령이 자리로 가 앉았다. 하지만 그가 무슨 말을 하려는 것인지 몰랐기에 몸은 바짝 긴장한 상태였다.

"낮에 있었던 일에 대해……!"

"그 말씀이라면 더 이상 듣고 싶지 않습니다."

그의 말을 가로채며 그녀가 자리에서 벌떡 일어났다. 태민의 미간에 주름이 깊게 잡혔다. 낮에 있었던 일이 오후 내내 그의 심기를 어지럽게 한 탓에 업무를 제대로 볼 수가 없었다. 그래서 오늘이 가기 전에 사과를 하고 싶어서 부른 것이다. 내일도 오늘처럼 이런 기분이라면 도저히 견딜 수가 없을 것 같아서. 아니, 당장 오늘 밤 잠자리가 편치 않을 것을 알기에. 하지만 이 여자는 그에게 그런 기회조차 주지 않으려 했다. 그렇다고 물러날 그도 아니었지만.

"앉아."

"다른 시키실 일 없으면……!"

"내 말 듣기 전에는 여기서 못 나가. 이건 명령이야."

태민은 어디 고집부려 보란 듯이 눈에 힘을 팍 주었다. 소령은 입술을 지그시 깨물고서 엉덩이를 내렸다. 말도 안 되는 억지소리에 화가 치밀었다. 하지만 하루 사이에 그와 두 번씩이나 얼굴을 붉혀야 한다는 것이 내키지 않았기에 꼬리를 내리기로 한 것이다.

"낮에 있었던 일에 대해서 사과하지. 미안해. 당신에게 상처를 주려던 것은 아니었는데 내가 경솔했어. 쉽게 풀릴 마음 아니란 거 알지만 용서해 줘. 기억에서 지워주면 더 좋고."

"알겠습니다."

긴 말은 필요치 않았기에 소령은 짧게 대답했다. 그러자 못마땅하다는 듯 그의 미간에 주름이 잡혔다.

"그게 단가?"

"네."

"그럼 나가봐."

한마디 툭 던지고서 태민은 의자 깊숙이 몸을 묻었다. 들려오는 대답마다 가슴을 깔짝깔짝 긁어대는 게 그녀의 어깨라도 붙잡고 이가 딱딱 부딪칠 때까지 흔들어주고 싶었다. 그녀가 부스스 자리에서 일어나 고개를 꾸벅 숙이고서 문으로 향했다.

"그런데 말이에요."

딸깍거리는 소리 사이로 그녀의 목소리가 섞여들었다. 태민은 이제야 입을 열려는 마음이 들었나 보다 생각하면서 입술을 뗐다.

"말해."

"왜 반말이세요. 오전까지는 그렇지 않은 걸로 기억하는데요."

고작 한다는 소리가 그건가 싶은 게 입을 여는 태민의 입꼬리가 살짝 비틀렸다.

"비서에 대한 예우는 오전으로 끝났어. 그게 불만이라면 당신이 이 자리에 앉든가."

"알겠습니다."

짧은 대답을 끝으로 문이 열리더니 곧 그녀의 모습이 사라졌다. 태민은 굳게 닫힌 문을 바라보며 피식 웃고 말았다.

"후훗. 완패군."

그녀의 자존심을 건드리면 발끈할 줄 알았다. 그러면 그녀와 좀 더 이야기를 할 수 있을 거라는 계산을 하고서 도발한 것이다. 그런데 그의 속마음을 읽기라도 한 듯 그녀가 너무 쉽게 물러났다.

"역시 어려운 상대야."

태민은 손가락으로 팔걸이를 톡톡 두드렸다. 그녀와 함께하게 될 앞으로의 시간들이 그리 순탄치만은 않을 거라는 생각이 강하게 뇌리를 파고들었다.

"오늘도 아자!"

사무실로 들어선 소령은 주먹을 불끈 쥐고서 기합을 넣었다. 오늘도 어김없이 7시 20분에 출근했다. 벌써 3일째 야간 근무를 한 탓에 여기저기서 비명을 질러댔지만 출근 시간을 어긴 적은 없었다. 그래도 다행인 게 내일은 주말이라 쉴 수 있다는 거였다.

"내일은 늘어지게 잠이나 자야지."

소령은 커피메이커의 스위치를 누르며 콧노래를 흥얼거렸다. 잠시 후면 그가 들어올 것이다. 요즘은 하루 일과가 그와의 커피 한잔으로부터 시작되었다. 태민이 시간도 절약할 겸 티타임을 하면서 스케줄을 확인하자고 했던 것이다.

처음엔 그와 마주 앉아 커피를 마신다는 게 썩 내키지가 않았다. 하지만 그의 고집은 만만치 않았고, 할 수 없이 그녀는 항복하고 말았다. 하지만 지금은 꽤나 그 시간이 기다려질 만큼 즐거웠다. 일에 관해선 엄격했지만 상대방을 배려하는 마음 또한 그에 못지않을 만큼 컸기에 처음에 가졌던 선입견은 이미 사라지고 없었다.

"근데 왜 아직 안 오지. 올 때가 지났는데."

태민이 모습을 드러내지 않자 소령은 시간을 확인하곤 고개를 갸웃거렸다. 그가 올 시간이 훨씬 지나 있었다. 그와 함께 일을 한 지가 보름이 넘었지만 한 번도 지각을 한 적이 없었다. 소령은 혹시나 늦잠을 잤을지도 모른다는 생각을 하며 조금만 더 기다려 보기로 했다. 그가 출근한 이후로 한 번도 정시에 퇴근을 한 적이 없다는 것을 잘 알고 있었기에. 하지만 9시가 다 되도록 그는 모습을 드러내지 않고 있었다.

"이럴 분이 아닌데 무슨 일이지."

슬슬 걱정이 된 소령은 그에게 전화를 걸었다. 하지만 연결이 되지 않았다. 혹시 집안에 무슨 일이라도 생긴 것일까. 소령은 불안한 마음을 감추지 못하고 얼른 수화기를 들었다.

"명희 씨, 나야."

[어, 소령 씨. 어쩐 일이야? 사장님께서 이사님 찾으셔?]

최 이사의 비서인 서명희와는 동갑이라 친구처럼 지내는 사이였다.

"최 이사님 출근하셨어?"

[응. 지금 자리에 계시는데 연결해 줄까?]

"어, 부탁해."

[부탁은 무슨. 기다려.]

잠시 후, 중후한 목소리가 수화기 너머에서 들려왔다.

[민 비서, 무슨 일인가?]

"안녕하세요, 최 이사님. 이렇듯 불쑥 전화를 드려 죄송합니다."

[민 비서의 전화는 언제든지 열려 있다고 말하지 않았나. 부담 갖지 말게.]

"감사합니다, 최 이사님. 사실 여쭤볼 게 있어서 전화드렸습니다."

[말해보게.]

"회장님 건강은 좀 어떠세요? 퇴원하신 걸로 아는데 아직도 안 좋으신가요?"

[아니, 많이 좋아졌다네. 그 일 때문에 전화를 한 건가?]

"아닙니다. 사실은 사장님께서 아직 출근을 하지 않으셨습니다. 연락도 없이 안 오실 분이 아니기에 혹시나 댁에 무슨 일이라도 생긴 건가 싶어서 이사님께 연락을 드려본 겁니다."

최 이사는 회장과 둘도 없는 친구였고, 태민을 아들처럼 여기는 분이었기에 소령은 사실대로 이야기했다.

[한 사장이 아직 출근을 하지 않았다고?]

"네."

[집에는 아무 일도 없네. 무슨 개인적인 사정이 있는 모양이니 조금만 더 기다려 보게.]

"알겠습니다. 그런데 이사님. 오전 10시에 잡혀 있는 임원회의는 어떻게 할까요?"

[그건 내가 알아서 하지. 다른 일정은 어떻게 되나?]

"오후 2시에 대전 공장 방문이 있고, 오후 6시 30분엔 각 부서

팀장들과 만찬을 겸한 미팅이 있습니다."

[그럼 오전은 없다는 거군. 오후 일정은 좀 더 두고 보도록 하지.]

"알겠습니다."

[아, 그리고 한 사장 출근하면 연락 주고.]

"네."

소령은 최 이사와 통화가 끝난 후 다시 그에게 전화를 걸었다. 하지만 역시나 연결되지 않았다. 그 후로도 몇 차례 통화를 시도해 보았지만 여전히 통화할 수 없었다.

"도대체 이 남자가 어디로 사라진 거야! 아니, 출근을 못할 상황이면 최소한 연락은 줘야 할 거 아니야, 진짜!"

시간이 흐를수록 초조해진 소령은 사무실 안을 이리저리 서성거렸다. 온갖 사건 사고들이 눈앞에서 펼쳐지는 탓에 자리에 가만히 앉아 있을 수가 없었다.

"하아. 진짜 고문하는 방법도 여러 질……!"

벌컥! 문이 열리는 소리가 그녀의 다음 말을 빼앗았다. 소령은 몸을 휙 돌려 입구를 바라보았다. 문제의 남자가 멀쩡한 모습으로 성큼성큼 사무실로 들어서고 있었다.

"어떻게 된……."

화가 확 치밀어 올라 한마디 쏘아붙이려던 그녀는 그만 입을 다물고 말았다. 멀쩡히 걸어오는 모습과 달리 그의 몰골은 말이 아니었다. 어디서 뭘 하다가 왔는지 목에 걸려 있어야 할 넥타이는 보이지 않았고, 채워져 있어야 할 셔츠의 단추는 세 개나 열려 있었다. 하지만 더 기가 막힌 것은 어제 입은 옷 그대로라는 거였다.

한마디로 외박한 것이다.

'내가 미쳤지. 밤새 즐기다 온 사람을 상대로 걱정하고 있었다니. 에이, 짜증나!'

소령은 마음 고생한 것이 억울해 곱지 않은 시선으로 그를 흘겨보며 말했다.

"늦으셨네요, 사장님."

"응."

그는 눈도 마주치지 않은 채 한마디 툭 던지고서 집무실로 들어갔다. 있는 대로 걱정을 시켜놓고서 설명도 없이 고작 응, 이라니. 그 때문에 속을 끓인 게 억울했다.

"어유, 진짜. 뒤통수라도 한 대 확 갈겼으면 속이 시원하겠네."

소령은 치밀어 오르는 화를 애써 누르고서 그의 집무실로 향했다. 개인적인 관점에서는 그가 어떤 몰골을 하고 있던 신경 쓰고 싶지 않았다. 하지만 그의 비서로서는 방관하고 있을 수만은 없었다. 소령은 짧게 노크를 하고서 문을 열었다.

"필요하신 것……!"

그녀의 입술이 순식간에 굳어지고 말았다. 그가 상체를 훤히 드러내 놓고 옷을 갈아입고 있었던 것이다. 소령은 어서 문을 닫고 나가야 한다는 것을 알고 있었다. 하지만 기가 막히게도 몸이 얼어버린 듯 꼼짝도 할 수가 없었다. 그것뿐이 아니었다. 그의 시선과 뒤엉킨 순간, 뜨거운 열기가 온몸을 확 뒤덮었다.

"내 몸을 감상하고 싶거든 문은 닫아."

"가, 감상은 무슨. 전 아무것도 못 봤어요!"

소령은 빨개진 얼굴로 문을 쾅! 닫았다. 곧이어 유쾌한 웃음소리가 안에서 들려왔다. 그녀는 주먹으로 제 머리를 콩콩 쥐어박으며 바보라고 중얼거렸다. 그러는 사이에도 안에서 들려오는 웃음소리는 그치지 않았다.

"뭐가 저렇게 즐거운 거야. 기분 나쁘게."

소령이 입을 삐죽거리며 자리로 가 앉았다. 얼마나 놀랐던지 아직도 가슴이 쿵쾅거렸다. 잠시 후, 인터폰이 울렸다.

"네, 사장님."

"늦었지만 티타임하지."

"준비하겠습니다."

커피와 스케줄이 정리되어 있는 다이어리를 들고 사무실로 들어가자 그는 평소의 모습으로 소파에 앉아 있었다. 소령은 조금 전의 일로 아직도 얼굴이 화끈거렸다. 하지만 아무 일도 없었다는 듯 태연스럽게 커피 잔을 테이블에 내려놓고 늘 앉던 자리로 가 앉아서 오늘 일정을 읊조리기 시작했다.

"오전 10시에 잡혀 있던 임원회의는 최 이사님의 주도로 취소되었습니다. 오후 2시에 대전 공장 방문이 있고, 오후 6시 30분엔 각 부서……."

소령이 스케줄을 설명하는 동안 태민은 커피 잔 너머로 그녀의 얼굴을 주시했다. 무언가가 못마땅하다는 듯 눈썹이 살짝 일그러져 있었다.

"그리고 최 이사님께서 사장님 오시는 대로 면담 신청하셨습니다. 이상입니다."

그녀의 보고가 끝나자 태민은 눈을 가늘게 치켜뜨고서 입을 열었다.

"그게 단가?"

"네."

"날 찾진 않았고?"

'안 찾긴 왜 안 찾았겠어. 아주 미친 듯이 찾았지.'

그가 어떤 의미로 묻고 있는지 알고 있었다. 그러나 소령은 그가 만족할 만한 답을 해주고 싶지가 않았다.

"기다리는 연락이라도 있으셨나요?"

"대답이 필요해서 묻는 건 아닌 것 같군."

소령은 다이어리를 탁 덮었다. 그녀의 마음을 꿰뚫어 보고 있는 것 같은 말투가 영 못마땅했다.

"그만 나가보겠습니다."

"왜 늦었는지 묻지 않는군."

그녀가 엉덩이를 반쯤 들어 올렸을 때, 그의 목소리가 다음 행동을 멈추게 했다. 소령은 엉거주춤 들고 있던 엉덩이를 다시 내려놓으며 말했다.

"사장님의 사생활엔 관심 없습니다."

"섭섭하군. 난 당신이 내게 관심을 가져 주길 바라는데 말이지."

"그렇게 하고 싶지도 않거니와 저에겐 사장님의 사생활을 알아야 할 권리가 없습니다."

"그 권리란 걸 내가 준다면?"

"제가 사양하겠습니다."

"당신, 화났군."

소령은 나지막이 들려오는 목소리에 흠칫 몸을 떨었다. 화가 나긴 했지만 내색하지 않기 위해서 무던히도 애를 썼다. 하지만 이런 그녀의 노력에도 불구하고 그는 너무나 쉽게 그녀의 마음을 내뱉었다. 역시 짜증나는 인간이었다.

"말해봐."

"뭘 말씀하시는 건가요?"

"당신 머릿속에서 싸우고 있는 병사들을 내보내란 말이지."

"사장님이 왜 늦으셨는지 또, 전날 입은 옷은 왜 그대로인지 하나도 궁금하지 않아요. 그저 연락도 없이 늦게 오시는 바람에 업무가 밀린 것에 짜증이 났을 뿐입니다."

장난치듯이 내뱉는 말투에 울컥 화가 치솟자, 소령은 입안에서 맴돌고 있던 말들을 그대로 쏟아냈다. 그러다 빙그레 웃고 있는 그를 보고는 어금니를 꽉 깨물었다. 그의 페이스에 말렸다는 것을 이제야 깨달은 것이다.

"날 걱정했나?"

"업무가 밀린 탓이라고 말씀드렸습니다만."

"거짓말이 서툴군."

"사장님이 너무 자신만만한 겁니다."

"후훗, 그럴지도. 하지만 당신은 자신을 너무 모르는 것 같군."

"무슨 말씀이십니까?"

"당신은 머릿속 생각이 고스란히 얼굴에 드러나지. 정작 본인은 그걸 모르는 것 같고."

소령은 다이어리를 들고 있는 손끝에 힘을 꽉 주었다. 사람들이 그녀를 두고 뭐라고 부르는지 모르지 않았다. 광고 인형이라 불리는 무표정의 대명사, 마네킹. 기분이 좋을 때도, 화가 날 때도, 우울할 때도, 늘 한결같은 미소를 짓는다고 해서 붙여진 별명이었다.

하지만 그건 비서로서 갖추어야 할 덕목 중에 하나일 뿐, 감정이 없는 것은 아니었다. 생각하고 고뇌할 줄 아는 사람인 이상 상처를 주면 아프고, 기분이 언짢을 때는 우울하기도 하고, 칭찬받을 때는 기쁘고 행복하기도 했다. 다만, 사무실의 꽃이라 불릴 수 있는 비서가 모든 감정을 얼굴에 고스란히 드러낸다면 그것은 자질 부족이었기에 그저 미소로 감출 뿐이었다.

그런데 이 남자는 그런 그녀의 방어막을 가볍게 깨트려 버렸다. 소령은 자리에서 벌떡 일어났다. 마음이 불편해서 도저히 마주 보고 앉아 있을 수가 없었다.

"시키실 일 없으면 그만 나가보겠습니다."

그리고 그의 대답도 듣지 않고 걸음을 뗐다. 하지만 등 뒤로 들려오는 목소리가 그녀의 발목을 붙들었다.

"내일 뭐 하지?"

"왜…… 물으시죠?"

내일은 휴일이라 밀린 잠이나 실컷 자려고 했는데 출근하라는 게 아닌가 싶어서 묻는 목소리에 경계심이 가득했다.

"걱정 마. 출근하라고 안 해. 내 사람이 힘들어하는 거 나도 보기 싫어."

두근두근. 갑자기 심장이 발작하듯 설레었다. 소령은 낯선 느낌에 입을 꼭 다물었다. 아무렇지 않게 던진 말이 그녀를 흔들어놓고 있었다. 그녀가 아무런 대답을 하지 않자, 그가 다시 말을 이었다.

"내일 점심이나 같이해. 10시까지 집으로 가지. 대답은?"

"알겠습니다."

"나가봐."

소령은 살짝 고개를 숙여 보이고는 사무실을 나왔다. 속으로는 왜 그와 함께 점심을 먹어야 하는지 모르겠다고 투덜거리면서.

"에고. 시곗바늘은 여지없이 돌아가는구나."

알람 소리에 눈을 뜬 소령은 늘어지게 기지개를 켜고서 침대에서 내려왔다. 어제 사무실에서 있었던 일들이 밤새 그녀를 괴롭힌 탓에 피곤한데도 좀처럼 잠을 이룰 수가 없었다. 그러다 새벽빛이 창으로 스며드는 것을 보고서야 겨우 눈꺼풀이 내려앉았고, 알람을 맞춰놓은 덕분에 약속 시간에 늦지 않게 일어날 수 있었다.

"근데 꽤 근사한 몸이긴 했어. 가슴 설레게 말이야."

소령은 샤워기에서 쏟아지는 물줄기를 온몸으로 맞으며 나지막이 중얼거렸다. 솔직히 상의를 벗은 그의 모습은 보기 좋았다. 아니, 죽었다고 믿었던 심장이 팔딱거릴 정도로 아주 멋있었다. 군살 하나 없이 균형이 잘 잡혀 있는 것으로 보아 운동을 게을리하지 않는 것 같았다.

"너무 완벽해도 밥맛인데. 쩝."

소령은 저도 모르게 입맛을 다시다 피식 웃고 말았다. 남자의 벗은 모습을 본 것이라고는 수영장과 드넓은 백사장을 자랑하는 바닷가가 고작이었다. 그랬기에 그와 비교할 만한 대상이 그녀에겐 아무도 없었다. 그러니 벗은 남자의 몸에 정신이 팔린 것은 어쩌면 당연한 것일지도 모른다.

"서둘러야겠네."

소령은 검정색 스커트에 허리선이 살짝 들어간 아이보리색 블라우스를 걸치고 묶어두었던 머리는 길게 늘어뜨렸다. 얼굴에는 부드럽게 볼 터치를 하고 아이섀도와 마스카라를 이용해 눈을 돋보이게 한 다음 입술에는 연하게 붉은빛이 도는 립스틱으로 마무리했다. 준비 완료. 이제 초인종 소리가 울리기를 기다리면 되었다. 잠시 후, 벨이 울렸다. 소령은 다시 한 번 옷차림을 점검한 다음 문을 열었다. 산뜻한 캐주얼 차림으로 서 있는 그의 손에 장미꽃이 들려 있었다.

"어서 오세요."

"좋은 아침. 이건 어제 일에 대한 사과의 뜻."

태민이 손에 들고 있던 꽃다발을 그녀에게 내밀었다.

"감사합니다. 잠시만 기다려 주세요. 가방만 들고 나오면 돼요."

"시간은 충분하니까 커피나 한잔하지."

태민은 자기 집인 양 편안하게 들어와 소파에 기대어 앉았다. 그러다 테이블에 있는 액자를 보곤 손을 뻗었다. 액자 속에는 지금보다는 조금 앳되어 보이는 그녀가 나란히 앉아 있는 부모님의 뒤쪽에 서서 활짝 웃고 있었다. 가족이라는 것을 한눈에 알아볼 만큼 세 사람의 모습이 닮아 있었다.

"당신은 양쪽 부모님의 모습을 고루 닮았군."

태민은 그녀가 커피 잔을 테이블에 내려놓자 액자를 다시 제자리에 놓아두며 말했다.

"그런가요? 두 분은 늘 제가 당신을 더 많이 닮았다고 서로 우기시던데."

대답하는 그녀의 얼굴에 잔잔한 미소가 번졌다. 고요한 듯 보이는 그 미소에는 가족에 대한 그리움이 담겨 있었다.

"그분들을 많이 사랑하는군."

"네. 아주 많이요. 커피 드세요."

"다른 형제들은?"

태민이 커피 잔을 입으로 가져가며 물었다. 사진으로 이미 눈치채고 있었지만 그녀에 대해서 좀 더 알고 싶어서 일부러 그런 것이었다. 소령은 커피를 한 모금 마신 후에 대답했다.

"전, 외동딸이에요."

"외로웠겠군."

"조금요. 이제부터 개인적인 말에는 답변하지 않겠습니다. 그만 일어나시죠."

그녀가 커피 잔을 내려놓더니 냉정하게 딱 잘랐다. 태민은 고작 가족 얘기에 그녀의 태도가 돌변하자 불쑥 호기심이 생겼다.

"아직 반도 안 마셨어."

"나머진 가서 마시죠."

그녀의 말이 못마땅한 듯 그의 눈썹이 살짝 위로 치켜 올라갔다. 하지만 소령은 모른 척 외면하고서 마시다 만 커피 잔을 들고 주방으로 향했다. 그와 마주 앉아서 가족 이야기를 하고 싶지 않았다.

차를 타고 시내를 조금 벗어나자 경치 좋은 휴양지가 모습을 드러냈다. 태민은 아담하게 꾸며진 레스토랑으로 그녀를 데려갔다.

휴일이라 그런지 여기저기서 연인들의 모습이 눈에 많이 띄었다. 그들은 호수가 내려다보이는 자리로 안내되었고, 곧이어 웨이터가 메뉴판을 내밀었다.

"이 집은 스테이크가 맛있어."

"그럼 그걸로 하죠."

그가 웨이터에게 주문을 하는 동안 소령은 창밖을 바라보았다. 호수 위로 비치는 은색의 물방울들이 빛을 뿜어내며 춤을 추었다. 이내 은빛 물결 위로 날아든 새들이 한가로이 노닐었다. 그 모습이 어찌나 예쁘던지 입가에 절로 미소가 번졌다.

'여기 데려오길 잘했군.'

그녀의 미소를 보며 태민이 흐뭇하게 웃었다. 이곳은 그가 마음이 복잡할 때, 머리도 식힐 겸 가끔씩 오는 아무도 모르는 그만의 장소였다. 처음 이곳에 왔을 때는 사람들도 붐비지 않아 조용한 곳이었다. 그런데 지금은 연인들이 많이 찾아오는 곳으로 자리 잡고 있었다.

"어제 여기에 왔었지."

아름다운 경치에 넋을 잃고 있던 소령은 조용히 들려오는 목소리에 고개를 돌려 그를 바라보았다.

"여기에 오셨다고요?"

'누구랑 왔을까.'

"혼자 왔으니 다른 상상은 하지 마."

"다, 다른 상상이라니요? 저 아무 생각도 안 했는데요."

소령은 얼굴이 화끈 달아오르자 얼른 변명을 했다. 독심술이라도 하는지 그는 매번 그녀의 생각을 말로써 표현했고, 그럴 때마다 쥐구멍을 찾고 싶을 만큼 부끄러웠다.

"푸하하하!"

갑자기 그가 큰소리로 웃었다. 소령의 얼굴이 확 구겨졌다. 딱히 웃을 일도 아닌데 그는 고개까지 뒤로 젖혀가며 웃고 있었다.

"왜 웃는 거죠?"

"하하하. 내가 말하지 않았나? 당신은 생각하는 게 얼굴에 다 나타난다고."

"그래서 일부러 큰 소리로 웃은 건가요? 제 반응이 재미있어서."

"아니. 당신과 함께 있는 것이 즐거워서."

"천만다행이군요. 미천한 제가 그런 즐거움이라도 줄 수 있어서."

그녀의 말투에는 성난 가시가 박혀 있었다. 태민은 이곳으로 그녀를 데려온 용건을 꺼내기도 전에 분위기를 망쳐 놓은 것 같아서 마음이 불편했다.

"빈말 아니야. 가시 세우지 마."

"알겠습니다. 명령에 따르죠. 이제 말씀하세요. 절 여기로 데려온 진짜 이유."

"역시 눈치가 빠르군. 맞아. 당신에게 해야 할 말이 있어."

"말씀하세요."

"식사부터 해."

"아니요. 먹기 전에 듣겠습니다. 왠지 체할 것 같거든요."

소령은 자기주장을 끝까지 밀어붙였다. 주위 풍경에 넋을 빼앗기고 있는 와중에도 이렇게 근사한 곳으로 그녀를 데려온 그의 의도가 무엇일지 파악하기 위해서 열심히 머리를 굴렸다. 하지만 딱히 떠오르는 것은 없었다. 그런데도 체한 듯 명치끝이 개운치 않았다. 그러니 이유를 먼저 알아야 밥이든 뭐든 응할 마음이 생길 듯했다. 그녀가 못할 말이라도 한 듯 지그시 바라보던 태민이 호흡을 가다듬듯 길게 숨을 내뱉더니 천천히 입술을 달싹였다.

"먼저 사과부터 하지. 미안해. 내가 당신을 곤란하게 했어."

소령의 얼굴빛이 급격히 어두워졌다. 뜬금없는 사과보다 곤란하게 했다는 말이 더 귀에 거슬렸다.

"무슨 말씀을 하시는지 잘 모르겠군요. 알아듣게 설명해 주세요."

"당신에게 부탁했다가 거절당한 애인 대행 말이야. 내가 실행해 버렸어."

심장이 전기 충격이라도 받은 듯 딱딱하게 굳어지는가 싶더니 이내 부글부글 끓고 열이 차올랐다. 하지만 소령은 입을 꾹 다문 채 미동도 하지 않았다. 그가 무슨 말로 어떻게 변명을 하는지 들어볼 참이었다. 그녀가 말없이 노려보기만 하자 그가 다시 입을 열었다.

"믿을지 모르겠지만 나도 내 입에서 당신 이름이 나오는 순간 많이 당황했어. 의도한 게 아니라 화가 난 상태라 내가 무슨 말을 하고 있는지도 몰랐으니까. 하지만 되돌릴 수는 없었어. 그녀에게서 벗어나려면 그 수밖에 없었거든."

"그래서 벗어났나요?"

"아니. 더 꼬여 버렸어."

"날 보여달라고 하던가요?"

태민이 고개를 끄덕였다. 소령은 갈증이 나자 물 잔을 들었다. 밥이고 뭐고 당장 자리를 박차고 나가고 싶었다. 어떻게 그럴 수 있냐고 고함이라도 지르고 싶었다. 하지만 참았다. 젖 먹던 힘까지 모두 짜내어 참고 또 참았다. 한바탕 난리를 치면 속은 조금 편하겠지만 밥줄이 끊기고 만다. 고작 이깟 일로 화사를 그만두기에는 자존심이 상했다.

"걱정 마. 두 사람이 만나게 되는 일은 없을 테니까."

"그렇다면 왜 제게 말하는 거죠? 사장님만 입 닫고 있으면 될 일을."

"밤새 고민했어. 그리고 결론은 당신을 속이고 싶지 않다는 거였고. 만일이라는 것도 있으니까."

"참, 알량한 배려군요."

"그래. 실컷 비웃어. 때리고 싶다면 뺨도 내어줄게. 대신, 용서해 줘. 당신과 불편해지는 거 정말 싫어."

"아주 이기적이군요. 미안하게도 밥은 못 먹겠네요."

소령은 자리에서 벌떡 일어났다. 그의 말이 거짓이 아니란 걸 안다. 그랬다면 일부러 여기까지 데려와 설명하지도 않았을 테니까. 하지만 그녀는 상처받았고, 그 상처가 많이 아팠다. 두 번 다시는 떠올리고 싶지 않은 시간 속으로 순식간에 그녀를 되돌려 놓을 정도로.

6년 전, 교통사고로 부모님을 잃고 1년이라는 시간 동안 실의에 빠져 있던 그녀는 친구의 소개로 한 남자를 만났다. 듬직한 오빠로 항상 그녀의 옆을 지켜주던 진하도 해외 출장 중이라 외로움이 극에 달한 때였다. 그런 그녀를 안타깝게 바라보던 친구가 사람의 온기는 사람으로 채워야 한다며 억지로 끌고 간 자리였다. 그렇게 만난 남자가 강석현이었다.

그를 본 첫 느낌은 인물로 밥 벌어 먹고살아도 될 만큼 아주 잘 생겼다는 거였다. 그다음으로 든 생각은 그와 엮이고 싶지 않다는 거였다. 그녀가 생각하는 이런 부류의 남자는 딱 두 종류였다. 성격이 개차반이거나 여자를 성적 분출구로만 여긴다는 것. 그래서 거들떠도 안 보고 자리를 박차고 나왔다.

그에 자존심이 상할 만도 한데 뒤따라 나온 그는 그녀가 집에 도착할 때까지 말없이 뒤를 지켜주었다. 그리고 그다음 날도, 또 그다음 날도 마찬가지였다. 그녀의 얼굴을 보곤 생긋이 웃어줄 뿐, 흔하디흔한 인사조차 전하지 않았다. 그녀도 그를 철저히 무시했다. 하지만 그런 날들이 계속되자 뒤통수가 신경 쓰이기 시작했다. 그러다 눈길이 가고 이어 피식거리는 웃음이 나왔다. 그리고 급기야…….

"배 안 고파요?"

라는 말이 입 밖으로 튀어나왔다. 그걸 시작으로 영화도 보고 밥도 먹는 그런 사이가 되었다. 그러던 어느 날, 그가 술에 취한 상태로 눈앞에 나타났다. 몸도 가누지 못하는 상태라 어쩔 수 없이 모텔로 데려갔다. 그의 집도 모른데다 그녀의 집으로 데려갈 수는 없었기 때문이었다.

그런데 처음 사귀는 남자와 모텔까지 왔다는 것에 긴장한 탓인지 갑자기 속이 울렁거리기 시작했다. 황급히 그를 침대에 내려놓고 곧장 화장실로 향했다. 그리고 그날 먹은 것을 모두 게워내고 나서야 화장실에서 나왔다. 그때, 믿을 수 없는 말이 귓속을 때리며 파고들었다.

"그래, 인마. 오늘로 쫑 날 테니까 내가 이긴 거야. 그러니까 약속이나 지켜. 큭큭큭. 도성이 알 리가 있냐? 뭐, 알게 된다고 해도 문제될 것 없잖아. 이미 먹히고 난 뒨데. 이런, 미친놈! 알았다, 인마! 맛있게 시식하고 감상문 올리마. 끊어!"

순간, 손가락에 불끈 힘이 주어지고 이가 바드득 갈렸다. 도성. 요즘 말로 해석하자면 도도한 성녀. 원초적 본능인 성적 호기심을 느끼지 못한다는 뜻으로 친구들이 대놓고 놀리는 단어였다. 자극을 받아야 남자를 알게 된다나 뭐라나 하면서. 하지만 그녀는 그들이 그러든가 말든가 신경 쓰지 않았다. 성적인 것에 무감각한 것은 사실이었고, 남자가 필요하다고 느껴본 적도 없었기에.

하지만 이런 식으로 뒤통수를 칠 줄이야. 거짓된 연극으로 그녀를 기만했다고 생각하니 피가 거꾸로 치솟고 목구멍에서 쓴물이 올라왔다. 잠시지만 저런 자식에게 마음이 끌렸다는 것이 미치도록 싫었다. 부들부들 떨리는 몸을 이끌고 그의 앞에 서자 놀란 모습으로 변명 아닌 변명을 둘러대기 시작했다. 술에 취했다는 것도 그녀를 모텔로 끌어들이기 위해서 한 거짓말인 것이다.

"소, 소령아? 그게…… 그게 아니라 녀석들이 하도 귀찮게 굴어서 내가 거짓말로 내기를 한 것뿐이야. 정말이야! 내가 얼마나 널 사랑하는……!"

사랑이란 말에 그녀도 모르게 손을 들어 뺨을 때렸다. 이미 들통이 났는데도 거짓말로 둘러대려 하다니. 차라리 모든 게 사실이라고, 미안하다고 한마디만 했더라도 그렇게 비참하지는 않았을 것이다. 어차피 그녀도 혼자라는 외로움에서 벗어나고 싶어서 그와 만났으니까. 하지만 그가 본색을 드러낸 것은 고작 뺨 한 대였다.

"하! 온순한 줄 알았더니 아주 성깔 있네. 쿡쿡쿡. 그래, 마음껏 성깔 부려봐. 그래야 내가 널 안았을 때 희열을 느끼지. 솔직히 처녀랑 그 짓 하는 거 그다지 맛이 없거든."

모욕적인 말로 대놓고 비아냥거리던 그가 기분 나쁜 웃음을 흘리더니 갑자기 그녀를 확 밀쳤다.

"아앗!"

비명 소리와 함께 침대에 벌러덩 나자빠졌고, 그가 일어나려고 버둥거리는 그녀를 힘으로 내리눌렀다.

"뭐, 뭘 하려는 거야!"

"다 들어놓고 뭘 물어. 새삼스럽게."

그가 능글맞은 미소를 지으며 천천히 고개를 숙였다. 꼼짝없이 그에게 당하게 생겼다는 것을 깨닫는 순간, 거대한 공포가 온몸을 휘감았다. 그래서 미친 듯이 발버둥을 치며 고함을 질렀다.

"비, 비켜! 내 몸에 손대면 죽여 버릴 거야!"

"후훗. 그러든가. 할 수 있을지 모르겠지만."

그가 비릿하게 웃으며 입술을 덮치더니 강제로 입속으로 혀를 집어넣었다. 물컹거리는 것이 입안에서 꿈틀거리자 구역질이 치밀어 오를 만큼 징그럽고 싫었다. 그래서 이로 사정없이 꽉 깨물어 버렸다.

"아악!"

비명 소리와 함께 그녀를 억누르고 있던 힘이 떨어져 나갔다.

그 순간을 놓치지 않고 몸을 벌떡 일으킨 그녀가 발로 그의 중심부를 있는 힘껏 걷어찼다. 호신술을 배워야 한다고 성화를 부리던 진하 덕분에 익혀둔 것이 제대로 빛을 발휘하는 순간이었다. 급소를 제대로 차였는지 그가 바닥에 쓰러져 나뒹굴었고, 그때를 놓치지 않고 허겁지겁 그곳에서 도망쳐 나왔다.

그리고 곧장 경찰서로 달려갔지만 신고도 못한 채 뒤돌아서야 했다. 얼마 전, 성폭행으로 신고를 했던 여자가 오히려 가해자로 되몰리며 성적 수치심을 느껴야 했다던 말을 뉴스에서 들었던 게 생각났던 것이다. 집으로 돌아와서도 그가 찾아오지나 않을까 불안에 떨어야 했다. 하지만 다행스럽게도 그 뒤로 그와 마주치는 일은 없었다. 그녀가 그를 피해 다니기도 했지만, 며칠 지나지 않아 그가 이민을 갔기 때문이었다.

"아우, 저밖에 모르는 나쁜 새끼들! 지옥에나 떨어져라!"

지워 버리고 싶었던 시간을 다시 떠올리고 나니 치미는 분노로 온몸이 부들부들 떨렸다. 태민의 얼굴에다 대고 욕이라도 실컷 퍼붓고 싶을 정도로. 물론, 그와 강석현의 경우가 다르다는 것을 안다. 하지만 여자를 제멋대로 휘두르려는 것은 별반 다르지 않았다.

"빌어먹을!"

태민은 벌떡 일어나 그녀의 뒤를 쫓았다. 어느새 그녀는 입구를 벗어나 저만치 걸어가고 있었다. 태민이 뛰어가 그녀의 손목을 붙잡았다.

"기다려!"

"놔요!"

소령은 팔을 홱 뿌리쳤다. 하지만 남자의 힘을 당해낼 수는 없었다.

"같이 가."

"싫어요!"

"차 없으면 못 가."

"당신만 아니면 돼요."

"생판 모르는 놈에게 당신을 던져 줄 것 같아!"

태민이 고함을 버럭 질렀다. 소령은 어이가 없었다. 다른 사람에게 그녀를 던져 준 사람이 할 소리는 아니었던 것이다.

"당신 입에서 그런 말이 나오다니. 정말 우습군요."

말은 그렇게 해도 그녀의 얼굴은 전혀 웃고 있지 않았다.

"마음대로 비웃어. 그래도 당신은 내 몫이야."

태민은 끌다시피 그녀를 데리고 차로 갔다. 보조석 문을 열자 어쩐 일인지 순순히 안으로 들어갔다. 고집을 부리면 어쩌나 걱정을 한 터라 안도의 한숨이 절로 나왔다. 운전석에 앉아 시동을 걸려던 그는 안전벨트를 하지 않은 그녀를 보고 곧장 손을 뻗었다. 갑자기 다가가서 놀랐는지, 그녀가 흠칫 몸을 움츠렸다. 태민은 그 모습조차 마음에 안 들어 짜증스러운 목소리로 툭 내뱉었다.

"벨트 매."

그에게 다른 의도가 없다는 것을 알았는지, 그녀가 벨트로 냉큼 손을 뻗었다. 순간, 그의 눈동자가 싸늘해졌다. 태민은 성난 손길로 그녀의 손목을 확 낚아챘다. 하얀 살결 위에 빨간 손자국이 선명하게 남아 있었다.

"제길!"

태민은 뱃속 저 밑에서부터 분노가 치밀자 등받이에 머리를 기대고 눈을 질끈 감았다. 소령은 또 왜 저러나 싶어서 슬쩍 고개를 숙였다. 그러다 그에게 잡혀 있는 손목을 보곤 슬그머니 손을 뺐다. 빛깔만 그렇게 보일 뿐, 그다지 아픈 것은 아니었다.

"괜찮아요. 많이 아프지도 않고."

이보다 더한 아픔을 당신이 이미 줬잖아요, 라는 말을 덧붙이고 싶은 것을 꾹 눌러 참았다.

"내가…… 안 괜찮아."

감정을 추스르듯 묵직하게 깔린 목소리가 가슴을 짓눌렀다. 소령은 아무 말 없이 창밖으로 시선을 돌렸다. 손목보다는 마음이 더 쓰리고 아렸다. 비서라는 직함하에 함부로 휘둘러도 될 만큼 만만하게 보는 것 같아서. 그렇게 각자의 생각에 빠져서 얼마나 앉아 있었을까. 시동 걸리는 소리가 먼 곳을 떠돌고 있는 그녀의 의식을 깨웠다. 소령이 그에게로 슬쩍 고개를 돌릴 때, 차가 미끄러지듯 그곳을 빠져나갔다.

CHAPTER 2

“하아. 지옥이 따로 없구나.”

소령은 무너지듯이 의자에 털썩 주저앉았다. 오후 5시. 정시에 퇴근을 한다고 해도 아직 한 시간이나 남아 있었다. 하지만 그녀의 몸은 천근의 무게를 짊어지고 있는 것처럼 녹초가 되고 말았다. 그건 일이 고돼서가 아니었다. 볼펜 떨어지는 소리에도 예민하게 굴던 상사의 심기 때문이었다.

“대체 자기가 왜 성질이야. 화낼 사람은 난데!”

그녀의 입에서 자연스레 불만이 터져 나왔다. 그런 그의 행동이 그녀와 관계된 것이라는 걸 알기에 더 짜증이 났다. 약속이 있다고 그가 나가지 않았다면 아마 더는 참지 못하고 왜 그러냐고 따져 물었을 것이다. 다행히 그런 일이 일어나기 전에 멈췄지만.

“칫. 암튼 짜증나는 인간이라……!”

똑똑똑.

투덜거리는 사이로 노크 소리가 들려왔다. 소령은 얼른 자세를 고쳐 앉으며 대꾸했다.

"네, 들어오세요."

곧이어 문이 열렸다. 그런데 보여야 할 사람 대신 커다란 꽃다발이 불쑥 튀어나왔다.

"뭐지."

소령이 자리에서 일어났다. 난데없이 나타난 꽃다발이 호기심을 자극했다.

"안녕. 아름다운 아가씨."

낯익은 목소리와 함께 꽃다발 뒤로 얼굴이 불쑥 나타났다. 소령은 깜짝 놀라서 그에게 다가갔다.

"어머! 진하 씨. 여긴 어쩐 일이에요?"

진하는 반갑게 맞아주는 그녀에게 꽃을 내밀었다.

"근처에 볼일이 있었어. 온 김에 네 얼굴도 보고 가려고 들렀지. 바빠서 얼굴도 자주 못 봤잖아. 꽃은 덤이고."

"하하하. 그랬어요. 꽃 너무 예쁘다. 고마워요."

그녀가 꽃향기를 맡으며 중얼거렸다. 충동적으로 사오긴 했지만 그녀가 좋아하는 것을 보니 잘했다는 생각이 들었다. 들고 오는 게 조금 쑥스럽긴 했지만.

"하는 일은 어때요? 돈벼락 맞을 것 같아요?"

진하는 다니던 건축회사를 그만두고 건축사 사무소를 차렸다. 이제 1년 정도 되었지만 제법 잘나간다는 소리를 듣고 있었다. 하기야 실력도 좋은 데다 마당발이니 어쩌면 당연한 결과일지도 모르겠다.

"그럼. 지금도 계약 한 건 하고 오는 길인데."

"와아, 축하해요. 제가 다 기분이 좋네요."

"네가 축하해 주니 더 기쁜데. 고마워."

말릴 새도 없이 진하가 그녀를 끌어안았다. 소령은 사무실이라는 게 불편했지만 그를 밀어내지는 않았다. 다른 의도가 있는 것도 아니고 계약을 딴 게 좋아서 그러는 건데 그 기분을 망치고 싶지 않았다. 그때, 노크도 없이 사무실 문이 벌컥 열렸다. 화들짝 놀란 그녀가 황급히 진하를 밀어냈다. 하지만 그들의 모습을 이미 보고 만 태민의 눈빛은 무섭게 번뜩였다.

"애정 행각은 사무실 밖에서나 해!"

날카로운 목소리가 공기를 갈랐다. 이어 문이 쾅! 닫혔다. 소령은 흠칫 몸을 떨며 눈을 질끈 감았고, 진하는 낮게 휘파람을 불었다.

"너희 보스. 성질이 보통 아닌데. 혹시 나 때문에 너 괴롭히는 거 아니야?"

"그런 일 없어요."

대답은 그렇게 했지만 솔직히 소령도 두려웠다. 오늘 그의 심기도 그렇거니와 바라보는 눈빛이 너무 섬뜩해서.

"젠장!"

차에 올라탄 태민은 주먹으로 핸들을 내려쳤다. 아무리 생각해봐도 화를 내고 나온 자신의 행동을 이해할 수가 없었다. 사무실에서의 애정 행각이 마음에 들지 않아서 그런 것이라고 애써 변명해 보지만 그것 역시 사실이 아니었다. 사실이라고 인정하기엔 가슴속에서 이는 파동이 너무 강했다. 마치, 제 안에서 불꽃놀이라도 하듯이 파파팟 소리를 내며 불씨들이 사방으로 흩어졌다. 한 번도 느껴보지 못한 그런 감정이었다.

"뭐야, 이 거지 같은 기분은!"

태민은 거칠게 머리를 쓸어 넘기며 등받이에 몸을 기댔다. 결코, 여자에게 굶주린 몸은 아니었다. 전화 한 통화면 눈썹을 휘날리며 뛰쳐나올 여자들이 있을 정도니까. 그런데 지금 그의 눈 속에 박힌 영상은 두 사람이 끌어안고 있는 장면이었다.

"대체 그 자식은 뭐야. 지가 뭔데 내 사무실에서 그딴 짓을 하고 있어. 짜증나게!"

태민은 목을 조이고 있는 넥타이를 확 잡아당겨 뺀 다음 화풀이 하듯 조수석으로 휙 던졌다. 셔츠 단추도 2개나 풀어버렸다. 시간 되면 퇴근하라는 말을 전하기 위해서 사무실로 돌아간 거였다. 그런데 그딴 모습을 보게 될 줄이야. 이럴 줄 알았으면 전화로 말할 걸 그랬다.

"제길!"

시동을 건 태민은 요란한 소리를 내며 주차장을 빠져나갔다. 부둥켜안고 있던 모습이 자꾸만 눈앞에서 아른거려 그를 괴롭혔다. 약속만 아니라면 당장 사무실로 뛰어 올라가 그들을 떼어놓고 싶었다. 아니, 그깟 약속 따윈 아무래도 좋았다. 하지만 그렇게 하지 않았다. 다시 되돌아가기엔 그의 자존심이 너무 강했다.

"왔냐."

태민이 리더스 안으로 들어가자 친구인 재혁이 활짝 웃으며 반겼다. 아직은 이른 시간이라 그런지 홀에는 손님이 그다지 많지 않았다.

"한잔 줘."

태민은 바에 앉자마자 술을 찾았다. 시간 날 때 리더스에 들러 달라는 말을 재혁에게 들을 때만 하더라도 술을 마실 생각은 전혀 없었다. 살펴봐야 할 서류가 많아서 얼굴만 보고 회사로 돌아갈 생각이었으니까. 그동안 바쁘다는 핑계로 그를 본 지도 오래되고 해서. 그런데 지금은 간절하게 술이 필요했다. 그것도 아주 독한 것으로.

"회사 다시 안 들어가도 돼?"

그렇게 말하면서도 재혁이 테이블을 돌아 안으로 들어가더니 술병을 들고 나와 잔을 채워 내밀었다.

"마셔봐. 새로 들어온 거야. 맛도 깔끔한 게 향도 그만이다."

태민은 술잔을 들어 향을 맡아보았다. 상큼한 향기가 어딘가 모르게 낯익다는 생각이 들었다. 맛은 어떨까 싶어서 술을 한 모금 입안에 넣었다. 술이 목구멍으로 넘어가기도 전에 그의 미간이 확 좁아졌다. 톡 쏘는 맛의 느낌이 누군가를 떠올리게 했다. 더불어 조금 전에 보았던 불쾌한 장면이 눈앞에 펼쳐졌다. 젠장! 저도 모르게 입안에서 욕이 맴돌았다. 아무래도 이건 여자를 멀리한 후유증인 듯싶었다. 그렇지 않고서야 이렇듯 기분이 나쁠 수가 없었다. 태민은 얼굴을 찡그린 채 단숨에 술잔을 비웠다.

"얌마. 술이란 천천히 그 맛과 향을 음미해 가면서 마셔야 되는 거야. 여자를 안을 때처럼 말이야. 그렇게 단숨에 마셔 버리면 고통만 따를 뿐이라고."

"시끄러워!"

태민이 짜증을 확 냈다. 안 그래도 머릿속을 어지럽게 휘젓는 여자 때문에 골치가 아픈데 마시는 술까지 여자 다루듯 조심하라는 게 영 못마땅했다.

"무슨 일이야?"

"뭐가?"

재혁이 빈 잔을 채우며 묻는 말에 태민이 심드렁히 대꾸했다.

"지금 네 마음속이 복잡한 이유."

"그런 거 없어. 보자고 한 용건이나 말해."

태민이 잔을 들어 단숨에 비웠다. 재혁은 독한 술을 연거푸 비우는 그를 안타깝게 바라보았다. 먼저 입을 열어주길 바랐는데 아무래도 그건 안 될 모양이었다. 재혁이 그의 잔에 다시 술을 채우며 조심스럽게 입술을 달싹였다.

"어제 미경이 왔었다."

술잔을 들려던 손이 멈칫했다. 하지만 곧 다시 술잔을 들더니 단숨에 들이켰다. 재혁이 다시 그의 잔에 술을 채우며 말했다.

"헤어지자고 했다면서. 왜 그랬냐? 다른 여자들은 몰라도 미경이에겐 진심인 줄 알았더니."

"관심이 사라졌거든. 그것도 아주 깨끗이."

술잔을 입으로 가져가던 재혁의 손이 허공에서 딱 멈췄다. 화를 참고 있기라도 한 것처럼 날이 선 말투에는 차가운 기운마저 감돌았다. 둘 사이에 자신이 모르는 무슨 일이라도 있었던 것일까. 전에 없이 반응하는 모습이 신경을 건드렸다. 그래서 슬쩍 미끼를 던져 보기로 했다. 그의 속내를 알아보기 위해서.

"보기 안타까울 정도로 많이 울더라. 그런 모습이 처음이라 많이 당황했어. 무슨 일인지 말도 안 하고……."

"진미경 얘기라면 하지 마. 듣기 싫어!"

태민이 그의 말을 가로채더니 잔을 탁 내려놓았다. 날카로운 목소리만큼이나 눈빛이 사납게 번뜩이고 있었다. 이런 그의 모습을 보는 게 처음이라 재혁은 당황되기도 하고 걱정되기도 했다.

"태민아, 너 왜 그래? 대체 무슨 일로 그렇게 화가 난 거야. 미경이가 뭐 잘못하기라도 했어?"

재혁이 잔에 술을 따라주며 그의 반응을 살폈다. 하지만 태민은 관심 없다는 듯 술만 들이부었다. 하는 행동으로 보아 두 사람 사이에 자신이 모르는 무언가가 있는 것 같긴 한데 쉽사리 입을 열 것 같지가 않았다.

'자식, 세게 나오네. 속만 더 답답하게.'

재혁은 명치가 조이듯 가슴이 답답해 오자 단숨에 술을 들이켰다. 그걸 시작으로 두 사람은 조용히 술잔만 비웠다. 그렇게 얼마나 마셨을까. 취기가 오른 태민이 자리에서 일어날 때, 전화벨이 울렸다. 태민은 무의식적으로 주머니에서 전화기를 꺼내려다 그만 피식 웃고 말았다. 소령에게서 전화가 올까 봐 전원을 꺼놓았다는 게 생각났던 것이다. 안 그런 척하면서도 내심 그녀의 전화를 기다리고 있었다는 게 참 어이가 없었다. 그러는 사이 재혁이 통화를 끝냈는지 그를 보며 말했다.

"상진이 온다고 너보고 기다리라는데."

태민은 상진이라는 말에 얼굴이 확 굳어졌다. 오늘은 그를 보고 싶지가 않았다.

"그냥 갈게. 상진이 오면 바쁜 일 있어서 갔다고 해."

"상진이 너 보러 오는 것 같은데 기다렸다가 만나고 가. 바로 앞이래."

"다음에 보잔다고 전해줘. 오늘은 내키지가 않는다."

태민이 손바닥으로 재혁의 어깨를 가볍게 툭 치고서 걸음을 뗐다. 상진이 오기 전에 여기서 벗어나고 싶었다. 하지만 태민이 바(Bar)를 나서기도 전에 문이 벌컥 열리더니 상진이 들어왔다. 그리고 그와 눈이 마주치는 순간, 다짜고짜 주먹이 날아왔다. 무방비 상태에 있던 태민은 그대로 뒤로 밀려나면서 넘어지고 말았다. 순식간에 일어난 일이라 잠시 멍해 있던 재혁은 또다시 태민에게 달려들어 주먹을 날리는 상진을 뒤에서 끌어안으며 소리쳤다.

"미쳤어! 너 왜 이래!"

"놔! 저 자식은 좀 맞아야 돼!"

"일단 진정부터 해!"

"놔!"

그들이 실랑이하는 사이 태민이 손등으로 입술을 훔쳤다. 턱이 얼얼한 게 꽤나 아팠다. 그걸 본 상진이 태민을 향해 삿대질을 하면서 고함을 질렀다.

"내가 경고했지! 네 애정 행각 따윈 관심 없는데 미경이 아프게 하는 것은 용서 못한다고. 그런데 그 말이 채 식기도 전에 상처를 줘! 부탁한 내 말은 완전 개무시하고서!"

태민은 아무런 대꾸도 하지 않았다. 그의 말을 무시한 것은 사실이었고, 화를 낼 거라는 것도 이미 알고 있었기에 각오하고 있었다. 다만, 그것이 오늘이라는 것이 싫을 뿐이었다.

"이 나쁜 새끼야! 네가 그러고도 친구야! 아니! 넌 친구도 뭣도 아니야, 새끼야! 그러니까 다시는 나와 미경이 앞에 얼씬도 하지 마. 알았어!"

목에 핏대까지 올리며 고함을 지르던 상진이 문을 쾅! 닫고 바(bar)를 나갔다. 재혁이 거칠게 머리를 쓸어 올리며 태민을 바라보았다. 그는 고개를 푹 숙인 채 바닥에 주저앉아서 일어날 생각을 하지 않았다. 재혁은 이게 다 무슨 일인가 싶은 게 정신이 하나도 없었다.

"괜찮아?"

재혁이 그를 일으켜 세우며 물었다. 태민이 찢어진 입술을 만지며 피식 웃었다. 슬픔이 깃든 눈동자만큼이나 공허한 미소. 순간, 재혁은 불길한 기운에 사로잡혔다. 설마, 아니겠지. 아닐 거야. 하면서도 어느새 입은 제멋대로 움직이고 있었다.

"혹시 너, 상진이가 미경이 좋아하는 거 알고 있었어? 그래서 헤어지자고 한 거야?"

"재혁아, 저 녀석 주먹이 꽤 세다. 성질 건드리지 않게 너도 조심해."

그가 엉뚱한 말로 대답을 피하고 있었다. 하지만 재혁은 알 수 있었다. 상진의 마음을 알게 된 그가 모든 것을 내려놓았다는 것을. 아니, 그가 죄인이 되기로 결정했다는 것을.

"가야겠다. 다음에 보자."

태민은 멍하니 서 있는 그에게 가볍게 손을 흔들어 보이더니 문을 열고 나갔다.

"태민……."

그를 붙잡으려 손을 뻗었던 재혁은 그만두고 말았다. 찢어진 입술보다 그의 마음이 더 만신창이가 된 게 눈에 보여서 감히 붙잡을 수가 없었다.

"후훗."

9시가 다 되어서야 회사로 돌아온 태민은 텅 빈 사무실을 보곤 피식 웃었다. 리더스에서 나와 그가 찾아간 곳은 소령의 아파트였다. 그도 모르게 발길이 그곳으로 향했고, 그녀가 없는 것을 확인하고서야 어리석은 자신의 행동을 질책하며 사무실로 온 거였다. 그러면서도 내심 그녀가 사무실에 있기를 바랐다. 하지만 막상 문을 열어보니 그녀의 자리는 텅 비어 있었고, 이내 그가 보았던 장면이 떠올라 또다시 어이가 없어진 것이다.

"정신 차려라, 한태민."

갈수록 한심한 짓만 하는 게 기차 차서 양 손바닥으로 자신의 뺨을 탁탁 때리고서 집무실 문을 열고 안으로 들어갔다. 그러다 책상 앞에 서 있는 사람을 보곤 우뚝 멈춰 서고 말았다. 그곳에 그녀가 있었다. 혹시나 술기운에 헛것이 보이는 게 아닐까 생각하며 눈을 깜박거려 보았지만 환영은 사라지지 않았다. 틀림없는 그녀였다.

그것을 깨닫는 순간, 심장이 세차게 뛰기 시작했다. 어찌나 쿵쾅거리는지 온몸이 아플 지경이었다. 그녀를 품 안에 가둬야 이 통증이 가라앉을 것 같았다. 하지만 그렇게 해서는 안 될 일이었기에 애써 표정을 굳히며 입을 열었다.

"여기서 뭐 하는 거지?"

"퇴근하라는 보스의 명령이 떨어지길 기다리고 있습니다만."

화를 참고 있는 듯 목소리가 낮게 가라앉아 있었다. 그녀를 바라보는 태민의 표정이 살짝 일그러졌다. 그녀의 말투 때문이 아니었다. 그보다는 보스라는 말이 못마땅했기 때문이었다. 꼭 그와 그녀의 위치를 일깨워 주는 것 같아서.

"날 기다리고 있을 줄은 몰랐군."

태민이 그녀와의 거리를 좁히며 말했다. 소령은 다가오는 그에게서 술 냄새가 확 풍기자 살짝 미간을 찌푸렸다. 누구는 밥도 못 먹고 대기하고 있었는데, 그는 기분 좋게 술까지 한잔 걸친 것이다.

"보스의 퇴근 시간에 맞춰야 할 비서니까요."

또다시 보스라는 말이 들려왔다. 태민의 얼굴이 차갑게 굳어졌다. 차라리 드러내 놓고 기분 나쁘다는 말을 듣는 게 낫지. 조롱하듯 들먹이는 보스는 정말 듣기 싫었다.

"보스란 말 하지 마. 듣기 싫어."

"보스라는 말을 싫어할 줄은 몰랐군요. 사람을 마구잡이로 휘두를 수 있는 무기라서 그렇게 불러주면 오히려 좋아할 줄 알았는데."

"차라리 화를 내. 빈정대지 말고."

"빈정대다니, 절대 아닙니다."

말은 그렇게 하고 있었지만 그녀의 입꼬리는 살짝 비틀려 있었다. 화가 나도 아주 단단히 난 것이다. 이런 모습은 처음이라 태민이 한숨을 푹 내쉬며 그녀에게 다가갔다. 그리고 허리를 약간만 숙여도 그녀의 입술을 훔칠 수 있는 거리에서 멈춰 섰다. 좁혀진 거리가 불편한지, 그녀가 살짝 찡그린 얼굴로 주춤주춤 뒤로 물러나고 있었다.

"움직이지 마!"

거역할 수 없는 목소리가 발목을 붙들었다. 엉거주춤 멈춰 선 소령이 그를 바라보았다. 무슨 생각을 하는지 그의 눈동자에는 짙은 어둠이 드리워져 있었다. 그제야 소령은 그를 너무 몰아붙인 게 아닌가 걱정이 되었다. 그때, 그의 입가에 있는 상처가 눈에 들어왔다. 소령은 저도 모르게 그에게 다가서며 입술에 손을 댔다.

"맞았어요? 입술이 찢어졌네요."

"으음."

척추를 타고 흐르는 짜릿한 전율에 신음이 절로 튀어나오자 태민은 눈을 질끈 감았다. 좋지 않았다. 지금, 이 순간 이런 감각을 느낀다는 게. 하지만 그의 신음 소리를 오해한 그녀는 전혀 다른 말을 했다.

"조금만 참아요. 구급상자 가져올게요."

그가 붙잡기도 전에 그녀가 휭 하니 나가더니 곧 상자를 들고 돌아왔다. 그리고는 그의 손을 덥석 잡아끌더니 소파에 앉혔다. 아주 순식간에 일어난 일이라 태민은 그저 멍하니 그녀가 하는 행동을 지켜보고만 있었다.

"왜 싸우고 다녀요, 다 큰 어른이. 그럴 시간 있으면 비서나 좀 챙기지."

못마땅하다는 듯 입을 삐죽거리면서도 그녀는 터진 입술에 꼼꼼하게 약을 바르기 시작했다. 태민은 더운 숨을 삼키며 주먹을 꽉 움켜쥐었다. 당사자는 모르겠지만 입술이 움직일 때마다 달콤한 숨결이 고스란히 그에게로 전해져 와 애써 누르고 있는 욕망에 불을 지피고 있었다.

"설마 얼굴까지 멍드는 건 아니죠? 그러면 정말 곤란한데."

제발 입 좀 다물면 좋겠는데 그녀는 계속해서 중얼거리고 있었다. 원래 이렇게 말이 많았던 여자였나. 그녀의 숨결 하나, 손짓 하나에 거침없이 반응하는 몸을 억누르기가 점점 더 힘들었다.

"혹시 모르니까……!"

"제발 그 입 좀 다물어!"

성난 목소리가 말을 가로채더니 곧 입술을 삼켰다. 아프다시피 입안으로 파고드는 열기에 놀란 그녀의 몸이 본능적으로 그를 밀어냈다. 하지만 끌어당기는 손길은 더욱 강해졌고, 알코올 향에 젖어든 뜨거운 숨결은 더욱 집요하게 그녀를 괴롭혔다. 부드럽게 때로는 삼켜 버릴 듯 강하게 빨아 당기며 희롱하는 사이 몸은 걷잡을 수 없이 뜨거워졌고, 듣기에도 낯부끄러운 신음 소리가 짙은 향내를 흩뿌리며 흘러나왔다.

그렇게 이성이 서서히 마비되어 가더니 어느새 그녀의 손은 그의 목을 휘감고서 타들어가는 열기를 되돌리고 있었다. 이곳이 사무실이라는 것도 그녀가 비서라는 사실도 망각한 채 척추를 타고 흘러내리는 짜릿한 감각에 몸을 맡길 뿐이었다.

"하아. 미칠 것 같아."

태민이 살짝 벌어진 입술 사이로 나지막이 중얼거렸다. 키스 마니아로 불릴 만큼 여자들과 즐겼던 그였지만 이처럼 세상이 흔들리는 것처럼 느껴보기는 처음이었다. 마치 거대한 화산이 폭발해 모든 것을 집어삼키는 것 같은 느낌. 그녀 안에 이처럼 뜨거운 열정이 숨어 있으리라고는 전혀 생각지도 못했다. 격정을 참지 못한 태민의 손이 그녀의 가슴을 움켜잡았다.

"허읏!"

놀랐는지 그녀가 몸을 움찔거렸다. 하지만 손을 부드럽게 마사지하듯 움직이자 신음을 흘리며 그의 혀를 제 입안으로 훅 빨아당겨 핥았다. 전신을 휘도는 짜릿한 쾌감이 소용돌이가 되어 걷잡을 수 없이 그들을 집어삼켰다. 입술과 입술이 부딪히고 혀와 혀가 뒤엉킬 때마다 흘러나오는 질퍽한 소리가 사무실을 가득 채웠다.

그렇게 서로에게 미친 듯이 빠져들고 있을 때쯤, 태민이 거친 숨을 토해내며 안을 때와 마찬가지로 그녀를 거칠게 떼어냈다. 감미로운 고통에 빠져 있던 소령은 한순간에 떠밀린 이유를 알 수가 없어 아직도 꿈속을 헤매고 있는 몽롱한 눈빛으로 그를 바라보았다.

"하아, 하아."

열에 달뜬 빨개진 얼굴을 하고서 침액이 묻어 있는 입술로 숨을 헐떡이는 그녀를 바라보는 태민의 눈동자가 차갑게 얼어붙었다. 지금 그가 하고 있는 생각이 치사하다는 것을 안다. 아니, 어쩌면 질투인지도 모르겠다. 낮에 본 그 남자와도 이렇듯 열렬히 키스했을 거라는 것에 대한. 그리고 제어하지 못한 그 마음을 그대로 입술에 담아 내뱉고 말았다.

"멋진 키스야. 아마도 좋은 선생이 있나 보군."

소령은 그가 무슨 말을 하는지 이해할 수가 없었다. 멋진 키스는 뭐고, 좋은 선생은 또 무슨 뜻일까. 소령이 키스라고 부를 수 있는 것은 오늘이 처음이었다.

"좋은 선생이라니. 무슨 뜻인가요?"

정말로 모른다는 듯이 순진한 표정으로 묻고 있는 그녀를 태민이 비웃듯이 쳐다보며 말했다.

"그 정도 솜씨가 되려면 제법 많은 경험이 필요하단 얘기지."

소령은 그때서야 태민이 왜 그렇게 팽개치듯 밀어냈는지 이해가 됐다. 그녀를 키스나 구걸하는 싸구려 취급을 하고 있었던 것이다. 순간, 쨍하고 무언가가 그녀의 내부에서 산산조각 났다. 그가 주는 열정을 뿌리치지 못하고 받았을 뿐인데 이런 막말을 하다니. 오만한 말투가 비수가 되어 심장을 찔렀다.

소령은 주체할 수 없이 몸이 떨렸지만 이를 악물어 억눌렀다. 보통 이럴 경우 뺨을 한 대 때리는 것으로 분노를 드러내겠지만 그녀는 그렇게 하고 싶지 않았다. 고작 뺨 한 대로 그를 용서하기엔 그녀가 받은 고통이 너무 아팠다. 소령은 욱신거리는 심장을 가까스로 짓누르며 태연스레 입을 열었다.

"후훗. 제 솜씨가 어디 사장님만큼이야 하겠습니까? 저야 스승이 노련하다 보니 절로 반응한 것뿐인데."

태민의 표정이 확 일그러졌다. 여유롭게 미소까지 짓는 게 몹시도 눈에 거슬렸다. 그가 말없이 노려보고만 있자 그녀의 목소리가 다시 들려왔다.

"그런데 사장님께서는 여직원을 성희롱하셨다는 걸 아시는지 모르겠군요."

이번에는 태민이 가소롭다는 듯 미소 지으며 입을 열었다.

"성희롱이라……. 그거야 혼자 즐겼을 때 말이지. 난 당신도 즐긴 걸로 아는데, 아닌가?"

능글맞은 미소에 뺨이라도 한 대 올려붙이고 싶은 것을 간신히 누르고 있자니 속이 부글부글 끓어올랐다.

'참아야 한다, 민소령. 한순간만 참으면 되는 거야.'

그렇게 속으로 되뇌며 주먹을 꽉 틀어쥐자, 손톱이 살을 파고들어 가 욱신거렸다.

"부정하지 않는 걸 보니 꽤나 좋았나 보군."

또다시 들려오는 조롱 섞인 말에 그녀의 신경이 툭 끊어졌다. 눈에는 눈, 이에는 이라고 똑같이 되돌려 주지 않고서는 분이 풀리지 않을 것 같았다. 소령은 대범한 손길로 그의 목을 휘감고서 무릎 위에 걸터앉아 입술을 삼켰다. 흠칫 그가 몸을 떠는 것도 잠시, 곧바로 입을 벌려 그녀의 혀를 휘감아 당겼다. 소령은 기꺼이 그에게 몸을 맡기며 열정적인 키스를 나누었다. 혀로 그의 치아를 훑기도 하고, 말랑거리는 혀를 흡입하듯 끌어당겨 깨물기도 하면서 입안 구석구석을 휘젓고 다녔다.

그렇게 서로의 열기를 빨아 당기는 사이 숨은 점점 더 거칠어지고 달아오른 몸은 더 많은 것을 갈망하며 꿈틀거렸다. 이윽고 열에 달뜬 몸을 제어하지 못한 태민의 손이 블라우스를 파고들어 가 그녀의 가슴을 움켜잡았다. 그때, 기다렸다는 듯이 소령은 그를 밀어내고서 무릎에서 내려왔다. 그리고 황망한 시선으로 바라보고 있는 그를 향해 생긋이 웃으며 말했다.

"방금 나눈 것은 제 키스에 대한 찬사의 답례니다. 그리고 이건…… 짝!"

날카로운 소리와 함께 그의 고개가 옆으로 휙 돌아갔다. 얼굴에는 보기만 해도 아플 것 같은 손자국이 선명하게 새겨졌다.

"제 인격 모독에 대한 값입니다. 그에 대해서 하실 말씀이라도 있으십니까?"

타들어갈 듯 바라보는 눈동자엔 흔들림이라고는 없었다. 오히려 어디 해볼 테면 해보란 듯 고개까지 빳빳하게 치켜든 채 노려보고 있었다. 그런 상대에게 무슨 할 말이 있을까. 한마디로 그의 완패인 것을.

"더 하실 말씀 없으면 이만 퇴근하겠습니다."

그에게서 아무런 말이 없자 소령은 그대로 등을 돌렸다. 태민은 제 할 말만 하고 등을 꼿꼿이 세우고 당당하게 문을 열고 나가는 그녀를 그저 멍하니 바라볼 수밖에 없었다.

"빌어먹을!"

태민의 손가락이 거칠게 머리를 쓸어 넘겼다. 고작 키스 한 번에 무너진 것도 한심해서 미칠 지경인데 그걸 또 엉뚱한 곳에 화풀이를 하다니. 자신답지 않은 행동이 실망스러워 견딜 수가 없었다. 그러다 어떤 생각이 불쑥 끼어들자 미간이 절로 찌푸려졌다.

"설마 출근하지 않는 걸로 시위하는 건 아니겠지. 아, 젠장!"

불쾌한 생각이 뇌리를 파고들자 더러운 기분이 아주 나락으로 떨어져 내렸다. 그녀가 낯선 남자에게 안겨 있던 모습이 아무리 그의 신경을 긁어대도 참았어야 했다는 뒤늦은 후회와 함께.

"어우, 나쁜 자식!"

도망치듯 사무실을 빠져나온 소령의 입에서 거침없이 욕설이 튀어나왔다. 그가 한 짓으로도 모자라 말도 안 되는 트집으로 조롱하다니. 다시 생각해도 뺨 한 대로 그를 용서한 게 억울해서 미칠 것 같았다.

"하아. 소주 생각난다."

소령은 더러운 기분을 조금이나마 잊게 해줄 술이 생각나자 진하에게 전화를 걸었다. 사무실로 찾아온 그를 쫓아내듯 돌려보낸 것이 마음에 걸렸던 터라 같이 한잔하려는 생각에서였다.

"진하 씨, 어디예요?"

소령은 전화가 연결되자 곧바로 물었다. 전화기 너머로 웅성거리는 소리가 들려왔기 때문이었다.

[사무실. 아직 일이 좀 남았거든.]

사무실이란 소리에 그녀의 어깨에서 힘이 쭉 빠졌다. 일하는 사람을 불러내기가 미안해진 것이다. 소령은 서운한 마음을 뒤로하고 일부러 밝게 말했다.

"아, 그렇구나. 그럼 일해요. 그만 끊을게요."

[아니야! 이제 마칠 거야. 넌, 어딘데. 사무실?]

사무실이란 소리에 소령의 얼굴이 확 붉어졌다. 순간, 거침없이 빠져들었던 키스가 떠올랐던 것이다. 별거 아니었다고 부정하고 싶지만 확실히 그와 나눈 키스는 그녀를 뜨겁게 했다. 새삼 그것을 깨닫고 나니 기분이 씁쓸했다.

"아니에요. 지금 막 사무실에서 나왔어요."

[그럼 어디 들어가서 30분만 기다려. 정리만 하면 돼.]

"바쁘면 그냥 일해요. 난 집에 가면 돼요."

[내가 안 돼. 장소 정해지면 문자해. 그냥 가면 집으로 쳐들어갈 거야.]

그 말을 끝으로 전화가 끊어졌다. 소령은 할 수 없이 직원들과 가끔 가던 곳을 문자로 찍어 보내고서 걸음을 뗐다. 늦은 밤거리의 불빛들은 화려한 불꽃놀이처럼 형형색색의 물결을 이루었다. 많은 사람들이 거리를 누비고 다녔고, 오가는 사람들의 모습에서는 서로의 허리에 팔을 두르고 다정히 걸어가는 연인들이 많이 눈에 띄었다.

행복한 모습으로 걸어가는 그들을 바라보는 소령의 마음이 울적해졌다. 남들 다 하는 사랑 한 번 제대로 못해본 그녀로선 어쩔 수 없는 부러움이었다. 약속 장소에 도착한 소령이 막 자리에 앉으려 할 때였다. 안쪽에 앉아 있던 커플이 러브 샷을 하더니 이어 입술을 겹쳐 키스했다. 깜짝 놀란 소령은 얼른 고개를 돌렸다. 공공장소에서 대놓고 저런 짓을 할 수 있다는 게 그저 놀라웠다.

"하아. 미치겠다, 정말."

다른 테이블에 자리를 잡고 앉은 소령이 나지막이 투덜거렸다. 생각하기도 싫은데 상황이 자꾸만 사무실에서의 키스를 떠올리게 했다. 소령은 자신의 뺨을 손으로 톡톡 치며 한숨을 푹 내쉬었다.

"땅 꺼지겠다. 무슨 한숨이 그리도 깊어."

언제 왔는지 진하가 의자에 털썩 앉으며 말했다. 그가 온 줄도 모르고 제 생각에 빠져 있었다는 게 부끄러워 소령이 서둘러 입을 뗐다.

"언제 왔어요?"

"네가 두 번째 한숨 쉴 때. 무슨 생각을 하고 있었기에 사람이 와도 몰라?"

"후훗. 어떻게 하면 남자를 사로잡을까 궁리하고 있었죠."

짓궂은 소령의 말에 진하가 정색을 하며 소리쳤다.

"잡힐 남자 앞에 두고 그게 무슨 소리야. 말만해. 확실하게 잡혀

줄게. 지금 잡혀줄까? 아니면 내가 잡아줘?"

진하가 소령의 손을 덥석 잡으며 장난기가 가득한 미소를 지어 보이며 말했다.

"자, 봤지? 내가 너 잡은 거다."

"푸하하하. 진짜 못 말려."

그의 장난기에 소령은 큰 소리로 웃었다. 우울해 있는 그녀를 말 한마디로 웃게 할 수 있는 사람이 있다면 그건 바로 진하였다.

"고마워요."

"뭐가?"

"진하 씨가 절 생각해 주는 마음이요."

"당연한 것에 일일이 인사하지 마. 기분 나빠. 그보다 무슨 일 있어? 혹시 보스한테 낮에 일 때문에 야단맞은 거야?"

보스라는 말이 새삼 가슴에 와 닿다. 감히 그녀가 대적할 수 없는 존재였기에.

"그런 거 아니에요. 참, 낮에는 미안했어요. 일부러 사무실까지 찾아왔는데 차도 한잔 대접 못하고 그냥 가게 해서. 그래서 저녁이나 같이하자고 전화한 거예요."

"아직 저녁도 안 먹은 거야?"

"그렇게 됐어요. 진하 씬 저녁 먹었죠?"

"아니, 나도 아직 안 먹었어. 그럼 간단하게 저녁도 먹자."

소령은 가슴으로 따뜻한 온기가 번져 가는 것을 느끼며 그저 고개를 끄덕였다. 한 끼라도 늦게 먹으면 큰일 나는 사람처럼 매 끼니를 제 시간에 챙겨 먹는 사람이란 것을 알고 있는데도 그는 배까지 두드리며 능청스럽게 말하고 있었다.

이렇듯 늘 그녀를 먼저 생각하고 배려하는 사람이 바로 진하였다. 때로는 오빠처럼 때로는 아빠 같은 마음으로 그녀 옆을 든든히 지켜주고 있는 사람. 그래서 혼자라는 것에 외로움을 느끼다가도 그를 만나 얘기하다 보면 언제 그랬냐는 듯 웃을 수 있었다. 그건 아마도 오랜 시간을 허물없이 지내다 보니 가족처럼 여겨져서 그럴 것이다.

"주문하시겠습니까?"

때마침 다가온 직원의 말에 진하가 주문을 했고, 소령은 양이 좀 많다고 생각하면서도 그를 제지하지 않았다. 이윽고 주문한 음식이 나오자 두 사람은 소주를 곁들이며 밥을 먹기 시작했다. 생선구이에 해물매운탕까지 시켜놓으니 안주까지 푸짐한 게 술이 술술 잘도 넘어갔다.

"진하 씨, 내가 그렇게 가벼운 여자로 보여요?"

기분 좋게 취기가 오른 소령이 진하에게 물었다. 그녀의 말이 뜬금없는지 그의 눈동자가 휘둥그레졌다.

"가볍긴 누가? 널 한 번씩 업을 때마다 내 허리가 얼마나 휘는데."

소령은 피식 웃고 말았다. 그에게 업힌 적은 딱 3번이었다. 2번은 술에 취해서. 그리고 나머지 1번은 다리를 접질렸을 때였다. 상황이 그렇다 보니 허리가 휜다는 말은 사실인 것이다. 지금은 전혀 다른 의미로 물었던 거지만 그것조차 농담으로 받아넘기고 있었다. 아마도 그녀의 마음을 가볍게 해주려는 것일 테지만 지금은 농담보다는 충고가 필요했다.

"하아. 좀 진지하게 받아주지. 내겐 심란한 일인데."

잔을 비우며 하는 소리가 무겁게 가슴으로 내려앉았다. 그제야 사태의 심각성을 깨달은 진하의 얼굴에서 웃음기가 사라졌다. 왠지 그녀의 이야기를 듣는 게 거북했지만 겉으로 내색하진 않았다.

"미안. 이제 들을 준비됐으니까 말해봐. 널 괴롭히는 게 뭐야?"

"헤헤헤. 진작 그렇게 나올 것이지."

그녀가 헤헤거리며 웃더니 그의 잔에 술을 채우며 말을 이었다.

"있잖아요. 나 오늘 아주 근사한 키스를 받았어요. 묘한 떨림이 온몸으로 번져 가더니 심장까지 찌르르 울리는 게 정신까지 아득해지더라고요. 후훗. 평생 잊지 못할 만큼 아주 충격이었어요. 근데요. 그것보다 더 충격적인 게 뭔지 알아요?"

술에 취한 그녀는 전에 없이 속엣 말을 드러내고 있었다. 그런 소령을 말없이 지켜보며 술잔을 드는 진하의 눈빛이 뜨거운 불꽃으로 일렁거렸다. 하지만 그의 표정을 감지하지 못한 그녀의 목소리는 계속해서 들려왔다.

"글쎄, 저 보고 선수라네요. 제가 키스를 너무 잘한다나 뭐라나. 정말 제가 그렇게 잘했을까요? 난 처음이었는데."

탁! 그의 손에 들려 있던 술잔이 분노를 참지 못하고 테이블을 내려쳤다. 그녀의 입술을 탐했다는 것만으로도 피가 거꾸로 치솟고 온몸이 살기로 들끓었다. 그런데 말도 안 되는 그딴 막말로 그녀에게 상처를 주다니. 상대가 누구든 피 한 방울까지 모조리 뽑아내서 짓이기고 싶었다. 진하는 들끓는 분노를 씹어 삼키며 천천히 잇새로 내뱉었다.

"어떤 놈이야. 널 욕보인 놈이."

"아주 나쁜 놈이요. 헤헤, 그래서 제가 똑같이 되돌려 줬어요. 그냥 있으려니 좀 억울하더라고요."

"똑같이 되돌려 주다니. 어떻게?"

불길한 느낌에 사로잡힌 진하가 조심스러운 말투로 물었다. 설마 그가 생각하고 있는 그런 것은 아닐 것이다. 하지만 그녀가 게슴츠레한 눈을 하고서 씩 웃을 때, 진하는 그만 눈을 질끈 감아버렸다. 굳이 그녀의 대답을 듣지 않아도 그의 머릿속을 채우고 있는 그 생각이 맞는 것이다.

"제가 도로 키스했거든요. 아, 뺨도 때렸다. 히히히. 얼마나 세게 때렸는지 제 손이 다 얼얼했어요. 근데요. 왜 맞은 사람은 따로 있는데 제 가슴이 아플까요? 숨쉬기가 괴로울 만큼 여기가 너무 아파요. 여기가요. 찢어지는 것처럼 너무 아파서…… 아파서…… 어떠…… 어."

소령이 제 가슴을 손바닥으로 툭툭 치더니 테이블에 고개를 푹 숙였다. 취기를 이기지 못하고 잠이 든 것이다.

"빌어먹을!"

화가 치밀자 그는 단숨에 술잔을 비웠다. 대체 어떤 놈이 그녀를 흔들어놓았을까. 한 남자에게 상처를 받은 이후로 진하를 제외한 모든 남자가 그녀에겐 경계 대상이었다. 그런데 대체 누가 그 틀을 무너뜨렸을까. 옆에 있는 그도 감히 시도조차 하지 못하고 그저 바라보고만 있어야 했는데.

"멍청한 놈!"

진하는 그저 시간만 흘려보낸 자신에게 화가 나 다시 술잔을 비웠다. 이렇게 될 줄 알았으면 좀 더 적극적으로 그녀에게 다가갈걸 그랬다. 그녀를 가질 수만 있다면 뺨이 아니라 더한 것이라도 줄 수 있는 사람이 바로 그인데.

"소령아."

그녀를 부르는 목소리가 살짝 젖어들었다. 이대로 그녀를 놓쳐 버릴지도 모른다는 불안감이 고스란히 드러난 것이다.

"너무 멀리는 가지 마라. 내게도 기회는 줘야지, 인마."

얼굴을 뒤덮고 있는 그녀의 머리카락을 거둬 올리는 손길엔 안타까운 마음이 그대로 담겨져 있었다.

"아우, 머리야."

시끄러운 소리에 힘겹게 눈을 뜬 소령이 양손으로 머리를 감쌌다. 날카로운 것이 머릿속을 쿡쿡 찔러대는 것처럼 아파서 절로 앓는 소리가 났다.

"에고, 또 진하 씨 등에 업혀왔구나."

낯익은 침실인 걸 확인한 그녀의 입에서 한숨이 튀어나왔다. 안 그래야지 하면서도 매번 그의 신세를 지는 게 부끄럽고 미안했다. 소령은 무거운 몸을 이끌고 욕실로 향했다.

"으음."

거울에 비친 자신의 모습을 보는 순간 신음 소리가 흘러나왔다. 씻지도 않고 잠이 든 탓에 화장은 번져 있고, 머리는 쥐어뜯기라도 한 것처럼 헝클어져 있는 게 꼴이 말이 아니게 추했다. 너무나 기가 막힌 몰골에 소령은 한숨을 길게 내쉬며 어제의 기억을 더듬어보았다.

진하와 술을 한잔한 것까지는 기억이 나는데 그 뒤로의 일들은 백지상태였다. 진하에게 무슨 말인가를 한 것 같기도 한데 도무지 기억이 나지 않았다. 다만, 사무실에서의 그 사건만이 뇌리에 박혀 있을 뿐이었다. 소령은 다시금 어제의 일들이 고개를 내밀며 정신을 어지럽히자 세차게 머리를 흔들었다.

"민소령, 정신 차려. 꿈을 꾼 거라 생각해. 그래. 넌 어제 악몽을 꾼 거야. 그것도 지독한 악몽 말이야."

하지만 쉽게 잊혀질 일이 아니라는 것을 알고 있었다. 물론, 두 번 다시 일어나서도 안 되는 일이었다. 그러니까 지금은 무엇보다 어제의 일을 어떻게 대처해야 할지가 급선무였다. 소령은 맑은 정신으로 생각을 하고자 차가운 물줄기 아래 섰다. 순간, 몸이 으스스하더니 한기가 확 밀려왔다.

"앗. 차가워!"

소령은 얼른 밸브를 잠갔다. 안 그래도 요즘 컨디션도 안 좋은데 감기라도 걸리면 큰일이었다. 몸을 대충 씻고 욕실에서 나온 그녀는 곧장 주방으로 갔다. 그리고 제일 먼저 눈에 띈 것은 식탁 위에 차려져 있는 음식이었다.

그녀의 입가에 부드러운 미소가 걸렸다. 굳이 누군지 확인하지 않아도 상대를 알 수 있었다. 소령은 식탁 위에 있는 메모지를 집어 들었다. 그리고 적혀 있는 대로 냉장고로 가 문을 열었다. 예쁜 컵 속에 꿀물이 담겨 있었고, 그 위에 또 다른 메모지가 있었다.

—천천히 마실 것!

메시지를 읽고 난 소령은 피식 웃으며 고개를 저었다. 그러면서도 그가 시키는 대로 천천히 꿀물을 마시기 시작했다. 달콤하고 시원한 물줄기가 답답한 가슴을 쓸어내리자 한결 속이 편안해졌다. 그녀의 시선이 깔끔하게 차려진 식탁으로 향했다. 아무런 사심 없이 그녀를 위해서 식탁을 차려줄 사람은 아마도 진하밖에 없을 것이다.

"잘해주지 말지. 버릇 나빠지는데."

소령은 온몸으로 번져 가는 따뜻한 기운을 느끼며 가스레인지 위에 있는 냄비 뚜껑을 바라보았다. 역시나 그곳에도 메모지가 붙어 있었다. 메모지를 떼어낸 그녀가 뚜껑을 열었다. 아직도 따뜻한 온기가 남아 있는 콩나물국이었다. 자연스럽게 메모지로 시선이 갔다.

—빈속에 가면 속 아파. 아침 꼭 먹고 가. 속이 든든해야 늑대도 잡는 법이야. 나중에 전화할게.

이런 것을 언제 준비해 놓고 간 것인지. 깔끔한 필체가 진하의 마음을 대신하고 있는 것 같아서 목이 메어왔다.

"고마워요, 진하 씨. 잘 먹을게요."

중얼거리는 목소리에는 삼키지 못한 물기로 젖어 있었다. 소령은 밥과 국을 떠서 자리에 앉았다. 그의 말대로 늑대와 싸워 이기려면 기운을 보충해 놔야 했다. 그렇게 정성스럽게 차려진 밥상으로 배를 든든하게 채우고 출근한 소령은 엘리베이터의 문이 열리길 기다렸다. 잠시 후, 문이 열리자 서둘러 걸음을 옮겼다. 그가 오기 전에 먼저 자리를 지키고 있을 생각이었다.

그러나 사무실 문을 여는 것과 동시에 그녀의 얼굴이 굳어졌다. 태민이 먼저 와 있었던 것이다. 언제나 그녀의 생각을 앞질러 가는 것 같은 그의 행동이 그녀를 짜증스럽게 했다. 그보다 한 발 먼저 움직였다고 생각하면 꼭 그는 두 발자국 먼저 가 있었다. 그것도 기분 나쁠 정도로 정확하게 말이다.

"사장님, 상쾌한 아침입니다."

부글거리는 속마음을 숨긴 채 소령이 활짝 웃는 얼굴로 인사를 했다. 어제 있었던 일에 대해서 아무런 영향도 받지 않았다는 것을 보여주기 위해서였다. 그게 먹혀들었는지 그의 표정이 싸늘히 굳어졌다.

"그래. 좋은 아침이군."

그가 인사를 건네더니 휑하니 집무실로 들어갔다. 소령은 그때서야 참고 있던 숨을 크게 내쉬며 티타임 준비를 위해 탕비실로 향했다.

"하! 상쾌한 아침이라니. 저 여자 사람 미치게 하는 재주가 있었군."

자리에 털썩 앉은 태민의 시선이 닫힌 문을 사납게 노려보았다. 밤새 잠을 못잔 탓에 안 그래도 신경이 날카로운데 활짝 웃는 얼굴을 보니 속이 다 뒤집어졌다. 대체 그는 뭘 기대한 걸까. 애타게 그녀가 오길 기다리고 있던 그가 한심할 정도로 아무렇지 않게 행동하는 여자를 상대로 말이다.

"제길! 나만 미친놈이었어. 나만."

억울하단 생각마저 들자 태민이 주먹으로 팔걸이를 내려쳤다. 비록 그녀에게 뺨을 맞긴 했지만 정식으로 용서를 빌고 싶었다. 그녀 입장에서는 상사에게 희롱당한 것은 사실이니까. 그래서 밤새 고민했다. 어떻게 용서를 빌어야 상처받은 그녀의 마음을 달래

줄 수 있을까, 하고. 그런데 그게 다 부질없는 짓이었던 것이다.

똑똑똑!

노크 소리에 그의 생각이 툭 끊어졌다. 태민은 재빨리 자세를 고쳐 앉았다. 그녀가 어제 일을 무시하기로 했다면 그도 내색할 필요가 없었다. 잠시 후, 문이 열리더니 그녀가 쟁반을 들고 들어왔다. 그런데 테이블에 내려놓는 커피 잔이 하나뿐이었다.

"왜……."

"오전……."

동시에 입을 뗀 그들의 시선이 허공에서 엉켜들었다. 하지만 먼저 시선을 피한 쪽은 그녀였다. 그게 또 못마땅해 태민이 미간에 주름을 잡으며 말했다.

"왜 커피가 한 잔이지?"

"아침 커피는 한 잔만 마십니다. 그리고 이미 그 한 잔을 마셨습니다."

이제 그와는 커피조차 마시기 싫다는 뜻일까. 불쾌하기 짝이 없는 소리에 태민의 눈매가 매서워졌다.

"내일부터는 두 잔 마셔야 할 거야."

노골적으로 불쾌감을 드러낸 태민은 화를 참기라도 하듯 입술을 꽉 깨무는 그녀의 모습을 보면서 다시 말을 이었다.

"당신이 하려던 말은 뭐지?"

"오전 9시에 최 이사님과 미팅 있다는 말씀을 드리려던 것이었습니다."

"용건은?"

"그에 대해서는 말씀하지 않으셨습니다."

"다른 것은?"

"회장님께서 호출하신 관계로 오후 일정은 다른 날로 조정해 놓았습니다."

"알았어. 아, 당신도 같이 가야 하니까 3시까지 준비해."

"저도 함께 말입니까?"

소령이 의문 가득한 눈빛으로 그를 바라보며 물었다. 한 회장이 그녀를 집으로 호출할 일이 없었던 것이다. 그녀의 생각을 읽기라도 한 것처럼 그가 퉁명스러운 목소리로 말을 꺼냈다.

"이유는 나도 몰라. 3시에 출발할 테니까 그리 알아."

"알겠습니다."

소령은 용건이 끝났다는 듯 커피 잔을 드는 그를 뒤로하고 집무실을 나왔다.

"회장님이 왜 날 찾으시지. 그럴 이유가 없는데."

소령은 느닷없이 회장에게 호출을 당하자 괜스레 마음이 무거워졌다. 거기에는 그와 함께 가야 한다는 부담감도 한몫했다.

Rrrr Rrrr.

사내 게시판에 올라온 글들을 훑어보고 있을 때, 전화벨이 울렸다. 소령이 수화기를 들어 말했다.

"네. 사장 비서실입니다."

[소령 씨. 나야, 명희. 오늘 날씨 좋다, 그치?]

"후훗, 어. 농땡이 치고 싶을 만큼 무지하게 좋아."

[하하하. 소령 씨 입에서 그런 말이 다 나오고 별일이네. 지금 사장님 자리에 계셔?]

"응."

[그럼 이사님께서 10분 후에 찾아뵙겠다고 말씀드려 줘.]

"그래, 알았어."

[아, 그리고 한 가지 더. 젊은 사장님과 지내는 기분은 어때?]

그녀의 물음에 대번에 어제의 일이 떠올랐다. 그러니 나가는 말이 고울 리가 없었다.

"기분이랄 게 뭐 있어. 직장 상사란 게 다 그렇지."

[이거 왜 이러실까. 그런 뜻이 아니란 거 알면서.]

"다른 뜻 같은 거 난 몰라. 할 말도 없고."

[어어. 민소령답지 않게 왜 이러셔. 다들 자기가 부러워서 눈 돌아가는데.]

"내 자리 탐내는 사람 있거든 말해줘. 얼마든지 바꿔줄 의향 있다고."

소령이 건성으로 대답하며 게시판 글들을 쭉 훑어 내렸다. 딱히 화젯거리가 될 만한 글은 없었다.

[어! 이거 뭔가 냄새가 나는데. 왜? 혹시 까다로운 분이야. 아니면 성격이 고약해?]

정색하며 묻는 소리에 순간, 소령은 아차 했다. 그녀가 눈치 백단이라는 것이 뒤늦게 생각난 것이다. 어쩌자고 그런 바보 같은 짓을. 소령이 속으로 자신을 꾸짖으며 얼른 입을 열었다.

"넘겨짚을 생각 마. 생각보다 까다로운 분이라 투정부린 거니까. 사장님께 이사님이 곧 찾아뵙겠다고 말씀드릴게. 나중에 봐."

[하하하, 알았어. 오늘은 일단 후퇴할게. 다음을 기약하며.]

"다음 기회는 꽝이야. 끊어."

소령은 그녀의 대답도 듣지 않고 수화기를 내려 버렸다. 그리고 바보라고 중얼거리며 제 머리를 주먹으로 콩콩 쥐어박을 때였다.

"내가 그렇게 까다롭게 한 줄은 몰랐군. 자리까지 내놓을 정도로 말이야."

"사장님!"

팔짱을 낀 채로 문에 비스듬히 기대어 서 있는 그를 보고 소령이 놀라서 벌떡 일어났다. 그러다 책상 모서리에 다리를 부딪치곤 눈살을 찌푸렸다. 눈물이 핑 돌 정도로 아팠지만 지금은 그게 문제가 아니었다.

"정말 무례하군요. 남의 통화를 엿듣다니."

"엿들은 게 아니라 우연히 듣게 된 거야."

"어디선가 새 한 마리가 날아와서 앉아 있었던 모양이군요."

태민은 믿을 수 없다는 뜻을 노골적으로 표현하는 그녀를 뚫어지게 바라보았다. 그러다 문득 깨달았다. 그녀가 그를 싫어한다는 것을. 어쩌면 당연한 것인지도 모른다. 그녀에게 매번 상처를 주는 말과 행동을 한 그였으니까. 하지만 대놓고 싫어하는 표정은 마음에 들지 않았다. 또한, 언제나 그와 맞서 싸우려는 행동 또한 마찬가지였다.

"당신은 싸움을 좋아하는군."

말도 안 되는 헛소리에 소령이 매섭게 그를 노려보았다. 지금까지 그녀는 누구와도 말다툼을 한 적이 없었다. 화가 나는 일이 있어도 조금만 참자. 다 잘될 거야. 라는 생각으로 살았기에 싸움을 좋아한다는 말은 그녀에게 해당되지 않았다.

"싸움을 좋아하는 사람이 있는 줄은 몰랐네요. 하지만 전 싸우는 걸 아주 싫어합니다."

"아니. 당신은 좋아해. 내 말에 매번 싸움을 걸고 있다는 게 그 이유고. 그게 아니면 날 싫어하는 거겠지."

그의 마지막 말이 소령을 놀라게 했다. 혹시 그를 싫어하는 걸까. 그래서 그의 말에 자꾸만 화가 나는 걸까. 한 번도 싫다는 생각은 해보지 않은 것 같은데. 아니, 어쩌면 무의식중에 그런 생각을 한 건지도 모르겠다. 하지만…….

'아니야. 그가 싫어서가 아니야. 단지 신경이 쓰일 뿐이야. 그뿐이야.'

아무리 생각해 봐도 그를 싫어하는 것은 아니었다.

"어제 부탁한 서류나 갖고 와."

명령과 함께 문이 쾅 닫혔다. 그 소리에 놀란 소령이 퍼뜩 정신을 차렸다. 그리고 준비된 서류를 챙겨서 집무실로 들어갔다. 그는 책상에 걸터앉은 채 담배를 피우고 있었다. 담배 피우는 모습을 한 번도 본 적이 없었기에 소령은 저도 모르게 입을 열었다.

"담배를 피우시는 줄은 몰랐네요."

태민이 심술부리듯 담배 연기를 길게 뿜어냈다. 니코틴 특유의 향이 코끝으로 스며들자 소령은 아련한 현기증을 느꼈다.

"안 피웠어. 하지만 앞으론 이게 많이 필요할 것 같군. 후훗."

그는 뜻 모를 말을 하고서 피식 웃었다. 그 모습이 왠지 쓸쓸해 보였다. 소령은 아마도 그녀의 착각이겠지, 생각하며 책상 위에 서류를 올려놓으며 말했다.

"최 이사님께서 곧 오실 겁니다."

"하! 그만 끄라는 소리군."

태민이 그녀의 말을 곡해하며 담배를 껐다. 그가 오해하고 있었지만 소령은 그냥 내버려 둔 채 집무실을 나왔다. 그와 말을 섞을 때마다 꼬여 버리는 게 지금은 입을 닫는 게 최상이었다.

"민 비서, 사장님 안에 계신가?"

그녀가 탕비실로 가려 할 때, 문이 열리더니 최 이사가 들어왔다. 소령은 반가운 마음에 얼른 인사를 했다.

"어서 오세요, 이사님. 사장님은 안에서 기다리고 계십니다."

"일이 힘든가? 어찌 얼굴이 반쪽이야. 한 사장이 일을 너무 혹독하게 시키는 건가?"

걱정스러운 듯 최 이사의 미간에 살짝 주름이 잡혔다. 언제나 아버님 같은 모습으로 자상하게 직원들을 염려하는 최 이사를 모두가 좋아했다. 그녀 역시도 마찬가지고. 그런 분에게 걱정을 끼치고 싶지 않았기에 소령은 화사하게 웃으며 말했다.

"아닙니다. 오히려 몸무게가 늘었는걸요. 어서 들어가세요."

"늘기는 무슨. 일도 좋지만 건강이 먼저야. 한번 잃어버리면 되돌릴 수 없는 게 건강이야. 잘 챙겨."

"네, 명심하겠습니다."

최 이사가 집무실로 들어가자 소령도 차를 준비해 곧 뒤를 따랐다.

"이사님은 녹찹니다."

"허허, 그런 걸 다 기억하는가?"

"그럼요."

"고맙네. 난 녹차를 아주 좋아하지. 녹차의 향내를 맡고 있으면 마음이 편안해져."

태민은 두 사람의 모습이 참 다정하다는 생각을 했다. 그러다 그녀와 눈이 마주치자 시선을 외면해 버렸다.

"참, 민 비서도 거기 앉게."

"저도 말입니까?"

"그래. 민 비서도 들어야 일정에 지장이 없을 거야."

"그게 무슨 말씀이세요?"

소령이 함께 자리를 해야 한다는 말에 태민이 되물었다. 그러자 최 이사가 찻잔을 내려놓으며 입을 열었다.

"사장님께서도 회장님의 오랜 숙원 사업이 제주에서 시행되고 있음을 아실 겁니다."

최 이사가 존칭을 사용하자 듣기 거북해진 태민이 자세를 고쳐 앉으며 말했다.

"저기 아저씨. 여긴 우리밖에 없는데 말씀 편하게 하세요. 제가 상당히 불편합니다."

"그래도 이곳은 회삽니다. 위아래는 분명히 해야 합니다."

"제가 불편해서 그럽니다. 부탁드릴게요, 아저씨."

부탁이라는 말에 마음이 약해진 최 이사는 어쩔 수 없이 태민의 의사를 받아들이기로 했다.

"그럼, 내 말 편히 하지."

"네. 이제야 아저씨를 뵙는 것 같아요."

"하하하, 그런가."

최 이사가 호탕하게 웃었다. 듣기 좋은 웃음소리라 생각하며 소령이 생긋이 웃을 때, 태민이 그녀를 불렀다.

"민 비서도 자리에 앉아."

"네."

짧은 대답과 함께 그녀가 자리에 앉자, 최 이사의 말이 이어졌다.

"한 사장도 알고 있지? 제주에 사원들을 위한 레저타운을 건설한다는 거."

"네, 알고 있습니다."

"거기에 약간의 문제가 생긴 모양이야."

"순조롭게 진행되는 걸로 알고 있는데 문제라니요?"

"보고에 의하면 중요 부지의 주인들이 땅을 팔길 거부한다는군. 처음엔 팔기로 한 모양인데 지금은 완강히 거부한다는 거야. 그 일을 한 사장이 직접 가서 해결했으면 하는 게 회장님의 뜻일세."

"그런 일이라면 굳이 제가 가지 않아도 되는 거 아닙니까? 돈을 바라고 그러는 거라면 다시 협상해서 적당히 올려주면 되는 건데요."

소령의 차가운 눈빛이 태민을 바라보았다. 돈이면 뭐든지 된다는 식의 방식이 마음에 들지 않았다.

"아닐세. 돈을 원하면 차라리 낫지. 하지만 이유는 그게 아닌 것 같아. 막무가내로 안 판다고만 하고 아예 담당자를 만나주지도 않는 모양이야. 그래서 한 사장을 보내기로 한 거야. 그리고 민 비서는 한 사장을 도우면서 주위를 잘 살펴보게. 돈이 목적이 아니라면 필시 다른 이유가 있을 거야. 그런 쪽으로는 남자보다는 여자의 직감이 더 뛰어나니까. 회장님이 건강이 좋지 않아서 그러는지 몹시 조급해해. 그러니 주말까지 일정 정리하고 출발하게."

"알겠습니다."

최 이사가 집무실을 나가고 난 뒤 무거운 침묵이 흘렀다. 소령은 편치 않은 마음으로 쟁반에다 커피 잔을 챙겼다. 어제 그런 일이 있었는데 그와 함께 출장을 가야 한다는 게 적잖은 부담감으로 다가왔다. 소령이 커피 잔을 챙겨 들고 집무실을 나가려 할 때, 태민의 목소리가 들려왔다.

"내키지 않으면 지금 말해."

"무슨 뜻인가요?"

"이번 출장이 신경 쓰이면 다른 이를 찾아보겠다는 말이야."

그녀 대신 누구와 동행하고 싶은 걸까. 이번 출장이 마음에 들지 않는 것은 사실이었다. 하지만 이건 일이었다. 그리고 그녀는 주어진 일에서 결코 도망친 적이 없었다. 그건 지금도 마찬가지였다.

"사장님이 다른 분과 동행하고 싶다고 하시면 제가 양보할 수도 있습니다. 하지만 이건 제 일인 것 같군요."

그에게 일침을 가한 소령은 그대로 집무실을 나왔다. 빙그레 웃고 있는 그의 표정을 보지 못한 채.

"후훗. 아무 데서나 참 잘 잔단 말이야."

본가 앞에 차를 세운 태민은 곤히 잠든 그녀를 바라보며 살포시 미소를 지었다. 그와 맞설 때는 마치 쌈닭처럼 부리를 날카롭게 세우더니 잠든 모습은 여린 양처럼 온순하기만 했다. 하긴 악당이라도 잠잘 때만큼은 천사라고 하니, 그녀의 잠든 모습이 예쁜 것은 어쩌면 당연했다.

"내가 좀 편해진 건가. 그렇다면 다행인데."

그녀와의 사이에 커다란 벽이 쌓였다고 생각했는데 이렇듯 무방비 상태로 자는 것을 보니, 꼭 그렇지만은 않은 것 같아서 무거웠던 마음이 조금은 가벼워지는 기분이었다.

"아쉽지만 그만 깨워야겠군."

시간을 확인한 태민은 평화로운 공간을 깨뜨려야 한다는 게 많이 아쉬웠다. 하지만 더는 지체할 수가 없었기에 곧장 손을 뻗어 그녀의 어깨를 살며시 흔들었다.

"민 비서."

"아앗!"

그녀가 비명을 지르며 눈을 번쩍 떴다. 세게 흔들었던 것도 아닌데 그녀가 너무 놀라는 바람에 태민은 괜스레 미안해졌다.

"미안. 놀라게 할 생각은 없었는데."

"아, 아닙니다. 제가 깜박 졸았습니다. 죄송합니다."

소령이 빨개진 얼굴로 황급히 자세를 고쳐 앉았다. 어쩌자고 이런 바보 같은 짓을. 몸이 자꾸만 가라앉아 잠시만 눈을 감고 있는다는 게 그만 잠이 든 모양이다.

"죄송할 거 없어. 내 옆에 앉으면 다들 조니까."

딸깍. 소리와 함께 들려온 말에 소령의 고개가 자연스럽게 그를 향했다. 무슨 의도로 한 말인지 궁금해서였다. 그러자 마치 그녀가 쳐다볼 줄 알았다는 듯이 어깨를 으쓱이더니 말을 이었다.

"내가 운전을 좀 잘하거든."

"푸훗."

소령은 저도 모르게 웃음이 튀어나오자 얼른 손으로 입을 틀어막았다. 제 자랑도 어쩜 저렇게 도도하게 하는지, 저것도 병이라면 병이었다.

"뭐야. 기분 나쁜 그 웃음은."

불쾌하다는 듯 그의 미간에 주름이 잡혔다. 하지만 눈이 웃고 있었기에 정말로 화를 내고 있는 것은 아니었다. 그런데도 가슴이 뜨끔거려 소령은 얼른 사과의 말을 중얼거렸다.

"죄송합니다."

"후훗. 듣고 보니 우리 둘, 사과를 아주 입에 달고 사는군. 그러지 말고 아예 사무실에 사과를 한 상자 사다 놔. 사과할 일 생기면 자진 납세하는 심정으로 한 개씩 꺼내 먹게. 누구 배가 먼저 터지는가도 좀 보고."

"정말 사다 놓을까요?"

소령은 그가 농담으로 한 말이라는 것을 알면서도 되물었다. 장단을 맞춰 줘야 할 것 같은 분위기라.

"두 상자 사다 놔. 민 비서 것도 있어야 하잖아."

그가 한마디 툭 던지고서 차에서 내렸다. 소령은 피식 웃으며 뒤따라 내렸다. 그의 농담 한마디에 불편했던 마음이 조금은 가벼워졌다.

"민 비서, 어서 오게."

방으로 들어서자 침대 머리 판에 등을 기대고 앉아있던 한 회장이 반갑게 그녀를 맞이했다. 많이 야위긴 했지만 혈색은 전보다 한결 생기가 있어 보였다. 소령이 다행이라 생각하며 허리를 굽혀 인사했다.

"안녕하십니까, 회장님."

"그래. 내 여기까지 오게 해서 미안하네."

"아닙니다. 건강은 좀 어떠세요?"

"민 비서 덕분에 좋아졌어. 자네 아니었으면 아마도 지금은 다른 세상에 있겠지. 내 직접 고맙다는 말을 하고 싶어서 오라고 했는데 번거롭게 한 것은 아닌지 모르겠군."

"아닙니다. 건강해지셔서 다행입니다."

"제가 모르는 사연이 있는 것 같은데 누가 좀 알려주시겠습니까?"

태민의 딱딱한 말투가 그들 사이로 불쑥 끼어들었다. 영문도 모른 채 그들의 대화를 듣고 있으려니 소외감이 느껴져서 기분이 언짢았다.

"저기, 그게……."

"최 이사에게 듣지 못한 게냐?"

한 회장이 그녀의 말을 가로채며 물었다. 그가 쓰러진 상황을 최 이사에게 들어서 알고 있을 거라고 생각했는데 그게 아닌 모양이다.

"뭘 말씀이십니까?"

태민이 미간을 살짝 찌푸리며 되물었다. 방금 들은 것으로 파악하기론 아버지가 쓰러진 일과 관련이 있는 것 같은데 속내가 무엇인지는 알 수가 없었다.

"민 비서, 아무래도 이 녀석이 내가 누구 때문에 목숨을 건지게 된 것인지 듣지 못한 모양이야. 너무 서운해 말게."

한 회장이 미안한 표정으로 그녀를 바라보았다. 소령은 상황이 이상하게 꼬여 버리자 도둑이 제 발 저리는 심정으로 무겁게 입을 열었다.

"아닙니다, 회장님. 사장님이 모르시는 것은 당연합니다. 제가 조용히 넘어갔으면 좋겠다고 최 이사님께 부탁드렸거든요."

말이 끝나기가 무섭게 찌를 것 같은 태민의 눈빛이 그녀에게로 향했다. 그 눈빛이 너무 날카로워서 지은 죄도 없는데 몸이 움츠러들었다.

"제가 은인을 몰라봤군요. 이제라도 알았으니 은인 대접을 해줘야겠습니다."

소령은 말끝에 가시가 박혀 있자, 그를 슬쩍 흘겨보았다. 고맙다는 말을 바란 건 아니었다. 하지만 빈정거림을 받을 이유 또한 없었다. 그런데도 그는 해볼 테면 해보란 듯 입매가 한쪽으로 비틀려 있었다.

"그러실 필요 없습니다. 회장님을 모시고 있던 사람으로서 당연히 해야 할 일을 한 것뿐이니까요."

"와우. 겸손까지 겸비한 비서라니, 아주 보기 드문 인재군요. 어쨌든 감사드립니다."

"별말씀을요."

두 사람의 신경전을 지켜보고 있는 한 회장의 얼굴에 미소가 걸렸다. 평소 소령을 눈여겨보고 있던 한 회장이라 두 사람의 보이지 않는 기 싸움이 싫지 않았다. 오히려 그녀가 태민의 신경을 더 긁어주길 바랐다. 그의 앞에서는 좀처럼 감정을 드러내지 않는 아들이라 눈앞에서 티격태격거리는 모습이 보기가 좋았다. 그러나 이런 그의 바람이 전해지지 않은 듯 아쉽게도 실랑이하는 소리는 더 이상 들려오지 않았다.

"허음!"

한 회장이 서로를 노려보고 있는 그들에게 자신의 존재를 알리기 위해서 헛기침을 했다. 그러자 타오르던 불꽃이 순식간에 흩어지더니 한 회장 쪽으로 시선이 모아졌다.

"회사 일은 할 만한 게냐?"

"네."

짧은 그의 대답이 신빈성이 없었는지 한 회장이 이번에는 소령을 향해 입을 열었다.

"민 비서, 이 녀석 업무 파악은 잘하고 있나?"

한 회장의 물음에 소령이 그를 바라보며 빙그레 웃었다. 대체 저 웃음의 의미는 뭘까. 무슨 말이 하고 싶어서. 분명 비웃는 것은 아닌 것 같은데도 왠지 신경이 곤두섰다.

"네. 이해력이 좋으셔서 업무 파악도 그만큼 빠르십니다."

뜻밖의 칭찬에 태민이 의심의 눈초리를 하고서 그녀를 살피는 반면, 한 회장은 기분이 좋은지 허허 웃었다.

"다행이구만. 민 비서가 옆에 있으니 걱정은 안 했네만 그래도 마음은 쓰였거든. 앞으로도 잘 부탁하네. 저 녀석이 말 안 듣거든 과감하게 채찍도 휘두르고."

"아닙니다, 회장님. 무슨 그런 말씀을……."

채찍이라는 소리에 놀란 그녀의 얼굴이 빨갛게 달아올랐다. 아무리 농담이라지만 그런 말을 들었다는 것 자체가 충격이었다. 하지만 말을 내뱉은 당사자는 기분이 좋은 듯 껄껄 웃고 있었다.

"모름지기 비서란 당근과 채찍, 두 가지를 다 다룰 줄 알아야 상관을 제대로 보필할 수 있는 거야. 민 비서 능력이라면 충분히 할 수 있으니까 맡기는 거고. 그러니 눈치 보지 말고 마음껏 휘둘러 봐."

한 회장의 말에 소령의 눈이 자연스럽게 태민을 찾았다. 말도 안 된다며 펄쩍 뛸 줄 알았는데 조용한 게 이상해서였다. 그런데 어쩐 일일까. 허공에서 눈이 딱 마주쳤는데도 그는 별다른 행동을 하지 않았다. 그래서 더 불안했다. 무슨 꿍꿍인가 싶어서. 그러는 와중에도 한 회장의 목소리는 계속해서 들려왔다.

"그리고 최 이사에게 들어서 알고 있겠지만 한 사장은 그 일이 자신의 존재를 확실하게 알릴 기회라는 것을 잊지 말아. 듣기에는 별일 아닌 것 같지만 타인의 마음을 내 쪽으로 움직이게 하는 것만큼 힘든 일도 없어. 사업가들이야 같은 대열에 있으니 서로 이득이 되는 쪽으로 서게 마련이지만 일반인들은 달라. 설령, 손해를 보더라도 마음이 내키지 않으면 움직이지 않는 게 그 사람들만의 매력이야. 특히 땅이란 것은 존재 자체가 정직해서 사람들의 마음이 쉽게 바뀌지는 않을 거야. 그 점을 유념해서 다가가도록 해."

"알겠습니다."

"두 사람이 잘해낼 거라고 믿어. 그만들 나가봐. 조금 피곤하군."

"그럼 이만 가보겠습니다."

한 회장의 손짓에 두 사람은 조용히 방을 나왔다. 저녁 먹고 가라는 말에 그들이 알아서 한다는 말을 남긴 뒤 본가를 나와 차에 올랐다.

"왜 내게 말하지 않았나."

무겁게 가라앉은 태민의 목소리가 좁은 차 안에 파장을 일으켰다. 이미 예상하고 있던 터라 소령은 조용히 입을 열었다.

"자랑거리가 아니니까요."

"최소한 나에겐 알렸어야 했어. 당신이 아니더라도."

그가 누구를 염두에 두고 하는 말인지 모르지 않았기에 소령은 담담히 대답했다.

"최 이사님은 제 부탁을 거절하지 않으신 것뿐입니다. 그리고 이미 그에 대한 대가를 충분히 받았으니 마음 쓰지 마세요."

"대가라니?"

그가 이맛살을 찌푸렸다. 소령은 그가 어떤 식으로 받아들였을지 알 것 같았다. 그의 입장에서 보면 적절치 않은 단어였다.

"이미 회장님께 감사 인사를 받았다는 뜻이었습니다."

"가진 자의 여유인가?"

"굳이 제게 감사의 표시를 하고 싶다면 기회는 드리도록 하겠습니다."

태민이 무슨 뜻이냐는 듯 눈썹을 치켜떴다. 이 말 또한 오해를 하고 있는 듯했다. 오늘따라 왜 이렇게 말귀를 못 알아듣는지. 소령은 튀어나오려는 한숨을 꾹 눌러 삼키며 장난스럽게 말했다.

"배가 고파서 쓰러질 것 같다는 말이면 되겠습니까? 점심을 못 먹었거든요."

그 말이 사실이라는 듯 그녀가 생긋이 웃으며 손바닥으로 배를 툭툭 두드렸다. 장난기 가득한 그녀의 모습에 태민은 그만 피식 웃고 말았다. 마땅히 알고 있어야 할 일을 숨긴 것에 화가 나 성질을 내긴 했지만 고마운 마음까지 저버린 것은 아니었다.

"가는 곳이 마음에 들었으면 좋겠군."

차를 출발시키며 하는 말에 소령은 그저 히죽 웃었다. 사실 배가 고프다는 말은 거짓이었다. 그가 마음의 짐을 짊어지는 게 싫어서.

CHAPTER 3

"와아!"

어찌할 사이도 없이 그녀의 입에서 감탄사가 터졌다. 그가 데려온 레스토랑은 입구부터 시작된 풍경이 실내로까지 이어지면서 벽면과 천장에 자연을 그대로 옮겨놓은 것 같은 그림으로 장식되어 있었다. 그런 분위기에 걸맞게 잔잔하게 울리는 피아노 선율이 공간을 가득 채웠다.

"정말 근사하네요."

분위기에 도취된 듯 그녀의 목소리가 살짝 들떠 있었다. 그녀가 좋아하는 걸 보니 덩달아 그의 기분도 좋았다.

"마음에 든다니 다행이군. 식사는 뭐로 할 거지?"

"사장님과 같은 걸로 시켜주세요. 다 맛있을 것 같은데."

"그래, 그럼."

태민이 주문을 하는 동안 소령은 창밖을 응시했다. 통유리 너머로 보이는 바깥 역시 은은한 조명 빛을 받으며 오솔길로 꾸며져 있었다. 그 길을 따라 다정하게 허리를 껴안은 연인이 걸어가고 있었다. 아마도 저곳은 연인들을 위한 휴식 공간인 듯했다.

"소화시키라는 길이야. 자기들 음식 먹고 체하면 곤란하니까."

"그 정도로 이곳 음식이 맛있다는 거군요."

장난스러운 말에 소령은 살포시 웃으며 대꾸했다. 그러자 그가 이제 알았다는 듯 손가락을 탁 튕겼다.

"아, 그런 뜻일 수도 있겠구나. 역시 민 비서는 머리가 좋아. 어떻게 그런 식으로 해석하지? 다들 저 길 너머에는 왕자님을 기다리는 공주가 있다고들 하던데."

그 말은 즉 키스하는 곳이란 뜻이었다. 순간, 소령의 얼굴이 살짝 붉어졌다. 민망하게도 그도 저곳에서 키스를 했을까, 라는 생각이 불쑥 든 것이다.

"그만하시죠. 더 하다가는 무슨 말이 나올지 겁나네요."

"후훗, 겁쟁이."

"네. 저 겁쟁이 맞아요. 됐죠?"

버럭 할 줄 알았던 그녀가 생긋이 웃으며 인정해 버리자 놀려주려던 태민은 그만 맥이 탁 풀려 버리고 말았다.

"칫. 재미없군."

소령은 입을 실룩거리는 그를 보며 피식 웃었다. 이럴 때 보면 영락없는 개구쟁이 아이였다. 그러는 사이 주문한 음식들이 나왔고, 다행히 어색한 분위기는 모면할 수 있었다. 그렇게 시작된 식사 시간은 의외로 즐거웠다.

그가 운동을 좋아하며 휴일엔 정처 없이 발길이 이끄는 대로 여행을 떠나 사진을 즐겨 찍는다는 것도 알았다. 틀에 박힌 생활은 지루해서 싫다는 말에서는 조금 놀라기도 했다. 그런 사람치곤 너무 열정적으로 일을 하고 있었다. 마치, 그 일을 즐기는 것처럼.

"네? 방금 뭐라고 하셨나요?"

물 잔으로 목을 축이던 소령이 눈을 치켜떴다. 그가 한 말을 제대로 들었나 의심이 갔다.

"사석에서는 친구로 지내자고 했어. 이런 자리에서까지 딱딱하게 굴 필요 없잖아."

똑같은 대답이 돌아왔다. 설마 했는데 그녀가 제대로 들은 것이다. 소령은 말도 안 되는 소리에 고개를 가로저었다.

"아니. 그럴 수는 없어요. 제가 어떻게 사장님과 친구가 될 수 있나요?"

"왜 안 돼? 내가 바라는 건데."

"그래도 안 됩니다."

소령은 딱 잘라 거절했다. 그와 친구라니, 결코 있을 수 없는 일이었다.

"그 남자 때문이야?"

"그 남자라니. 누구를 말씀하시는……."

소령은 굳은 듯 입을 다물어 버리는 그를 보고서야 말을 멈췄다. 굳이 듣지 않아도 그가 말한 상대가 진하라는 것을 알 수 있었다. 아마도 진하를 그녀의 애인이라 단정 짓고 있는 듯했다. 하긴, 껴안고 있는 모습을 봤으니 그렇게 생각할 수도 있었다. 그렇다고 오해라는 말까지 하면서 시시콜콜 설명하고 싶지는 않았다. 그래서 가장 현실적인 말로 입을 열었다.

"군이 변명을 하자면 친구로 지내기보다는 상관으로 모시는 게 더 편하기 때문입니다."

"질문에 대한 답을 교묘히 피해가는군. 뭐, 상관없어. 친구라는 이름보다는 뜻이 통하는 게 중요하니까. 그런 의미로 본다면 우린 이미 친구가 된 거지."

한발 물러서기로 했는지 그가 히죽 웃었다. 소령은 귀찮게 따지지 않고 물러서 주는 그가 고마웠다. 그래서 오늘 하루만 그의 뜻에 따라주기로 했다.

"좋아요. 오늘만 친구하기로 해요. 대신, 내일부터는 원위치예요. 아셨죠?"

"후훗. 새겨들었으니 눈에 힘 풀어."

소령은 자신도 모르게 눈에 힘을 주고 있었다는 게 부끄러워 얼른 물 잔을 입으로 가져갔다. 그의 웃음소리가 뒤따랐지만 놀리는 것이 아니었기에 그녀도 같이 웃어버렸다. 그들이 웃고 즐기는 사이 어느덧 밖은 짙은 어둠이 내려앉아 있었다. 흐르는 시간이 아쉬움으로 남을 만큼 그와의 시간은 의외로 즐거웠다. 헤어져야 한다는 게 살짝 아쉬울 정도로.

"늦었네요. 이제 그만 가야겠어요."

그녀가 미소를 지으며 말하자, 태민이 시간을 확인했다. 이대로 일어나기에는 아직 이른 시간이었다.

"이제 8시를 조금 넘었군. 이렇게 일찍 퇴근한 기억은 없는 걸로 아는데?"

물론, 그의 말대로 8시면 이른 시간이었다. 하지만 차를 가져가려면 지금 일어서야 했다.

"회사로 돌아가야 해요. 제 차가 아직 거기 있거든요."

"차는 내일 가도 안전하게 있을 거야. 집은 내가 바래다주면 되고."

"출근하려면 차가 필요해요."

"아침에 당신 집으로 데리러 가지."

그의 대답은 막힘이 없었다. 하지만 소령은 번거롭게 하는 게 싫었다.

"아니. 그러실 필요 없어……!"

"어머, 태민 씨!"

소령의 말은 호들갑스럽게 끼어드는 목소리로 인해 멈춰야 했다. 그리고 나지막이 그가 욕을 내뱉자 천천히 몸을 틀었다. 그녀가 봐도 헉 소리가 나올 만큼 늘씬한 몸매를 자랑하며 다가오는 여자의 얼굴은 아주 미인이었다.

"저녁 먹으러 온 거야?"

"그래."

대답하는 그의 표정은 차갑게 굳어 있었다. 하지만 여자는 그런 기운을 느끼지 못한 듯 애교스러운 목소리로 입을 열었다. 그런 두 사람의 모습이 소령의 호기심을 자극했다.

"누구랑 온 거야? 난 상진 씨랑 왔는데."

그녀가 턱짓으로 소령을 가리키더니, 묻지도 않은 말을 생글생글 웃으며 잘도 말하고 있었다.

"신경 끄고 니들 자리로 가."

태민은 짜증이 나자 물 잔으로 입을 틀어막았다. 하필이면 이런 곳에서 딱 마주치게 될 줄이야. 이럴 줄 알았으면 소령이 가자고 할 때, 일어설 걸 그랬다는 후회가 밀려들었다.

"와우. 그새 여자가 바뀌었네. 암튼, 한태민 능력 좋아."

한 남자가 그들에게 다가오더니 대놓고 빈정거렸다. 남자의 말에 화를 낼 만도 한데 태민은 그저 물을 마실 뿐, 아무런 대꾸도 하지 않았다. 그런 남자의 모습에 오히려 화가 나는 건 소령이었다.

"말투가 무례하군요. 용건 끝났으면 그만 가주세요."

"합석하죠? 다 아는 사인데. 아, 당신만 빼고요."

가달라고 분명히 말했는데도 그녀는 도발하듯 소령을 걸고 넘어졌다. 생긋이 웃기까지 하는 게 아주 쌍으로 기분 나쁜 사람들이었다. 하지만 소령은 그들이 누군지 몰랐기에 겉으로 내색하진 않았다. 그렇다고 입을 꾹 닫은 것도 아니지만.

"어쩌죠? 저희는 식사가 끝났는데."

"그럼 차라도 마셔요. 앉아, 상진 씨."

허락도 하지 않았는데 그들은 아예 자리를 잡고 앉았다. 당돌한 것을 넘어서 아주 예의가 없었다. 소령이 뭐 이런 사람들이 다 있나 싶어서 쳐다보자 여자가 불쑥 손을 내밀었다.

"인사나 하죠. 나, 진미경이에요."

소령의 미간에 살짝 주름이 잡혔다. 눈앞에 내밀어진 손을 덥석 잡기가 꺼려졌다. 그런 그녀의 의도를 눈치라도 챘는지 여자가 피식 웃더니 손을 거둬들이며 말했다.

"당신은 민소령 씨죠?"

소령의 머릿속이 차갑게 얼어붙었다. 자신의 이름을 알고 있다는 것은 태민의 상대 여자가 그녀라는 뜻이었다. 만일에 대비해서 말해준다더니 기어코 일이 터지고 만 것이다. 이런 여자를 떨쳐내기 위해서 그녀를 이용하다니. 소령은 꿈틀거리며 올라오는 불쾌한 기분을 꾹 눌렀다. 지금 이 순간, 그가 어떤 표정을 하고 있는지 몹시도 궁금했다. 하지만 고개를 돌리는 어리석은 짓 따위는 하지 않았다. 본의 아니게 그들 사이에 끼게 되었지만 물러나기엔 이미 늦어버린 것이다.

"태민 씨가 제 얘길 했나 보군요. 맞아요. 제가 민소령이에요."

"후훗. 어떤 여잔지 되게 궁금했는데 이렇게 만나게 되네요. 안 그래, 상진 씨?"

"어, 그래."

남자의 대답에 소령은 기분이 확 상했다. 여자만으로도 짜증나는데 남자까지 보태지자 꼭 동물원의 원숭이가 된 기분이었다.

"궁금증이 풀렸다니 다행이네요. 그럼 전, 잠시 실례할게요."

소령은 생긋이 웃어준 다음 자리에서 일어났다. 들끓는 속이 가라앉지가 않아 자리를 지키고 있기가 힘들었다. 그때까지도 태민은 입을 꾹 다문 채 앉아 있었다.

"대체 왜 저렇게 앉아 있는 거야. 속 터지게."

소령은 수도꼭지를 틀어 손을 씻으며 투덜거렸다. 그가 무슨 생각을 하고 있는지 알 수가 없으니 속이 더 답답했다.

"우리 얘기 좀 할까요?"

소령은 불쑥 들려온 목소리에 고개를 휙 돌렸다. 언제 따라왔는지 미경이 화장실 벽면에 비스듬히 기대어 서 있었다. 입술이 약간 비틀린 채로.

"우리가 무슨 할 얘기가 있을까요?"

"그럼 하나만 묻죠."

이대로 물러나지 않겠다는 듯 그녀가 한 발 앞으로 다가오더니 삐딱하게 선 채로 팔짱을 꼈다. 꽤나 건방진 모습이라 순식간에 불쾌감이 치솟았다. 소령은 그녀가 하려는 말이 무엇일지 어렴풋이 짐작이 가자, 마음의 고삐를 단단히 틀어잡았다.

"말해요."

"태민 씨와 언제부터 알고 지냈나요?"

"그게 왜 궁금하죠? 첫눈에 반하는 시간은 고작 눈 한 번 깜박할 순간이라는데."

"하! 그래서 첫눈에 반하셨다?"

"남녀가 만나는 시간의 길이는 아무 소용 없다는 뜻이에요. 시간은 단지 시간일 뿐, 사람의 마음까지 잴 수는 없으니까. 그리고 전 오래전부터 태민 씨를 알고 지낸 것 같은 느낌이에요. 사람의 인연이란 만나기 훨씬 이전부터 이미 예정된 관계라고도 하니까."

미경의 눈빛이 사납게 일렁였다. 고작 하룻강아지가 범 무서운 줄 모르고 설치는 꼴이 건방지기 짝이 없었다.

"헛소리 작작해! 한태민은 한곳에 정착할 인간이 아니야! 지금이야 네게 최선을 다하겠지. 원래 그 남자의 스타일이 사귀는 동안에는 한 여자에게 올인하니까. 하지만 결코 사랑은 아니야. 여자는 필요에 의해서 존재한다고 입버릇처럼 말하는 인간이니까. 그러니 너도 새로운 여자가 나타나면 그 자리를 비워줘야 할 거야. 그런 인간이 바로 한태민이야!"

소령은 고함을 내지르는 그녀를 안타깝게 바라보았다. 지금이야 어찌 됐든 그래도 한때는 그를 열렬히 사랑했을 것이다. 아니, 어쩌면 아직도 사랑하고 있을지도 모르겠다. 그러니 잘 알지도 못하는 상대를 붙잡고 그를 비난하고 있겠지. 헤어지자는 말에 화가 났을 테니까. 그래도 이건 아니란 생각이 들었다.

"사랑이란 머무는 게 아니라 흘러가는 거라고 생각해요. 한자리에 머문다면 그건 사랑이 아니라 집착이죠. 전 그런 의미에서 남녀 간에 사랑도 흘러가야 한다고 생각합니다. 그래야 진정한 사랑을 찾을 수 있지 않을까요? 고여 있는 물은 그만큼 빨리 썩게 마련이니까."

"철없는 소리 하고 자빠졌네. 사랑이 흘러가기만 하면 무슨 소용이야. 내 것으로 움켜잡아야 사랑인 거지!"

"그쪽 사랑은 손아귀에 넣고 움켜잡아야 하는가 보죠? 난 그렇게 하면 숨이 막혀서 도망갈 것 같은데. 사랑에도 적당한 밀당이 필요한 거니까. 하실 말씀 다 하신 거면 그만 비켜주세요. 태민 씨가 기다리고 있을 거예요. 그리고 작별 인사는 여기서 해야겠군요. 그럼 안녕히 가세요."

살짝 고개까지 숙여 보인 소령은 부들부들 떨고 있는 미경을 지나쳐 자리로 돌아왔다. 이내 남자들의 시선이 그녀에게 꽂혔다. 소령은 부글거리는 속마음을 숨긴 채 살포시 미소 지으며 말했다.

"시간이 너무 늦었네요. 그만 가봐야 할 것 같아요. 상진 씨라고 하셨죠? 기회가 되면 다음에 또 봐요. 진미경 씨께는 이미 인사드렸어요."

"네. 안녕히 가세요."

상진이 인사를 건네자 소령은 가방을 챙겨 들었다. 서두르는 그녀의 행동에 불안감을 느낀 태민이 얼른 자리에서 일어났다.

"먼저 간다. 다음에 보자."

태민의 말에 상진이 사납게 인상을 구기며 노려볼 뿐, 아무런 대꾸도 하지 않았다. 소령은 그게 조금 이상했지만 깊게 생각하지 않기로 했다. 지금도 충분히 머릿속이 터질 것 같았으니까. 상진에게 살짝 고개를 숙인 소령은 곧장 걸음을 뗐다.

차에 올라타서도 그녀는 눈을 꼭 감고 있을 뿐, 입을 떼지 않았다. 화가 난 것은 분명한데 입을 닫고 있으니 그녀를 바라보는 태민의 속이 새까맣게 타들어갔다. 그렇다고 선불리 입을 열기에는 지은 죄가 너무 컸다. 그렇게 시작된 침묵의 시간은 그녀의 집 앞에 도착해서도 계속 이어졌다.

"그만 쳐다봐요."

드디어 그녀의 입이 열렸다. 태민은 나지막이 울리는 목소리가 여간 반가운 게 아니었다. 화풀이를 해도 기꺼이 다 받아주고 싶을 만큼. 딸깍. 그녀가 안전벨트를 풀었다. 그리고 몸을 틀어 그를 바라보았다. 태민은 저도 모르게 숨을 삼키며 그녀의 입이 벌어지길 기다렸다.

"세 분, 친구세요?"

화를 낼 줄 알았는데 너무나 뜻밖의 물음이었다. 태민은 고개까지 끄덕이며 대꾸했다.

"그래. 친구야."

"그 사이에 사장님이 끼어든 건 아니죠?"

태민의 몸이 흠칫했다. 화장실에서 무슨 말이라도 오간 걸까.

그녀가 화장실로 향하자 곧바로 뒤를 따라가는 미경을 보고는 마음이 편치 않았었다.

"혹시 그런 건가요?"

그녀가 다시 물었다. 태민은 살며시 눈을 감았다. 그녀에게 어디까지 이야기를 해야 할지 생각해야 했다. 그녀들 사이에 무슨 말이 오갔든 미경이 진실을 말했을 리가 없으니까. 그리고 의외로 결론은 간단했다.

"내가 해줄 수 있는 말은 하나야. 우연이라도 그녀와 마주치고 싶지 않다는 것."

"그렇군요. 천만다행이네요."

"무슨 뜻이야?"

"제가 좀 뻔뻔하게 굴었거든요. 지금쯤 약이 바짝 올라서 술에 빠져 있을지도 몰라요."

"설마……."

태민이 못 믿겠다는 눈초리로 그녀를 바라보았다. 천하의 진미경이 그녀에게 당했을 리가 없었다.

"그렇게 생각하다가는 뒤통수 맞을 거예요. 제 자신에게 화가 날 만큼 아주 뻔뻔했으니까."

소령은 맛있게 먹었던 음식이 속에서 거부감을 일으킬 정도로 아주 많이요. 라는 말은 차마 덧붙이지 못했다. 그리고 정말 속이 편치 않았다. 몸도 으슬으슬하고.

"후훗. 그랬단 말이지. 진미경이 아니라 당신이 말이야."

"비웃고 싶으면 그렇게 해요. 참아줄 테니까."

"당신이 정말 그랬단 말이지. 당신이……. 후후, 하하하!"

못 믿겠는지 그가 같은 말을 되풀이하더니 갑자기 큰 소리로 웃기 시작했다. 웃으란다고 정말 웃을 줄이야. 소령은 기분이 확 상했지만 뱉은 말이 있으니 참아야 했다.

"사장님이라도 즐겁다니 다행이네요. 그럼 안녕히 가세요."

소령이 문을 쾅 닫고 차에서 내렸다. 웃고 있던 태민은 종종걸음으로 차에서 멀어지는 그녀를 바라보며 손바닥으로 가슴을 지그시 눌렀다. 평소보다 미친 듯이 뛰고 있는 심장박동이 고스란히 손바닥으로 전해져 왔다.

"후훗. 요놈, 이거 너무 빠른데."

손바닥으로 가슴을 톡톡 두드리는 태민의 얼굴에는 기분 좋은 미소가 걸려 있었다.

"아으. 미치겠다, 정말."

잠을 자려고 이리저리 몸을 뒤척이던 소령은 이불을 확 거둬내고서 일어나 앉았다. 몸 상태도 안 좋은데 레스토랑에서의 일이 신경 쓰여 도저히 잠을 잘 수가 없었다. 거기다 불편하던 속이 기어코 탈이 났는지 가슴이 답답하고 머리까지 쿡쿡 쑤셔댔다.

"내가 너무 심했나."

이젠 도가 지나쳤던 게 아닌가, 하는 후회마저 들었다. 그때, 그녀의 정신을 흩트리려는 듯 휴대전화가 울렸다.

"누구지."

전화기를 집어 든 소령의 얼굴이 절로 찡그려졌다. 결코 반갑지 않은 상대였다. 어떻게 할까 잠시 망설이던 소령은 한숨을 내쉬며 통화키를 눌렀다. 급한 전화일지도 모른다는 생각에서였다.

"네, 사장님."

[아직 잠들지 않았군.]

소령은 이게 다 당신 때문이잖아! 라는 소리가 목구멍까지 걸렸지만 꾹 눌러 참았다. 이미 벌어진 일인데 열을 내봤자 그녀만 괴로웠다.

"자려던 중이었어요. 무슨 급한 일이신가요?"

[빨리 끊으라는 소리군.]

그런 뜻으로 한 말이었지만 그가 너무 정확하게 꼬집자 오히려 다른 말이 튀어나왔다.

"늦은 시간에 전화하셔서 여쭤본 겁니다."

[후훗. 그래. 그렇게 믿도록 하지. 내일 몇 시에 출근하나?]

"오시지 않아도 됩니다. 제가 알아서……."

[말해. 몇 시야?]

그가 말을 가로채더니 거역하지 못하게 제법 강하게 나왔다. 전화기를 귀에서 뗀 그녀는 깊은 한숨을 내쉬었다. 내일은 꼼짝없이 그와 함께 출근해야 할 모양이다. 다시 귀에다 전화기를 가져다 댄 소령은 불편한 속내를 그대로 담아 입을 열었다.

"6시 50분입니다."

[확실해?]

"네."

[알았어. 내일 봐.]

그 말을 끝으로 전화가 끊어졌다.

"아아, 미치겠다."

그녀는 양손으로 머리를 부여잡고 침대에 벌러덩 누워 버렸다.

그의 전화로 인해 지끈거리던 두통이 이제는 깨어질 듯이 아팠다. 아무래도 약을 먹어야 할 것 같았다.

"대체 몇 시에 나간 거야!"

초인종을 다시 누르는 태민의 얼굴이 사납게 일그러졌다. 그녀가 자신을 따돌리기 위해서 거짓말을 했을지도 모른다는 생각에 30분이나 일찍 도착했다. 그런데 초인종을 벌써 3번째 눌렀는데도 문이 열리지 않고 있었다.

"이 여자를 진짜!"

태민이 거친 손길로 주머니에서 전화기를 꺼내 그녀에게 전화를 걸었다. 전화기에 대고라도 한바탕 퍼부어야 속이 풀릴 것 같았다. 그러나 신호음이 끝날 때까지도 그녀는 전화를 받지 않았다.

"이럴 리가 없는데."

태민은 이상한 기분이 들어 다시 전화를 걸었다. 싸울지언정 전화를 피할 그녀가 아니었던 것이다.

"가만!"

귀에서 전화기를 떼어낸 그는 문에다 귀를 바짝 가져다 댔다. 잘못 들었나 싶었는데 틀림없이 안에서 전화벨 소리가 울리고 있었다. 태민은 전화기를 껐다가 다시 걸었다. 역시나 안에서 들려오는 소리가 맞았다.

"젠장!"

태민은 황급히 엘리베이터로 향했다. 아무래도 무슨 일이 있는 듯했다. 다행히 그가 내린 뒤 아무도 사용하지 않았는지 엘리베이터는 그대로 멈춰 있었다.

"안녕하십니까. 다급해서 그러는데 1302호 비상키 좀 주십시오. 아니면 같이 동행하셔도 됩니다."

경비실을 찾은 태민은 곧장 용건부터 꺼냈다. 그런 그의 행동이 황당한지 경비가 찡그린 얼굴로 태민을 위아래로 훑어보더니 퉁명스러운 목소리로 입을 열었다.

"대체 그게 무슨 소리요?"

"1302호. 그러니까 민소령 씨가 제 비섭니다. 아침에 만나기로 했는데 나오지 않아서 전화를 걸었더니 집 안에서 벨 소리는 들리는데 전화를 받지 않습니다. 부탁드립니다."

설명을 하면서 태민이 명함을 내밀었다. 그것을 받아 든 경비가 다시 그를 훑어보더니 잠시만 기다리라고 말하더니 어디론가 전화를 걸었다. 대충 내용을 들어보니 열쇠 수리공을 부르는 듯했다.

"곧, 사람이 올 테니 조금만 기다려요."

"빨리 좀 부탁드립니다."

마음이 급한 태민은 1분이 1시간처럼 느껴져 연신 시계만 들여다보았다. 입안이 바짝바짝 타들어가고 몸속에 피가 차갑게 얼어붙어 가는 것을 느끼며 얼마나 그렇게 서 있었을까. 오토바이 한 대가 경비실 앞에 서더니 40대 중반쯤으로 보이는 남자가 내렸다. 그 남자를 본 경비가 냉큼 다가가며 말했다.

"어이, 김 씨 왔어. 이른 시간에 불러서 미안하네."

"아닙니다. 근데 몇 홉니까?"

"1302홉니다. 가시죠."

김 씨라는 남자의 물음에 태민이 냉큼 대답하며 걸음을 뗐다. 시선을 서로 주고받은 두 사람은 서둘러 그의 뒤를 따라갔다. 곧장 엘리베이터를 타고 그녀의 집 앞에 도착한 그들은 경비가 문을 열기 전에 다시 확인을 해봐야 한다면서 벨을 눌렀다. 그러나 여전히 문은 열리지 않았다.

"안에 없는 거 아니요?"

"분명 안에 있단 말입니다. 어서 여세요!"

점점 더 불안해지자 태민이 고함을 질렀다. 그제야 마지못한 듯 경비가 김 씨라는 남자에게 문을 열라고 했고, 얼마간의 시간이 지나서야 드디어 문이 열렸다.

"빌어먹을!"

황급히 안으로 뛰어들어 간 태민은 저도 모르게 욕을 내뱉고 말았다. 거실 중앙에 그녀가 쓰러져 있었다.

"아이고, 이를 어째. 119. 119 불러야지!"

경비가 놀라서 호들갑을 떨었다. 태민이 번쩍 그녀를 안아 들었다. 119 따윌 기다릴 시간이 없었다.

"어떻습니까?"

의사가 진료를 마친 것과 동시에 태민이 물었다. 이른 시간이라 걱정을 많이 했는데 다행히 응급실이 있는 병원이 가까운 곳에 있었다.

"과로에다 감기까지 겹쳐서 몸이 견디지 못하고 쓰러진 겁니다. 몸도 많이 약해진 상태고, 고열로 인한 탈진 상태니 입원하여 경과를 지켜보는 게 좋을 듯합니다."

"단지 그것뿐입니까? 다른 데 이상이 있는 것은……."

"다른 이상 소견은 보이지 않습니다. 애인 되시는 분이 아프셔서 걱정되시죠? 그 마음 이해합니다. 그럼."

태민은 의사가 다 안다는 듯 야릇한 미소를 지으며 나가자 미간을 찌푸렸다. 그러다 곧 그가 그들을 오해했다는 것을 깨닫고는 피식 웃고 말았다. 이른 시간에 여자를 안고 뛰어들어 왔으니 충분히 그렇게 생각할 수도 있었던 것이다.

"당신이 들었으면 또 펄쩍 뛰었겠군."

잠든 그녀를 바라보며 나지막이 중얼거린 태민은 아직도 욱신거리는 심장에 가만히 손을 올렸다. 쓰러져 있는 그녀를 보는 순간, 몸속에 있는 피가 모두 말라 버린 것처럼 감각이 없었다. 오직 이곳만 살려달라고 몸부림치고 있었다.

"당신이라는 여자는 날 참 많이 놀라게 하는군."

정말이지 그녀와 있으면 이놈의 심장이 가만히 있지를 못했다. 웃는가 하면 놀라고, 놀랐는가 하면 아픈 게 그조차도 종잡을 수가 없었다.

"이게 다 나 때문이겠지. 내가 당신을 너무 부려먹어서."

이젠 미안하기까지 하는 게 아무래도 병이 난 게 아닌가 싶었다. 그것도 민소령이란 여자에게 말이다.

"민소령 씨 보호자 되시죠?"

"네. 그렇습니다."

간호사의 물음에 태민이 냉큼 대답했다. 보호자란 소리가 오늘처럼 듣기 좋았던 적이 없었다.

"입원 수속해 주세요. 그래야 병실을 잡을 수가 있습니다."

"알겠습니다."

"응급실 왼쪽으로 보시면 접수처가 있습니다. 지금 바로 해주세요."

"네."

태민은 간호사가 친절하게 위치까지 알려주자 입원 수속을 하기 위해서 자리를 떴다.

"으음."

소령이 신음을 흘리며 힘겹게 눈꺼풀을 들어 올렸다. 은은한 불빛이 눈꺼풀 사이로 스며들더니 시야가 밝아졌다. 그녀는 호흡을 깊게 들이쉬고서 후우 하고 길게 내뱉었다. 살아 있다는 안도감. 지독하게 앓고 난 후의 개운한 느낌이 그녀를 편안하게 했다.

소령은 누운 채로 옆으로 고개를 돌렸다. 낯선 곳에 누워 있다는 생각이 들 때쯤 병원 특유의 냄새가 코를 자극했다. 아마도 누워 있는 곳은 병원인 듯했다. 그제야 소령은 출근하기 위해서 욕실로 씻으러 가던 중, 현기증이 밀려와 휘청거렸던 게 생각났다.

"근데 여긴 어떻게 온 거지."

소령은 심한 갈증을 느끼며 천천히 몸을 일으키다 그만 숨이 턱 막히고 말았다. 태민이 침대에 상체를 반쯤 걸치고서 자고 있었던 것이다. 아마도 그녀를 병원으로 데려온 사람이 그인 모양이다.

"아이, 씨. 진짜."

소령은 짜증이 확 밀려오자 손으로 애꿎은 머리카락을 괴롭혔다. 어쩌자고 자꾸만 그에게 바보 같은 모습만 보이는지 모르겠다. 소령은 그가 깨지 않도록 조심조심 몸을 움직여 병실을 나왔다. 그와 마주하기 전에 혼란스러운 머릿속부터 정리해야 했다.

"근데 몇 시나 된 거지."

밤이 꽤 깊었는지 병원 안은 조용했다.

"어머, 민소령 님. 깨어났군요!"

간호사실을 지나가는데 조금 과장된 웃음을 지으며 간호사가 아는 체를 했다. 소령은 멋쩍은 미소를 지으며 꾸벅 인사를 했다. 그러자 더 할 말이 있는지 간호사가 히죽 웃더니 입을 열었다.

"애인 되시는 분께서 마음고생 많이 했어요. 왜 안 깨어나냐고 담당쌤을 얼마나 괴롭히던지. 단순히 잠을 자는 거라고 설명을 드렸는데도 안 믿으시더라고요."

"애, 애인…… 이라니요?"

"병실에 안 계신가요? 조금 전까지도 계셨는데."

"지금 병실에 있는 사람이라면……."

소령은 말꼬리를 흘리고 말았다. 그들이 말하는 사람은 아무래도 태민인 듯했다. 소령이 믿을 수 없다는 듯 간호사를 보며 다시 말을 이었다.

"그 사람이 제 애인이라고 하던가요?"

"네. 얼마나 자상한지 땀으로 젖은 옷도 직접 갈아입혔다니까요. 우리 간호사들이 얼마나 부러워했는지 몰라요."

간호사가 부럽다는 시선으로 바라보며 묻지도 않은 말까지 서슴없이 했다. 하지만 소령의 얼굴은 차갑게 굳어졌다. 자신의 옷을 그가 직접 갈아입혔다니. 미치지 않고서야 있을 수 없는 일이었다.

소령은 성난 걸음으로 병실로 향했다. 애인이라고 말한 것은 그냥 넘어갈 수 있었다. 입원을 시키려면 보호자가 필요하니까. 하지만 옷까지 갈아입힌 것은 도가 지나쳤다. 거칠게 문을 열고 들어가자 놀랐는지 그가 몸을 벌떡 일으켰다. 소령은 단숨에 그에게 다가가 성난 음성으로 말했다.

"대체 무슨 짓을 한 거예요?"

"깨어났군. 몸은 괜찮아?"

그녀가 화를 내고 있다는 것을 알면서도 그의 목소리는 차분하기만 했다. 그게 더 소령을 약 올렸다.

"내 질문에 답부터 하세요. 왜 사장님이 제 애인이 된 거죠?"

"내가 당신을 안고 오자 그들이 그렇게 생각한 것뿐이야."

"그럼 바로잡았어야죠. 왜 그냥 두신 거예요?"

"왜 그래야 하지? 그편이 오히려 편하고 좋은데."

"전 불편합니다. 그것도 아주, 매우!"

태민이 눈을 가늘게 뜨고 그녀를 바라보았다. 주먹을 불끈 쥐고 입술까지 질끈 깨물고 노려보는 게 단순히 그 일만은 아닌 듯했다. 젠장. 설마 그 일을 알게 된 건가. 태민은 문득 떠오르는 것이 있자 미간을 찌푸렸다. 이곳 간호사들의 입이 너무 가벼운 모양이다.

"당신이 화를 내는 이유가 그 옷 때문이군."

정곡을 찔렀다는 듯 그녀의 눈동자가 더욱 뜨겁게 요동쳤다. 덩달아 태민의 눈빛도 사나워졌다. 그를 어떤 놈으로 보고 있는지 오히려 묻고 싶었다. 그래서 다시 입을 열었다.

"당신은 내가 아픈 사람을 두고 눈요기나 할 사람으로 보이나?"

"그런 뜻이 아니……."

"안심해도 돼. 난 평면보다는 볼륨 있는 여자를 좋아하니까."
태민이 냉큼 그녀의 말을 가로챘다. 근데 그 말이 더 기가 막혔다. 소령은 튀어나가려는 목소리를 애써 누르며 말했다.
"무슨 뜻으로 한 말이에요?"
"당신은 내게서 안전하다는 뜻이지. 아, 그리고 고맙다는 인사는 하지 않아도 돼. 도움을 받았으면 당연히 갚아야 하는 법. 이걸로 당신에게 진 빚, 퉁 치는 거야. 그만 가도록 하지. 이젠 내가 필요 없을 것 같으니까."
태민은 씩씩거리고 있는 그녀를 내버려 둔 채 병실을 나왔다. 그리고 벽에 기대어 잠시 서 있었다. 그러자 여지없이 안에서 고함 소리가 들렸다.
"아악. 나쁜 자식!"
태민은 피식 웃었다. 저 소리가 듣기 좋았다. 그녀가 기운을 차렸다는 뜻이니까.

"하아. 미치겠다."
퇴원 준비를 하던 소령은 잠옷을 내려다보며 한숨을 푹 내쉬었다. 입고 갈 옷은 물론이고, 병원비에다 집으로 갈 차비까지. 가지고 있는 게 하나도 없었다. 휴대전화라도 있으면 진하에게 도움을 청하면 되는데 전화기도 없어 꼼짝없이 태민에게 도움을 청할 수밖에 없는 상황에 놓인 것이다.
"에고. 이럴 줄 알았으면 번호라도 외워둘걸. 그놈의 휴대폰이 사람을 게을러지게 한다니까. 치매 걸리기 딱 좋게."
이도 저도 못한 상황이 되자 자연스럽게 넋두리가 흘러나왔다.

그때, 병실 문이 열리더니 간호사가 들어왔다.

"민소령 님, 퇴원 준비 다 하셨어요?"

"아, 저기 그게 말이에요. 제가 갑자기 실려 오는 바람에 옷이고 지갑이고 아무것도 못 가져왔거든요. 병원비도 내야 하는데."

"병원비라면 이미 다 지불되었습니다. 그리고 이거 받으세요."

간호사가 생긋이 웃으며 종이 가방을 내밀었다. 살짝 안을 들여다보니 그녀가 필요한 것들이 모두 담겨 있었다.

"이걸 누가……."

무심코 입을 열던 소령은 눈을 질끈 감았다. 굳이 듣지 않아도 누군지 알 수 있었다. 물론, 병원비까지도.

"아주 멋진 분을 애인으로 두셨어요. 두 분, 너무 잘 어울리세요. 이제 퇴원하시는데 문제없으시죠?"

간호사가 부러운 듯 바라보며 물었다. 소령은 속으로 신음을 삼키며 고개를 끄덕였다.

"네. 감사합니다."

소령은 간호사가 나가자 종이 가방을 거꾸로 들었다. 그러자 안에 든 것들이 침대 위로 쏟아졌다. 겉옷에서부터 속옷, 화장품까지 여자에게 필요한 것은 모두 들어 있었다. 심지어 머리빗까지도.

소령은 침대에 털썩 주저앉아 한숨을 내쉬었다. 어젯밤에 있었던 일들이 영화 필름 돌아가듯 스쳐 지나갔다. 그에게 감사하단 인사도 없이 소리만 지른 게 자꾸만 마음에 걸렸다. 그래서 그의 배려가 그녀에겐 묵직한 돌덩이를 짊어지고 있는 것처럼 커다란 부담감으로 다가왔다.

"조금만 참을 걸 그랬나. 아니야. 그래도 옷을 갈아입힌 건 그가 잘못한 거야."

소령은 나약해지려는 마음을 다잡으며 서둘러 옷을 갈아입었다. 일단 회사로 가서 그를 만나볼 생각이었다. 보내준 물건에 대한 감사 인사는 하는 게 도리일 것 같아서.

"아, 맞다. 차비."

운동화를 신던 소령은 차비가 없다는 게 떠오르자 눈살을 찌푸렸다. 이왕에 해주는 거 차비까지 주지. 왜 그건 빠트렸나 모르겠다.

"쳇. 쪽팔리지만 후불 택시 타야겠네."

짐을 챙겨 든 소령은 빠진 게 없나 주위를 둘러본 다음 병실 문을 열고 나왔다. 그런데 그녀가 나오길 기다렸다는 듯 태민이 기대고 있던 벽에서 몸을 뗐다.

"이제 가면 되나?"

태민이 그녀에게서 종이 가방을 가져가며 물었다. 하지만 소령은 돌려달라는 말도 하지 못했다. 그가 이곳에 있다는 것에 너무 놀라서.

"왜 여기에……."

"내 비서가 있는 곳에 내가 있는 건 당연하잖아."

태민이 무슨 말 같지 않은 소리냐는 듯 딱 잘라 말하더니 성큼 걸음을 뗐다. 하지만 소령은 우두커니 선 채로 움직이지 않았다. 별거 아닌 그 말이 왜 가슴을 뭉클하게 하는지 모르겠다.

"걷기 힘들면 손잡아줄까?"

말도 안 되는 소리에 소령이 몸을 틀어 그를 노려보았다. 태민이 그럴 줄 알았다는 듯 씩 웃었다. 볼을 꼬집어주고 싶을 만큼 아주 얄미운 미소였다.

"얼른 와. 엘리베이터 도착했어."

부드럽게 어르는 목소리에 소령이 피식 웃으며 걸음을 옮겼다. 그와 함께 있으면 신경이 바짝 곤두서긴 했지만 지루하진 않았다.

"병원에 데려다주셔서 감사합니다. 다른 것들도 마찬가지고요."

보조석에 앉은 소령은 차가 출발하자 목구멍까지 차올라 있던 말을 슬그머니 꺼냈다.

"내가 얼마나 놀란 줄 알아. 심장이 말라비틀어지는 것 같았어."

그가 시선을 앞에 고정한 채 중얼거렸다. 소령도 그의 마음이 어땠을지 충분히 헤아릴 수 있었다. 회장님이 쓰러져 있는 것을 발견했을 때, 하늘이 무너진 것처럼 놀랐으니까. 거기엔 자신을 질책하는 감정까지 더해졌다. 회장님의 건강 상태를 체크하는 것 역시 그녀의 일이었기에.

"죄송합니다."

"사과받자고 한 말 아니야. 오히려 사과는 내 몫이지. 쓰러질 정도로 당신을 부려먹었으니까."

"그런 말 마세요. 제가 선택했고, 정당한 대가를 받고 한 일입니다. 사장님 잘못 아니에요. 있다면 건강 관리를 제대로 못한 제 잘못이지."

"후훗. 미운털만 박힌 건 아닌가 봐. 내 걱정을 하는 걸 보니."

"사장님을 걱정해서 한 말이 아니라 사실을 말한 겁니다. 그리고……. 미운털은 안 박았습니다."

잠시 멈췄다가 이어진 말에 태민은 고개를 돌려 그녀를 바라보았다. 창밖으로 고개를 돌리고 있는 상태라 얼굴을 볼 수는 없었다. 그러나 느낌으로 알 수 있을 것 같았다. 그녀가 제가 한 말에 부끄러워하고 있다는 것을. 그 모습이 살짝 귀엽기도 해 마지막에 들은 말은 모른 척하기로 했다.

"모든 일에 건강은 필수야. 다시는 이런 일 생기지 않도록 잘 챙겨. 또 이런 일 생기면 그땐 용서 안 해. 이건 명령이야."

"알겠습니다. 아, 그리고 계좌번호 알려주세요. 병원비랑 옷값 송금해 드리겠습니다. 금액도 알려주시고요."

"됐어. 내 책임도 있으니까."

"마음 불편한 거 싫습니다. 알려주세요."

소령은 고집을 꺾지 않았다. 더 이상은 그에게 신세 지고 싶지 않았다.

"과로도 회사 책임이야. 마음 안 써도 돼."

"사장님."

"그래. 내가 당신 보스지. 그러니 더는 내 성질 긁지 마. 슬슬 짜증나려고 해."

"알겠습니다."

경고라도 하듯 그의 목소리가 살짝 치켜 올라갔다는 것을 눈치챈 소령은 할 수 없이 물러서고 말았다.

"내일은 휴가야. 출근할 생각 마."

"네."

소령은 다행이라 생각하며 짧게 대답했다. 내일만 지나면 주말이었기에 푹 쉴 수 있었다.

"식탁 위에 죽 있어. 입맛 없다고 굶지 말고 꼭 챙겨먹어. 약도."

"네."

"고분고분 대답하는 게 꼭 시위하는 것 같군."

소령은 너무 황당한 말이라 팔까지 저어가며 말했다.

"시위라니, 절대 아닙니다. 세심한 것까지 챙겨준 게 고마워서 그런 거지."

"후훗. 그렇다면 다행이고. 그만 내려. 침대에 눕는 것까지 보고 싶지만 회의가 잡혀서 지금 가야 해."

그러고 보니 어느새 차가 멈춰 서 있었다. 도착한 줄도 몰랐던 소령은 얼른 안전벨트를 풀며 말했다.

"데려다주셔서 감사합니다. 운전 조심하세요."

"그래. 쉬어."

그녀가 종이 가방을 챙겨 들고 차에서 내려 문을 닫자, 차는 곧바로 그녀의 시야에서 멀어져 갔다. 하지만 소령은 우두커니 선 채로 가만히 있었다. 한쪽 가슴에 벌레가 자리라도 잡은 듯 이상하게 간질간질거렸던 것이다.

Rrrr. Rrrr.

잠결 사이로 전화벨 소리가 들렸다. 억지로 눈을 뜬 소령이 고개만 돌려 시계를 쳐다봤다. 오후 11시 15분. 제법 늦은 시간이었다. 하지만 상대는 그녀를 내버려 둘 생각이 없는 듯했다. 계속해서 울리는 벨 소리에 할 수 없이 몸을 일으켜 사이드 테이블 위에 있는 전화기를 집어 들었다. 두근두근. 발신자를 확인한 그녀의 가슴이 제멋대로 뛰기 시작했다. 낯선 감정에 순식간에 얼굴까지 달아올랐다.

"갑자기 왜 이러지."

제 행동에 놀란 소령이 지그시 손바닥으로 가슴을 누르며 통화 키를 눌렀다.

"여보세요?"

[자는데 깨워서 미안하군. 몸은 좀 어때?]

나지막이 울리는 태민의 목소리에 소령이 혀로 마른 입술을 적시며 입을 열었다.

"괜찮아요. 아직도 일하시는 건가요?"

그가 가끔 늦게까지 일을 한다는 것을 알고 있었기에 지금도 사무실인가 싶어서 물었다. 그러자 짧은 대답이 돌아왔다.

[집이야.]

"그렇군요. 그런데 무슨 일로 전화하셨어요?"

[제주 출장 일정이 변경됐어. 내일인데 당신에겐 무리겠지?]

"네. 가더라도 도움이 안 될 것 같습니다. 죄송합니다."

소령이 나지막한 목소리로 중얼거렸다. 몸이 안 좋은 것도 있었지만, 그를 상대로 나타나는 알 수 없는 증상 때문에 하루만이라도 시간을 벌고 싶어서였다.

[아니야. 당신 건강도 중요한데 내가 무리한 말을 했어. 몸이 회복되면 그때 움직여. 오기 전에 전화하고.]

"알겠습니다. 도움이 필요하시면 연락주세요."

[그러지. 잘 자.]

"네. 안녕히 주무세요."

소령은 천천히 전화기를 내려놓았다. 다음 주에 출발할 줄 알았는데 일정이 변경될 줄이야. 아니, 차라리 그녀에겐 잘된 일이었다. 무엇이 잘못되고 있는지는 모르겠지만 그와 연결된 이후로 그녀의 생활 패턴이 엉망으로 뒤엉키고 있었다. 그러니 원인이 무엇인지 생각해 볼 필요가 있었다.

Rrrr. Rrrr.

욕실에서 나오는데 전화벨이 울렸다. 소령은 제주에 도착하면 연락한다던 태민의 전화를 기다리고 있던 터라 황급히 달려가 전화를 받았다.

"여보세요?"

[뭐 하느라 이제야 받는 거야?]

"아아, 진하 씨구나."

전화 건 사람이 태민이 아니라는 사실에 그녀도 모르게 실망하고 말았다. 그걸 또 느꼈는지 진하가 서운하다는 듯 입을 열었다.

[이거 섭섭한데. 대체 누구 전화를 기다리고 있었기에 대놓고 실망해?]

"에이, 그런 거 아니에요. 그런데 어쩐 일이세요?"

[날씨가 좋아서 드라이브나 갈까 했는데 상대가 반기지 않으니 그만두려고.]

"그건 아니죠. 아직 대답도 안 했는데. 가요, 드라이브. 가고 싶어요."

몸은 개운치 않았지만 가슴이 답답했던 터라 소령은 망설이지 않고 대답했다. 그러자 전화기 너머로 커다란 웃음소리가 들렸다.

[하하하. 그럼 어서 준비하고 내려와. 끊는다.]

그러더니 정말 전화가 끊어졌다. 소령은 어딘지 말도 없이 끊어진 전화기를 바라보다 피식 웃으며 외출 준비를 했다. 그가 어디에 있는지 알 것 같았다. 아니나 다를까. 주차장으로 내려가니 진하가 차에 기댄 채 서 있었다. 그녀가 다가가자 그가 생긋이 웃으며 보조석 문을 열었다.

"왔으면 들어오지 왜 여기 있어요."

"기다리는 설렘이 있거든."

"에이, 말도 안 돼. 기다리면 짜증이 나야 정상이죠."

그녀가 안전벨트를 매는 걸 보며 진하가 보기 좋은 미소를 그리며 말했다.

"그건 상대가 누구냐에 따라 다른 거야. 자, 그럼 어디로 모실까요?"

"그거야말로 운전자 마음대로 해요. 멀리 가는 것만 빼고."

"오케이!"

진하가 호탕하게 소리치더니 차를 출발시켰다. 이미 모든 계획이 그의 머릿속에 그려져 있다는 것을 소령은 알 수 있었다.

"젠장!"

제주 지사에 도착한 태민은 회사 입구에 즐비하게 늘어선 직원들을 보고 인상을 팍 썼다. 그의 존재를 비밀에 부치라고 그만큼 일렀는데도 아주 드러내 놓고 광고하고 있었다.

"이게 무슨 짓입니까. 담당자들 외엔 다들 물러가세요. 도움 안 되니까!"

싸늘한 태민의 목소리에 저마다 몸을 움츠리더니 하나둘 눈치를 보며 자리를 비웠다. 하지 말라는데도 왜 그렇게 기를 쓰고 하는지. 도대체가 이해가 되지 않았다. 그때, 슈트를 말끔하게 차려 입은 남자가 한 걸음 앞으로 나오더니 고개를 숙였다.

"안녕하십니까, 사장님. 이번 프로젝트를 담당하고 있는 김진규 과장입니다. 그리고 여긴 장혜린 대립니다."

"안녕하세요, 사장님. 오시느라 고생하셨습니다."

한 발 뒤에 서 있던 혜린이 앞으로 나서며 인사를 했다. 긴 머리를 단정하게 묶은 그녀는 제법 미인이었다. 하지만 그를 보며 눈웃음을 치거나 과한 미소를 짓지는 않았다. 태민은 단정한 옷차림만큼이나 과하지 않은 그들의 행동이 무척이나 마음에 들었다.

"두 분, 만나서 반갑습니다. 그럼 진행 상황을 들어볼까요."

태민이 걸음을 옮기며 곧장 본론으로 들어갔다. 시간 낭비만큼 아까운 게 없었다. 갑작스러운 말에 당황할 만도 한데 그들은 전혀 동요하지 않았다.

"계약하기 하루 전날부터 이유도 없이 매도하지 않겠다는 연락이 줄을 잇습니다. 상황 파악을 위해서 일일이 찾아갔지만 당사자를 만날 수조차 없습니다."

김 과장의 말에 태민의 눈이 가늘어졌다. 만날 수조차 없다는 말이 이상하게 마음에 걸렸다.

"일부러 피한다는 겁니까?"

"네. 낮에는 집이 비어 있고, 밤에 찾아가도 시간이 늦었다며 아무도 문을 열어주지 않습니다."

"주모자가 있습니까?"

"그런 것 같지는 않습니다."

"확실합니까?"

태민이 회의실로 들어가며 재차 물었다. 주모자가 없는데도 모두의 마음이 돌아섰다는 것이 믿어지지가 않아서였다.

"알아본 바로는 그렇습니다."

"시세의 3배를 준다는데도 마다하는 게 이상하지 않습니까?"

"그래서 저희들도 백방으로 알아봤지만 이렇다 할 근거는 없었습니다."

"그래요."

태민이 손가락으로 책상을 톡톡 두드렸다. 내려올 때는 우려하는 것과 달리 단순한 금전적인 일일 거라고 생각했다. 사람의 욕심이란 가질수록 더 많은 것을 갖고 싶어하는 욕망이 있으니까. 그런데 보고를 듣다 보니 생각보다 일이 심각하다는 것을 알았다. 태민은 문득 아버지가 떠오르자 마음이 무거워졌다. 사원들을 위한 리조트를 짓는 것은 아버지의 마지막 바람 같은 거였다.

아버지에게 직원은 단순히 일하는 사람들이 아니라 가족이었다. 그런 가족을 위해서 오래전부터 계획하고 있었던 것이다. 좋은 경치를 바라보며 단 하루라도 마음 편히 쉴 수 있기를 바라서. 그래서 아들인 그를 직접 보낸 것이다. 태민은 어떻게 해서든지 이 일을 성사시키기로 마음먹었다.

"내가 지시할 때까지 그들 동선을 파악한 후, 일단 지켜만 보세요. 어떤 움직임이 있으면 바로 보고하고. 아, 그리고 그들 중에 제일 문제시되는 사람들 명단은 따로 분류해서 가져오세요. 주소와 연락처는 물론 가족 관계까지 모두 다."

"알겠습니다."

그들의 대답을 들으며 태민이 자리에서 일어났다. 그러다 해줄 말이 생각나자 다시 입을 열었다.

"그리고 이후로 회의는 숙소에서 진행할 겁니다. 보고할 일 있으면 그쪽으로 오세요."

"네. 그렇게 하겠습니다."

태민이 회의실을 나오며 소령에게 전화를 걸었다. 그러나 한참 동안 신호음이 울렸지만 전화는 연결되지 않았다. 다시 전화를 건 그의 표정이 살짝 일그러졌다. 도착하면 전화를 주기로 했으니 당연히 기다리고 있을 줄 알았다. 그런데 2번째 신호음이 울려도 그녀의 목소리는 들려오지 않았다.

"대체 뭐 하는……. 설마, 몸이 더 안 좋아진 건가."

짜증이 한순간에 걱정으로 바뀌었다. 태민은 다시 전화를 걸었다. 쓰러져 있던 그녀의 모습이 떠올라 눈앞이 아찔했다. 이런 그의 마음을 조롱이라도 하듯 여전히 통화는 이루어지지 않았다.

"젠장!"

태민이 주먹을 꽉 틀어쥐었다. 당장 뛰어가고 싶었지만 그럴 수 없다는 현실이 그를 괴롭혔다.

"들어가. 아픈데 무리한 거 아닌지 모르겠다."

집 앞까지 데려다준 진하가 걱정스럽게 쳐다보았다. 이제 겨우 7시가 넘었을 뿐인데 오는 내내 걱정하더니 도착해서도 같은 말이었다.

"그런 말 말아요. 안 간다고 했으면 후회할 만큼 즐거웠으니까."

정말이라는 듯 그녀의 얼굴에 웃음꽃이 피었다. 하지만 그녀의 말이 거짓이라는 것을 알고 있는 진하의 마음은 씁쓸하기만 했다.

애써 변명까지 하는 그녀가 멀게 느껴져서.

"뭐, 그렇다면 다행이고."

"커피…… 한잔하고 갈래요?"

머뭇거리듯 하는 말에 진하는 고개를 가로저었다. 얼굴은 웃고 있는데 가방을 움켜잡고 있는 손에 힘이 꽉 들어가 있다는 것은 그냥 인사치레라는 뜻이었다.

"아니야. 그냥 갈게."

"그래요, 그럼. 운전 조심하고."

"들어가. 아픈 데 있으면 전화하고."

"후훗, 네. 이제 그만 걱정하고 어서 가기나 해요."

그녀가 등을 떠밀자, 진하는 무거운 마음으로 걸음을 떼야 했다.

"아우, 바보. 왜 그걸 두고 와서는."

소령은 그가 보이지 않자, 냉큼 문을 열고 집 안으로 뛰어들어 갔다. 그리고 휴대전화를 찾아 거실을 두리번거렸다. 하지만 거실 어디에도 전화기는 보이지 않았다. 그녀는 방으로 뛰어들어 갔다. 진하와 통화하다가 방으로 들어갔던 게 생각난 것이다.

"하아, 미치겠다."

화장대에서 전화기를 발견한 소령은 그만 의자에 털썩 주저앉고 말았다. 부재중 전화 13건. 모두 태민에게서 온 거였다. 그녀의 얼굴에 먹구름이 드리워졌다. 챙긴 줄 알았던 전화기가 가방 안에 없다는 것을 알고 난 이후로 머릿속엔 온통 한태민이란 이름뿐이었다. 좋아하는 회를 먹을 때도, 진하와 나란히 바닷가를 거닐 때도 그에게서 전화가 왔을 텐데 라는 생각뿐이었다. 그리고 그의 전화를 받지 못한다는 것에 조바심이 날 정도로 마음이 안타까웠다.

그때, 문득 깨달았다. 그의 전화가 아니라 그의 목소리가 듣고 싶어서 애를 태우고 있다는 것을. 어이없고 아주 미친 생각이었지만 멈출 수는 없었다. 조금 전 헤어질 때, 진하에겐 즐거웠다고 말했지만 진실이 아니라는 것을 그도 알고 있을 것이다. 몇 번이나 딴생각에 빠져 있는 그녀를 불러서 깨운 것이 그였으니까. 일부러 시간을 내서 기분 전환시켜 주는 그에게 미안할 정도로 그녀는 태민이란 존재에게 빠져 있었다.

"어쩌지. 화 많이 났을 텐데."

전화기를 바라보는 눈빛이 공허했다. 그에게 바로 연락을 취해야 했지만 13이란 숫자가 그의 분노를 대변하는 것 같아서 선뜻 전화를 걸 수가 없었다.

"아우, 깜짝이야!"

물끄러미 전화기를 보고 있는데 마치 고민하는 그녀를 질책이라도 하듯 벨이 울렸다. 소리까지 요란한 게 가슴이 다 떨렸다. 놀란 가슴을 진정시키며 액정을 바라보는 눈빛이 눈에 띄게 흔들렸다. 이로써 14번째였다. 그가 전화를 걸어온 것이. 그리고 다행히 이번에는 그의 목소리를 들을 수 있었다. 소령은 떨리는 손길로 통화키를 눌렀다.

"여보…… 세요?"

두려움이 목소리를 삼켜 버린 듯 억눌린 소리가 흘러나오자 소령은 전화기를 꽉 움켜잡았다. 그리고 그의 목소리가 들려오길 기다렸다. 두근두근. 콩닥콩닥. 흘러가는 초시계를 따라 그녀의 가슴도 세차게 뛰었다. 하지만 그의 목소리는 들려오지 않았다. 소령은 밀려오는 불안감을 애써 삼키며 다시 입을 열었다.

"사장님, 말씀하세요."

마치 시위라도 하듯 또다시 침묵의 시간이 흐르고 있었다. 차라리 고함을 지르는 게 낫지. 이건 야금야금 피를 말리는 고문이었다. 소령은 숨통을 조이듯 가슴이 답답해 오자 자진 납세하는 심정으로 입술을 달싹였다.

"전화를 받지 못……."

[당신, 멀쩡하군.]

사과를 하려는데 무겁게 가라앉은 목소리가 가로막았다. 그 말의 의미를 깨닫는 순간, 그녀의 가슴에 작은 파문이 일었다. 그는 전화를 받지 않는 이유가 아파서라 생각한 것이다. 소령은 입술을 지그시 깨물었다. 미안함과 부끄러움이 동시에 다가와 그녀를 죄책감에 빠져들게 했다.

"죄송합니다. 휴대폰을 집에 두고 외출하는 바람에 전화를 받지 못했습니다."

[됐어. 무사한 거 알았으니. 이제 몸은 괜찮은 건가?]

"네. 괜찮습니다. 사장님은 어떠세요? 그쪽 상황이 많이 안 좋은가요?"

[아주 지옥이었어.]

격한 감정이 묻어난 말에 걱정이 된 소령이 냉큼 입을 열었다.

"왜요? 무슨 일이라도 있었나요?"

[어떤 여자의 목을 조르고 싶었다는 것만 빼면 다른 건 다 괜찮았어.]

소령은 13이라는 숫자로 목을 조르고 싶은 상대가 그녀라는 것을 쉽게 짐작할 수 있었다.

"아무리 화가 나더라도 감정적으로 처리하시면 안 됩니다. 원하는 걸 얻으려면 어르고 달래야죠."

[제길! 그게 통하는 여자여야 말이지.]

정말 힘들었는지 말투가 거칠었다. 하긴 전화를 받지 못한 그녀도 힘들긴 마찬가지였으니 그 마음이 이해되지 않는 것은 아니었다. 정작 이해가 안 되는 것은 그 말을 듣고서 배시시 웃고 있는 그녀였다.

"그러면 그냥 무시하세요. 보통 여자가 아닌 것 같은데."

[보통 여자가 아닌 건 맞는데 무시는 못해. 그건 내가 싫어. 어떻게든 그녀의 콧대를 꺾어야지.]

"쉽진 않겠지만 건투는 빌어드리죠."

[그 말 들으니 기운 나는군. 쉬어. 저녁 약속이 있어서 그만 끊어야 돼.]

그의 목소리가 더 듣고 싶었던 소령은 전화를 끊어야 한다는 것이 아쉬웠다.

"네. 저녁 맛있게 드세요."

[당신도. 입맛 없다고 거르지 말고.]

"네. 챙겨먹을게요."

그녀의 대답을 끝으로 전화가 끊어졌다. 소령은 천천히 귀에서 전화기를 뗐다. 방금까지 들떠 있던 가슴이 언제 그랬냐는 듯 차분히 가라앉았다. 아니, 허전했다. 그것도 아주 많이. 멍하니 앉아 있던 소령은 벌떡 일어나 드레스 룸으로 가서 짐을 챙기기 시작했다. 허전한 것은 채우면 되는 것이다.

CHAPTER 4

"으음, 바다 냄새 좋다."

싱그러운 공기를 마시기 위해서 창문을 내리고 있던 소령은 차가 바다를 끼고 돌자 눈을 지그시 감았다가 떴다. 도시의 찌든 매연 냄새와는 다르게 짠맛이 느껴지는 시원한 바닷바람이었다. 제주에 온 것은 이번이 4번째지만 올 때마다 느낌과 분위기가 달랐다. 그래서 더 흥분되고 좋았다. 꼭 처음처럼 느껴져서.

"와아. 예쁘다."

눈이 너무 호강하다 보니 연신 입이 벌어졌다. 어제도 바다를 보긴 했지만 확실히 제주의 바다 빛깔은 에메랄드를 흩뿌려 놓은 것처럼 반짝반짝 빛이 났다. 거기다 길가에 줄을 지어 늘어선 나무들과 잘 다듬어진 화단의 꽃들이 깨끗이 포장된 도로를 한층 더 돋보이게 했다. 역시 제주는 아름다운 곳이었다. 그렇게 자연의

싱그러움을 온몸으로 느끼며 빠져 있는 사이 어느새 택시는 호텔 입구에 도착했다.

"감사합니다."

요금을 지불하고 차에서 내린 소령은 갑자기 밀려오는 긴장감에 숨을 크게 내쉬었다. 연락도 없이 내려온 그녀를 보고 그가 어떤 반응을 할지 기대도 되고, 설레기도 했다. 그래서 두렵다. 엉뚱한 방향으로 흘러가는 이 마음이.

"겁먹지 말자, 민소령. 겁먹지 마."

소령은 나지막이 자기최면을 걸며 호텔 안으로 들어갔다. 로비는 국제 관광지답게 이국적인 멋을 풍기며 호화롭게 꾸며져 있었다. 소령은 곧장 프런트데스크로 향했다. 짐부터 풀고서 그에게 전화를 걸 생각이었다.

"민소령!"

로비를 가로지르는데 그녀를 부르는 목소리가 있었다. 반가운 마음에 소령은 고개를 획 돌렸다. 얼마 떨어지지 않은 곳에서 그가 다가오고 있었다. 그런데 혼자가 아니었다. 순간, 그녀의 얼굴에서 미소가 싸악 사라졌다.

"어떻게 된 거야. 통화할 때도 아무런 말이 없더니."

"그렇게 됐습니다."

"아직 혈색이 안 좋은데 정말 몸은 괜찮은 건가?"

"네. 괜찮습니다."

"그래도 무리하지 마. 또 쓰러지면 화낼 거야."

"네. 그런데 이분은……."

소령은 태민의 옆에 서서 생긋이 웃고 있는 여자를 가리켰다.

그러자 이제야 생각났다는 듯 그가 입을 열었다.

“아, 인사해. 이쪽은 장혜린 대리. 이번 프로젝트를 담당하고 있어.”

“안녕하세요, 장혜린 대리님. 사장님 비서인 민소령입니다.”

그녀를 오해한 것이 부끄러워 인사를 건네는 소령의 얼굴이 살짝 붉어졌다.

“만나서 반갑습니다. 내일 오신다고 들었는데 일찍 오셨네요.”

“하루 휴식을 취한 다음에 업무에 복귀하려고 일정을 당겼습니다.”

“잘 오셨어요. 시커먼 매연보다는 상큼한 공기가 휴식에 더 도움이 되죠.”

활짝 웃는 미소가 가슴 설렐 만큼 아름다운 여자였다. 옆에 있는 소령이 주눅 들 만큼.

“당신도 같이 가.”

불쑥 끼어든 그로 인해 소령이 그녀에게서 시선을 돌렸다. 아직 짐도 안 풀었는데 무슨 말인가 싶었다.

“어디를요?”

“가보면 알아.”

그가 냉큼 그녀에게서 가방을 가져가더니 성큼성큼 걸어갔다. 어처구니가 없어 우두커니 서 있자, 장 대리가 그녀를 보며 히죽 웃더니 그의 뒤를 따라갔다. 소령은 뭐 이런 경우가 다 있나 싶으면서도 터덜터덜 걸음을 옮겼다.

‘제대로 못 챙겨먹은 거야. 왜 저렇게 볼이 쏙 빠졌어!’

룸미러를 통해서 뒷좌석에 앉아 있는 그녀의 안색을 살피던 태민의 미간에 주름이 잡혔다. 이틀 전보다 더 야윈 모습이라 마음에 안 들었다. 그나마 위로가 되는 것은 그의 시선 안에 민소령이 있다는 거였다. 쉬어야 한다는 것을 알면서도 그녀를 데려오고 싶을 만큼 아주 기분이 좋았다.

호텔 로비에서 그녀를 봤을 때, 장 대리가 옆에 없었다면 미친 척하고 그녀를 끌어안았을 것이다. 꿈속에 나타나 밤새도록 그를 괴롭혔던 여자니까. 제길! 꿈이 생각나자 다시금 등줄기를 타고 뜨거운 열기가 흘러내렸다.

"사장님, 지금 달리고 있는 곳이 전국에서 가장 아름다운 도로로 선정된 비자림로 입니다."

갑자기 들려온 장 대리의 설명에 태민은 얼른 혼자만의 생각에서 빠져나왔다.

"아! 여기가 장 대리가 말한 그 도로군. 이국적인 느낌이라더니 정말 그렇군요."

"그렇죠? 좁은 길을 따라 삼나무 숲길이 조성되어 있기 때문이죠. 조금 전에 지나왔던 벌판이 제주 토종말인 조랑말들이 방목되고 있는 제주마 방목지예요."

"그렇군. 장 대리는 여기 출신입니까?"

"하하하. 아닙니다. 단지 여기저기 돌아다니는 것을 좋아하는 성격 탓이죠."

"나도 여행을 좋아합니다. 목적지 없는 여행만큼 스릴 있는 것도 없으니까."

"그런 점이 매력이죠."

이곳에 그녀는 없다는 듯 주고받는 두 사람의 대화가 참 편안했다. 소령이 이방인처럼 느껴질 정도로. 순간, 울컥. 무언가가 목구멍을 치고 올라왔다. 없는 사람 취급할 거면 쉬게 놔두지 왜 데려왔는지 모르겠다. 가슴 답답하게. 다행히 목적지에 도착했는지 차가 서서히 멈춰 서고 있었다. 고개를 돌려 창밖을 보니 한눈에 바다가 내려다 보였다.

"민 비서님, 내리시면 됩니다."

"아, 네."

장 대리의 말에 소령이 차에서 내렸다. 시원한 바람이 뺨을 스치고 지나가자 답답했던 가슴이 서서히 가라앉았다.

"이곳이 바로 회사에서 추진 중인 장소입니다."

탁 트인 백사장이 한눈에 내려다보이는 그곳은 정말 아름다웠다. 바로 밑에 해수욕장이 자리 잡고 있어 여름을 즐기기에는 안성맞춤인 곳이었다.

"가까운 곳에 바닷가라……. 위치는 최상인 것 같군."

"예. 저기가 중문 해수욕장입니다. 백사장하면 빼놓을 수 없는 곳이 바로 여기 중문입니다. 타원형으로 넓게 펼쳐진 모래밭과 뒤쪽 언덕에서 바라보는 바다 풍경이 그야말로 일품이죠."

소령은 장 대리의 설명을 듣고 있자니 새삼 제주가 아름답게 느껴졌다. 한동안 주위를 둘러보던 그들은 다시 차에 올라 한곳을 더 보여주고 싶다는 장 대리의 말에 차를 출발시켰다. 모래사장이 하얗게 깔린 바다에서부터 동굴 해안에 이르기까지 한순간도 눈을 돌릴 수 없는 아름다운 모습의 제주였다. 바닷가에 왔으면 싱싱한 해산물을 먹어봐야 한다며 장 대리가 데려간 곳은 야외 횟집이었다. 잠시 후, 그들 앞에는 여러 가지 해산물이 한 상 가득 차려졌다.

"드셔보세요. 여기선 또 다른 맛이 느껴지실 거예요."

어제도 회를 먹었던 소령은 선뜻 회 접시로 젓가락이 가지 않았다. 그걸 본 태민이 말을 걸어왔다.

"회를 못 먹는 건가?"

"아닙니다."

소령은 덥석 회를 한 점 들었다. 그녀 때문에 다른 사람들 입맛까지 상하게 하고 싶지 않았다. 경치가 한 입맛 한다는 말이 사실인 듯 회 맛이 고소한 게 아주 맛깔스러웠다.

"회에는 소주죠. 민 비서님, 한잔 받으세요."

"아, 네."

소령이 잔을 내밀자 장 대리가 잔을 채웠다. 소령은 예의상 목만 적신 후, 잔을 내려놓았다. 술을 받아들이기엔 아직 속이 불편했다. 그때, 가방 안에서 전화벨 소리가 울렸다. 소령은 잘됐다는 마음에 냉큼 자리에서 일어났다.

"잠시 실례할게요."

가방에서 전화기를 꺼낸 소령은 상대가 진하자 바닷가 쪽으로 걸어가며 전화를 받았다.

"여보세요?"

[나야. 아무 일 없이 무사히 잘 도착했어?]

소령은 과장된 진하의 말에 피식 웃어버렸다. 무사하지 못할 이유가 없었던 것이다. 그래도 마음 써주는 게 고마웠다.

"후훗, 네. 무사히 잘 도착했어요."

[컨디션은 괜찮고?]

“아주 좋으니까 그만 걱정해요. 내가 애도 아니고.”

[그래서 더 걱정이야. 애면 옆에 꽉 붙잡아놨을 테니까. 점심은?]

“지금 먹는 중이에요. 진하 씬요?”

[먹으러 가는 길이야. 그럼 어서 먹어. 저녁에 통화하자.]

“네. 점심 맛있게 먹어요.”

[그래. 무리하지 말고…….]

“어허. 잔소리 그만하고 끊죠?”

소령이 그의 말을 가로채며 목소리를 낮게 깔자, 전화기 너머로 커다란 웃음소리가 들려왔다.

[하하하, 알았어. 전화할게.]

“후훗, 네.”

통화를 끝낸 소령은 바위에 걸터앉았다. 투명한 유리 알갱이를 뿌려놓은 것처럼 반짝반짝거리는 게 바다가 너무 예뻤다. 한마디로 제주는 고요한 아름다움이 느껴지는 그런 곳이었다. 소령이 좀 더 나이가 들면 제주에서 살고 싶다는 생각을 하고 있을 때, 따뜻한 온기가 어깨 위로 내려앉았다. 고개를 돌리자 언제 왔는지 태민이 등 뒤에 서 있었다.

“바람이 차군.”

눈이 마주치자 그가 씩 미소를 지었다. 소령은 아무 말 없이 슬그머니 고개를 돌려 버렸다. 걸치고 있는 슈트에서 느껴지는 향기만으로도 심장이 두근거리는데 부드럽게 번져 가는 미소까지 보자 얼굴이 화끈거려 그를 똑바로 쳐다볼 수가 없었다. 그도 딱히 용건이 있어서 나온 것은 아닌지 더는 말을 걸어오지 않았다. 그렇게 시작된 침묵의 시간은 호텔로 돌아와서야 깨졌다.

“생각보다 시간이 많이 늦었군.”

태민이 그녀의 가방을 테이블 옆에 내려놓으며 말했다. 저녁 시간이 다 돼서야 그녀가 묵을 방에 들어온 것이다.

“저녁을 먹고 쉬는 게 좋겠지?”

“아니요. 별로 생각이 없습니다. 쉬고 싶기도 하고요.”

오자마자 종일 돌아다녔더니 피로가 몰려와 지금은 그 어떤 것보다 따뜻한 물속이 그리웠다. 그녀의 표정을 살피던 그가 고개를 끄덕였다.

“그렇게 해. 나중에 전화하지.”

“네.”

소령은 그가 나가자 소파에 털썩 주저앉았다. 잠까지 쏟아져 눈꺼풀이 천근이었다.

“으음, 아.”

서류를 검토하고 있던 태민은 눈이 아려오자 관자놀이를 마사지했다. 뒷목도 뻐근한 게 요 며칠 잠을 못 잤더니 온몸이 피로를 호소하고 있었다.

“아직 자고 있으려나.”

양팔로 기지개를 켜며 시계를 본 태민은 9시가 훌쩍 넘어 있자 자리에서 일어났다. 저녁을 굶었더니 속도 출출하고, 또 그녀에게도 뭔가를 먹여야 했다. 그는 전화를 걸까 하다가 생각을 바꿔 바로 옆에 묵고 있는 그녀의 방으로 가기로 했다. 방을 나서기 전,

룸서비스도 잊지 않았다. 안 먹는다면 강제로라도 먹일 생각이었다.

그녀의 방문 앞에 선 태민이 벨을 눌렀다. 그런데 아직 자는지 아무런 기척이 없었다. 태민은 다시 벨을 누르고 기다렸다. 역시나 응답이 없었다. 태민은 전화를 걸며 다시 벨을 눌렀다. 하지만 어디에서도 그녀의 반응은 없었다.

"제길!"

태민은 주머니에서 비상키를 꺼내 문을 열었다. 방을 나설 때, 그녀의 안색이 좋지 않아서 혹시나 하고 챙겨두었는데 그러길 잘했다는 생각이 들었다. 안으로 뛰어들어 간 그는 그녀의 모습이 보이지 않자, 곧바로 침실로 향했다. 그러다 우뚝 멈춰 섰다. 열린 문 사이로 스며들어 온 불빛이 침대에 누워 있는 그녀를 확인시켰던 것이다.

"하아!"

저도 모르게 안도의 숨이 튀어나왔다. 다행히 그가 우려하던 일은 없었다. 잠시 숨을 고른 그는 천천히 다가가 침대에 걸터앉았다. 그녀는 편안한 얼굴로 곤히 자고 있었다. 혈색도 괜찮아 보였다.

"당신은 늘 나를 놀라게 하는군."

원망의 소리가 자연적으로 흘러나왔다. 문을 여는 그 짧은 순간조차 두렵고 겁이나 숨이 멎었다. 그때와 같은 모습을 보게 될까 봐. 그리고 만일 그런 일이 벌어졌다면 그는 자신을 용서하지 못했을 것이다.

"날 겁쟁이로 만들지 마. 그딴 거 싫어."

언제부턴가 그녀가 판단되넨 심상은 제 것이 아니었다. 퇴근이 늦어지면 집에는 잘 들어갔는지. 점심을 건너뛰면 어디가 아픈 것은 아닌지. 마음에도 없는 소릴 하고 나면 상처받은 것은 아닌지. 심장의 리듬이 그녀의 분위기에 따라 달라졌다. 급기야 그녀가 쓰러졌을 때는 제 의지와 상관없이 멈춰 버렸다. 그리고 그 이후로는 작은 것 하나에도 겁부터 났다. 지금처럼.

"민소령. 대체 내게 무슨 짓을 한 거야. 당신은 그저 비서일 뿐인데."

그럼에도 그녀에게서 벗어날 수가 없었다. 왜? 무엇 때문에. 다른 여자들에 비해 특별할 것도 없는데. 아니, 그동안 알고 지내온 여자들과 비교해 보면 아주 평범했다. 그런데도 늪에 빠진 것처럼 점점 더 빠져들고 있었다. 눈으로 마음으로 손끝으로 느끼고 담을 수 있는 곳에 붙잡아두고 싶을 만큼.

"제길!"

태민이 자리에서 벌떡 일어났다. 이게 다 그놈의 키스 때문이었다. 전신을 뒤흔들던 아찔한 충격. 그걸 느끼고부터 그녀를 더 의식하게 되었다. 지금도 그때를 떠올리자 아랫도리로 피가 몰렸다.

"누, 누구세요!"

소령이 몸을 벌떡 일으키며 소리쳤다. 잠결에 침대가 흔들린다는 느낌에 눈을 떴는데 혼자가 아니었던 것이다. 태민이 나지막이 욕을 중얼거리며 그녀를 향해 돌아섰다.

"나야. 잠을 깨워서 미안하군."

"하아. 사장님이 여긴 어떻게?"

소령은 다른 누군가가 아니라 그라는 것에 안도하며 놀란 가슴을 진정시켰다.

"뭐라도 먹어야 할 것 같아서."

"생각 없다고 말씀드렸잖아요. 혹시, 식사 안 하셨어요?"

"나도 그다지 생각이 없었어. 그런데 지금은 좀 출출하군."

"그럼 뭐라도 드셔야……!"

침대를 내려오던 소령은 문득 떠오르는 것이 있자, 사납게 그를 노려보았다. 분명 문을 잠갔는데 그가 이곳에 있었던 것이다. 그녀의 눈빛이 싸늘해지자 태민은 본능적으로 올 것이 왔다는 것을 알았다.

"어떻게 들어오셨어요?"

"문으로."

"그런 뜻이 아니란 거 아시잖아요!"

화를 참고 있기라도 하듯 낮게 깔린 목소리에는 무게가 실려 있었다. 속으로 한숨을 삼킨 태민은 또 싸워야 할지도 모르겠다, 라고 생각하며 입을 열었다.

"벨을 눌렀지만 응답이 없었어. 전화도 안 받고. 그래서 들어온 거야."

태민은 굳이 당신이 또 쓰러졌을까 봐 걱정됐어. 라는 말은 덧붙이지 않았다.

"제가 걱정되셨군요. 그래도 이건 아니에요. 주세요."

그녀가 불쑥 손을 내밀었다. 그게 무슨 뜻인지 모르지 않았다. 하지만 태민은 그녀의 뜻에 따라줄 생각이 전혀 없었다.

"치워. 그럴 생각 없어."

"이건 월권행위예요."

"내 직원 보호 차원이야."

"거절합니다. 그러니 주세요. 아니면 호텔 측에 정식으로 항의하겠습니다."

"그래도 소용없어. 난 당신이 우선이거든."

쿵쿵쿵. 심장이 미쳤는지 제멋대로 뛰기 시작했다. 이러면 안 되는데, 이런 건 반칙인데 너무 세게 뛰다 못해 아프기까지 했다. 소령은 마음이 진정되길 바라며 주먹을 꽉 말아 쥐고서 숨을 골랐다. 미쳐 버린 심장 소리를 그가 듣게 될까 봐 겁이 났다. 하지만 소용이 없었다. 아니, 그가 너무 빤히 쳐다보고 있어서 얼굴까지 화끈 달아올랐다. 이대로 있다가는 제대로 망신당하고 말 것이다. 소령은 몸을 휙 돌렸다. 그러기 전에 그에게서 벗어나야 했다.

"아앗!"

소령은 그만 비명을 지르고 말았다. 성급히 걸음을 떼다 제 발에 걸리고 만 것이다. 이대로 넘어지면 그거야말로 제대로 망신이라 생각하는데 불쑥 다가온 손이 그녀를 끌어안았다.

"괜찮아?"

소령은 질끈 감고 있던 눈을 천천히 떴다. 걱정스럽게 바라보는 얼굴이 바로 코앞에 있었다. 쿵쿵거리던 심장에서 이젠 천둥소리가 났다. 그야말로 혹 떼려다 더 큰 혹을 붙인 꼴이었다.

"괘, 괜찮아요. 이제 놔주세요."

소령이 그의 가슴을 슬쩍 밀어냈다. 그런데 그는 꼼짝도 하지 않았다. 아니, 더 세게 그녀를 끌어안았다.

"잠시만 이대로 있자. 잠시만……."

태민이 나지막이 중얼거렸다. 여자에게 무언가를 부탁해 보긴 처음이었다. 그런데도 좋았다. 취할 것 같은 그녀의 향기가. 서로의 체온을 나누는 따뜻한 이 온기가. 겹쳐진 심장에서 전해져 오는 두근거림이 미치게 좋았다.

'민소령. 정신 차려. 그는 네가 탐할 상대가 아니야!'

소리 없는 메아리가 그녀를 흔들었다. 알고 있다. 그와 얽혀서는 안 된다는 것을. 알고 있는데도 자꾸만 이 남자가 욕심난다. 물과 기름처럼 섞일 수 없다고 생각했던 사람인데, 너무나 쉽게 그녀의 거친 일면을 깨워 버리는 그가 얄밉기만 한데, 어느 순간부터 자꾸만 눈길이 가더니 끝내 마음까지 가버리고 말았다. 이렇게 손을 뻗어 그의 허리를 껴안지 않고서는 못 견딜 만큼 너무나 멀리.

"하아."

그의 입에서 탄식 같은 한숨이 터지고 말았다. 조금은 기대해도 되는 걸까. 허리를 껴안고 있는 이 손길의 의미가 그에게 한 걸음 다가온 것이라고 믿어도 되는 걸까. 정말 그래도 되는 걸까. 그녀의 작은 동작 하나가 그에겐 가슴 떨릴 만큼 큰 의미로 다가왔다. 그래서 확인하고 싶었다. 그가 제대로 해석하고 있는지를.

태민이 그녀를 품에서 살짝 떼어냈다. 붉은 꽃잎 같은 입술이 빨려들 듯 눈에 들어찼다. 지끈! 가슴이 욱신거린다. 이 입술을 머금고 싶어서. 그래도 될까? 부질없는 질문이 입안을 맴돌았다. 제 입을 떠난 소리가 이미 쏟아져 나오고 있는데.

"이번엔 뺨이 아니라 내 목을 내어주지."

더운 숨결이 입술로 내려앉자, 기대감으로 온몸에 소름이 쫙 끼쳤다. 소령은 온전히 그 느낌을 맛보기 위해서 살포시 눈을 내리감았다. 이 순간은 사장과 비서가 아니었다. 그저 욕망에 굴복한 남자와 여자일 뿐이었다. 물론, 타들어가는 이 열기가 끝나면 후회할 것이다. 업무를 보는 중간중간 얽혀들던 입술의 감촉도 떠오르겠지. 아마 질투도 할지 모른다. 이 남자는 내 남자야! 속으로 외치면서. 그러다가 현실이 던진 돌멩이에 맞고 아파하겠지.

다 안다. 알고 있다. 하지만 늦어버렸다. 지금 이 순간만은 이 남자가 내 남자니까. 그에 화답하듯 따뜻한 온기가 입술을 살살 어루만지는가 싶더니 살짝 벌어진 틈새를 비집고 쓱 파고들었다. 격정적인 것이 아님에도 불구하고 촉촉하면서도 따뜻한 열기가 입안을 헤집는 순간, 영혼을 흔들어 깨우는 전율이 온몸을 강타했다.

"으읍!"

맞물린 입술을 비집고 신음 소리가 새어 나왔다. 그 작은 소리에도 전신에 불길이 치솟고, 머릿속이 아찔한 게 모든 감각들이 심장인 듯 팔딱거렸다. 그런데도 갈증이나 더 많은 것을 갈망하게 된다. 그래서 삼키고, 또 삼켰다. 그녀에게서 흘러나오는 숨소리 하나조차도 헛되이 하고 싶지 않아서, 몸 안에 새기듯 그렇게 폐부 깊숙이 들이마셨다.

꿀물보다 달콤하고, 어떤 과일의 맛보다 상큼한 과즙이 그의 입안을 가득 적셨다. 그럴 때마다 흘러나오는 신음 소리는 최고의 선율이 되어 가슴을 열기로 달뜨게 했다. 타오르는 열기를 견디지 못한 몸이 그녀를 끌어안은 채 침대로 풀썩 쓰러졌다.

"으윽!"

입안에 상처라도 났는지 비릿한 맛이 느껴졌다. 하지만 그의 혀는 거침없이 그녀의 입안을 휘젓고 다녔다. 이제 그 열기는 손끝을 타고 그녀의 옷 속으로 슬금슬금 파고들었다. 간질거리는 느낌에 몸이 파르르 떨리는가 싶더니, 어느새 브래지어를 벗겨낸 그의 손이 가슴을 어루만졌다. 부드럽게 쓰다듬다가 꽉 움켜쥘 때는 참을 수 없는 뜨거운 감각에 절로 허리가 휘어졌다.

"하아, 하아."

그녀의 얼굴이 보고 싶었던 태민이 침액을 기다랗게 늘어뜨리며 입술을 떼자, 소령이 거친 숨을 토해냈다. 봉긋하게 솟은 가슴을 드러낸 채 타액에 젖은 입술을 열고 숨을 헐떡이는 모습은 어떤 말로도 표현할 수 없을 만큼 아름다웠다. 순간, 열에 들뜬 태민의 눈동자에 짙은 어둠이 내려앉았다. 오래도록 이 얼굴이 보고 싶었다. 그리고 오직 그만이 이 얼굴의 주인이어야 했다. 오직 그만이……. 제길! 괜스레 화가 치밀자 태민은 그대로 입술을 내려 탐스럽게 솟은 가슴을 훅 빨아 당겼다.

"아아, 윽!"

탱글탱글 영글어진 가슴이 그의 입안에 삼켜지는 순간, 핑! 하고 머릿속 전등이 꺼져 버렸다. 눈앞이 캄캄해지고, 은밀하게 숨어 있던 그곳이 뜨거운 열기로 타들어갔다. 심지어 송골송골 맺혀 있던 이슬이 흘러내린 듯 촉촉이 젖어들고 있었다. 이런 게 바로 오르가슴일까. 타인의 손이 닿지 않은 곳에서 전해져 오는 감각은 가히 충격적이었다.

"허윽!"

그가 이로 유두를 잘근 깨물었다. 고통스러우면서도 짜릿한 쾌감. 마치 눈앞에서 불꽃이 터지는 기분이었다. 소령은 눈을 질끈 감고서 시트를 움켜잡았다. 무엇이라도 잡지 않으면 몸이 허공에

둥둥 뜰 것 같았다.

"빌어먹을!"

입술로 그녀의 가슴을 탐하던 그가 갑자기 욕을 내뱉더니 고개를 홱 들었다. 꿈속을 헤매고 있던 소령은 사라져 버린 온기를 아쉬워하며 무슨 일인가 하고 눈을 떴다. 잔뜩 일그러진 표정으로 그녀를 바라보던 그가 고개를 숙여 입술에 진하게 입을 맞추더니 말했다.

"여기서 멈춰야 해."

벼락을 맞은 듯 그녀의 표정이 삽시간에 굳어졌다. 어떻게 또 이런 일이. 소령은 입술을 꽉 앙다물었다. 같은 인간에게 두 번이나 농락당하다니. 목구멍으로 쓴 물이 올라온 듯 속이 울렁거렸다.

"비켜요!"

소령이 성난 손길로 그를 밀어냈다. 하지만 그는 꿈짝도 하지 않았다. 오히려 그녀의 팔을 잡아 누르더니 말했다.

"귀를 열어봐. 무슨 소리가 들리는지."

"무슨 헛소리……!"

그녀의 고함 소리가 뚝 끊겼다. 이어 초인종 소리가 선명하게 들렸다. 누군가가 그녀의 방문 앞에서 벨을 누르고 있었다. 설마 이것 때문에. 당황한 소령의 눈빛이 그에게로 향했다. 그러자 그가 씁쓸한 표정을 짓더니 입을 열었다.

"내가 불청객을 불러들인 것 같아."

"그게 무슨 말이에요?"

"여기로 오기 전에 룸서비스를 시켰어. 더 근사한 게 기다리고 있는 줄도 모르고."

"그럼 얼른 열어줘요!"

또다시 들려오는 벨 소리에 소령은 뒷말은 못 들은 척하며 소리쳤다. 그제야 마지못한 듯 그가 몸을 일으켰다.

"제길! 내 발등을 내가 찍었군."

그가 투덜거리면서 방을 나갔다. 소령은 얼른 일어나 앉아 브래지어를 하고 옷매무새를 가다듬으며 나지막이 숨을 토했다. 일이 이렇게 되고 나니 방해자가 나타난 게 천만다행이란 생각이 들었다. 만일 이대로 그에게 안겼다면 내일부터는 살얼음판을 걷는 기분으로 그를 대해야 했을 테니까.

"와아, 냄새 좋네요."

소령이 응접실로 나오며 빙그레 웃자, 태민이 눈썹을 치켜 올렸다. 왜 침대를 벗어났냐는 무언의 질책 같은 눈빛인 걸 보니 이어하지 못하는 게 불만인 듯했다.

"이제 식욕이 좀 당기나?"

"조금요. 근데 뭐가 있나요? 부드러운 거면 좋겠는데."

소령은 입맛까지 다시며 활짝 웃었다. 하지만 말처럼 달리 그다지 먹고 싶은 생각은 없었다. 늦은 시간이기도 했지만 중단했던 일이 머릿속을 가득 채우고 있어 차마 그와 마주 앉아 무언가를 먹기가 거북했다. 그렇다고 그의 성의를 무시할 수는 없었기에 조금만 먹어보기로 한 것이다. 그런데 그는 뭐가 또 그렇게 못마땅한지 이젠 이맛살까지 찡그리고 있었다.

"얼굴 좀 펴요. 음식을 먹기도 전에 체하겠어요."

"먹으면 또 응급실로 실려갈지 모르지."

"무슨 그런 말을……."

"입 다물어. 당신 얼굴이 더 솔직하니까."

화를 참기라도 하듯 그녀의 말을 가로채는 목소리가 잔뜩 억눌려 있었다. 무슨 남자가 저렇게 눈치가 빠를까. 대번에 그녀가 한 거짓말을 알아채는 그가 이젠 무섭기까지 했다.

"미안해요."

민망해진 소령이 슬쩍 시선을 피하며 말했다. 어떻게 된 게 하루가 멀다 하고 사과를 하고 있는지 모르겠다.

"어떠한 경우에도 내 눈 피하지 마. 기분 나빠."

"미안……!"

소령은 무심코 튀어나오는 사과의 말을 꿀꺽 삼켰다. 성난 눈빛이 송곳처럼 그녀의 얼굴에 박혔다. 이젠 사과도 하지 말라는 뜻일까. 점점 그와의 대화가 힘에 부쳤다. 그러니 입을 다른 용도로 쓸 수밖에.

"출출하다면서요. 식기 전에 어서 드세요. 어? 죽도 있네요."

식탁으로 슬쩍 다가선 소령이 죽 그릇을 보곤 생긋이 웃었다. 죽이라면 좀 먹을 수 있을 것 같았다. 그런 그녀가 어이없는지 그가 고개를 가로젓고 있었다. 소령은 그가 그러든가 말든가 일단 자리에 앉았다. 입으로 먹을 게 들어가면 어색한 분위기도 사라질 것이다.

"와아. 게살 샐러드와 훈제 연어도 있네요. 단호박 수프까지. 다 부드러운 것만 있군요."

그녀가 음식을 보고 너스레를 떨자, 그가 마지못한 듯 식탁에 와서 앉더니 물 잔을 들었다. 소령도 물로 목을 축인 다음 숟가락을 들어 빈 그릇에 죽을 조금 덜어냈다. 한 그릇을 다 먹기에는 양이 좀 많았다.

"죽 좀 드실래요?"

"당신이나 먹어."

퉁명스러운 한마디를 끝으로 대화가 끊어졌다. 소령은 차라리 잘됐다 싶었다. 딱히 할 말도 없었고, 막상 입에 먹을 것이 들어가자 행복한 기분마저 들었다. 입맛이 없다는 것이 거짓말인 것처럼.

"안 먹을 것처럼 굴더니 잘도 먹는군."

죽 그릇이 다 비워질 때서야 그가 던지듯이 한마디 했다. 소령은 본의 아니게 거짓말쟁이가 된 것 같아서 쑥스러웠다. 하지만 음식들이 입에 착 감기는 게 너무 맛있었다.

"그러게요. 근데 음식들이 너무 맛있어요."

태민은 그녀가 게살 샐러드를 입에 넣자 저러다가 체하지나 않을까 슬슬 걱정이 되었다.

"천천히 먹어. 체하면 내버려 둘 거야."

"그래 놓고 약 사 들고 뛰어오기만 해봐요, 어디."

그녀가 보기 싫지 않은 눈빛으로 슬쩍 흘겨보았다. 태민은 피식 웃어버렸다. 어떻게 해서든지 그녀의 콧대를 꺾어놓는다고 큰소리쳤는데 당하는 것은 늘 그인 것 같았다. 그래도 오늘 밤은 편히 잘 수 있을 듯했다. 손을 뻗으면 닿을 거리에 그녀가 있으니까.

"으음, 상쾌해."

욕실에서 나와 곧장 테라스로 나간 소령은 가슴 가득 공기를 들이마시며 기지개를 켰다. 얼굴을 스치고 지나가는 시원한 바닷바람에 기분까지 상쾌해졌다. 어제 그런 일이 있었기에 잠을 설칠 줄 알았다. 그러나 막상 잠자리에 들자 언제 그랬냐는 듯 꿈속으로 빠져들었고, 눈을 떠보니 날이 밝아 있었다. 정말 곤히 잘 잔 것이다.

"아아, 정말 끝내준다."

주위를 둘러보는 그녀의 눈동자에서 반짝반짝 빛이 났다. 탁 트인 바다와 울창한 숲. 거기다 투명하리만치 깨끗한 하늘빛. 제주는 본 섬을 포함해 8개의 유인도와 55개의 무인도로 이루어져 이국적인 느낌이 강하다더니 정말 하늘이 내려준 선물 같은 존재였다. 이런 멋진 곳에서 당분간 지내야 한다는 것이 그녀의 마음을 들뜨게 했다. 더구나 오늘은 휴일이라 마음껏 돌아다닐 생각이었다.

Rrrr. Rrrr.

"이 시간에 누구지."

소령은 전화벨이 울리자 얼른 안으로 들어갔다. 이제 오전 7시가 조금 넘었을 뿐인데 그녀를 찾는 게 신경 쓰였다.

"에그. 못 말려, 진짜."

진하인 걸 확인한 그녀의 입가엔 흐뭇한 미소가 번졌다. 아마도 그녀가 걱정이 돼서 했을 것이다.

"굿모닝, 진하 씨."

[환상의 섬에서 아침을 맞이한 기분이 어때? 물론, 행복한 꿈도 꿨겠지.]

어디 대단한 곳에 온 것도 아닌데 그는 너무 거창하게 말하고 있었다. 하지만 틀린 말은 아니었기에 웃음이 먼저 튀어나왔다.

"하하하. 꿈은 모르겠고, 몸이 가볍기는 해요."

[후훗, 그래. 들떠 있는 목소리만으로도 알겠다. 다행이야. 회복도 안 된 상태로 가서 걱정했는데.]

"이젠 거뜬해요. 그나저나 변경된 도면 문제는 잘 해결했어요?"

어제 공항에서 그와 통화할 때 갑자기 변경된 도면 문제로 정신이 없다는 소리를 들었던 게 생각나서 물었다.

[응, 잘됐어. 덕분에 밤은 꼴딱 샜지만.]

"그럼 지금 사무실이에요?"

[응. 이제 집에 가서 눈 좀 붙이려고. 소령인 내일부터 근무지?]

"네. 오늘은 구경이나 할까 해요. 내일부터는 바빠질 테니까."

[아, 나도 놀고 싶다. 지금이라도 갈까?]

"오긴 어딜 와요. 밤도 꼬박 새운 사람이. 얼른 집에 가서 잠이나 자요!"

소령이 놀라서 소리쳤다. 안 봐도 그의 꼴이 어떨지 눈으로 그려지는데 여길 오다니. 제정신이 아니었다.

[듣고 보니 섭섭하네. 난 자는 것보단 네 얼굴 보는 게 더 좋아서 한 말인데.]

"됐거든요. 작업용 액세서리는 딴 여자에게나 해요. 내겐 안 통하니까."

그녀의 말에 수화기 너머에서 쿡쿡거리는 웃음소리가 들렸다.

[이런, 들켜 버린 건가. 나의 실체를 네가 모르길 바랐는데. 이제 이 일을 어쩐다.]

"후후후. 걱정 마세요. 이번만 눈감아줄 테니까."

[눈 감으면 더 또렷이 기억나는 법이야. 절대 감지 마.]

"하하하. 알았어요. 절. 대. 로. 안 감을게요."

소령이 장난치듯 절대 라는 말을 한 자 한 자 끊어서 대답했다. 그러자 피식 웃음소리가 들리는가 싶더니 갑자기 그가 목소리를 낮게 깔더니 그녀를 불렀다.

[민소령.]

"네?"

[빨리 와. 내가 찾으러 가기 전에.]

삽시간에 그녀의 얼굴에서 미소가 사라졌다. 이어 뒷골을 타고 전기에 감전이라도 된 듯 찌르르 전류가 흘렀다. 설마 아니겠지. 잘못 들은 거겠지. 아니면 귀에 이상이라도 생긴 건가. 소령은 말도 안 되는 착각이란 걸 알면서도 사랑을 속삭이듯 들려오는 목소리를 그저 웃어넘길 수가 없었다. 이런 경우가 처음이라 대답을 해야 하는데도 입이 떨어지지가 않았다. 그러자 그의 목소리가 다시 들렸다.

[왜 대답이 없어. 아니면 내가 찾으러 가길 바라는 거야? 그러면 나야 좋은데.]

"아, 아니거든요! 그리고 저 일하러 왔어요. 놀러 온 게 아니라."

[누가 몰라? 왜 고함을 질러. 심장 놀라게.]

소령의 입술이 살짝 짓이겨졌다. 누가 누구 심장을 놀라게 했는데 저렇듯 태연하게 말을 하는지 모르겠다.

"저, 머리 말려야 해요. 어서 집에 가서 쉬세요."

[칫. 빨리 끊으라는 말보다 더 기분 나쁘네. 어서 머리 말려. 나 때문에 감기 걸렸다는 소리 듣기 싫어.]

"네. 푹 주무세요. 밥은 꼭 챙겨먹고."

[후훗, 알았으니 내 걱정은 말고 즐겁게 놀아. 이제 졸리다. 끊

을게.]

"네."

짧은 대답을 끝으로 전화가 끊어졌다. 소령은 가슴 저 밑바닥에서부터 올라오는 한숨을 길게 토해냈다. 신경이 예민해진 탓인가. 아니면 정말 그에게 다른 마음이라도 있는 것일까. 대수롭지 않게 넘겨 버리고 싶었지만 이상하게 마음이 무겁고 가슴이 답답해져 왔다. 그때, 그녀의 상념을 깨뜨리려는 듯 초인종 소리가 들렸다.

"또 누구지."

목욕 가운을 고쳐 입으며 문가로 다가다는 그녀의 미간이 살짝 찡그려졌다. 이럴 줄 알았으면 옷부터 갈아입을 걸 그랬다. 젖은 머리도 말리고.

"누구세요?"

"룸서비스입니다."

"무슨 소리지. 시킨 일도 없는데."

소령이 고개를 갸웃거리며 문을 열었다. 그런데 막상 문을 열고 보니 서 있는 사람은 태민이었다.

"지금 여기서 뭐 하시는 거예요?"

"룸서비스라고 했잖아."

태민이 안으로 들어서며 태연스럽게 말했다. 하지만 그의 손에는 아무것도 없었다. 대체 뭐가 룸서비스냐고 물으려다 생각을 바꿨다.

"시킨 일 없는데요."

"당연하지. 당신에겐 그럴 권한이 없으니까."

"무슨 뜻이에요?"

"내가 움직여야 받을 수 있는 서비스거든. 그러니 기대해. 후회 안 할 테니까."

소령의 눈빛이 가늘어졌다. 어쩜 저리도 뻔뻔할 수 있는지. 너무 어이가 없으니 화도 나지 않았다. 그녀가 가만히 쳐다만 보자 그가 다시 말했다.

"계속 그러고 있을 건가? 나야 좋지만."

"제게 선택의 여지가 없는 것 같으니 그만 방으로 가 계세요. 준비되면 연락드릴게요."

소령이 머리를 감싸고 있던 수건을 거둬내며 말했다. 의도된 그녀의 행동에 동참하듯 이내 젖은 머리가 출렁거리며 쏟아져 내렸다. 소령도 자신이 어떤 모습인지 모르지 않았다. 하지만 그의 앞에서 당황하는 모습은 보이고 싶지 않았기에 일부러 한 행동이었다.

"신경 쓰지 말고 준비해. 외출할 거야."

그가 느긋하게 소파에 등을 기대더니 팔짱을 꼈다. 움직이지 않겠다는 뜻이었다. 눈빛까지 반짝거리는 게 정말 얄미웠다. 소령은 할 수 없이 방으로 향했다. 그와 실랑이해 봤자 기분만 더러워질 터였다.

"후우!"

그녀가 방으로 들어간 것을 확인한 그는 더운 숨을 왈칵 쏟아냈다. 그녀를 처음 본 순간부터 숨을 참고 있었으니 자신이 기특할 정도였다. 그렇지 않았다면 마치 독주를 마신 듯 은은하게 휘감아 오는 향기에 취해서 그녀를 바닥에 쓰러뜨렸을 것이다. 그러면 지금쯤 뜨거워진 몸을 그녀에게 묻으며 뒤엉켜 있겠지. 붉은 입술을 삼키고, 봉긋하게 솟아오른 가슴에 얼굴을 묻고서.

"빌어먹을!"

태민은 벌떡 몸을 일으켰다. 아랫도리가 너무 뜨거워져 가만히 앉아 있을 수가 없었다. 이 이상 상상한다면 이 방에서 나가지 못할 것이다. 이런 그의 마음을 달래려는 듯 때 마침 초인종이 울렸다. 이번에야말로 룸서비스가 도착한 것이다.

"와아. 결혼식이 있나 봐요."

소령이 웅성거리는 사람들 틈으로 파고들었다. 간단히 아침을 먹고 호텔을 벗어난 그들은 제주의 이곳저곳을 누비고 다녔다. 가는 곳마다 신혼부부들의 모습이 눈에 띄더니, 급기야 야외 결혼식을 보게 된 것이다. 태민도 그녀의 옆으로 가 결혼식을 구경했다.

"정말 근사하네요."

꽃가루가 흩날리는 사이로 걸어가는 신랑 신부의 활짝 웃는 모습이 무척이나 행복해 보였다. 소령은 부럽고 안타까운 마음이 동시에 다가오자 살며시 눈을 감았다. 하나가 아니라 둘이라서 누릴 수 있는 행복. 그 행복이 마지막 그 순간까지 영원하길 마음속으로 빌었다. 비록 죽음이 그들을 갈라놓을지라도.

"부럽나?"

뜬금없는 소리에 소령이 눈을 뜨자 그가 지그시 바라보고 있었다. 담담한 듯 내려다보면서도 어딘가 모르게 깊이가 느껴지는 눈동자. 그래서 농담하느냐고 받아치면서 웃어넘길 수가 없었다. 그러니 진실을 말할 수밖에.

"아니라면 거짓말이죠. 혼자는 외로우니까."

"나도 혼자야."

"그래서 뭐요?"

"외로우면 내게 기대도 된다는 거지."

"사장님은 제게 기댈 건가요?"

당돌한 질문에 태민은 살며시 숨을 골랐다. 기대라는 말은 거짓이 아니었다. 외롭다는 그녀의 말을 듣는 순간, 지켜주고 싶다는 마음이 먼저 들었으니까. 하지만 농담으로 치부하고 웃어넘길 줄 알았다. 그런데 뒤통수를 치듯 그의 마음을 떠보고 있어 조금 놀랐다.

"하하하. 뭘 또 그렇게 심각해요. 그냥 해본 말인데. 그만 가요."

그녀가 걸음을 떼려 하자 태민이 얼른 팔을 붙잡았다. 그녀가 오해한 채로 내버려 둘 수가 없었다.

"난 그렇게 할 거야. 내가 외로울 때 당신이 옆에 있어주길 바라니까."

허를 찔러오는 말에 심장이 두근거렸다. 아니, 튀어나올 듯 팔딱거렸다. 그래서 입을 뗄 수가 없었다. 입을 벌리면 동요하는 그녀의 마음이 고스란히 들통날 것 같아서. 소령이 멍하니 서 있자, 그가 손을 잡은 채로 걸음을 떼며 말했다.

"이곳의 결혼 풍습에는 빠져서는 안 되는 피로연 음식이 있지. 그게 뭔 줄 아나?"

이건 또 무슨 생뚱맞은 소린가 싶어서 소령이 그를 쳐다보았다. 하지만 그는 일부러 그녀의 시선을 피하는 듯 앞만 보고 걸으며 말을 이었다.

"제주는 다른 지역과 다르게 결혼식을 아주 성대하게 치른다는군. 말 그대로 동네잔치를 하는 거지. 그것도 무려 3일씩이나. 그래서 돗을 잡는 게 관례라더군."

"돗이라니, 그게 뭔데요."

"알아맞혀 봐. 오늘의 과제야."

"과제는 무슨……. 됐어요. 안 들을래요."

소령이 잡힌 손을 빼내며 꼬리를 내렸다. 안 그래도 이미 던져 준 과제 때문에 머리가 아플 지경인데 그런 것까지 생각하고 싶지가 않았다. 하지만 돗이 궁금하긴 했다. 태민은 미간을 찡그리고 있는 그녀를 보곤 피식 웃었다. 큰소리치긴 했지만 궁금해서 미치겠다는 것을 고스란히 얼굴에 드러내 놓고 있었다.

'그래, 민소령. 지금은 그것만 생각해. 다른 말은 그냥 흘러가게 둬.'

태민은 일부러 그녀에게서 조금 떨어져 나왔다. 그리고 하늘을 올려다본 다음 닥치는 대로 셔터를 눌렀다. 제주는 주위 배경도 멋있지만 하늘빛도 상당히 그림이 좋았다.

"정말 사진 찍는 걸 좋아하는구나."

소령의 눈길이 그를 좇아 움직였다. 태민은 물 만난 고기마냥 바쁘게 사진기를 움직이고 있었다. 사무실에 있을 때의 딱딱한 분위기와는 다르게 여유로워 보이는 게 무척이나 행복한 모습이었다.

"어!"

그를 보며 미소 짓고 있던 소령은 찰칵거리는 소리에 놀라서 입을 벌렸다. 인식도 못했는데 어느새 사진을 찍히고 말았다.

"빙고!"

짧은 외침을 한마디로 그녀에게서 시선을 돌린 그는 또다시 사진 찍기에 몰입하고 있었다. 소령은 능청스러운 그의 행동에 피식 웃어버렸다.

"여기 너무 예쁘다."

아늑하고 예쁘장하게 꾸며진 카페에 들어간 두 사람은 탁 트인 바다가 한눈에 내려다보이는 곳에 자리를 잡고 앉았다. 소령은 바다가 전해주는 상쾌한 공기를 가슴 가득 들이마시며 주위를 둘러보았다. 조그만 미니 탁자들이 즐비한 그곳엔 두 쌍의 연인들이 자리하고 있을 뿐 손님은 그다지 많지 않았다. 아기자기하게 꾸며진 게 아마도 연인들을 위한 공간인 듯했다.

"피곤하지 않아?"

"괜찮아요. 와아. 멋지다."

빨갛게 물들어가는 저녁노을이 눈앞을 환히 밝히자 감탄사가 절로 튀어나왔다. 태민도 같은 생각인지 고개를 끄덕였다.

"그렇군."

"갑자기 이곳 사람들이 부러워지네요."

"그래서 당신이 객인 거야. 당사자들은 섬에 갇힌 신세라고 한탄만 늘어놓을 테니까."

"하하하. 그렇겠죠. 아무리 좋은 것이라도 일상이 되면 지겨우니까."

"맞아. 간단하게 저녁 먹고 들어갈까?"

"그래요. 참! 그런데 돗이 뭐예요?"

그녀가 눈을 반짝거리며 물었다. 태민이 생긋이 웃었다. 안 그래도 왜 안 물어보나 하고 있던 참이었다. 그렇다고 냉큼 가르쳐줄 생각도 없었지만.

"과제라고 한 것 같은데?"

"아, 또 그 소리예요. 됐어요. 이젠 정말 안 물어볼 거예요. 저녁이나 주문하시죠, 사장님. 같은 걸로."

그녀가 뾰로통한 표정으로 톡 쏘아붙이더니 자리를 떴다. 비서라는 직책을 벗어난 그녀는 놀려먹는 재미가 쏠쏠해 심심하지가 않았다. 태민은 직원을 불러 가볍게 먹을 수 있는 음식을 주문한 다음 바다로 시선을 던졌다.

뜻을 알고 난 그녀가 어떤 표정을 지을지 생각만으로도 즐거웠다. 물결 위로 하얀 거품이 밀려와 사라지는 물꽃처럼 그의 가슴에도 행복의 물결이 잔잔히 밀려들었다. 굳이 무엇을 하려고 하지 않아도, 아니, 그냥 바라만 보고 있어도 마음이 편안해지면서 가슴이 따뜻해졌다.

"그럼 그들이 뭘 원하는지도 모르는 거군요."

소령이 커피 잔을 내려놓으며 물었다. 어느새 그들은 업무에 대한 이야기를 하고 있었다.

"서둘러서 될 일이 아닌 것만은 확실해."

"일부러 피한다는 것은 원하는 게 있다는 뜻이잖아요. 그게 아니고서는 단체로 거부할 리가 없어요. 사장님 예상대로 매도액을 올리려는 것이라면……."

"아니, 그건 아닌 것 같아."

태민이 그녀의 말을 가로챘다. 그도 그런 줄 알았다. 하지만 매도하려는 장소에 고아원이 있는 걸 보곤 어쩌면이라는 생각이 들었다. 처음부터 그곳은 매도 자체를 반대하고 있었던 것이다.

"혹시 짚이는 거라도 있으세요?"

"아직은. 이제부터 그걸 알아봐야지. 아, 그리고 이거 받아."

태민이 지갑에서 카드를 꺼내 내밀었다. 웬 카든가 싶어서 바라보던 소령의 눈빛이 차갑게 얼어붙었다. 그녀의 눈이 잘못된 게 아니라면 그건 객실 열쇠였다.

"그게…… 뭔가요?"

"내 방 열쇠."

"그걸 왜 제게 주시는 거죠?"

살벌한 눈빛과 날카롭게 날이 선 목소리에 태민의 입에서 한숨이 터져 나왔다. 왜 여자들은 하나같이 열쇠를 보면 밤의 초대로 오해하는지 모르겠다. 충분히 다른 뜻이 있을 수도 있는데 말이다. 그게 기분 나빴다. 약 올리고 싶을 정도로.

"왜 줄 것 같아?"

"대답은 사장님이 하셔야죠."

"후훗. 그런가."

태민이 비틀린 웃음을 지으며 손에 들고 있던 카드를 그녀 앞으로 툭 던졌다. 기분 나쁜지 그녀의 표정이 살짝 일그러졌다. 하지만 마음 상한 건 그도 마찬가지였다.

"당신이 어떤 상상을 하는지 알겠는데 당장 집어치워. 그럴 생각이 없다가도 하고 싶어지니까. 그리고 그건 내일부터 내 방이 임시 사무실이라 주는 거야. 당신이 내 비서니까."

쐐기를 박는 말에 소령의 얼굴이 확 달아올랐다. 설마 그게 그런 용도일 줄은 생각지도 못했다.

"자, 잠시 실례할게요."

소령이 의자를 끌며 자리에서 벌떡 일어났다. 멀어져 가는 그녀를 바라보는 태민의 눈빛이 차갑게 이글거렸다. 열쇠만 두고 본다면 그녀가 충분히 오해할 만한 상황이란 것을 모르지 않았다. 둘 사이에 그런 일도 있었으니. 하지만 정말 화가 나는 것은 순간의 망설임도 없이 그를 파렴치한 인간으로 봤다는 것이다. 이유를 들어보고 화를 내도 충분할 텐데도 말이다.

"기분 더럽지만 당신에겐 내가 그 정도란 뜻이겠지."

중얼거리는 태민의 입술이 씁쓸함으로 뒤틀렸다. 모처럼 즐거웠던 하루를 고작 말 한마디로 망쳐 버렸다는 게 짜증났다.

"아, 젠장!"

이리저리 뒤척이다 겨우 눈을 감았던 그는 전화벨 소리가 흔들어 깨우자 짜증을 내며 반쯤 몸을 일으켜 앉았다. 제대로 떠지지도 않는 눈꺼풀로 사이드 테이블에 있는 전화기를 집어 든 태민은 발신자가 재혁인 것을 보고는 전화를 받았다.

"이 시간에 어쩐 일이야?"

[지금 혼자 있냐?]

뜬금없는 물음에 태민이 인상을 구겼다. 새벽 3시에 전화를 해서 할 소리는 아니었다.

"미친. 그럼 혼자지, 다른 사람이라도 있을까 봐?"

[전화를 늦게 받기에 옆에 여자라도 있는 줄 알았지.]

"집어치워. 헛소리 들을 기분 아니야."

[왜? 뭐가 잘 안 풀려?]

"쓸데없는 소리 하려거든 끊어. 피곤해."

[자식. 놀러 간 주제에 엄살은.]

"놀러는 무슨. 끊어, 인마!"

[태민아!]

엉뚱한 소리만 해대는 것에 짜증이나 전화를 끊으려던 태민은 다급하게 부르는 소리에 다시금 전화기를 귀에 가져다댔다.

"아직 안 끊었으니까 말해. 용건만 간단히."

[저기, 태민아. 그게 말이야.]

태민은 저도 모르게 자세를 고쳐 앉았다. 선뜻 말을 못하고 말꼬리를 길게 늘어뜨리는 것이 좋은 소식은 아닌 듯했다.

"재혁아, 말해. 무슨 일이야?"

[사, 상진이가 말이야. 상진이가 지금…… 병원에 있어.]

"왜? 사고 났어?"

태민이 놀라서 소리쳤다. 병원이라는 소리에 떠오르는 것은 그것밖에 없었다.

[그게 아니라 약을…… 먹었어.]

충격으로 태민의 몸이 얼음처럼 차가워졌다. 사고가 아니라 약이라니. 바로 옆에서 폭탄이 터진다고 해도 이보다 더 그를 두렵게 하지는 못할 것이다. 숨을 쉴 수 있는 모든 구멍들을 막아버린 것처럼 호흡을 할 수가 없었다. 몸속에 흐르는 피까지 모두 얼어버렸는지 아무런 감각도 느껴지지 않았다. 차라리 끔찍한 악몽이길 바랐다. 제발 그런 것이기를.

"이거 꿈이지. 내가 지금 악몽을 꾸고 있는 거지?"

[나도 꿈이었으면 좋겠다.]

"야, 김재혁. 이거 장난이잖아, 그치?"

[나도 장난이었으면 좋겠다. 하지만 사실이야. 내가 직접 병원에 연락했어.]

도저히 현실이라고 받아들일 수가 없어 재차 물었다. 그런데 돌아오는 대답은 달라지지 않았다.

"아악! 씨발! 그게 뭐야. 그건 아니잖아. 그러면 안 되는 거잖아!"

[태민아, 진정해. 너까지 그러면 나 힘들어. 그러니까 마음 가라앉혀. 응?]

폭풍우가 휘몰아치듯 부르짖던 태민은 힘들다는 그의 말을 듣고서야 거친 숨을 달랬다. 제 감정에 치우쳐 잊고 있었지만 지금 누구보다 힘든 사람은 바로 그였던 것이다.

"너, 괜찮아?"

[괜…… 찮아.]

"정말 괜찮은 거야?"

숨을 몰아쉬는지 말이 잠시 끊겼다가 이어지자 태민이 다시 물었다. 안 괜찮아도 달려갈 수 있는 상황이 아니라 마음이 아팠다.

[그래. 내 걱정은 말고 너나 챙겨.]

"그래, 알았다. 그래서 지금 상황은 어떤데. 깨어났어?"

[아직. 위세척은 했는데 결과는 두고 봐야 안대. 넘어질 때 머리를 부딪쳐서 뇌진탕 증세도 있다고.]

그 말을 끝으로 서로가 아무런 말도 하지 않은 채 시간만 흘렀다. 어느새 그의 손에는 진한 호박색 액체가 가득 담긴 술잔이 들려 있었다. 맨정신으로는 죽음과도 같은 어둠을 견딜 수가 없었다. 단숨에 술잔을 비운 태민은 또 한 잔을 따르며 어둠을 깨뜨렸다.

"어떻게 된 건지 알아?"

[나도 미경이 전화 받고 간 거라 뭐가 어떻게 된 건지 잘 몰라. 둘이 통화하던 중이었는데 갑자기 전화가 끊어졌다고 미경이가 울부짖는 바람에 가봤더니 쓰러져 있었어. 처음엔 아파서 쓰러진 줄 알았는데 테이블에 약통이 있는걸 보고 서둘러 병원으로 옮긴 거야.]

태민의 눈빛이 아프게 젖어들었다. 단지 얘기만 들었을 뿐인데도 상진이가 쓰러져 있는 모습이 떠올라 몸이 부들부들 떨렸다. 그런데 그런 모습을 직접 눈으로 보고 병원으로 옮겼으니 비록 괜찮다고는 하지만 지금 재혁의 마음이 얼마나 불안할지 짐작이 되고도 남았다.

"혼자 감당하게 해서 미안하다."

[그런 말 하지 마. 그 녀석 옆에 있어서 다행이라 생각하며 날 위로하고 있는데.]

"아침 첫 비행기로 올라갈게. 그사이 깨어나면 전화해."

[그러지 마, 태민아. 상진이 깨어나면 연락할게. 그때 올라와. 생명에는 지장 없다니까 별일 없을 거야. 연락 안 하려다 그래도 네가 알고 있어야 할 것 같아서 전화한 거야. 그만 쉬어라. 끊는다.]

그 말을 끝으로 갑자기 찾아든 지독한 고요. 그 속에 떠돌고 있는 말은 단 하나였다. 바로 자살.

"아악, 빌어먹을!"

태민은 손안에 꽉 움켜잡고 있던 술잔을 그대로 집어 던졌다. 파삭! 소리를 내며 산산조각 난 파편들이 사방으로 튀었다. 마치 터져 버릴 것 같은 그의 심장을 대신하듯이.

CHAPTER 5

"왜 안 열리지. 혹시 안에 없나."

소령은 다시 초인종을 누르며 시간을 확인했다. 오전 7시 30분. 정확히 출근 시간에 벨을 눌렀지만 문은 열리지 않았다.

"설마 직접 열고 들어오라는 건가."

소령은 지갑 속에 들어 있는 카드키를 꺼내 들었다. 그녀가 이 시간에 올 거라는 것을 그도 알고 있었다. 그런데도 문을 열지 않는다는 것은 아마 그런 뜻일 것이다. 한숨을 푹 내쉰 소령은 내키지 않는 손길로 카드로 문을 열고 안으로 들어갔다.

"헉! 이게 다 뭐야."

소령이 거칠게 숨을 들이켜며 멈춰 섰다. 거실에서 한바탕 전쟁이라도 치렀는지 아주 난장판이 되어 있었다. 혹시 도둑이라도 든 건가. 소령은 불길한 생각이 심장을 옥죄자 서둘러 안으로 들어갔다.

"사장님! 어디 계세요. 사장님!"

마음이 불안하니 목소리가 절로 커졌다. 그러나 어디에서도 그의 목소리는 들려오지 않았다.

"으윽! 이게 무슨 냄새지."

침실로 들어서던 소령은 머리를 어지럽히는 지독한 향기에 손으로 얼른 코를 막았다. 그러다 바닥을 뒹굴고 있는 술병을 보곤 인상을 확 찌푸렸다. 죽으려고 작정한 게 아니라면 분명 미친 거였다.

"미쳤어. 이 독한 술을……."

빈 위스키 병을 집어 든 소령은 엉망진창이 된 침실을 망연한 시선으로 바라보았다. 밤새 폭격이라도 맞은 듯 깨진 유리 파편들이 사방으로 흩어져 있는 것도 모자라, 한쪽 벽면을 차지하고 있는 커다란 거울까지 산산조각 나 있었다. 대체 밤새 여기서 무슨 일이 있었던 것일까. 침대도 텅 비어 있는 게 도무지 감이 잡히지가 않았다.

그때, 어디에선가 물 흐르는 소리가 들렸다. 소령은 몸을 틀어 그 소리를 따라 걸었다. 욕실에서 나는 것으로 보아 그가 씻고 있는 듯했다.

"그래도 정신을 놓지는 않았나 보네."

욕실 문이 반쯤 열려 있자, 소령은 그제야 긴장하고 있던 몸에서 살며시 힘을 뺐다. 그만 무사하다면 그깟 청소쯤은 아무것도 아니었다. 그렇게 안도하며 돌아서던 소령은 문득 떠오르는 느낌에 몸을 휙 틀었다. 씻는 것치곤 떨어지는 물소리가 너무 일정하게 들렸던 것이다.

"설마!"

소령은 하얗게 질린 얼굴로 황급히 욕실 안으로 들어갔다. 술에 취해 몸을 가누지 못한 그가 욕실에 쓰러져 있을지도 모른다는 생각이 든 것이다.

"사장님!"

아니나 다를까. 그가 샤워기에서 쏟아지는 차가운 물줄기를 온몸으로 맞으며 앉아 있었다. 다행히 잠옷은 입고 있었다. 그에게 다가가자 속이 울렁거릴 정도로 술 냄새가 지독했다. 소령은 얼른 샤워기를 잠갔다. 그리고 커다란 수건을 가져와 그의 몸을 닦아주기 시작했다. 추운지 그가 몸을 바들바들 떨었다. 입술도 새파랗고, 손바닥에 와 닿는 뺨의 감촉이 너무나 차가워 떨어진 체온부터 되돌려놔야 할 것 같았다.

"사장님, 눈 좀 떠봐요! 여기서 나가야 해요."

소령이 그를 흔들어 깨웠다. 하지만 눈을 뜨기는커녕 미동조차 하지 않았다. 그렇게 시간을 허비하는 사이 그의 체온은 점점 더 떨어지고 있었다. 이대로 있다가는 정말 큰일 날지도 몰랐다. 소령은 힘껏 그의 뺨을 때렸다. 어떻게 해서든지 그를 깨우는 게 급했다.

"으음."

다행히 효과가 있었는지 그가 신음을 했다. 하지만 눈을 뜨지는 않았다.

"사장님, 제 목소리 들리세요? 제발 눈 좀 떠보세요. 네!"

소령이 그의 뺨을 찰싹찰싹 때리며 고함을 지르자, 그제야 눈꺼풀이 파르르 떨리더니 천천히 벌어졌다.

"사장님, 제가 보이세요?"

초점 없는 눈동자가 그녀를 보는가 싶더니 다시 아래로 고개가 푹 꺼졌다.

"안 돼요. 눈 감지 말아요. 눈 떠요. 제발!"

겁에 질린 소령이 그를 흔들며 소리쳤다. 이대로 다시 눈을 감아버리면 정말이지 큰일이었다. 다행히 완전히 의식을 놓지는 않았는지 그가 천천히 눈을 뜨고 있었다. 순간, 눈물이 핑 돌았다. 그녀를 바라보는 눈동자의 초점이 조금 전보다 훨씬 또렷했던 것이다.

"사장님, 정신이 좀 드세요?"

애타게 바라보는 그녀에게 보답이라도 하려는지 그의 입술이 천천히 움직이고 있었다. 소령은 입술을 지그시 깨물고서 그의 목소리가 들려오길 기다렸다.

"당…… 신이군."

"네. 저, 저예요."

대답하는 그녀의 목소리가 떨리고 있었다. 이런 상황에서도 그가 자신을 알아봤다는 게 왠지 기뻤다. 소령은 목 안을 꽉 채우고 있는 묵직한 기운을 애써 삼키며 말을 이었다.

"일어날 수 있겠어요?"

"으윽!"

두통이 밀려오는지 그가 양손으로 머리를 감싸 쥐었다. 그 모습을 보고 있으려니 멀쩡한 그녀의 머리까지 쑤셔오는 듯했다.

"사장님, 일어나세요. 여기서 나가야 해요."

"아윽! 머리가…… 너무 아파."

"여기 있으면 더 아파요. 부축할 테니 일어나 봐요."

소령이 그의 팔을 끌어당겨 어깨에 걸친 다음 한 손으론 허리를 껴안고 힘껏 끌어당겼다. 비틀거리기는 했지만 태민이 자유로운 손으로 벽을 짚은 탓에 간신히 일어날 수 있었다. 고작 일으켜 세운 것뿐인데 그녀의 몸은 녹초가 된 듯 힘이 쭉 빠졌다. 소령은 이를 악물며 걸음을 뗐다. 그러자 다리를 질질 끌며 그가 따라 걸었다. 그것만으로도 고마울 지경이었다. 욕실에서 나온 소령은 그를 소파에 던지듯이 내려놓았다.

"하아, 으윽!"

"허윽!"

동시에 두 사람의 입에서 거친 숨이 터져 나왔다. 소령이 고개를 돌려 그를 바라보았다. 두통이 심한지 잔뜩 찡그린 얼굴로 머리를 감싸 쥐고 있었다. 소령은 튀어나오려는 한숨을 삼키며 자리에서 일어났다. 두통도 문제였지만 지금은 옷부터 갈아입혀야 했다. 드레스 룸에서 간편하게 갈아입을 수 있는 옷과 몸을 닦을 수건을 챙겨 들고 돌아오자 그가 웅크린 채로 몸을 바들바들 떨고 있었다.

"사장님, 옷 갈아입으세요."

그녀의 목소리를 들었는지 그가 찡그린 얼굴로 천천히 눈을 떴다. 소령이 옷을 내밀자, 그가 입술을 달싹였다.

"나가."

"혼자 하실 수 있겠어요?"

"그래."

"그럼 나가 있을게요."

소령은 그를 뒤로하고 침실을 나왔다. 잘할 수 있을까 불안했지만 그렇다고 그녀가 할 수 있는 일도 아니었기에 기다릴 수밖에 없었다. 그나마 의식이 또렷이 돌아와서 다행이었다. 그렇게 얼마나 있었을까. 갑자기 쿵! 소리가 들렸다.

"뭐지?"

소령은 얼른 침실로 들어갔다. 그가 바닥에 쓰러진 채로 일어나기 위해서 안간힘을 쓰고 있었다.

"사장님!"

소령이 냉큼 다가가 그를 일으켜 소파에 앉혔다. 아직 윗옷의 단추도 풀지 못한 상태였다. 어쩔 수 없이 그녀가 해야 할 모양이다. 소령은 튀어나오려는 한숨을 삼키며 그의 앞에 무릎을 꿇고 앉았다. 그리고 잠시 망설인 끝에 단추에 손을 가져다 댔다. 그러자 그가 냉큼 그녀의 손을 잡았다.

"하지 마. 내가 해."

소령은 자신도 하고 싶어서 하는 게 아니라고 소리치고 싶은 것을 꾹 참으며 그의 손을 밀쳐 냈다.

"제 옷을 사장님이 갈아입혔으니 저 역시 이럴 권리는 있다고 생각합니다. 그래야 공평하지 않겠습니까? 본인이 깨어 있다는 것이 다르긴 하지만. 대신, 바지를 벗길 땐 눈은 감아드릴게요. 그래도 전 누구처럼 몸에 대한 감상문을 쓰는 취미는 없으니까요."

"후훗. 멋지게 한 방 먹었군."

태민의 말에 소령은 입술을 질끈 깨물었다. 그를 한 방 먹이려던 게 아니었다. 그를 의식하지 않기 위해서 머릿속에 떠오르는 말을 아무렇게나 내뱉은 거였다. 그날에 대한 복수를 하기에는 그날, 그가 느꼈을 두려움이 어떠했을지 너무나 잘 알게 되었기에.

"하아. 겨우 잠들었네."

그가 잠이 든 걸 확인한 소령은 맥없이 침대 끝에 털썩 주저앉았다. 오한으로 몸도 제대로 가누지 못하면서 비행기를 타야 한다고 고집을 부린 탓에 그나마 남아 있던 기운마저 모조리 빼앗겨 버렸다.

"대체 어디를 가려던 거였지. 아니, 밤새 무슨 일이 있었던 거야!"

갑자기 짜증이 확 밀려왔다. 아침에 눈을 떴을 때만 하더라도 상쾌한 기분을 느끼며 가슴이 설레었다. 뭔가 근사한 일이 일어날 것만 같은 예감 때문에. 그런데 꿈같던 환상은 깨어지고 이런 게 현실이란 듯 온몸이 저릿했다.

"에이, 진짜. 옷 갈아입어야겠네."

뻐근해진 어깨를 주무르던 소령은 그제야 자신의 옷도 젖었다는 것을 알고 몸을 일으켰다. 그렇게 그녀가 다시 옷을 갈아입고 돌아와 그를 살피고 있을 때, 초인종 소리가 울렸다. 침실 문을 닫고 나온 소령이 종종걸음으로 가 문을 열었다. 첫날 인사를 나눴던 장 대리와 또 한 사람의 남자가 입구에 서 있었다. 소령은 그가 바로 김진규 과장이라는 것을 알았다.

"안녕하세요, 민 비서님. 좋은 아침입니다."

장 대리가 화사하게 웃으며 인사를 했다. 처음 보았을 때는 질끈 동여맨 머리에 청바지와 연한 하늘색 재킷을 입고 있어서 그녀보다 어린 줄 알았다. 그런데 검정색 슈트 차림에다 머리까지 단정하게 틀어 올린 지금은 누구도 근접할 수 없을 만큼 카리스마가 풍겼다.

"장 대리님, 반갑습니다."

소령이 그녀에게 인사를 건네고 옆으로 시선을 돌리자, 남자가 한 발 앞으로 나서더니 자신을 소개했다.

"안녕하십니까. 이번 프로젝트를 담당하고 있는 김진규 과장입니다."

"안녕하세요, 김진규 과장님. 비서인 민소령입니다."

소령이 고개를 숙여 인사를 했다. 조금은 거친 듯 보이는 외모와 다르게 눈빛이 맑고 선한 사람이었다.

"사장님은 안 계신가요?"

안으로 들어선 장 대리가 주위를 살피며 물었다. 소령은 괜스레 가슴이 덜컥하자 조용히 숨을 골랐다. 실내는 이미 말끔하게 치워진 상태였지만 혹시나 하는 기분에 지레 겁이 난 것이다.

"사장님께서는 오늘 업무를 보실 수 없을 것 같습니다. 빠듯한 일정을 소화하느라 건강에 무리가 온 상태라 휴식이 필요할 듯합니다."

"어머! 많이 안 좋으세요? 어제 통화할 때만 하더라도 건강하셨는데 밤새 무슨 일이 있었기에 몸져누웠을까요?"

장 대리가 묘한 눈빛으로 그녀를 바라보며 물었다. 소령은 그 눈빛이 마음에 들지가 않았지만 겉으로 내색하진 않았다.

"아픈 게 예고를 하고 찾아오지는 않습니다, 장 대리님."

"뭐 그렇긴 하죠. 그러면 병원으로 모셔야 하지 않을까요?"

"이미 의사가 다녀간 상태니 경과를 두고 보는 게 좋을 듯합니다."

소령은 더는 그녀가 토를 달지 못하게 딱 잘라 말했다. 여기서 그를 병원으로 데려간다면 아픈 원인이 술 때문이란 게 밝혀질 것이다. 그렇게 되면 그의 행적에 오점이 남는 것도 문제였지만, 깨어났을 때 태민이 이들을 대하는 게 껄끄러워질 수도 있었다.

"그러니까 걱정할 만큼은 아니라는 뜻이군요."

얼굴에 미소를 그리고는 있지만 그녀의 말투에는 소령의 신경을 자극하는 무언가가 곁들어져 있었다. 딱히 그것이 무엇인지는 모르겠지만 처음 봤을 때의 모습과는 상반되는 행동이었다.

"휴식을 취해야 한다는 소립니다."

두 사람이 주고받는 대화를 조용히 듣고 있던 김 과장이 헛기침으로 자신의 존재를 알리더니 곧 입을 열었다.

"그럼 저희는 회사로 돌아가겠습니다. 사장님이 회복되시면 연락 주세요."

"단순한 몸살이면 곧 깨어나실 텐데 번거롭게 그럴 필요가 뭐 있어요. 그냥 여기서 기다려요, 김 과장님. 그래도 괜찮죠, 민 비서님?"

소령의 입매가 살짝 굳어졌다. 무슨 이유인지는 모르겠지만 그녀가 일부러 자신을 도발하고 있었다. 하지만 그녀의 물음에 대답한 사람은 김 과장이었다.

"아니야, 장 대리. 쉬는 데 방해만 될 거야. 그만 가자."

"그래도……."

"그냥 가. 그럼 민 비서님, 가보겠습니다."

그녀의 말을 단칼에 자른 김 과장이 소령에게 인사를 했다. 소령은 그녀와 더는 실랑이하지 않아도 된다는 것에 안도하며 입을 열었다.

"사장님 깨어나시면 오셨다 말씀드리겠습니다. 두 분, 안녕히 가십시오."

"네, 그럼."

소령이 허리를 숙여 인사하자, 김 과장이 화답하곤 이내 돌아섰다. 장 대리 역시 마지못해 돌아서며 한마디 했다.

"사장님 깨어나시면 연락 주세요."

"알겠습니다, 장 대리님."

그녀가 인사도 없이 휙 가버렸다. 소령은 그녀의 뒷모습을 눈으로 좇으며 고개를 가로저었다. 처음 장 대리를 보았을 때는 사람을 편안하게 하는 상냥한 아가씨의 느낌이었다. 그런데 오늘 본 그녀의 모습은 날카로운 발톱을 숨기고 있는 들고양이를 연상시켰다. 이곳에 있는 동안 좋은 친구로 지낼 줄 알았는데 아무래도 그건 무리일 듯했다.

"하아. 왜 이렇게 일이 꼬이는 거야, 짜증나게."

소령이 신경질적으로 머리를 쓸어 넘겼다. 하루 중에 아직 반나절도 지나지 않았는데 며칠을 업무에 시달린 것처럼 모든 게 엉망진창이었다.

"그래도 열이 내려서 다행이네."

소령은 그의 이마 위에 올렸던 손을 살며시 내렸다. 오전 내도록 앓는 소리를 하며 괴로워하던 그가 오후가 되어서야 고른 숨을 내쉬고 있었다. 다행히 지독했던 술 냄새도 더는 나지 않았다.

"그만 일어나야 뭐라도 먹을 텐데 어쩌지."

열이 내리니 이젠 종일 그가 아무것도 먹지 못한 게 신경 쓰였다. 그렇다고 이제야 겨우 편히 잠을 자는 사람을 억지로 깨울 수도 없는 노릇이라 어떻게 해야 할지 판단이 서지 않았다.

"후우. 또 울리네."

그의 휴대전화가 울리자 소령은 한숨을 푹 내쉬었다. 받을 수도 없는 전화벨 소리가 종일 울어대고 있었다. 다른 전화였다면 비서로서 망설이지 않고 받았을 텐데 지극히 개인적인 전화라 그럴 수가 없었다. 하지만 이런 그녀의 마음을 모르는 상대는 연결되지 않는 전화에 분노를 느낀 듯 끈질기게 전화기를 붙잡고 있었다.

이러다 그가 깰지도 모른다는 생각이 들자, 소령은 할 수 없이 전화기를 집어 들었다. 아예 전화기를 꺼버릴까도 생각했지만 급한 연락이라도 오면 낭패라 그럴 수도 없었다.

"내 목소리 들으면 열받을 텐데 제발 좀 참으면 안 되겠니."

소령은 막상 미경이란 이름을 보자, 숨이 턱 막히는 게 가슴이 답답해졌다. 그 정도로 이 여자의 전화가 불편하고 신경 쓰였다.

"여보……!"

전화를 받은 소령이 누구라고 알리기도 전에 울먹이는 목소리가 전화기 너머로 들려왔다. 소령은 눈을 질끈 감고서 그녀의 목소리가 잦아들기를 기다렸다.

[태, 태민 씨. 온다더니 왜 안 와. 나, 지금 병원이야. 빨리 와, 응? 나 태민 씨가 옆에 있어야 안심이 된단 말이야. 그러니까 빨리 와라, 응? 왜 대답을 안 해! 당신이 하자는 대로 할 테니까 빨리 좀

와! 나 너무 무섭단 말이…….]

소령은 손이 부들부들 떨리자 더는 듣지 못하고 그대로 전화를 끊어버렸다. 이거였나 보다. 저런 몸으로 기를 쓰고 비행기를 타려던 이유가. 그리고 저 지경으로 쓰러진 것도 전부 다 진미경, 그녀 때문인 것이다.

“두 사람 끝난 게 아니었나.”

소령은 욱신거리는 심장의 아픔을 고스란히 눈길에 담아 그를 바라보았다. 그녀를 가짜 애인으로 내세우면서까지 헤어지려고 한 상대라서 이미 두 사람의 관계가 끝난 줄 알았다. 그래서 위험한 줄 알면서도 그가 내민 손길을 뿌리치지 못하고 잡은 것이다. 그런데 아프다는 진미경의 말에 저토록 무너질 정도라면 그녀는 대체 그에게 어떤 존재라는 말인가.

“설마 날 가지고 논 것은 아니겠지. 정말 그런 것은 아니겠지.”

소령은 불쾌한 감정이 순식간에 가슴으로 파고들자 세차게 고개를 내저었다. 아닐 것이다. 절대 그런 것은 아닐 것이다. 그런 무서운 짓을 할 만큼 그는 나쁜 남자가 아니었다. 그런데도 다리가 슬금슬금 뒷걸음을 치더니 급기야 방을 뛰쳐나갔다. 소령은 그대로 바닷가로 향했다. 가슴이 터질 것 같아서 더는 그곳에 있을 수가 없었다.

“흐읍, 헉! 허어, 허억.”

소령은 숨이 차다 못해 목이 타들어가자 그제야 달리기를 멈췄다. 그리고 목이 터져라 고함을 질렀다. 그런데도 답답한 속이 풀리지가 않았다. 아니, 아팠다. 지독히도 아파서 심장이 없는 것처럼 느껴졌다.

"민소령. 이 바보 멍청이."

그녀의 몸이 꺾이듯 바닥에 털썩 주저앉았다. 어쩌자고 그런 바보 같은 짓을 했을까. 아무리 마음이 끌렸다 하더라도 그의 손길을 뿌리쳤어야 했는데. 그의 숨결을 갈망하지 말았어야 했는데. 그랬더라면 이런 비참한 기분까지는 느끼지 않아도 됐을 텐데. 우습게도 지금은 꼭 사랑하는 사람에게 배신당한 것처럼 온몸이 갈기갈기 찢겨지는 그런 기분이었다.

"당신 그 정도로 나쁜 남자는 아니지. 그렇지? 만일 내가 생각하는 게 맞다면 당신을 용서하지 못할 것 같아."

소령은 제발 그녀가 생각하는 그런 것이 아니길 간절히 바랐다. 그렇게 얼마나 앉아 있었을까. 어느새 지평선 너머로 뉘엿뉘엿 해가 저물고 있었다.

"넌 참 좋겠다. 내일이면 또 다른 희망을 담아 떠오를 테니까."

넋을 놓고 앉아 있던 소령은 천천히 몸을 일으켰다. 해가 진 바닷가는 날씨가 꽤 쌀쌀했다. 막 걸음을 떼려는데 띠링, 하고 문자가 들어왔다.

「전화할게.」

무심한 손길로 문자를 확인하던 그녀의 얼굴이 싸늘히 굳어졌다.

"안 돼! 흑흑흑. 이럴 수는…… 이럴 수는 없어!"

태민은 안에서 들려오는 울부짖는 소리에 몸을 휘청거리며 잡았던 문손잡이를 스르르 놓아버렸다. 무언가가 잘못됐다는 불안감이 엄습해 오자 문을 열기가 겁이 났다.

"후우. 아니야. 그럴 리가 없어. 그럴 리가."

태민은 눈을 질끈 감고서 무너지려는 마음을 다잡았다. 상진이가 그렇게 쉽게 그들 곁을 떠날 리가 없었다. 그러니 눈으로 확인하지 않은 일을 가지고 지레 겁먹고 도망갈 이유가 없었다. 태민은 다시 손을 뻗어 문손잡이를 잡았다. 손끝이 파르르 떨렸지만 힘을 꽉 주고서 힘껏 문을 열었다. 마음속으로는 제발 아무 일 없기를 간절히 바라며. 벌컥! 문이 열리자 병실에 있던 사람들의 시선이 일제히 그를 향했다.

"태민 씨!"

모든 것이 정지된 듯 공기의 흐름마저 느껴지지 않던 그 순간, 미경의 외침이 갇혀 있던 유리 상자를 깨뜨리더니 어느새 그를 부둥켜안고 울음을 터뜨렸다.

"흑흑흑. 왜 이제야 와. 왜에!"

가증스럽기 짝이 없는 행동에 태민은 몸에 붙은 이물질을 떼어 내듯 그녀를 확 밀쳐 버렸다. 그리고는 그녀에게는 눈길조차 주지 않고서 상진이 누워 있는 침대로 다가갔다. 창백한 표정으로 죽은 듯이 눈을 감고 있는 상진의 얼굴에는 한 번도 본 적이 없는 수염이 덥수룩하게 자라 있었다. 태민은 문득 수염을 언제부터 길렀을까, 라는 생각이 들었다. 유난히 깔끔한 걸 좋아하던 그라 이런 모습이 굉장히 낯설게 다가왔다.

"왔냐."

재혁이 그의 양어깨를 꽉 잡고서 힘을 주었다. 마치 그에게 힘을 나눠 주려는 것처럼. 태민은 그저 고개를 끄덕였다. 짧은 한마디였지만 그 속에는 힘들어 하는 재혁의 마음이 고스란히 담겨 있었다.

"깨어…… 난 거 아니었어?"

잠결에 들려온 전화벨 소리에 눈을 뜬 태민은 상진이가 깨어났다는 소식을 듣자마자 자리를 박차고 일어나 달려왔던 것이다.

"깨어났다가 다시 잠든 거야."

"하아. 다행이다. 다행이다, 재혁아. 다행이야."

태민은 재혁을 와락 끌어안고서 같은 말을 되풀이했다. 편안한 얼굴로 눈을 감고 있는 상진의 모습을 보는 순간, 뭔가가 잘못된 것인가 싶어서 오금이 다 저렸다.

"그럼 이제 괜찮은 거지?"

태민이 안은 팔을 풀며 물었다.

"뭐, 일단은."

개운치 않은 대답에 태민은 주먹을 꽉 틀어쥐었다. 불길한 얘기가 남아 있다는 것을 심장이 먼저 알아챈 듯 미친 듯이 쿵쾅거렸다.

"그게…… 무슨 말이야?"

뭘 고민하는지 재혁은 선뜻 대답을 하지 않았다. 그런 그를 보고 있으려니 입안이 바짝 타고 몸속에 흐르는 피가 모조리 말라버리는 기분이었다. 대체 또 뭐가 남아 있을까. 한편으론 답답해 미칠 것 같으면서도 또 마음 한구석에서는 그의 입에서 나올 말이 두렵기도 했다. 그렇게 서로를 바라볼 뿐 말이 없자, 미경이 불쑥 끼어들었다.

"상진 씨, 기억상실증이래. 그래서 우리를 알아볼 수가 없대."

짧은 시간 동안 많은 생각과 두려움이 몰려들었지만 미경이 뇌친 말은 결코 듣고 싶은 말이 아니었다. 아니, 믿고 싶지도 않았다. 그래서 재혁을 바라보았다. 그런 게 아니라고 그녀가 잘못 말한 것이라고, 그런 일 따위는 있지도 일어나지도 않을 테니 걱정하지 말라고 그를 안심시켜 주길 바랐다. 그런데 차마 말로는 표현하지 못하겠는지 재혁이 천천히 고개를 끄덕였다. 그의 바람이 산산이 부서지는 순간이었다.

"아악! 빌어먹을!"

몸속에 타오르고 있는 울분을 모두 토해내려는 듯 태민이 벽을 향해 주먹과 발길질을 해댔다. 깜짝 놀란 재혁이 그를 뒤에서 꽉 끌어안으며 소리쳤다.

"태민아, 진정해!"

"태, 태민 씨."

미경도 몸을 움찔거리며 그를 불렀다. 저런 거친 행동을 하는 것을 한 번도 본 적이 없던 터라 꽤나 충격이었다. 놀라긴 옆에 서 있던 의사도 마찬가지였다.

"지금 뭐 하시는 겁니까! 여긴 환자가 안정을 취해야 하는 병실입니다. 친구분으로 인해 아파하는 마음은 충분히 이해하지만 이런 행동은 용납할 수 없습니다!"

담당의사의 고함 소리에 그제야 태민은 몸부림을 멈췄다. 하지만 기억상실이라는 말만은 결코 받아들일 수가 없었다. 태민이 사나운 눈길로 의사를 바라보며 말했다.

"기억상실이란 게 정말 맞습니까? 오진 아닙니까?"

"당사자인 박상진 씨가 여러분들을 기억하지 못하니 저희로서도 지금은 뭐라 드릴 말씀이 없습니다. 일시적인 것일 수도 있으니 경과를 지켜봅시다. 그리고 환자는 안정이 제일이니 병실에서 큰소리 나지 않게 각별히 주의해 주십시오."

"그럼 기억은 언제쯤 돌아옵니까. 아니, 어떻게 하면 기억이 돌아올까요?"

"글쎄요. 그건 환자분의 의지에 달려 있겠지요. 평소에 자주 편두통을 동반한 혼절이 있었다고 들었는데 아마도 정신적인 원인이 크게 작용하지 않았나 싶군요. 극심한 스트레스가 원인일지도 모르니 상담을 통한 치료를 받는 게 좋을 듯합니다."

의사의 말을 듣고 있던 태민이 고개를 획 돌려 미경을 노려보았다. 무언가를 알고 있다는 듯 그녀가 몸을 움찔하더니 시선을 피했다. 태민의 몸이 그녀를 향한 분노로 부글거렸다. 틀림없이 상진이가 쓰러진 것은 그녀와 관련이 있을 것이다.

"하아. 진짜!"

소령은 잠을 청해보려 할수록 더욱 또렷해지는 정신에 이젠 짜증이 났다. 자기최면을 걸 듯 신경 쓰지 말자. 그녀와 상관없는 일이다. 주문을 걸었지만 이런 그녀의 마음을 조롱이라도 하듯 시선 끝에는 항상 휴대전화가 있었다. 연락한다는 짧은 문자를 받긴 했지만 정말 전화가 올 거라고는 기대하지 않았다. 아픈 몸으로 애인에게 달려간 사람이 일개 비서를 신경 쓴다는 게 우스운 꼴이니까.

하지만 시간이 흐를수록 그녀의 마음은 갈팡질팡 종잡을 수 없을 만큼 복잡하게 얽혀갔다. 미련하게 그의 전화를 기다리고 있는 자신에게 화가 나다가도 어딘가에 쓰러져 있는 게 아닌가 걱정도 되는 게 좀처럼 마음이 가라앉지가 않았다.

"빌어먹을 남자 같으니라고!"

급기야 거친 말을 쏟아내며 이불을 확 뒤집어썼다. 오지 않는 전화를 기다리느니 차라리 잠이나 자는 게 나을 듯했다. 그다지 잠이 올 것 같지도 않지만.

"별 하나에 눈을 감고, 별 둘에 미소 짓는다. 별 셋에 잠을 청하고, 별 넷에 꿈을 꾼다. 별 다섯에……."

소령은 그렇게 별의 숫자를 세며 억지로 잠을 청했다. 그러다 어느 순간, 스르르 잠이 들었다. 전화벨이 울리기 전까지. 소령은 시끄러운 전화벨 소리에 힘겹게 눈꺼풀을 들어 올려 시간을 확인했다. 새벽 3시가 넘어서고 있었다. 이 시간에 전화를 건 사람이 누구든 간에 제정신이 아니었다. 그래서 무시했다. 설령 기다리던 전화라고 해도 받고 싶지가 않았다. 그런데 상대방도 아주 끈질긴 게 전화를 받지 않으면 밤새 괴롭힐 것 같았다. 소령은 할 수 없이 누운 채로 전화기를 집어 들었다.

"여보세요?"

여러모로 마음에 안 드니 목소리도 쌀쌀맞게 튀어나왔다.

[왜 이렇게 늦게 받아? 전화한다고 했는데.]

어이없는 질책에 소령은 뭐 이런 인간이 다 있나 싶어서 몸을 일으켜 앉았다. 잠에 취한 상태로 그와 실랑이하고 싶지가 않았다.

"이 시간에 어쩐 일이세요?"

[그냥 했다고 하면 화낼 건가.]

"새벽 3시가 넘었습니다. 당연한 거 아닌가요?"

[후우. 벌써 시간이 그렇게나 됐나 보군.]

술에 취한 듯 혀가 약간 꼬여 있었다. 그러니 시간도 모르고 전화를 했겠지만.

"용건 없으시면 그만 끊겠습니다."

[끊지 마! 목소리 듣고 싶어서 한 거야.]

종일 가시방석에 앉혀놓고 흔들어대고선 잘도 그런 말을 하다니, 참으로 뻔뻔스러웠다.

"장난 전화 사절입니다."

[하아. 당신은 매번 날 긴장시키는군.]

"사장님이 제 말 한마디에 긴장하실 줄은 몰랐네요. 그리고 이런 통화를 하기에는 너무 늦은 시간입니다."

[알고 있어. 알고 있는데 당신 목소리를 들어야 잠을 잘 수 있을 것 같아서.]

"제 목소리가 수면제일 줄은 몰랐군요. 아니면 그 말에 감동해야 하는 겁니까?"

[그런…… 뜻이 아니란 거 알잖아.]

잠시 멈칫하다 들려온 목소리가 낮게 깔리는 것으로 보아 아마도 화를 참고 있는 듯했다. 그렇다고 겁먹을 그녀도 아니었지만. 아니, 차라리 화를 내길 바랐다. 그러면 맞불 작전으로 되받아칠 수 있으니까.

"취하신 것 같은데 그만 주무세요."

[술을 마시긴 했지만 취하진 않았어. 오히려 정신은 더 말짱해.]

그렇게 말하는 것이 바로 취했다는 증거라고 말하고 싶었다. 하지만 소령은 입을 다물어 버렸다. 취한 사람을 붙잡고 이야기해

봤자 피곤하기만 했다.

[또 대답이 없군.]

"전, 몹시 피곤합니다. 그만 자고 싶어요."

[그럼 말은 나만 하지. 당신은 듣기만 해.]

"그러기엔 너무 늦은 시간입니다. 그만 끊겠습니다."

[나와 대화하기 싫다는 거군. 좋아. 그럼 하나만 묻지.]

"말씀하세요."

[내가 보고 싶다고 말하면 당신은 뭐라고 대답할 거지?]

전화기를 쥐고 있는 그녀의 손이 움찔했다. 분명 술주정이다. 밤새 그녀를 잠 못 자게 해놓고서 정작 그는 아침에 깨어나면 기억도 하지 못할 그런 말. 그렇다는 걸 뻔히 알면서도 설레는 이 마음은 또 무엇일까. 왜 그는 이런 말도 안 되는 소리를 해서 사람 마음을 흔들어놓는 것일까. 진미경이라는 여자는 또 어쩌고. 아주 짧은 순간에 참 많은 것들이 머릿속을 어지럽게 뒤흔들었다. 그러나 대답할 말은 하나밖에 없었다.

"주무세요."

[보고 싶어! 미치도록!]

전화를 끊으려던 소령은 다급하게 들려오는 고함 소리에 놀라서 그만 손에서 전화기를 떨어뜨리고 말았다.

"제길! 끊어버렸어."

끊어져 버린 전화기를 바라보는 태민의 눈동자가 씁쓸하게 젖어들었다. 갑작스러운 고백에 그녀가 당황했을 거라는 건 알지만 그렇다고 말 한마디 없이 전화를 끊어버리는 건 몹시도 서운했다.

사실 그녀 못지않게 놀란 건 그도 마찬가지였다. 허겁지겁 서울로 올라오느라 짧은 문자만 달랑 보냈던 것이 마음에 걸렸다. 그를 걱정하고 있을 그녀가 신경 쓰이기도 했고. 그래서 한잔하던 중에 전화를 한 것이다. 그녀의 목소리라도 듣고 싶어서. 하지만 사람 욕심이란 게 다 그런 것인지 막상 목소리를 들으니 얼굴이 보고 싶었다. 그러다 그 마음을 채 삼키기도 전에 입에서 나가고 만 것이다.

"휘우, 멋진데. 그 아가씨."

술에 취해 자고 있는 줄 알았던 재혁이 낮게 휘파람을 불며 테이블에 박았던 머리를 들어 올리며 한마디 했다. 태민은 살짝 찌푸린 얼굴로 술잔을 들었다. 쏟아질 질문 공세에 벌써부터 머리가 지끈거렸다.

"천하의 한태민이 미치게 보고 싶어하는 사람이 있을 줄은 몰랐네. 그게 누군지 몹시도 궁금한걸."

"자식, 많이 마실 때 알아봤다. 쓸데없는 소리 하지 말고 잠이나 자."

"네 목소리 듣기 좋더라. 근데 낯설어. 아주, 아주 낯설어."

술을 핑계로 재혁의 질문을 피해가려던 태민은 순간, 움찔했다. 그가 무슨 뜻으로 하는 말인지 이해가 잘 되지 않았다.

"낯설다니. 뭐가?"

"다른 사람이 그 말을 들었다면 사랑하는 사람이구나, 생각하겠지만 난 너란 놈을 잘 알잖아. 그래서 한 말이야. 내가 아는 넌 단 한 번도 사귀는 여자에게 먼저 전화한 적이 없거든. 그러니 미치게 보고 싶다는 말은 생각조차 해보지 않았을 거야. 넌 그런 단어 자체를 알지 못하는 녀석이니까. 더구나 네 전화를 먼저 끊어버린 여자도 없었지, 아마."

가만히 얘기를 듣고 있던 태민은 뒤통수를 가격당한 것처럼 충격을 받았다. 재혁의 말처럼 지금까지 그는 어떤 여자에게도 흔들린 적이 없었던 것이다. 심지어 미경에게조차도 거리를 두었다. 그런데 확실히 그녀는 달랐다. 처음 본 순간부터 머릿속에서 지울 수가 없었다. 아니, 오히려 행동 하나하나에 예민하게 자극받고 있었다. 오늘만 해도 먼저 전화를 걸어서 보고 싶다는 말까지 하지 않았던가. 그러니 지금의 그는 무언가가 잘못되어 가고 있는 것이다.

"뭘 그렇게 심각하게 고민해? 이젠 내 물음에 네가 답할 차렌데."

재혁이 끝없이 이어지는 생각의 끝자락을 붙잡았다. 태민은 튀어나오려는 한숨을 삼키며 입을 열었다.

"네 물음에 대답할 말이라도 있으면 좋겠다."

"방금 한 말, 대답할 의사가 있다는 뜻으로 받아들이고 질문한다. 조금 전 통화한 여자가 그 여자야? 민소령?"

태민은 고개를 끄덕였다. 이미 미경에게 들어서 알고 있는 사실을 숨길 수는 없었다.

"그래, 맞아."

"그럼 아까 말한 보고 싶다는 말 또한 사실이겠네."

"지금도 보고 싶다."

재혁의 입가에 빙그레 미소가 떠올랐다. 그의 눈동자에 그리움이 가득한 걸 보니 사실인 듯했다.

"후훗. 임자 만났군."

재혁이 혼잣말처럼 낮게 중얼거렸다. 그걸 알아듣지 못한 태민이 게슴츠레한 눈빛을 하고서 입술을 달싹였다.

"뭐라는 거야, 지금?"

"이젠 귀까지 멀었어? 왜 두 번 말하게 해. 그런 걸 제일 싫어하는 놈이."

"그래서 말 안 할 거야?"

"왜 안 해. 이제부터 놀려먹는 재미가 쏠쏠할 텐데. 잘 들어, 한태민. 드디어 네게도 뜻대로 되지 않는 사람이 나타난 거야. 일명 미친개가 되는 거지."

무슨 저런 거지 같은 말을 다 하나 싶은 게 태민의 눈매가 사나워졌다. 다른 말도 아니고 미친개라니. 확실히 그는 맛이 간 상태였다. 태민이 발끝에 짜증을 담아 그를 툭 밀었다.

"미친! 너 들어가 자라."

"하하하. 왜? 정곡을 찌르니 내가 무서워?"

"무섭긴 개뿔. 헛소리하려거든 잠이나 퍼질러 자라는 소리다!"

"푸하하하!"

재혁은 그만 큰 소리로 웃고 말았다. 당사자는 아니라고 발뺌하지만 빨개진 얼굴로 소리치는 게 그의 말이 사실이라고 증명하고 있었다. 그러니 그 얼굴이 귀여울 수밖에.

"이젠 미치기까지 한 거냐! 왜 자꾸 실실 웃어. 기분 나쁘게."

"야, 한태민. 널 어쩌면 좋으냐. 하하하. 하긴 믿고 싶지 않겠지. 도저히 인정할 수 없을 테니까. 그런데 태민아. 누가 그러더라. 어느 한순간 가슴속에 사무치도록 보고 싶은 사람이 있다면 그것이 사랑이라고. 당사자가 느끼기도 전에 이미 마음속에선 그 싹을 키워서 열매를 맺을 준비를 끝냈다는 뜻이래. 그러니 너도 당장은 받아들이기 힘들겠지만 마음이 하는 소리를 잘 새겨들어. 네 가슴속에 후회가 남지 않도록."

태민이 굳어진 표정으로 비틀리는 몸을 일으켰다. 분명 술주정이다. 아니, 술주정이어야 했다. 그러나 웃음기를 뺀 그의 표정은 너무나 진지했다. 그래서 가만히 앉아 있을 수가 없었다. 마구잡이로 뒤엉키는 생각들로 인해 머리가 지끈거려서. 하지만 팔을 확 잡아당기는 손길로 인해 도로 주저앉아야 했다.

"어딜 가, 인마. 아직 얘기 안 끝났어."

"아니, 다 끝났어. 그리고 네가 잘못 생각한 거야. 그 여자…… 아니, 민소령 그녀는 내……."

태민은 무심코 튀어나오려는 말을 얼른 집어삼켰다. 여기서 그녀의 정체를 밝힌다면 상황만 더 복잡해질 뿐이란 게 뒤늦게 생각났다.

"왜 말을 하다 말아. 내, 다음 말은 뭔데?"

"됐다. 그만하고 자자. 술에 취한 상태로 상진이 보러 갈 수는 없잖아."

태민이 딱 잘라 말하고서 자리에서 일어났다. 그의 뜻을 알아들었는지 재혁도 더는 붙잡지 않았다. 다행이다 싶었지만 이내 다른 감정이 불쑥 끼어들었다. 잠시라도 잊고 싶어서 술을 마셨는데 상진이란 이름을 내뱉고 나니 가슴 한구석에 구멍이 뻥 뚫린 듯 씁쓸한 기운이 그 자릴 대신했다.

'하아. 대체 이 여자 왜 이러는 거야!'

소령은 아침부터 머리가 지끈지끈 아파오자 주먹을 꽉 틀어쥐었다. 새벽에 태민과 통화를 하고 난 이후로 도무지 잠을 잘 수가 없어 꼬박 뜬눈으로 밤을 새웠다. 그러다 보니 입안이 모래알처럼 까칠해서 아무것도 먹지 못했고, 더불어 신경까지 날카로워진 상태였다. 하지만 거기서 끝이 아니었다. 이제 겨우 오전 8시일 뿐인데 전화를 걸어온 장 대리는 그녀의 인내심을 테스트라도 하듯이 속을 박박 긁어대고 있었다.

[민소령 님, 비서 아닌가요? 그런데 사장님의 행방을 모른다는 게 말이 됩니까?]

왜 말이 안 되느냐고 소리치고 싶었다. 사장인 그가 비서 나부랭이에게 일일이 보고하고 다녀야 하는 군번도 아닌데. 그러나 소령은 참을 인 자를 수십 번 되뇌면서 참고 또 참았다. 괜히 받아쳤다간 더 골치만 아파질 것 같아서.

"장 대리님, 조금 전에도 말씀드렸지만 사장님께서 급히 연락을 받고 가신 터라 다른 말씀은 없으셨습니다."

[아니, 아픈 상태로 가셨는데 비서가 돼서 확인도 안 해본 겁니까?]

말끝마다 비서 비서 하는 게 꼬투리 하나 잡았다고 아주 신이 난 듯했다. 상대방의 심정 따위는 조금도 헤아리지 않고서. 그러니 소령에겐 이 모든 원흉의 장본인인 태민이 미울 수밖에 없었다.

"연락한다 하셔서 기다리고 있습니다."

[그러다 연락이 안 오면요? 아니, 어딘가에 쓰러져 있어서 연락

할 상황이 안 된다면 그땐 어쩌실 건데요.]

"그런 일은 없으실 겁니다. 만약 그런 일이 벌어졌다면 이미 연락이 왔을 테니까요."

소령은 일부러 새벽에 통화한 내용은 말하지 않았다. 장 대리가 알아야 할 내용이 아니었기에.

[민 비서님, 이제 보니 참 태평한 성격이네요. 저 같으면 좀이 쑤셔서 벌써 소재 파악까지 끝냈을 텐데.]

소령은 대놓고 비꼬는 말에 그야말로 목구멍까지 욕이 차올랐다. 누구랄 것도 없었다. 괘씸한 한태민을 시작으로 입을 함부로 놀리는 장 대리, 거기다 바보처럼 화를 참고만 있는 그녀까지 모두 다였으니까. 하지만 이를 악물고서 꾹 눌러 참았다. 성격대로 시원하게 욕을 퍼부으면 당장은 속이 후련하겠지만, 몇 초 지나지 않아 다친 자존심을 끌어안고 후회할 것이 뻔했기에. 그럴 바엔 차라리 전화를 끊어버리는 게 나았다.

"사람 성격은 천차만별이니까요. 그래서 말인데요, 장 대리님. 업무와 관련된 일이 아니라면 그만 끊겠습니다. 사장님의 개인사에 대해서는 저 역시 아는 바가 없거든요."

[혹시 집안에 무슨 일이 있는 것은 아닌가요?]

"글쎄요. 방금도 말씀드렸지만 개인적인 일엔 아는 것이 없습니다. 그래도 궁금하시면 직접 연락을 해보시는 게 좋겠습니다."

[이미 전화를 해봤는데 연결이 안 되더군요. 그래서 민 비서님께 연락한 겁니다. 사장님이 많이 편찮으신가 하고요. 그런데 실망스럽게도 저와 다를 바가 없군요.]

"이제 아셨으니 그만 끊도록 하겠습니다. 사장님께 연락 오면

장 대리님의 안부 전화는 전해드리도록 하겠습니다. 그럼, 수고하세요."

전화기 너머에서 무슨 말인가가 들려왔지만 소령은 그대로 전화를 끊어버렸다. 무례하다고 욕해도 상관없었다. 상대방은 그녀보다 더 무례하고 건방지게 굴었으니까.

"아악! 한태민. 너 진짜 재수 없어. 알아!"

소령은 울화통이 치밀어 오르자 고래고래 소리를 질렀다. 사실 따지고 보면 장 대리의 말이 그다지 틀린 것은 아니었다. 아무리 개인적인 일이라 하더라도 그의 비서인 이상 대략적인 상황 정도는 알고 있어야 했으니까. 하지만 일부러 전화를 걸어 그런 걸 묻고 싶지는 않았다. 그가 먼저 말해주지 않는다는 것도 있었지만, 이미 그가 어디에 누구랑 있는지 알고 있는 상황에서 입을 열어 상처받을 이유가 없다고 여긴 것이다.

"하아, 진짜. 하나같이 마음에 안 들어. 쯧!"

소령은 불쑥 어젯밤 그가 한 말이 떠오르자 세차게 머리를 흔들어 잡생각을 떨쳐 냈다.

"으음, 커피 향 좋다."

재혁은 커피 향에 이끌려 주방으로 들어갔다. 안 그래도 커피가 생각났던 터라 반갑기까지 했다. 그런데 태민은 뭘 찾는지 주방에 있는 문이란 문은 죄다 열어보고 있었다.

"뭐 해?"

보다 못한 재혁이 잔에 커피를 따르며 물었다.

"꿀단지 어디 있어?"

꽤나 속이 쓰리나 보다. 꿀단지를 찾는 것을 보니. 하긴 술을 그렇게 마셨으니 당연했다. 하지만 안타깝게도 꿀은 없었다.

"꿀 없어. 며칠 전에 떨어뜨려서 깨졌거든."

재혁이 커피를 한 모금 마시며 말했다. 역시나 안 보이는 것에는 다 이유가 있었다.

"어쩐지 안 보인다 했다. 네 집에 꿀이 없을 리가 없는데."

"요 앞에 해장국집 맛있게 하는 데 있어. 거기 가자."

"난 됐어. 너나 먹고 와. 난 커피나 한잔해야겠다."

한 번 안 먹는다고 하면 안 먹는 놈이라 재혁은 두 번 권하지 않았다.

"그래라, 그럼. 난 속도 쓰리지만 배도 고파서 안 되겠다."

재혁이 잔에 커피를 따르는 태민의 어깨를 툭 치더니 주방을 나갔다. 태민은 커피 잔을 들고 테라스로 향했다. 출근해야 할 시간에 느긋하게 커피 잔을 기울이고 있다는 것이 조금은 어색했다. 태민은 커피를 마시다 말고 미간을 찌푸렸다. 어젯밤 재혁이 했던 말이 떠올라서였다.

"내가 사랑을 한다? 천하의 한태민이 미친개가 돼? 허헛!"

저도 모르게 헛웃음이 튀어나왔다. 아니, 비웃음이었다. 어이가 없고 기가 찬 듯이 말하고는 있지만 지금도 그녀의 얼굴이 눈앞에서 아른거렸다. 그러니 보고 싶은 감정은 거짓이 아니었다. 처음 본 순간부터 그녀가 마음에 들었고, 좋아했으니까. 그렇다고 그게 사랑일까. 솔직히 그는 사랑이란 감정을 잘 모른다. 그저 보고 싶고, 보면 흐뭇해지는 정도니까.

물론 키스도 하고 싶고, 품에 꼭 끌어안고 체온도 나누고 싶었다. 실지로 그렇게 한 적도 있으니까. 하지만 그건 남녀 사이에서 일어날 수 있는 스파크 같은 본능 아닌가. 원나잇이 판을 치는 요즘 세대엔 흔히들 있는 일이니까. 단지 다른 게 있다면 그녀에게는 그의 이성을 송두리째 흔들어놓는 무언가가 있다는 것 정도? 그건 재혁의 말처럼 누구에게서도 느껴보지 못한 갈증이었다.

"확실히 다르긴 해. 후훗. 확실히 미친 것도 맞아. 지금쯤 내 목을 조르기 위해서 이를 갈고 있을 여자가 보고 싶어지니 말이야."

그녀를 떠올린 것만으로도 실없이 웃음이 났다. 이런 게 재혁이가 말한 사랑이라면 어쩌면 그는 민소령이란 여자를 사랑하고 있는지도 모르겠다. 확실히 그렇다고 못을 박을 수는 없지만. 그렇게 창밖을 바라보며 그녀의 생각에 젖어 있을 때, 불쑥 다가온 손이 그의 허리를 껴안았다.

"뭐야!"

깜짝 놀란 태민이 거칠게 손을 뿌리치며 뒤돌아섰다. 가장 보고 싶지 않은 얼굴이 눈살을 찌푸리며 서 있었다. 태민이 다시 버럭 고함을 질렀다.

"이게 뭐 하는 짓이야!"

"보면 몰라? 위로받고 있잖아."

어깨를 으쓱거리는 미경의 뻔뻔함에 태민이 이를 갈 듯 말했다.

"너 따위에게 해줄 위로 같은 건 없으니까 꺼져!"

"나 따위? 당신 그렇게 냉정한 사람이었어? 헤어진 옛 애인까지 챙기는 사람 아니었어?"

"그것도 나름 규칙이란 게 있어. 하지만 넌 아니야!"

"왜 난 아닌데? 아니, 난 그 어떤 여자보다 당신에게 대접받을 자격이 충분히 있다고 봐."

"헛소리 집어치워. 네 말장난에 놀아줄 생각 따윈 없으니까!"

"언제나 마지막은 나였어! 아니야?"

차라리 자리를 피하는 게 낫다는 생각에 걸음을 떼자 노기 띤 목소리가 발목을 붙잡았다. 태민은 천천히 뒤돌아섰다. 마지막. 그래. 그녀의 말마따나 언제나 그의 곁에는 진미경이 있었다. 하지만 그가 원해서가 아니었다. 그녀가 원해서였다. 그는 단지 그런 그녀를 밀어내지 않았을 뿐. 이젠 그것도 끝났다.

"그래. 언제나 내 곁에 남은 사람은 너였어. 하지만 그 이유는 나보다 네가 더 잘 알거야. 그러니 나에게 동정심 따윈 바라지 마. 역겨워."

"아니! 당신은 그 이유를 내 탓으로 돌리고 싶겠지만 아는 사람은 다 알아. 당신이 원해서 날 옆에 뒀다는 걸. 주위 사람들 생각 따윈 아랑곳없이 늘 자기 뜻대로 움직이는 사람이 바로 당신이니까. 이번에도 당신은 틀림없이 내게로 돌아올 거야. 그때를 생각해서 말 함부로 하지 마. 여자가 한을 품으면 오뉴월에도 서리가 내린다고 지금 당한 수모를 몇 곱절로 앙갚음할 날이 올지도 모르니까."

"하! 되받아치는 말이 청산유수긴 한데 네게 돌아가는 일 따윈 없어! 하지만 경고 한마디쯤은 해두지. 네가 상진이에게 어떤 짓을 했는지 지금은 묻지 않겠어. 그러나 만일 상진이에게 무슨 일이 생기면 절대 널 가만두지 않아. 반드시 원래의 모습으로 되돌려놓을 거야. 그러니 너를 위해서라도 상진이가 예전 모습을 되찾을 수 있도록 기도나 하는 게 좋을 거야!"

표독한 눈초리로 이를 악물고 있는 그녀를 내버려 둔 채 태민은 집을 나와 버렸다. 아무렇지도 않게 그의 허리를 휘감아오는 그녀의 태도가 너무 가증스러워 같은 공간에 있다는 것만으로도 소름이 쫙 끼쳤다.

태민은 그 느낌을 떨쳐 내려 주머니에서 담배를 꺼내 한 개비 입에 물고 불을 붙였다. 그리곤 볼이 움푹 패일 정도로 깊게 빨아당겼다. 이내 빨갛게 타들어간 회색 잿더미가 길게 늘어지다 툭 떨어졌다. 여자를 상대로 이렇게까지 화가 나기는 처음이라 목구멍에서 신물이 올라왔다. 그 순간, 여자를 함부로 다루면 안 된다던 소령의 말이 떠오르지 않았다면 그녀의 멱살이라도 움켜잡고 흔들어놓았을 것이다.

"빌어먹을!"

생각할수록 열이 뻗쳐 오르자 애꿎은 머리카락만 거칠게 휘젓고 있을 때, 주머니에 넣어둔 휴대전화가 울렸다. 신경질적으로 담배 연기를 길게 내뱉으며 전화기를 빼 든 그는 상대를 보곤 얼른 통화버튼을 눌렀다.

"나야."

[바로 전화를 받으시는 걸 보니 멀쩡히 살아 계시군요.]

반가워서 냉큼 받았는데 날 선 상대방의 목소리에는 화가 그대로 담겨져 있었다. 태민은 피우고 있던 담배를 바닥에 휙 던진 후 발로 지그시 짓이겼다. 안 그래도 심기가 불편한데 또 다른 여자와 실랑이를 하려니 벌써부터 머리가 지끈거렸다.

"시비 받아줄 생각 없어. 용건만 말해."

[시비를 거는 게 아니라 사장님 비서로서 말씀드린 겁니다. 그

리고 용건은 언제 오실 겁니까? 입니다.]

"나도 몰라. 아직 여기 일이 끝나지 않았어."

[여기 일은 어떻게 처리하실 건가요?]

"필요한 조치는 김 과장에게 지시해 놓았으니 걱정 안 해도 돼."

[그렇다면 다시 묻겠습니다. 전, 이곳에서 계속 대기하고 있어야 합니까?]

작정이라도 한 듯 그녀의 말투는 거침이 없었다. 하지만 거기까지 생각하지 못했던 태민은 잠시 숨을 골랐다. 얼굴을 볼 수 없으니 그녀가 무슨 생각을 하는지 알 수가 없어 조금 답답했다. 잔뜩 비꼬는 것으로 보아 분명 그가 문제인 것 같긴 한데. 에잇! 차라리 속 시원히 물어보는 게 나을 듯했다.

"민 비서. 할 말 있으면 그냥 해. 비꼬아 말하는 건 당신답지 않아."

[다행입니다. 제가 비서란 걸 기억하고 계셔서. 전, 잊어버리신 줄 알았거든요. 그래서 감히 말씀드립니다. 최소한 제가 사장님 비서란 것은 기억해 주세요. 모시는 상관의 행방조차 모른다면 그건 비서로서의 자격상실입니다.]

태민은 그제야 무엇을 잘못했는지 깨달았다. 자신의 처지만 생각하느라 미처 그녀의 입장을 생각하지 못했던 것이다. 다른 사람도 아닌 비서라면 그가 어디에 있는 것쯤은 알고 있어야 했으니까.

"미안해. 다급한 마음에……!"

[개인 사정인 것 같으니 설명 안 하셔도 됩니다. 이미 대답은 들

었으니 오실 때까지 부재중으로 처리하겠습니다. 그래도 되겠습니까?]

"오히려 당신이 사장 같으니 알아서 해!"

태민이 소리를 버럭 질렀다. 말을 중간에 가로챈 것도 화가 날 지경인데 상황까지 정리해 버리자 누르고 있던 화가 기어이 터지고 말았다.

[그럼 부재중으로 처리하겠습니다. 다른 지시 사항 있으십니까? 없으면 이만 끊겠습니다.]

그리고 정말 전화가 끊어졌다. 그가 대답도 하지 않았는데. 그리고 이걸로 두 번째였다. 그녀가 먼저 전화를 끊어버린 것이.

"제길!"

하도 어이가 없다 보니 입에서 절로 욕이 튀어나왔다. 손에 든 전화기를 불끈 움켜쥔 채로.

"하아. 하아!"

병실 앞에 선 태민은 거친 숨을 토해냈다. 상진이가 깨어났다는 소식을 듣고 한달음에 달려오는 길이었다.

"설마 날 정말 몰라보는 건 아니겠지."

막상 병실 문을 열려고 하니 두려움이 밀려왔다. 말로 듣는 것과 직접 경험한 데서 오는 감정의 깊이는 천지 차이니까. 태민은 마음을 진정시키기 위해서 천천히 심호흡을 했다. 두렵다고 해서 피할 수 있는 일이 아니었다.

"괜찮아. 다 잘될 거야. 괜찮아."

태민은 그렇게 자기최면을 걸면서 거대한 성처럼 가로막고 있는 문을 조심스럽게 열고 안으로 들어갔다. 상진은 열리는 문소리를 듣지 못한 듯 몸을 비스듬히 침대에 기댄 채 우두커니 창밖만 바라보고 있었다.

순간, 울컥하고 뜨거운 이물질이 목구멍으로 차오르더니 이내 날카로운 칼날로 온몸을 난도질당한 것처럼 아픔이 휘몰아쳤다. 그들이 어쩌다가 이런 꼴로 마주하게 됐을까. 심장을 떼어줘도 아깝지 않을 만큼 서로를 믿고 의지한 친구였는데, 그깟 여자 하나 때문에 이렇듯 쉽게 무너지는 관계가 되다니. 그래서 더 진미경을 용서할 수가 없었다.

태민은 가슴을 꽉 메우고 있는 뜨거운 열기를 식히려 어깨가 들썩일 정도로 숨을 크게 내쉰 다음 천천히 상진에게 다가갔다. 그제야 이상한 기운을 느꼈는지 창밖으로 향해 있던 시선이 그에게로 돌아섰다. 그렇게 두 사람의 시선이 허공에서 얽혀들자 태민은 주먹을 꽉 틀어쥐었다. 핏기라곤 없는 혈색에 텅 비어버린 눈동자는 그야말로 황량한 사막의 메마른 모래바람처럼 아무것도 보이지 않았다.

'왜 그렇게 망가진 거야. 대체 왜!'

안타까운 마음이 변질되어 걷잡을 수 없는 열기로 아우성쳤다. 그리고 그 열기는 고스란히 그의 입을 통해서 쏟아져 나왔다.

"바보 같은 자식! 너 이 정도밖에 안 되는 녀석이었어!"

"누, 누구세요? 호, 혹시 절…… 아세요?"

깜짝 놀란 상진이 몸을 움츠리면서 중얼거렸다. 순간, 안에서 무언가가 산산이 부서지더니 몸이 휘청거렸다. 태민은 의사의 말을 믿지 않았다. 아니, 틀림없이 오진이라 여겼다. 그가 아는 상진은 그렇게 나약한 남자가 아니었으니까. 그런데 겁에 질린 듯 바라보고 있는 남자는 그가 알고 있던 상대가 아니었다.

"그게 사실이었다니, 말도 안 돼."

무겁게 짓눌러 오는 무게를 견디지 못한 태민이 의자에 털썩 주저앉았다. 기억상실이라는 단어가 해일처럼 밀려와 온몸을 마비시켰다.

"괜…… 찮으세요? 물 좀 드릴까요?"

상진이 순진한 눈망울을 하고서 살포시 미소까지 지으며 묻고 있었다. 참으로 신기하게도 잔뜩 겁에 질려 있던 표정이 언제 그랬냐는 듯이 사라지고 없었다. 내뱉는 말투와 달리 마치 그를 알고 있다는 듯이. 태민은 무너져 있던 몸을 천천히 추슬렀다. 그리고 상진의 눈을 똑바로 바라보며 입을 열었다.

"상진아, 내가 누군지 모르겠어?"

"글쎄요. 기억이 잘……."

그를 기억하지 못한다는 게 미안했던지 상진이 멋쩍은 표정으로 미소 지었다. 그 모습이 또 화를 불러들인다.

'너에게 상처준 날 잊고 싶었냐? 그래서 모든 걸 지워 버린 거야. 그래?'

이렇게 소리치고 싶었다. 그를 잊기 위해서 한 짓이라면 그만 돌아와도 된다고 알려주기 위해서. 하지만 역효과가 일어날까 봐 감히 그럴 수가 없었다.

"상진아, 잘 생각해 봐. 네가 날 모를 리가 없어. 네가 날 기억하지 못할 만큼 우리 관계는 그렇게 하찮지가 않아."

태민이 달래듯이 말하자, 그가 미간을 찡그리더니 생각에 빠져

들었다. 태민은 그가 자신의 존재를 기억해 내길 간절히 바랐다. 하찮은 거라도 상관없었다. 바늘구멍만 한 거라도 괜찮았다. 그게 무엇이 됐던 간에 그와 자신이 연결되어 있다는 것만이라도 알게 되길 바랐다.

"미안…… 합니다. 기억이 나지 않습니다."

한참이 지나서야 상진이 머리를 긁적이며 중얼거렸다.

"제길! 대체 뭐가 잘못된 거야!"

감정을 이기지 못한 태민이 버럭 소리를 지르고 말았다. 그에 놀란 상진이 또다시 몸을 움츠리더니 경계의 눈초리로 그를 바라보았다. 그때, 벌컥! 병실 문이 열리더니 재혁과 미경이 들어왔다. 태민이 성큼 재혁에게 다가가며 말했다.

"재혁아, 저 자식 우릴 진짜 기억 못한다. 지가 우리와 몇 년 지기 친군데 기억을 못해? 이럴 수 있냐? 이럴 수 있는 거야. 난 그렇다 쳐도 넌? 넌 왜 기억을 못하는 건데. 나는 기억에서 지워도 넌 기억해야 하는 거잖아! 그래야 하는 거잖아!"

태민이 그의 멱살을 붙잡고 흔들어댔다. 하지만 재혁은 그 손을 뿌리치지 않았다. 그렇게라도 해서 태민의 마음이 가라앉길 바랐다. 그때, 옆에 서 있던 미경이 흐느끼기 시작했다. 태민의 사나운 눈길이 대번에 그녀에게로 향했다. 가소롭다는 듯 냉소를 머금고.

"하, 울어? 천하의 진미경이 울 줄도 안단 말이지. 왜? 대체 왜 우는 거지? 네겐 울 자격이 없다는 걸 내가 알고 네가 아는데 왜 질질 짜! 좋은 말로 할 때, 당장 내 앞에서 가증스러운 연기 따위 집어치워! 네 눈에서 흘러나오는 눈물조차 역겨우니까!"

"태민 씨! 말 함부로 하지 마!"

"더러운 입에 내 이름 올리지 마! 두 번 다시 그 입에서 내 이름이 나오는 날엔 살려달라고 애원하게 될 거야!"

미경은 입술을 질끈 깨물었다. 무서웠다. 잔인할 정도로 무섭고 겁이 났다. 한태민은 결코 빈말하는 남자가 아니었기에. 그런데도 꼬리를 내릴 수 없는 것은 갑작스럽게 변한 그가 이해되지 않았기 때문이다.

"대체 내게 이러는 이유가 뭐야. 내가 뭘 잘못했는데?"

"몰라서 물어? 네가 어떻게 했는지 몰라서 묻는 거냐고!"

"몰라! 태민 씨가 내게 이러는 이유를 정말 모르겠어! 그러니 알아듣게 말해!"

"하! 넌 늘 자신이 희생양인 양 행동하지. 지금까지 나도 그렇게 믿었으니까. 아니, 우리들 모두가 그렇게 생각하고 있었지. 하지만 이젠 아니야. 네가 얼마나 무섭고 욕심이 많은 여자인지 알게 됐거든. 그리고 그 욕심을 채우기 위해서 우리들 따위는 아무렇지도 않게 이용하고 상처주는 여자가 바로 너란 것도 이제는 똑똑히 알아!"

"아니야! 이용한 적도 상처준 적도 없어. 난 단지 사랑한 죄밖에 없다고!"

"하, 사랑? 메말라 버려 이슬 한 방울도 담지 못하는 가슴에 사랑이라고? 후훗. 아주 웃기는 개소리군."

"뭐, 뭐, 뭐라고?"

새파랗게 질린 표정으로 그녀가 말을 더듬거렸다. 하지만 태민의 가차 없는 말은 계속되었다.

"놀란 척 시치미를 떼고 싶은 모양인데 우리 이제 그만 솔직해지자. 사실 넌 그럴듯하게 포장해 줄 누군가가 필요했고, 그 포장지로 우릴 이용한 거잖아! 그래야만 너의 우월감이 만족할 수 있었을 테니까. 아니야?"

"다, 당신 지금 말 다 했어!"

"그만해! 상진이 움츠러드는 거 안 보여! 지금 여기서 뭐 하는 짓들이야!"

걷잡을 수 없이 오가던 두 사람의 대화가 날카롭게 울리는 재혁의 목소리로 인해 뚝 끊어졌다. 그제야 두 사람의 시선이 상진에게로 향했다. 몸을 잔뜩 움츠린 채로 사시나무 떨듯 떨고 있는 모습이 애처롭기 짝이 없었다.

"빌어먹을!"

태민은 나지막이 욕을 내뱉으며 고개를 돌려 버렸다. 아무리 화가 났다지만 상진이 앞에서 이런 꼴을 보이다니. 갈수록 한심한 짓만 하는 것 같아서 몹시도 부끄러웠다.

"흑흑흑!"

미경이 울음을 터뜨리며 병실을 뛰쳐나갔다. 가증스러운 것! 지금 상황도 자기가 피해자인 듯 이용하다니. 태민은 불쾌하기 짝이 없어 그녀의 뒤통수를 바라보며 콧방귀를 뀌었다. 그러자 재혁이 못마땅하다는 듯 입을 열었다.

"둘 사이에 무슨 일이 있는지는 모르겠는데 다시는 그런 식으로 언성 높이지 마. 상진이가 불안해해."

"미안하다. 조심할게."

"태민아, 그러지 말고 그만 내려가라. 급하게 오느라 회사 일도 엉망일 텐데 가서 일해. 여긴 내게 맡기고."

"괜찮아. 며칠 여기 있는다고 일에 지장 있지 않아. 업무 지시는 여기서도 가능하고."

"아니. 네 마음 모르지 않는데 그만 가는 게 좋겠다. 여긴 나와 미경이가 있으니까 걱정 말고."

"아니. 이대론 못 가. 상진이 상태를 좀 더……!"

"그냥 내 말대로 좀 해! 무슨 일 있으면 연락할 테니까!"

버럭 내지르는 소리에 말문이 막혀 버린 태민은 한동안 그를 바라보다 고개를 아래로 툭 떨구고 말았다. 좀처럼 화를 잘 내지 않는 재혁이 이렇듯 세게 나올 때는 누구도 그의 뜻을 거역할 수가 없었다. 그러니 조용히 제주로 내려가야 하는 것이다. 그렇게 바닥만 내려다보고 있는데 묵직한 손길이 태민의 어깨를 지그시 눌렀다.

"하루 이틀 만에 해결될 일 아니란 거 알잖아. 우리 조급해하지 말고 각자 맡은 일 하면서 지켜보자. 그러는 게 상진에게도 좋을 것 같아."

"재혁아."

억눌린 목소리로 그를 부르자 누르고 있는 어깨에 더욱 힘이 들어갔다. 마치, 태민이 하려는 말을 안다는 듯이.

"걱정 마. 아무 일도 없을 거야. 네 몫까지 내가 잘 돌볼게."

태민은 날개가 꺾인 새처럼 어깨를 축 늘어뜨리고서 그저 고개를 끄덕였다. 재혁의 뜻에 따르는 것 외엔 그가 할 수 있는 게 아무것도 없었다.

CHAPTER 6

“아! 진짜 술 당기게 하네.”

소령은 계속해서 울리는 휴대전화를 사이드 테이블에 휙 던져 놓고서 방을 나섰다. 종일 기분이 울적해 안 그래도 술 생각이 나는 것을 참고 있었는데 그놈의 전화벨 소리가 기어이 술을 찾게 만들었다.

“칫! 전화는 왜 하는 거야. 누가 반긴다고.”

엘리베이터에 오른 소령은 신경질적으로 1층 버튼을 눌렀다. 와야 될 사람은 오지도 않고 쓸데없는 전화만 해대고 있는 것이 짜증났다. 받고 싶은 마음도 없지만 그렇다고 전화기를 꺼놓을 수도 없는 입장이라 이래저래 마음에 안 들었다. 그사이 1층에 도착한 엘리베이터의 문이 스르르 열리고 있었다. 내리기 위해서 별생각 없이 발을 내딛던 소령은 예상치 못한 인물이 눈앞에 서 있자,

흠칫 놀라며 제자리에 멈춰 서고 말았다.

'헉! 이 사람이 왜 여기에 있는 거지.'

소령은 헛것을 보고 있는 게 아닌가 싶어서 연신 눈을 깜빡였다. 하지만 여전히 그는 그녀 앞에 서 있었다. 서로의 시선이 허공에서 뒤엉킨 채로.

"내려."

스르르 엘리베이터의 문이 닫히려 할 때, 태민이 열림 버튼을 누르며 말했다. 소령은 거역할 수 없는 어떤 힘에 이끌려 천천히 걸음을 뗐다. 그의 곁을 스칠 때는 머리털까지 바짝 곤두섰다.

"어디 가던 중이었나?"

"저기 그게, 그러니까……."

소령은 말끝을 흘리고 말았다. 차마 술 마시러 간다는 소리를 할 수가 없었다. 그렇게 되면 왜냐고 물을 것 같아서.

"두 번째군."

"네?"

대답을 머뭇대고 있던 소령은 그게 무슨 말이냐는 듯 그를 바라보았다. 그러자 태민이 머리를 쓸어 넘기며 한숨을 후우, 하고 내뱉더니 말했다.

"내 앞에서 말문이 막힌 게 두 번째라고."

"아…… 네."

소령은 별것도 아닌 일을 다 기억하고 있다고 생각하며 고개를 끄덕였다.

"그래서 대답은?"

"산책 나왔어요. 바람이 시원해서."

"그럼 당장 해야 할 일은 아닌 거군."

"그렇긴 하지만, 혹시 시키실 일이라도 있으세요?"

"그래. 아주 중요한 일이지."

태민이 그녀의 팔을 덥석 잡더니 성큼성큼 걸어갔다. 소령은 무슨 일이냐고 묻지도 못한 채 얼떨결에 끌려가고 말았다. 그리고 도착한 곳은 은은한 조명 빛이 흐르고 있는 바(bar)였다. 태민이 웨이터에게 조용한 자리를 줄 것을 부탁하자 곧 룸으로 안내되었고, 등 뒤로 문이 탁 닫히자 그제야 붙잡고 있던 손을 스르르 놓았다.

"술친구가 필요해. 혼자 마시면 감당이 안 될 것 같거든."

그가 소파에 털썩 주저앉으며 말했다. 소령도 슬그머니 자리에 앉았다. 술을 마시고 싶은 것은 그녀도 마찬가지라 거절할 이유가 없었다.

"화났나?"

"아닙니다."

본의 아니게 대답하는 목소리가 딱딱하게 흘러나왔다. 그것을 오해했는지 그의 표정이 살짝 일그러졌다.

"화내도 돼. 술만 같이 마셔준다면. 단, 여긴 사장도 비서도 없어. 그저 술친구만 있을 뿐이야."

"알겠습니다."

짧은 대답을 끝으로 테이블에 술과 안줏거리가 세팅될 때까지 두 사람은 말이 없었다. 웨이터가 나가자 태민이 손수 잔에 얼음을 채우더니 술을 따라 그녀에게 쓱 밀어주고선, 그의 잔에는 스트레이트로 채웠다.

"마셔."

짧은 한마디를 건네고는 그는 단숨에 잔을 비웠다. 저 독한 술을 단숨에 입안으로 털어 넣다니. 소령은 자신이 마신 것처럼 얼굴이 찡그려졌다. 그러는 사이 다시 잔을 채운 그가 연거푸 잔을 비웠다. 그녀는 아직 입에도 대지 않았는데 말이다. 소령은 괜스레 짜증이 나자 술잔을 반이나 비워 버렸다. 술친구라더니 혼자 마실 거면 그녀는 왜 데려왔는지 모르겠다.

"천천히 마셔. 독한 술이야."

"같이 마시는 술친구가 상대에 대한 배려가 전혀 없어서 어쩔 수가 없습니다. 여기 앉아 있는 목적이 그거라."

"후훗. 그 친구가 꽤나 괘씸하겠군."

"본인도 그걸 알고 있는 터라 대놓고 화를 낼 수도 없죠."

태민이 술잔을 단숨에 비우는 것을 보면서 소령도 마저 잔을 비웠다. 그렇게까지 말했는데도 그는 마시는 속도를 전혀 늦추지 않았다. 갔던 일이 잘 안 된 걸까. 표정까지 어두운 게 괜히 마음이 쓰였다.

"받아."

그녀가 빈 잔을 테이블에 내려놓으려는데 태민이 술병을 집어 들었다. 입안이 써 안주를 먹으려던 소령은 할 수 없이 잔을 내밀어 술을 받았다.

"나와 대적할 생각 말고 당신 컨디션에 맞춰. 그거면 돼."

"알겠습니다."

"그 말투도 싫어. 너무 딱딱해서 듣기 거북해. 술친구답게 편히 해."

"엄연히 지위라는 게 있는데 그건 곤란합니다."

"이 자리에 지위 따윈 없어. 더는 군소리 말아. 대놓고 못하겠으면 야자타임이라 생각하든지."

소령은 입술을 지그시 깨물었다. 말이 야자타임이지, 결코 있을 수 없는 행위였다. 지금은 술자리라 그렇다 치더라도 다음날 마주했을 때는 서로가 불편했다.

"부담 가질 필요 없어. 여기서 나가면 내 기억 속에 이 시간은 없어. 당신도 마찬가지고."

"후회하실 겁니다."

"하도록 만들어봐. 그럼 기억할 수 있을지도 모르지."

소령은 고집스럽게 바라보는 눈빛에서 자신이 말싸움에서 졌다는 것을 알았다. 그렇다고 그의 요구대로 대놓고 말을 놓을 수는 없겠지만.

"노력…… 해보겠습니다."

"좋아. 그런 의미에서 원 샷."

태민이 우두커니 바라보고 있는 그녀의 잔에다 제 잔을 챙 하고 부딪치더니 단숨에 마셔 버렸다. 저 독한 술을 도대체 몇 잔째 원 샷인지. 소령은 술을 물인 듯 마셔대는 모습을 보고 있으려니 제 목구멍이 타들어간 듯 속이 화끈거렸다.

"요즘 원 샷은 눈으로 마시는 건가."

그녀가 잔만 뚫어져라 바라보고 있자, 빈 잔을 채우던 그가 못마땅하다는 듯 말을 비꼬았다. 소령은 할 수 없이 술잔을 들었다. 그러다 그가 잔을 드는 모습을 보곤 눈살을 찌푸렸다.

"안주는 안 드세요? 아니, 저녁은 드셨어요?"

"안주 먹기는 귀찮고, 밥보다는 술이 고파."

둘 다 먹기 싫다는 뜻이었다. 소령은 어처구니가 없어 거칠게 잔을 내려놓았다. 그 바람에 잔에 담겨 있던 얼음이 찰랑거리더니 술이 밖으로 튀었다. 그가 눈을 살짝 치켜뜨고서 무슨 짓이냐는 듯 그녀를 바라보았다. 하지만 소령은 그의 시선을 무시한 채 낚아채듯 술병을 집어 들었다.

"그만 마시는 게 좋겠습니다."

"이유는?"

이유를 묻는 그의 목소리는 아주 담담했다. 그래서 더 불안했다. 이미 취한 게 아닌가 싶어서.

"119 부르기 싫어서요. 물론, 뒤치다꺼리는 더 하기 싫고요."

"후훗. 대놓고 말하는 걸 보니 정말 싫은가 보군."

소령은 그런 뜻이 아니었지만 변명하지 않았다. 이렇게라도 해서 과음을 막을 수만 있다면 차라리 그게 나았다. 하지만 이런 그녀의 노력에도 불구하고 그는 보란 듯이 술잔을 비웠다.

"술에 영혼을 팔아야 할 만큼 잊고 싶은 일이라도 있나요?"

"영혼을 판다라…… 후훗. 그럴지도 모르겠군. 다른 건 생각나지 않는 걸 보니. 이리 줘."

그가 손을 쓰윽 내밀었다. 소령은 술병을 쥐고 있는 손에 힘을 꽉 주었다. 이대로 술병을 넘겨준다면 틀림없이 그날과 같은 꼴을 보게 될 것이다. 그러니 될 수 있으면 마시는 속도를 늦춰야 했다.

"술친구로서 한 가지 제안을 할까 하는데 응하시겠어요?"

"제안이라……. 그래, 어디 해봐."

태민은 흔쾌히 제의를 받아들였다. 안 그래도 묻고 싶었던 말이 있었던 터라 깔아주는 멍석을 마다할 이유가 없었다.

"술을 한 잔씩 마실 때마다 질문 하나에 답하기. 대답을 하지 못하면……."

거기까지 말한 소령은 물 잔에 물을 가득 따랐다. 그리고 테이블 중간에 쓱 밀어놓은 다음 말을 이었다.

"벌주로 물 한 잔. 원 샷으로."

"나, 물은 별로야. 술이라면 몰라도."

그래서 하는 거였다. 그가 물을 그다지 좋아하지 않는다는 것을 알고 있었으니까. 반면에 소령은 물이라면 얼마든지 마실 수 있었다.

"그러면 질문에 착실히 대답해서 술만 마시면 되겠군요."

"당신은 물만 마시겠군."

"아니거든요!"

소령은 저도 모르게 버럭 소리를 지르고 말았다. 도둑이 제 발 저리다고 그녀의 속을 들여다본 듯 정확하게 꿰뚫어 버리자 당황하고 만 것이다. 하지만 역시나 눈치 백단답게 그윽한 눈빛으로 바라보는 시선은 그녀의 말을 믿지 않았다.

"속 보이는 짓은 사양이야. 술병이나 줘."

"좋아요! 그럼 전 벌주로 술을 마시죠."

"후훗. 이제야 구미가 확 당기네. 그럼 시작할까?"

태민이 빈 잔을 그녀 앞으로 쓱 내밀었다. 잔을 채우라는 뜻이었다. 소령은 한숨을 삼키며 그의 잔에 술을 따랐다. 그녀가 원하던 방향으로 흘러가는 것 같긴 한데 이상하게 뒷덜미가 묵직해 오는 게 꼭 그녀가 그의 꼬임에 낚인 듯했다.

"그럼 나 먼저 하지."

동시에 술잔을 내려놓게 되자, 태민이 먼저 입을 열었다. 마른 침을 꿀꺽 삼킨 소령은 마음을 단단히 다잡았다. 그가 어떤 질문을 하든 당황하면 안 되니까. 하지만 지그시 바라보는 눈빛이 너무나 뜨거워 질문을 받기도 전인데 벌써부터 입안이 타들어갔다.

"민소령."

그가 착 가라앉은 음성으로 그녀를 불렀다. 단지 이름일 뿐인데 그의 목소리는 더할 수 없이 감미롭게 그녀의 몸을 휘감았다. 순간, 심장에 빨간 불이 켜지더니 뜨거운 열에 오그라든 오징어처럼 바짝 옥죄었다. 위험하다. 굳게 다잡았던 마음의 빗장이 스르르 녹아내릴 정도로 지독히 위험한 반응이었다. 소령은 발끝에 힘을 꽉 주고서 이를 지그시 악물었다. 몸 안에서 일어나고 있는 감정의 변화에 지지 않기 위해서. 그리고 이어질 그의 말에 동요하지 않기 위해서. 이윽고 그의 입술이 천천히 움직이기 시작했다.

"보고 싶다는 내 말에 왜 대답도 없이 전화를 끊어버린 거지?"

"으음!"

소령은 저도 모르게 눈을 질끈 감으며 엷은 신음을 흘리고 말았다. 술기운일까. 아니면 한태민만이 가지고 있는 남자로서의 본능인가. 분명 질책하는 내용인데도 느릿느릿하게 흘러나오는 목소리는 입안에서 녹아내리는 솜사탕처럼 감미롭고 달콤하게 들렸다. 마치 그에게 애무라도 받는 듯 그렇게.

'하아, 민소령. 너, 미친 거 아니야. 거기서 왜 그런 소리가 튀어나와!'

아무리 생각해도 그녀가 미친 게 분명했다. 어떻게 이런 상황에서 그런 반응을 할 수 있는지. 그게 아니라면 어처구니없는 그녀의 행동을 설명할 길이 없었다.

"내 질문이 그렇게 자극적이었나? 나까지 오싹해지는군."

"그, 그런 거 아니에요. 단지 조금…… 조금 놀랐을 뿐이에요."

소령은 떨리는 목소리로 가까스로 대답했다. 그러자 그가 피식 웃었다. 그녀의 말이 거짓이란 것을 안다는 듯이. 하지만 상관없었다. 눈에 뻔히 보이는 거짓말이라도 지금은 그게 최선이니까.

"그래서 대답은?"

웃음기가 싹 가신 얼굴로 그가 물었다. 표정과 눈빛이 대답을 회피할 수 없을 만큼 아주 진지했다. 하지만 그 말에 대답할 수 있을 리가 없었다. 소령은 천천히 술잔으로 손을 뻗었다.

"그걸 마시면……."

불쑥 들려온 말에 소령은 술잔을 집어 든 채로 멈칫했다. 그리고 천천히 고개를 들어 그를 바라보았다. 두 사람의 시선이 허공에서 부딪치자 그가 다시 말을 이었다.

"다음 잔도 마셔야 할 거야. 물론 그다음 잔도 마찬가지고."

계속해서 같은 질문을 할 거라는 뜻이었다. 달리 말하면 기어이 대답을 듣고 말겠다는 고집인 것이다. 소령은 할 수 없이 술잔을 내려놓았다. 악취미라 고약하긴 하지만 게임을 제안한 것이 그녀라 그를 원망할 수도 없었다.

"대답하기 전에 한 가지만 묻겠습니다."

"말해. 기꺼이 대답할 테니까."

"보고 싶다는 말은 누구에게 한 건가요? 비서인 저인가요 아니면 여자로서의 저인가요."

"물론 민소령이란 여자지. 민 비서가 아니라. 이제 대답은 당신 차례야."

그의 대답은 순간의 망설임도 없었다. 그게 또 은근 열받게 하자 소령은 단숨에 잔을 비웠다. 대답을 회피하려는 게 아니었다. 대답을 하려고 술의 힘을 빌린 거였다. 탁! 제법 거칠게 잔을 내려놓고서 그를 바라보았다. 미간을 살짝 찡그리고 있는 게 무언가가 못마땅한 듯했다. 아마도 술잔을 비운 그녀를 오해한 거겠지.

"안 믿으시겠지만 일부러 전화를 끊은 게 아닙니다. 너무 놀라서 전화기를 떨어트린 겁니다. 그러니 대답을 안 한 것이 아니라 못한 겁니다. 물론, 다시 전화를 걸 마음은 없었습니다."

"왜? 뭐 저런 미친놈이 다 있나 싶어서?"

"그런 마음이 없지 않아 있었습니다. 하지만 그것 때문만은 아닙니다. 제게도 문제가 있었으니까요."

설마 그녀도 그가 신경 쓰이는 것일까. 그의 마음만큼 그녀도 보고 싶어한 걸까. 그렇다면 좋겠다. 정말 그런 것이라면 좋겠어. 뜻밖의 대답에 태민의 가슴에 따뜻한 바람이 불었다. 그러나 입을 열고 있는 그의 목소리는 살짝 비틀려 있었다.

"당신에게 문제가 있었다니. 그게 뭐지?"

"저는 비섭니다. 그걸 망각한 채 해서는 안 될 짓을 하고 말았습니다. 늦었지만 이제라도 그걸 바로잡고 싶습니다."

어떤 대답을 듣게 될까 잔뜩 기대하고 있던 태민은 실망스럽기 짝이 없는 말에 피가 뜨겁게 치솟았다. 이제라도 잘못된 걸 바로잡는다니. 무슨 수로 그게 가능하단 말인가. 이미 맛본 과즙의 달콤함과 짜릿함을 뼈저리게 느껴 버렸는데.

"나와 있었던 일을 두고 하는 말인 것 같은데 그건 안 돼. 내가 싫어!"

"고집부리지 마세요. 그러는 것이 서로에게 좋다는 걸 사장님도 이미 알고 계시잖아요."

"당신 마음대로 내 생각까지 결론짓지 마. 난 그럴 생각 전혀 없어."

"이런 말까지는 안 하려고 했는데 어쩔 수 없군요. 이 시간 이후로 제게 손을 대시면 정식으로 고발하겠습니다."

소령은 강하게 밀어붙였다. 그렇게 하지 않으면 속절없이 그에게 끌려가고 말 것이다. 그리고 가장 비참한 모습으로 버려지겠지. 그게 싫었다. 덜컹! 갑자기 그가 자리에서 벌떡 일어나더니 성큼성큼 다가와 그녀의 양팔을 덥석 잡았다.

"으윽!"

어찌나 세게 잡는지 저도 모르게 비명이 튀어나왔다. 그런데도 그는 손아귀의 힘을 풀지 않았다. 오히려 얼굴을 바짝 들이밀고서 성난 목소리로 으르렁거렸다.

"지금 고발이라고 했나?"

"네, 그렇습니다."

"사실이란 말이지?"

"물론입니다."

"좋아! 얼마든지 해. 하지만 성적 수치심을 느꼈다는 증거도 함께 첨부해야 할 거야! 안 그러면 인격 모독으로 당신이 고발 조치될 테니까. 내가 반박 증거물로 당신이 내게 안아달라고 애원하며 매달리는 모습을 첨부할 거거든."

"그게 무슨 말…… 허읍!"

태민이 그녀의 입술을 삼키며 벌어진 틈새로 가차 없이 혀를 밀어 넣었다. 그 바람에 그녀의 몸이 소파 위로 무너졌고, 자연스럽게 그의 몸이 겹쳐졌다. 뜨겁게 입안을 달구는 열기와 묵직하게 몸을 짓눌러 오는 무게에 숨이 막히자 소령은 주먹으로 그를 때리기 시작했다. 하지만 그는 가볍게 그녀의 손목을 한 손에 거머쥐고서 머리 위로 내리눌렀다. 그녀의 눈동자가 크게 흔들렸다. 수갑을 채우듯 옭아매는 손길이 너무 강해서 두려움이 확 밀려왔다.

"으으윽!"

소령은 놓아달라는 뜻으로 머리를 세차게 흔들었다. 하지만 그의 손에 턱이 잡힌 채로 입술을 빼앗긴 상태라 움직임은 눈에 띄지 않을 만큼 미세했다. 오히려 그의 화를 돋운 듯, 혀를 낚아채더니 뿌리째 뽑을 것처럼 깊게 빨아 당기고서 이로 꽉 깨물었다. 순간, 눈물이 핑 돌았다. 입안이 얼얼하니 아프고, 잡힌 턱이 부서질 듯이 욱신거렸다. 하지만 무엇보다 상처가 되는 것은 바로, 이런 상황에서도 바보처럼 그를 갈망하고 있는 그녀, 자신이었다. 또르르. 차츰차츰 눈가에 스며들던 물기가 어찌할 사이도 없이 볼을 타고 흘러내렸다.

"제길!"

태민이 거칠게 그녀를 끌어당겨 품에 안았다. 눈물을 보려던 게 아니었다. 거짓으로 자신의 마음을 숨기려는 그녀에게 진실의 말을 듣기 위해서였다. 그런데 그의 아집으로 그녀에게 상처를 주고 말았다. 왜 그녀와 관련된 일에는 이처럼 쉽게 이성을 잃어버리는 것일까. 이유라도 알면 속이라도 편할 텐데, 지금은 이것도 저것도 아닌 상태라 답답하기만 했다.

"용서해 달라고 안 해. 나 역시 상처받았으니까."

소령은 변명할 말이 없어 입을 꾹 닫았다. 그에게 상처주는 말을 한 것은 사실이니까.

"그리고 이미 말했다시피 이 시간은 내 기억에 없어. 당신도 지워. 아주 깨끗이."

소령은 차마 말로 하지 못하고 알았다고 고개를 끄덕였다. 이미 각인된 시간이 지워질 리 만무했다. 하지만 모른 척할 것이다. 입에도 담지 않을 것이다. 그래야 살아남을 수 있었다. 태민이 그녀를 품에서 떼어냈다. 그리고 이미 말라 버린 물기를 닦아내려는 듯 엄지로 부드럽게 눈가를 쓸었다. 너무나 다정한 손길이라 하마터면 뺨을 비빌 뻔했다.

'날 흔들지 말아요. 나조차도 내가 무서우니까.'

소령은 눈을 질끈 감아버렸다. 아픔으로 얼룩진 눈동자를 바라보는 게 너무나 괴로웠다. 그런데 잠시 후, 감겨진 눈꺼풀 위로 입술 감촉이 느껴졌다. 녹아내릴 듯 부드럽게. 스며들 듯 촉촉하게. 그 느낌이 너무나 짜릿하고 좋아서 소령은 그 느낌에 젖어들 뿐, 눈을 뜨지 않았다. 눈을 뜨면 그가 뿜어내는 열기에 빠져들어서 헤어나지 못할 것 같았다.

—사장님. 김진규 과장님과 장혜린 대리님 오셨습니다.

소령은 테라스에서 통화를 하고 있는 태민에게 메모지를 내밀었다. 그들이 오는 즉시 알려달라고 했기 때문이었다. 그가 알았다는 뜻으로 고개를 끄덕였다. 그런데 표정이 너무 굳어 있었다. 대체 통화 상대가 누구이기에 저런 표정을 지을까. 40분째 전화기를 붙잡고 있는 것으로 보아 좋은 일은 아닌 듯했다.

"사장님은 통화가 끝나는 대로 오실 겁니다. 두 분, 차는 어떤 것으로 준비할까요?"

임시 회의실로 사용하고 있는 객실로 돌아온 소령이 그들을 향해 물었다.

"전 커피요."

"저도 같은 걸로 부탁드립니다."

소령의 말에 장 대리가 냉큼 대답하는 반면, 김 과장은 미안한 듯 멋쩍은 웃음을 지으며 말했다.

"네. 알겠습니다."

소령이 차를 준비하러 나가려는데 객실 문이 열리더니 태민이 들어왔다. 의자에 앉아 있던 두 사람이 자리에서 벌떡 일어나 인사를 했다.

"사장님, 안녕하십니까?"

"안녕하세요, 사장님."

"기다리게 해서 미안합니다."

태민이 성큼성큼 다가오며 그들에게 인사를 건넸다. 그러자 장 대리가 냉큼 입을 열었다.

"사장님, 몸은 좀 어떠세요? 민 비서님께 많이 편찮으시다는 말을 들었는데 지금은 괜찮으세요?"

"네. 이젠 괜찮습니다. 두 분께 괜한 걱정을 끼쳤군요."

태민이 자리에 앉자, 김 과장과 장 대리도 자리에 앉았다. 소령은 차를 어떻게 할까 하다가 그냥 자리로 가 앉았다. 속 좁게도 장 대리가 신경이 쓰여 자리를 비울 수가 없었다. 지금도 새초롬한 표정으로 그녀를 흘끗 쳐다보더니 태민을 향해 입을 열었다.

"무슨 그런 말씀을. 이제 괜찮으시다니 다행이네요. 걱정 많이 했는데."

"그랬습니까?"

"네. 전화를 해도 안 받으시고 민 비서님은 사장님의 행방도 모른다고 하시니 당연히 걱정했죠."

태민은 새삼스레 미안해졌다. 장 대리가 아니라 굳은 표정으로 앉아 있는 그의 비서인 소령에게. 그래서 전화기에 대고 화를 냈나 보다. 그 불씨는 바로 장 대리고.

"내 잘못으로 민 비서가 곤욕을 치렀군요. 앞으로는 그런 일 없을 겁니다. 어딜 가든 확실하게 알려줄 테니까. 자, 그럼 이제 회의를 시작할까요. 김 과장님, 알아보라고 한 건 어떻게 됐습니까."

태민이 갑자기 화제를 바꾸자 못마땅한 듯 표정을 살짝 구기는 장 대리와 달리 김 과장은 곧장 대답했다.

"네. 이것이 사장님의 지시로 알아본 그들의 수입과 부채를 요약해 놓은 것입니다. 직계가족도 포함되어 있습니다."

"이들 중에 특별히 눈에 띄는 사람이 있습니까?"

태민이 김 과장이 건넨 파일을 훑어보며 물었다.

"현재 뉴욕에 거주하고 있는 임정혜 씨와 연락이 닿지 않고 있습니다. 몇 차례나 메시지를 남겨두긴 했는데 아직 소식이 없습니다."

"마냥 연락이 오길 기다릴 수는 없습니다. 뉴욕지사에 연락해서 직접 찾아가도록 지시하죠. 근데 붉은 줄로 표시된 이들은 뭡니까?"

"5명이 공유지분을 가지고 있는 토집니다. 그중에 가장 많은 지분을 가지고 있는 김영일 씨가 나머지 4명을 설득해 매도하지 않겠다는 의향을 오늘 저희 측에 통보해 왔습니다."

"왜 마음이 바뀐 겁니까? 처음 보고서에는 동의한 걸로 기억하는데."

"저기 그게……."

김 과장이 선뜻 말을 잇지 못하고 얼버무리자, 장 대리가 입을 열었다.

"저희 측 실수입니다. 김영일 씨가 아닌 아들의 말만 믿고 안일하게 대처했으니까요. 죄송합니다."

"다른 사람까지 설득할 정도라면 혹시 김영일 씨에게 다른 뜻이 있는 것은 아닙니까?"

"사장님, 며칠 전에 저와 부지를 둘러볼 때, 작고 허름한 건물을 본 거 기억하세요?"

태민은 서류를 넘기던 손을 멈추고 장 대리를 바라보았다. 그렇게 묻는 장 대리의 의도는 모르겠지만 그곳이라면 똑똑히 기억하고 있었다.

"물론입니다. 내가 뭘 하는 곳이냐고 물었더니 보육원이라 말한 걸로 기억하는데."

"네. 맞습니다. 그리고 그곳의 운영자가 바로 김영일 씨입니다."

태민의 표정이 살짝 일그러졌다. 장 대리의 말이 사실이라면 가장 큰 복병은 바로 김영일이 될지도 모른다.

"매각하지 않겠다는 이유가 아이들 때문이란 겁니까?"

"네. 그 땅이 없으면 아이들의 유일한 보금자리가 사라지니까요. 그걸 지키기 위해서라면 기꺼이 아들과의 부자 관계도 끊을 생각이라고 했습니다."

"그의 호소력에 정에 이끌린 사람들이 마음을 돌린 거군요."

"그렇습니다."

그들의 대화를 듣고 있던 소령의 마음이 안타까움으로 욱신거렸다. 하필이면 왜 그런 곳에 보육원이 있는 것일까. 안 그래도 상처 많고 정에 굶주린 아이들인데. 그런 아이들에게서 집까지 빼앗는다면 두고두고 마음이 아플 것 같았다.

"민 비서!"

"네?"

날카로운 목소리가 상념에 빠져 있는 그녀를 흔들어 깨우자 놀라서 소리쳤다. 그러자 웃음을 참는 듯 장 대리가 풋! 소리를 냈다. 상당히 기분이 나빴지만 소령은 못 들은 척했다.

"회의 시간에 딴생각을 할 만큼 머릿속이 복잡한 건가?"

"죄송합니다."

소령은 대놓고 사람을 무안하게 하는 그가 얄미웠지만 겉으로 내색하진 않았다. 어쨌든 회의 시간에 한눈을 판 것은 잘못한 거니까. 그도 말머리를 돌리는 것으로 보아 이쯤에서 넘어가려는 듯했다.

"우리 회사에서 후원하고 있는 곳들 리스트 작성해서 내일까지 가져와."

"알겠습니다."

"김 과장과 장 대리는 명단에 올라와 있는 사람 중에 부채가 많은 특히 땅을 담보로 대출받은 사람들부터 접촉해서 계약서에 사인 받도록 하세요. 요즘 이자율이 낮아졌다지만 신용이 좋지 않다면 틀림없이 부담일 겁니다."

"알겠습니다."

"그리고 김영일 씨는 당분간 좀 지켜봅시다. 아이들 문제가 해결되지 않는 한 쉽게 마음을 돌릴 것 같지는 않으니까."

"네. 저희도 같은 생각입니다."

"그럼 오늘은 여기까지 하고 저녁이나 합시다."

"어머! 사장님이 쏘시는 건가요?"

밥 먹자는 말이 뭐가 그렇게 좋다고 손뼉까지 치며 애교를 떠는지. 그런 장 대리를 보고 있으려니 소령은 속이 다 울렁거렸다.

"물론입니다. 어디 좋은 곳이라도 있습니까?"

"물론이죠. 그런데 쏘는 가격대가 어디까진지……."

장 대리가 말꼬리를 슬쩍 흘리자, 태민이 피식 웃으며 말했다.

"장 대리가 원하는 선까지라면 되겠습니까?"

"완전 되죠! 그럼 제가 앞장설까요. 아, 민 비서님도 가실 거죠?"

입은 웃고 있는데 눈동자는 차갑게 굳어 있는 게 소령이 오지 않기를 노골적으로 표현하고 있었다. 소령도 그녀를 향해 생긋이 웃어주었다. 장 대리가 이렇게 나온다면 그에 대한 대접을 해줘야 할 것 같아서. 그게 바로 여자들의 심리란 걸 장 대리는 아직 모르고 있는 것 같으니 말이다.

"물론 가야죠. 사장님께서 맛있는 저녁을 풀코스로 사주실 텐데 안 간다면 오히려 큰 실례가 되니까. 안 그런가요, 사장님?"

긴장한 채 그녀의 대답을 기다리고 있던 태민은 속으로 안도의 숨을 삼켰다. 장 대리의 말에 자존심 강한 소령이 안 간다고 하면 어쩌나 내심 고민하고 있었던 것이다.

"현명한 판단이지. 자, 그만 출발합시다."

"먼저 나가세요. 전 뒷정리 좀 해놓고 따라갈게요."

"그러지."

태민이 앞장서서 나가자, 두 사람이 뒤를 따랐다. 소령은 혼자 남겨지자 더운 숨을 확 뱉어냈다. 눈총받으며 저녁을 먹으려니 벌써부터 속이 좋지 않았다.

"사장님, 어때요? 마음에 드세요?"

웨이터가 자리를 마련해 주자 장 대리가 태민의 옆에 앉으며 물었다. 태민은 천천히 주위를 둘러보았다. 장 대리가 그들을 데려간 곳은 재즈풍의 레스토랑이었다. 식사는 물론이고, 음악과 술을 한번에 해결할 수 있는 곳으로 주로 연인들이 많이 이용하는 그런 장소였다. 밝지도 어둡지도 않은 은은한 오렌지색의 조명 빛이 테이블마다 그 신비를 더해주었고, 색소폰 소리에 맞춰 자연스럽게 연인들이 춤을 즐길 수도 있었다.

"아주 마음에 드는 곳이군요."

"하하하. 역시 사장님과 저는 뭔가가 통한다니까요. 전 시간 낭비 없이 한번에 즐길 수 있는 이런 곳을 좋아하는 편이에요. 아, 그리고 들어오실 때 보셨겠지만 밖에는 백사장으로 이어지는 산책로가 있어요. 그래서 연인들이 많이 찾아오는 곳이기도 하죠. 나중에 산책로도 한번 걸어보는 건 어떠세요?"

"늦은 시간에도 그곳으로 내려갈 수 있다는 겁니까?"

"네. 조명이 비추고 있어서 그리 어둡지 않아요. 편히 앉아서 밤의 여운을 즐길 수 있는 곳도 마련되어 있거든요."

장 대리의 은근한 말투가 소령의 심기를 불편하게 했다. 마치 그녀와 김 과장은 이 자리에 없다는 듯 드러내 놓고 그를 유혹하고 있었다. 그때, 언제 주문을 했는지 먹음직스러운 음식들이 줄지어 테이블에 모습을 드러냈다.

"제가 주문을 했는데 입맛에 맞으실지 모르겠네요."

옆에 앉아 있던 김 과장이 쑥스러운 듯 소령에게 나지막이 중얼거렸다. 그제야 소령은 그가 가리는 음식이 있냐는 말에 그런 거 없다고 대답했던 게 생각났다. 아마도 주문할 때 참고로 한 모양이다.

"으음, 맛있겠는데요. 그런데 주재료가 참 다양하네요?"

"안심과 새우 가리비 등 여러 가지 해물이 곁들어진 것으로 이탈리아풍의 음식을 우리 입맛에 맞게 변형시킨 것입니다."

그녀의 물음에 친절하게 설명을 해주는 김 과장에게 소령이 생긋이 미소를 지으며 말했다.

"그럼, 먹어볼까요?"

소령은 입안 가득 음식을 넣고 그 맛을 즐겼다. 그런데 어찌 된 상황인지 나머지 사람들은 믿을 수 없다는 듯 그저 그녀가 먹는 모습만 빤히 쳐다보고 있었다. 그녀가 뭘 잘못한 건가. 입안에 넣은 음식을 질겅질겅 씹고는 있지만 그들의 시선이 부담스러워 음식이 목에 턱 하니 걸렸다. 하지만 소령은 목울대에 힘을 꽉 주고서 억지로 음식을 넘겼다. 그런 후, 김 과장을 향해 싱긋 웃으며 입을 열었다.

"으음, 너무 맛있어요. 톡 쏘는 향이 입안 가득 침을 고이게 하네요. 고기도 연하고 해물도 쫄깃쫄깃한 게 정말 맛이 환상이네요."

소령이 음식 맛을 칭찬하자 김 과장이 활짝 웃었다. 하지만 장 대리는 어이없다는 듯 얼굴을 살짝 찡그린 채로 그녀를 바라보았고, 태민은 무슨 생각을 하는지 도통 알 수가 없는 표정으로 그녀를 바라보며 와인 잔으로 손을 뻗었다.

"민 비서님, 와인도 같이 곁들어보세요. 그러면 훨씬 더 깊은 맛을 느낄 수 있을 겁니다."

"아아, 그런가요."

김 과장이 소령의 잔에 와인을 따라주었고, 그녀는 잔을 들어 한 모금 입안에 머금었다. 시원한 맛의 와인이 입안을 깔끔하게 씻어주는 느낌이었다.

"와아. 입안이 개운해지는 게 아주 상큼하네요. 근데 다들 안 드세요? 왜 음식이 아니라 저만 보고 있죠? 전, 음식이 아니라 먹을 수도 없는데."

아직까지도 그녀만 쳐다보고 있자, 더는 참지 못하고 한마디 했다. 그러자 장 대리가 기다렸다는 듯 입을 열었다.

"민 비서님은 먹성이 좋으시네요. 그 많은 양을 입에 넣고도 아무렇지도 않게 드시는 걸 보니 말이에요. 혹시 평소에도 그렇게 드세요?"

"하하하, 네. 저는 맛있는 걸 눈앞에 두고 손가락 장난하듯 깨작거리는 거 정말 싫어하거든요. 그래서 전 내숭 떠는 것보다는 배불리 먹는 편이에요. 집에 가서 맛있던데 실컷 먹고 올걸, 하고 후회하면서 옆구리에 밥통 끼고 퍼먹기 싫어서요."

"풋. 푸하하하!"

갑작스럽게 터진 웃음소리에 소령을 비롯해, 김 과장과 장 대리까지 소리가 나는 쪽으로 고개를 휙 돌렸다. 뭐가 그렇게 우스운지 손에 들린 와인 잔이 출렁거릴 정도로 태민이 고개까지 뒤로 젖혀가며 웃고 있었다. 기분이 확 상한 소령이 그를 흘겨보며 날카로운 목소리로 말했다.

"제 말이 그렇게 우스운가요?"

"하하하. 아니라고는 말 못하겠군. 옆구리에 밥통을 끼고 있는 당신을 상상해 버려서."

"전, 그런 타입이 아니라고 말씀드렸는데요."

"알아. 내 멋대로 상상했으니까. 이제 식사들 하지. 한바탕 웃고 났더니 배고프군."

태민이 와인으로 목을 축이더니 음식을 먹기 시작했다. 이내 두 사람도 젓가락을 움직였다. 소령만이 불쾌감을 드러낸 표정으로 와인을 들이켰다. 그가 멋대로 상상했다는 장면이 밥통만은 아닐 것 같아서. 그렇게 시작된 식사 시간은 소령의 휴대전화가 울리기 전까진 의외로 즐거웠다. 주로 장 대리가 얘기를 하고 그들은 들어주는 쪽이었지만.

"실례할게요."

휴대전화를 꺼내 든 소령이 벌떡 일어나더니 걸음을 뗐다. 어둠이 짙게 드리워진 시선으로 그녀의 뒷모습을 좇던 태민도 자리에서 일어났다. 가슴으로 불길이 확 이는 게 금단현상이라도 일어난 듯 갑자기 담배가 생각났다.

"왜 일어나세요?"

"통화할 곳이 있어서. 마시고 있어요. 모자라면 더 시키고."

태민은 장 대리의 물음에 가볍게 대꾸하고서 밖으로 나왔다. 그리고 슈트 안주머니에서 담배를 꺼내 입에 물고 불을 붙였다. 백해무익한 게 담배라는 것을 알면서도 가슴이 답답할 때마다 피우고 있었다.

"후우. 너라도 날 위로해 주니 다행인가."

태민은 담배 연기를 길게 내뱉으며 장 대리가 말한 산책길로 걸음을 옮겼다. 쏴아 밀려왔다가 스르르 밀려가는 파도 소리가 어둠을 뚫고 귓가를 간질였다. 태민은 조명 빛에 이끌려 산책길을 따라 걸었다. 그러다 낯익은 웃음소리가 들려오자 걸음을 멈추었다. 이곳 어딘가에서 소령이 통화를 하고 있는 듯했다. 담배를 물고 있는 태민의 얼굴이 확 일그러졌다. 밤공기를 타고 '나도 보고 싶어요, 진하 씨.' 라고 들려온 것이다.

"제길!"

담배를 문 채로 욕을 내뱉자 담배가 입에서 툭 떨어졌다. 태민은 불씨가 남아 있는 담배를 발로 지그시 짓눌렀다. 듣지 않아도 될 말을 들었더니 이렇게 짓이겨진 담배마냥 심장이 너덜너덜해졌다.

"사장님, 거기서 뭐 하세요?"

반민에서 담배를 주워 들던 태민의 몸이 흠칫했다. 그새 통화가 끝났는지 그녀가 바로 눈앞에 있었다. 그녀의 통화가 끝나기 전에 돌아가려 했는데 늦어버린 것이다. 아마도 방금 그 말이 작별 인사였나 보다.

'빌어먹을! 정말 최악이군!'

의도치 않은 방향으로 일이 꼬여 버리자 온몸이 비틀렸다. 눈앞에 샌드백이 있다면 그대로 주먹을 날렸을 것이다.

"사장님?"

다시 부르는 소리에 태민은 천천히 허리를 폈다. 그리고 그녀 앞에 짓이겨진 담배를 불쑥 내밀며 말했다.

"불씨가 있는 채로 떨어졌어."

"아, 네."

소령이 고개를 끄덕였다. 담배를 반도 피우지 않은 것을 보니 그 말이 맞는 듯했다. 그가 담배 케이스를 꺼내더니 주워 든 담배를 안에 넣었다. 그 모습이 왠지 그와 어울리지 않는다는 생각과 동시에 저도 모르게 피식 웃음이 나왔다. 그 소리를 들었는지 그가 흘끗 바라보았지만 소령은 못 본 척 슬그머니 시선을 돌려 버렸다.

"통화는 끝났나?"

"네."

"그러면 좀 걷지."

태민은 그녀의 대답도 듣지 않고 걸음을 뗐다. 바스락거리는 소리가 바로 뒤에서 들리는 것으로 보아 그녀도 따라오는 듯했다. 태민의 입가에 살며시 미소가 번졌다. 별거 아닌 그 일이 가슴을 따뜻하게 적셨다. 그들은 백사장으로 내려올 때까지 아무런 말도 하지 않았다. 그런데도 어색하지 않았다. 잔잔히 들려오는 파도 소리와 은은하게 주위를 비추고 있는 조명 불빛 때문인지는 모르겠지만 들썩거리던 마음이 편안해져 오히려 밤의 향취에 취해들었다.

"장 대리가 말한 곳이 저긴가 보군."

소령은 태민이 고갯짓으로 가리키는 곳으로 시선을 돌렸다. 나무들이 우거진 숲들 사이로 원두막처럼 지어진 형태가 눈에 들어왔다. 순간, 가라앉아 있던 가슴이 세차게 뜀박질을 했다. 은근한 목소리로 말하던 장 대리의 얼굴이 불쑥 떠올랐던 것이다. 이런 그녀의 사정을 알 리가 없는 태민이 그곳으로 발길을 잡았다. 하지만 소령은 선뜻 걸음을 떼지 못했다.

"왜?"

이상한 기운을 느꼈는지 두어 발자국 앞서 있던 태민이 뒤돌아보며 물었다. 소령은 대꾸할 말이 없어 입을 꾹 다물었다. 장 대리의 말 때문이라고는 죽어도 못하니까.

'차라리 일행들 핑계로 그만 돌아가자고 할까. 그게 제일 괜찮은 방법이긴 한데.'

하지만 머릿속 생각과는 달리 이곳에 좀 더 머물고 싶기도 했다. 그 이유는 잘 모르겠지만.

"어어!"

갑자기 그녀의 몸이 앞으로 불쑥 끌려갔다. 태민이 우두커니 서 있는 그녀의 손을 덥석 잡아끈 것이다. 뿌리치려면 뿌리칠 수도 있었다. 꽉 잡고 있는 것은 아니었으니까. 하지만 소령은 못 이기는 척 끌려갔다. 그리고 그곳 벤치에 앉혀지고서야 손이 자유로워졌다.

"와아. 바다가 한눈에 들어와요."

무심코 고개를 들었던 소령은 입이 딱 벌어졌다. 멀리서 언뜻 봤을 때는 나무들에 가려 바다가 안 보일 줄 알았다. 그런데 전혀 아니었다. 나무는 운치만 더해줄 뿐, 바다와는 아무런 상관이 없었다. 살랑살랑 불어오는 바람에 스치는 나뭇가지 소리도 참으로 듣기 좋았다. 옆에 앉아 있던 태민이 나지막이 중얼거렸다.

"멋지군."

"네. 무척이나요."

소령도 그의 말에 동의했다. 바다 위에 떠 있는 밤하늘에는 무수히 많은 별들이 쏟아질 듯 빛을 뿌리고 있었다.

"카메라가 없다는 게 안타깝군."

"카메라 가지고 다시 오세요. 또 와도 멋질 것 같은데."

"혼자는 의미가 없어."

"그렇다고 꼭 누군가와 함께여야 할 필요는 없잖아요. 카메라를 친구라 여기는 분이."

태민이 고개를 삐딱하게 기울이고서 그녀를 바라보았다. 정면을 바라보고 있는 탓에 그녀의 표정을 볼 수는 없었다. 하지만 그가 잘못들은 게 아니라면 그녀는 지금 화를 내고 있었다.

"지금 화를 낸 건가?"

"그럴 리가요."

아니라고는 하는데 말투에는 영락없이 화기가 담겨 있었다. 아마 그 여파가 얼굴에도 또렷이 드러나 있을 것이다. 태민이 손을 뻗어 그녀의 어깨를 잡고 휙 틀었다. 역시나 화를 참는 듯 입술을 질끈 깨물고 있었다.

"이, 이게 무슨 짓이에요!"

"왜 화가 난 거지?"

"화난 거 아니라니까요. 그만 들어가죠. 일행들 기다리겠어요."

소령은 속마음을 들킨 게 부끄러워 벌떡 몸을 일으켰다. 그러나 태민이 팔을 잡아당기는 바람에 다시 주저앉고 말았다.

"그런 거 아니라는데 왜 자꾸……!"

"알았으니 입 다물어."

태민이 그녀의 말을 삼켜 버리자 소령은 슬그머니 바다를 향해 시선을 돌렸다. 날카로운 눈매에 어둠만큼이나 짙게 깔리는 낮은 음성이 그가 화가 났음을 말해주고 있었다. 바보. 어쩌다가 속마음을 드러내서 분위기를 망쳐 버린 건지. 혼자는 의미 없다는 말이 꼭 여자와 함께여야 한다는 뜻으로 들렸다. 그래서 그녀도 모르게 말투가 퉁명스럽게 나가고 만 건데 그걸 또 들켜 버릴 줄이야. 요즘 들어 이성이라는 놈이 제 역할을 하지 못해 이래저래 난처한 상황만 만들고 있었다.

"사람 마음이란 게 참 뜻대로 안 돼. 그렇지?"

뜬금없는 말에 소령이 그를 바라보았다. 마치, 그녀가 쳐다볼 줄 알았다는 듯 그도 고개를 돌리고 있었다. 어둠을 사이에 두고 마주친 두 시선이 조용히 서로를 응시했다. 잠시 후, 천천히 뻗어 온 손이 그녀의 볼에 와 닿았다. 소령은 살짝 어깨를 움츠리며 지그시 눈을 감았다. 아주 작은 접촉인데도 스며드는 온기는 매우 따뜻했다.

"아마 내게 손수건을 건네줄 때였을 거야."

태민이 엄지손가락으로 부드럽게 그녀의 볼을 어루만지며 속삭였다. 소령은 손수건이라는 소리에 살며시 눈을 떴다. 속으로는 그의 다음 말을 기다리며. 이런 그녀의 속내를 읽은 듯 그가 그윽한 눈길로 바라보며 말을 이었다.

"내가 당신을 눈에 담은 것이."

"그게 무슨……."

갑작스러운 고백에 그녀의 눈이 휘둥그레졌다. 설마 지금 첫눈에 반했다는 말을 하고 있는 것일까. 아니다. 결코 그럴 리가 없었다. 하지만 이런 그녀의 생각을 부정이라도 하듯 그가 충격적인 말을 꺼냈다.

"아직도 그 손수건이 내게 있다는 거 아나?"

"말도 안 되는……!"

어떤 기억이 불쑥 떠오르자 소령의 눈이 휘둥그레졌다. 손수건을 건넨 기억은 있었지만 받은 기억은 없었던 것이다. 하지만 그녀를 놀라게 한 것은 그러한 사실을 까맣게 모르고 있었다는 거였다.

"당신 옆에 누군가가 있다는 거 알아. 그런데도 멈출 수가 없어. 이렇게 손이 닿으면 ……."

거기서 말을 멈춘 태민이 그녀의 뺨을 쓸어내리던 손을 천천히 말아 쥐었다. 그러자 훅 불어온 바람이 순식간에 남아 있는 온기를 빼앗아갔다. 아쉬웠다. 아니, 싸늘히 추웠다. 다시 만져 달라고 그의 손을 끌어당기고 싶을 만큼. 아주 위험한 생각이라는 것을 안다. 그런데도 그녀 안에 도사리고 있는 욕망이 간절히 바란다고 외치고 있었다. 그녀가 이런 앙큼한 생각을 하는 사이 그의 목소리가 다시 들려왔다.

"당신을 안고 싶어. 느끼고 싶어. 갖고 싶어서 미치도록 욕심이 나!"

한마디, 한마디씩 내뱉을 때마다 그의 음성이 성난 파도 소리처럼 밤공기를 타고 울려 퍼졌다. 덩달아 그녀의 심장박동도 한 단계, 한 단계씩 미친 듯이 치솟아 올랐다. 가질 수 없는 사람이었기에 밀어냈다. 아픈 사랑이었기에 모질게 끊어내려 했다. 그런데도 마음은 여전히 그를 원했고, 두려움은 더욱 커져만 갔다. 이런 모순된 감정으로 그와 함께한들 행복할 수 있을까. 복잡하게 뒤엉킨 생각들이 그녀의 눈동자에 고스란히 담긴 채 그를 찾았다. 태민은 그녀와 시선이 마주치자 버럭 소리를 질렀다.

"알아! 당신을 탐해서는 안 된다는 거. 내 욕심을 채우면 당신이 죄책감에 시달린다는 것까지 모두 다!"

그가 말하는 죄책감이란 아마도 진하를 두고 하는 말인 듯했다. 하지만 소령은 당신이 오해한 거라고, 진하는 그녀에게 가족 같은 존재라고 말해줄 수 없었다. 태민에 대한 제 마음조차 정리하지 못한 상태에서 그렇게 말해 버리면 그도, 그녀도 돌이킬 수 없는 짓을 저지르고 말 테니까.

"그래서 참고 있는 거야. 죽을힘을 다해서. 하지만 실낱같은 이끈이 언제 끊어질지는 나도 몰라. 지금 당장 끊어진다고 해도 이상할 게 없으니까."

"저는…… 으음. 저는 무슨 말을 해야 할지 잘 모르겠어요. 너무 혼란스러워요."

"당신에게 듣고 싶은 말은 딱 하나야. 그게 아니라면 듣고 싶지 않아."

태민이 자리에서 벌떡 일어났다. 소령은 울컥! 목구멍으로 무언가가 차오르는 것을 느끼며 그를 올려다보았다. 그는 화를 참고 있기라도 하듯 주먹을 꽉 틀어쥔 채였다. 순간, 저 손아귀에서 짓눌리는 것이 무엇일까, 라는 생각이 스쳤다. 성급하게 고백하고 만 그일까. 아니면 그가 원하는 대답을 해주지 않는 그녀일까.

그게 무엇이건 간에 한 가지는 확실했다. 지독히도 아프다는 것. 소령은 목구멍을 채우고 있는 묵직한 기운을 꿀꺽 삼켰다. 그리고 천천히 손을 뻗어 뼈마디가 도드라진 주먹을 양손으로 꼭 감쌌다. 태민이 몸을 흠칫 떠는 게 손바닥을 통해 전해져 왔다. 이어 그의 시선이 그녀에게 닿았다. 그대로 소령의 마음을 꿰뚫어 버릴 듯 아주 강렬한 눈빛이었다. 하지만 불안하게 흔들리는 감정까지는 숨기지 못했다.

"제가 해줄 수 있는 대답은 딱 하나예요."

거기까지 말한 소령은 지그시 눈을 감고서 호흡을 가다듬었다. 이대로 입안에서 맴돌고 있는 말을 내뱉고 나면 모든 것은 그녀의 몫이었다. 아픔도, 비난도 그리고 뼛속까지 스며들지도 모를 외로움까지. 그런데도 이 손을 잡고 싶었다. 놓치고 싶지 않았다. 후회하더라도 가보고 싶었다. 설령 지금의 이 마음이 순간의 감정일지라도 서로를 원하는 마음은 진실이니까. 소령은 살며시 눈을 떴다. 그리고 오롯이 그녀에게 고정되어 있는 눈동자를 바라보며 입을 열었다.

"사장님을…… 원해요."

"하아!"

태민이 거친 호흡을 내뱉으며 그녀를 꽉 끌어안았다. 이렇게 빨리 원하는 대답을 듣게 될 줄은 몰랐다. 그러니 마음껏 소리 지르면서 기뻐해야 했다. 이 여자가 내 여자라고 아무나 붙잡고 자랑하고 싶을 만큼 간절히 바라던 일이었으니까. 그런데 왜 가슴은 더 무겁게 내려앉는 걸까. 왜 그녀를 품에 안고 있는데도 심장이 아릿하게 저미어오는 걸까. 대체 왜! 태민은 기쁘면서도 마냥 좋아할 수 없는 감정이 혼란스럽기만 했다.

"심장이 터질 것 같아."

뜨거운 숨결이 귓가를 간질였다. 소령은 따뜻한 기운에 이끌려 지그시 눈을 감았다. 이것으로 되었다. 설령, 가는 길이 가시넝쿨이라고 해도 그녀가 선택한 만큼 끝까지 가볼 것이다. 두렵긴 하지만 그가 옆에 있으니 견딜 수 있었다. 그에게 안겨 가만히 귀를 기울이고 있자니 잔잔한 파도 소리 사이로 쿵쿵거리는 울림이 전해져 왔다. 소령은 그것이 그의 심장 소리라는 것을 알았다. 아마 그도 듣고 있을 것이다. 그녀의 심장 소리도 그와 별반 다르지 않으니까.

그렇게 서로의 심장 소리를 들으며 체온을 나누고 있을 때, 눈치 없게도 그의 휴대전화가 울렸다. 소령이 그에게서 벗어나기 위해 몸을 뒤로 빼려는데 태민이 놓아주지 않은 채 전화를 받았다.

"여보세요?"

[사장님, 왜 안 들어오세요? 무슨 일 있으세요?]

그의 품에 안겨 있다 보니 장 대리의 목소리가 고스란히 소령의 귀에까지 들렸다. 전화벨이 울릴 때, 장 대리가 아닐까 짐작하고 있었기에 그에게 안겨 있는 게 불편했다.

"지금 들어갑니다. 안에서 봅시다."

[네. 빨리 오세요. 아, 민 비서님도 안 들어오셨는데 혹시 같이 계신가요?]

소령은 옆으로 고개를 세차게 흔들었다. 함께 있다고 말하지 말라는 뜻이었다. 그런데 불길하게도 그가 씩 웃었다.

"나와 있으니 걱정 말아요."

[아, 네. 그럼 두 분 빨리 오세요.]

그 말을 끝으로 전화가 끊어졌다. 소령이 주먹으로 그의 가슴팍을 탁 치며 말했다.

"사람이 왜 그래요? 모른다고 하라니까."

"왜 그래야 하지? 내 품 안에 있는데."

"그걸 말이라고……! 아, 됐으니까 빨리 들어가요. 장 대리가 찾아 나서면 골치 아파요."

소령이 토라져서 획 돌아섰다. 장 대리가 그에게 어떤 마음을 품고 있는지 모르니 저렇듯 순진한 말을 하겠지만 그녀는 달랐다. 빨리 오라는 말속에는 찾아 나서기 전에 라는 뜻이 내포되어 있을 것이다. 그들이 함께 있는 것을 알면서도 조용히 기다리고 있을 장 대리가 아니었으니까. 탁! 고작 한 발을 떼었을 뿐인데 그녀는 멈춰 서고 말았다. 소령은 빨리 가야 하는데 손목을 붙잡으니 살짝 짜증이 나려 했다.

"또 왜요?"

"겁먹지 마. 피하지도 마. 우리 관계를 숨길 생각 따윈 없으니까!"

그가 으르렁거리듯 내뱉더니 그녀의 손목을 잡은 채 성큼성큼 걸어갔다. 소령은 둔탁한 것으로 뒤통수를 얻어맞은 듯 머릿속이 멍해져 그저 그가 이끄는 대로 걸음을 옮겼다.

'하아. 눈치 보다가 가자미눈 되겠네.'

소령은 좁은 공간에 흐르고 있는 침묵이 부담스러워 숨이 막혔다. 김 과장 일행과 헤어진 후, 호텔로 돌아오고 있는 내내 그는 눈을 감은 채 미동도 하지 않고 있었다. 잠을 자는 것인지 아니면 자는 척하는 것인지. 그것도 아니면 산책로에서 있었던 일로 화가 나 있는 것인지 도통 알 수가 없으니 더욱 답답했다.

소령은 문득 장 대리가 헤어질 때 했던 말이 떠올랐다.

"밤바다 끝내주게 좋죠? 근데 거기서 키스하는 연인들은 헤어진대요. 밤의 요정이 질투해서."

그녀의 말이 농담이라는 것을 안다. 하지만 어떤 의도로 소령에게 그런 말을 한 것인지가 신경 쓰여 마음이 편치 않았다. 그렇게 침묵에 휩싸인 채 달려가던 차는 어느새 호텔 입구로 접어들고 있었다. 도착을 알려주기 위해서 손을 들어 올리는데 그가 천천히 눈을 떴다. 소령은 괜스레 멋쩍어지자 들었던 손을 슬그머니 내리며 말했다.

"딱 맞춰서 깨어났네요."

하지만 돌아오는 대답은 침묵뿐이었다. 소령은 서운한 마음이 들었지만 내색하지 않고 단호히 삼켰다. 그리고 차가 멈춰 서자 문을 열고 내렸다. 태민도 곧 따라 내리더니 혼자서 성큼성큼 걸어갔다. 하는 행동으로 보아 화가 난 게 맞는 듯했다.

"하아. 상대하기 진짜 어렵다."

그의 뒷모습을 보고 있으니 절로 한숨이 터졌다. 소령은 고개를 절레절레 흔들며 그의 뒤를 따랐다. 로비를 걸어갈 때도, 심지어 엘리베이터를 탔을 때도 그는 침묵으로 일관했다. 그가 그럴수록 그녀의 심장은 바싹 말린 무말랭이처럼 오그라들었다.

이윽고 그녀의 방문 앞에 섰을 때는 드디어 혼자 있을 수 있다는 반가움에 양팔을 높이 치켜들고 만세라도 부르고 싶을 지경이었다. 그러나 그가 당연한 듯이 그녀의 방문을 열고 안으로 들어갈 때, 고문의 시간은 아직 끝나지 않았다는 것을 알았다.

"내가 돌아가길 바란다면 지금 말해야 할 거야."

상심한 표정으로 안으로 들어서던 소령은 불쑥 들려오는 말에 고개를 휙 들었다. 드디어 그가 입을 열었던 것이다. 그런데 바라던 침묵이 깨어졌는데 왜 숨통은 더욱 꽉 조여드는 걸까. 심장도 쿵쾅쿵쾅 널을 뛰는 게 아무래도 고장이 났나 보다.

"허억, 사장님!"

갑자기 그녀의 몸이 달랑 들어 올려졌다. 소령은 얼른 그의 목에 팔을 감았다. 그가 떨어트리지는 않겠지만 그래도 무언가라도 붙잡아야 할 것 같았다.

"아니. 당신 대답 따윈 필요 없어. 더는 찬물에 샤워하는 멍청한 짓 따윈 안 해!"

잇새로 내뱉는 말이 그녀의 심장에 불을 확 당겼다. 소령은 그대로 그의 목을 끌어내려 입술을 삼켰다. 서로가 원하는데 더는 망설이고 싶지 않았다. 태민도 기꺼이 입을 열어 뜨겁게 파고드는 혀를 휘감았다. 그렇게 시작된 불씨는 걷잡을 수 없이 타들어갔다. 그동안 억눌렀던 감정이 봇물 터지듯 터져 나와 침실로 가는 동안에도 혀를 끌어안고, 치아를 훑으며 입안에 고여 있는 타액을 들이마셨다.

침대에다 그녀를 던지다시피 내려놓은 태민은 거추장스러운 옷가지들을 벗어 던졌다. 이내 군살 하나 없이 매끄럽게 다듬어진 몸이 모습을 드러냈다. 열기 가득한 눈빛으로 보고 있던 소령은 입안에 고여드는 침을 꿀꺽 삼켰다. 멋지다, 라는 표현으로는 부족할 만큼 아름답고 아주 근사했다. 사무실에서 그가 셔츠를 갈아입을 때, 본의 아니게 벗은 상체를 보고서 몸이 후끈 달아오른 적이 있었다. 하지만 실오라기 하나 걸치고 있지 않은 지금은 그때와는 비교가 안 될 정도로 그녀의 몸을 뜨겁게 타들어가게 했다.

"마음에 드나?"

소령은 세차게 고개를 끄덕였다. 당연히, 몹시도 마음에 든다. 아랫도리가 촉촉이 젖어들 정도로. 그녀의 반응이 마음에 드는 듯 그가 히죽이 웃었다. 그런 모습에도 심장이 쿵 내려앉는 것이, 아무래도 눈에 콩깍지가 제대로 씌워진 모양이다.

"그럼 이제 당신 차롄가."

순식간에 다가온 손이 그녀의 옷을 벗기기 시작했다. 한 꺼풀, 한 꺼풀씩 옷이 벗겨질 때마다 매끄럽게 드러나는 살결 위로 입술이 머물렀다. 소령은 붉은 열꽃이 피듯 몸이 화끈 달아오르자 어금니를 지그시 악물었다. 부끄러웠다. 그리고 몹시도 흥분되고 떨렸다. 누구에게도 보여준 적이 없는 은밀한 부위가 그에 의해서 벗겨지는 게 아주 특별한 감정으로 다가와 그녀를 뒤흔들었다. 그러는 사이 봉긋하게 솟아오른 가슴을 감싸고 있던 브래지어가 몸에서 떨어져 나갔다.

"아윽!"

미끄러지듯 쇄골을 따라 움직이던 혀가 핑크빛으로 물들어 있는 유두를 톡톡 건드리더니 입안에 넣고 쪽 빨았다. 한 번도 느껴본 적 없는 짜릿한 전율에 허리가 들리고, 발끝이 움찔거리며 오그라들었다. 사랑을 나눈다는 것이 이런 건가 보다. 머릿속은 하얗게 비는데 오감은 넘칠 만큼 몸에 새겨졌다.

"달아."

길게 늘어진 침액을 매단 채 고개를 든 그가 의미를 알 수 없는 말을 중얼거렸다. 뜻을 알 수 없으니 대답할 말도 없어 소령은 그저 멀뚱히 그를 바라보았다. 다행히 그의 눈동자는 뜨거운 열기에 취해 있었다.

"삼켜 버리고 싶어. 한입에 꿀꺽."

"무…… 엇을요?"

또다시 들려오는 의미 모를 말에 이번에는 궁금증을 참지 못하고 물었다. 대답을 하려는지 그가 혀로 입술을 쓰윽 핥았다. 맙소사! 그 모습이 너무 색정적이라 온몸으로 전율이 흘렀다. 이윽고 그가 입술을 달싹였다.

"당신."

뜨거운 불길이 확 뒤덮은 것처럼 온몸이 새빨갛게 물들어갔다. 소령은 황급히 고개를 돌렸다. 이글거리는 눈빛이 금방이라도 그녀를 집어삼켜 버릴 것만 같아서 차마 눈을 마주 볼 수가 없었다. 그런 행동이 마음에 안 든다는 듯 태민이 얼굴을 바짝 디밀더니 그녀의 턱을 잡아 강제로 그를 보게 했다.

"어떤 순간에도 내 시선 피하지 말라고 했을 텐데."

"아니, 그게 그러니까 나도 모르게 그만……."

그런 말을 듣긴 한 터라 횡설수설 변명이 튀어나왔다. 눈동자도 이리저리 춤을 추는 게 여전히 그와 눈을 마주치기가 두려웠다. 아마 턱이 잡혀 있지 않았다면 다시 고개를 돌렸을 것이다.

"이제 하나 남았군."

소령은 그 하나가 무엇인지 굳이 묻지 않았다. 그저 얼굴을 붉힌 채 다리를 바짝 오므렸다. 그가 갑자기 씩 웃었다. 소령은 저도 모르게 팔을 들어 올려 그의 어깨를 꽉 붙잡았다. 불길한 징조를 예감한 두려움이 그녀의 심장을 야금야금 갉아먹고 있었다.

"두렵나?"

"아주…… 많이요."

"나도 마찬가지라면 위안이 되려나."

그가 엄지손가락으로 그녀의 입술을 부드럽게 어루만졌다. 소령은 눈을 지그시 감고서 그의 손길이 전해주는 느낌에 빠져들며 나지막이 중얼거렸다.

"거짓이 아니라면."

"진실에 나를 걸지."

쫘악! 찢어지는 소리와 함께 검은 숲이 드러났다. 소령은 입을 헉 벌린 채 허리를 들썩거리며 몸을 부르르 떨었다. 사람이 너무 놀라면 비명도 안 나온다더니 지금이 딱 그랬다.

"숨 쉬어."

"허읔!"

그의 손가락이 검은 숲을 헤집고 여린 속살을 쓰윽 문지르자, 그게 무슨 소린가 인식도 하기 전에 숨이 덜컥 튀어나왔다. 만족

한 듯 그의 입꼬리가 씩 위로 올라가더니 고개가 아래로 점점 내려왔다. 지끈지끈. 그의 입술이 내려앉을 곳에 대한 기대감으로 심장이 아프게 조였다. 이윽고 유혹적인 입술이 머문 곳은 살짝만 자극해도 몸서리치는 귀였다. 아니나 다를까. 촉촉이 젖은 혀가 더운 숨을 흩뿌리며 귓가를 핥았다.

"으으윽, 아아!"

소름이 쫙 끼칠 만큼 격렬한 흥분에 절로 몸이 움츠러들었다. 거기다 이로 귓불을 잘근잘근 깨물기까지 하자 그야말로 사시나무 떨듯 몸이 파르르 떨렸다. 열정에 취해 몸부림치는 그녀를 바라보는 눈빛이 탐욕으로 번뜩였다. 그녀는 알까. 지금 이 모습이 얼마나 자극적이고 아름다운지. 그리고 그를 얼마나 강렬하게 흥분시키는지도.

"탐스러워. 당신의 모든 것이."

살며시 입술을 어루만지던 그의 손가락이 백옥 같은 하얀 살결을 따라 내려가다 탱탱하게 부풀어 오른 가슴을 마사지하듯 부드럽게 어루만졌다. 이어 손가락으로 젖꼭지를 살짝 비트는가 싶더니 어느새 입안에 삼키고서 혀를 굴려 핥고 빨아대며 희롱했다. 젖꼭지가 세게 빨릴 때마다 질척이는 민망한 소리가 신경을 긁었다.

"아앗, 윽!"

소령은 저릿저릿한 열기가 전신으로 퍼지자 흥분을 감추지 못하고 신음을 내질렀다. 그에 화답하듯 노골적으로 욕망을 드러내며 손가락이 다리 사이를 파고들었다. 그의 손가락이 닿은 곳이 불에 덴 듯 화끈거리자 소령은 저도 모르게 숨을 들이마시며 다리를 오므렸다. 그런 행동 따위는 용납할 수 없다는 듯 그가 허벅지를 움켜잡더니 옆으로 확 벌렸다. 은밀한 부위가 적나라하게 드러나자 그의 손가락이 여린 속살을 비집고 안으로 깊숙이 파고들었다.

"아으…… 윽!"

그녀 안에 잠긴 손가락이 부드럽게 움직이다 어느 순간 거침없이 안을 휘저었다. 소령은 엉덩이를 들썩이며 몸을 비틀었다. 쾌락에 젖은 욕망은 고문 그 자체였다.

"그, 그만……. 그만해요!"

애원의 목소리가 탁하게 흘러나왔다. 하지만 그는 멈출 생각이 없는 듯, 아니, 아예 그녀를 미치게 하려는 듯 손가락을 뺀 자리에 입술을 가져다 대더니 혀로 쓰윽 핥았다. 아이스크림을 핥아먹듯 부드럽게, 때로는 흡입하듯 강하게 빨아 당기며 마음껏 휘저으며 희롱했다.

그녀는 미칠 것 같은 쾌감에 뇌가 마비가 된 듯 아무것도 생각나지 않았다. 그저 거칠게 숨을 헐떡거리며 그의 등에 손톱을 박았다. 흥분에 못 이겨 죽을 수도 있을 만큼 정신이 혼미했다. 하지만 그의 입술은 집요할 만큼 그녀를 놓아주지 않았다.

"하아. 제, 제발…… 아흐, 제발…… 그, 그만해요. 그 아아…… 으윽!"

애원하는 사이 감전이라도 된 듯 전신이 들썩거리더니 그녀 안에서 폭죽이 터졌다. 울컥! 다리 사이로 그가 적셔놓은 뜨거운 열기의 흔적이 주르르 흘러내렸다. 순간, 그녀의 얼굴이 엉망으로 일그러졌다. 이렇게 미칠 수도 있구나. 이렇게 망가질 수도 있구나, 싶은 게 괜스레 눈물이 핑 돌았다. 그러나 결코 슬퍼서가 아니었다. 어느새 다가온 입술이 젖어든 눈가를 부드럽게 핥았다.

"혀에 감도는 이 맛이 쾌락의 잔재라고 말해줘."

짠맛이라도 느꼈는지 그가 걱정스러운 눈길로 바라보고 있었다. 몸을 축 늘어뜨린 채 숨을 헐떡이고 있던 소령은 힘겹게 손을 들어 올려 그의 얼굴을 감쌌다. 그리고 그녀가 할 수 있는 가장 아름다운 미소를 지었다.

"아주 바보 같은 말이군요. 당연한 건데."

소령이 그의 얼굴을 끌어내려 살짝 벌어져 있는 틈새로 혀를 밀어 넣었다. 묵직한 무게감이 그녀를 짓눌러 오더니 몸이 겹쳐졌다. 단단하게 솟아오른 남성이 허벅지 안쪽을 찔러대며 파고드는 게 고스란히 그녀에게 전해졌다. 순간, 기대감과 두려움이 동시에 그녀를 덮쳤다. 그녀가 저도 모르게 다리에 바짝 힘을 주자, 그에게서 억눌린 신음 소리가 흘러나왔다. 그게 무엇을 뜻하는지 알기에 모른 척할 수가 없었다.

"내 안에 들어와요. 지금."

"하아. 그 말이 나오길 너무 오래 기다렸어."

소령의 가슴으로 따뜻한 바람이 불었다. 소중히 다뤄진다는 것은 아마도 이런 것이겠지. 기대하지 않은 선물에 그녀의 마음이 행복으로 들떴다. 태민이 그녀의 입에 진한 키스를 남기더니 상체를 들어 올려 다리를 벌리고 자리를 잡았다. 이미 그곳은 그의 입술로 충분히 젖은 상태였다. 이윽고 돌처럼 단단하게 부푼 남성의 끝이 숲을 헤집으며 서서히 밀고 들어왔다. 그를 받아들이는 그녀의 중심이 움찔움찔 경련을 일으키더니 아랫배에 힘이 꽉 들어갔다.

"힘 빼."

뜻대로 안 되는지 그가 고개를 숙이더니 가슴 돌기를 혀로 핥으며 이로 잘근잘근 깨물었다. 짜릿한 감각을 견디지 못한 그녀가 더운 숨을 흩뿌리며 허리를 들어 올렸다. 그때를 놓치지 않고 태민이 그녀의 허리를 움켜잡고서 강하게 하체를 밀어붙였다. 그 순간, 몸이 양쪽으로 찢어지는 것 같은 엄청난 통증이 그녀를 덮쳤다.

"아악!"

날카롭게 울리는 비명 소리가 그의 심장을 강타했다. 태민이 몸을 굳힌 채 그녀를 바라보았다. 그녀 안이 매우 좁다는 건 알았지만 처음이라서 그런 줄은 전혀 생각도 못했다.

"왜 말하지 않았지."

"안 돼요. 멈추지 말아요!"

소령이 부들거리는 손으로 그의 양팔을 붙잡으며 소리쳤다. 아마도 그가 멈출 거라고 생각한 모양이다. 생각지도 못한 상황이라 그도 놀라긴 했다. 하지만 그만둘 마음은 전혀 없었다. 대답이 없는 게 불안했던지 그녀가 다시 입을 열었다.

"제발."

그 짧은 한마디가 그를 와르르 무너뜨렸다. 태민은 불안해 떨고 있는 입술을 집어삼킬 듯이 머금고서, 커질 대로 커져 버린 남성을 그녀 안에 깊숙이 찔러 넣었다. 이 여자가 너무 좋다. 이 여자가 너무나 사랑스러웠다. 할 수만 있다면 누구도 손대지 못하게 곱게 접어서 주머니 속에 넣고 다니고 싶었다. 오롯이 그만을 바라보고 그만을 느낄 수 있게.

"당신은 내 거야. 그렇지?"

그가 어둠이 짙게 깃든 눈빛으로 으르렁거렸다. 소령은 성난 몸짓으로 파고들며 소유욕을 드러내는 그를 불안하게 쳐다보았다. 그녀 안을 꽉 채우고 있는 사람은 그인데 왜 화가 났는지 모르겠다.

"대답해!"

다그치는 그의 얼굴이 고통스러운 표정으로 일그러졌다. 그가 왜 이러는지 알 수는 없었다. 하지만 그의 말을 듣다 보니 그녀도 되묻고 싶어졌다.

"사장님은 제 건가요?"

"내 숨결 하나까지 모두 다!"

번개를 맞은 듯 심장에서 쩍 소리가 났다. 이어 살아 숨 쉬는 모든 것들이 미쳐 날뛰었다. 그를 품고 있는 속살까지 그 여파가 미쳐 팽창한 남성을 더욱 꽉 조였다.

"으윽!"

그가 고통에 찬 신음 소리를 내뱉으며 괴로워했다. 그녀도 예외는 아니었다. 고통스러울 정도로 짜릿한 쾌감에 시야가 뿌옇게 흐려지고 머릿속이 몽롱해졌다. 그래도 질문에 대답은 해야 했기에 가까스로 입술을 달싹였다.

"저는 이미 모든 것을 드렸습니다. 다른 게 더 필요하세요?"

"아니. 그거면 충분해!"

태민은 그녀의 엉덩이를 들어 올려 꽉 붙잡고서 격렬하게 허리를 흔들었다. 이미 그녀의 대답은 알고 있었다. 단지, 확인이 필요

했을 뿐이었다. 자신이 욕심이 많은 남자라는 것을 알아버렸기에.
태민은 한껏 몸을 뒤로 빼고서 거침없이 안으로 치고 들어갔다.

"하윽!"

강렬한 통증이 그녀를 뒤덮었다. 아랫배가 저릿저릿하고 안쪽에 생채기가 난 듯 아릿했지만 아픈 만큼 짜릿하고, 숨이 가쁜 만큼 전율에 몸서리쳤다. 이런 감정을 어떤 말로 표현할 수 있을까. 그저 몸이 느끼는 대로 토해낼 수밖에.

"으윽! 미칠 것 같아요."

"하아! 나도 마찬가지야."

참을 수 없는 열기를 따라 그의 몸놀림도 빨라졌다. 태민이 깊게 치고 들어오고 나갈 때마다 그녀의 몸이 흔들리고, 욕망에 찬 그의 눈빛이 붉게 타들어갔다. 그러다 어느 순간, 모든 감각들이 폭발하듯 터져 버렸다. 그리고 서로를 꼭 끌어안은 채 절정의 나락으로 침몰했다.

"하아, 하아."

그의 팔에 안겨 가쁜 숨을 내쉬는 그녀를 태민이 꽉 끌어안았다. 소령은 숨이 턱 막혀오자 그를 밀어내기 위해서 몸부림쳤다. 하지만 그는 꼼짝도 하지 않았다. 아니, 묵직한 다리로 그녀의 다리를 휘감으며 더욱 바짝 몸을 붙였다. 얼마나 세게 안고 있는지 가슴까지 욱신거리자 급기야 소령은 그의 등을 때리며 힘겹게 말했다.

"수, 숨을, 으읏, 모…… 못 쉬겠어요."

그제야 그가 살그머니 손아귀의 힘을 풀었다. 소령은 그들 사이에 공간이 생기자 그의 가슴팍을 밀어내며 말했다.

"숨 막혀 죽는 줄 알았잖아요!"

"날 놀라게 한 벌이야."

소령은 입을 꾹 다물어 버렸다. 그에 대해서는 말하고 싶지 않았다. 하지만 그의 생각은 다른 모양이다.

"처음이라 꽤나 아플 텐데 괜찮은 거야?"

"네. 안 아프다고는 할 수 없지만 고통스럽지는 않아요."

"미안해. 부드럽게 했어야 했는데 자제심을 잃었어."

소령은 고개를 가로저었다. 관계를 갖는 내내 그가 함부로 그녀를 다룬다는 느낌은 들지 않았다.

"미안해하지 말아요. 절 소중하게 다뤘다는 거 아니까."

"경험도 없는 당신이 어떻게 알지?"

당신이 경험이 많으니까요. 라는 말은 차마 입 밖으로 내뱉지 못했다.

"느낌으로 알 수 있어요. 아, 너무 졸리네요. 미안한데 조금만 잘게요."

소령은 뿜어져 나오는 하품을 손으로 가리며 눈을 감았다. 녹초가 된 몸이 축 늘어져 눈꺼풀마저 덮어버리자 점점 의식이 흐릿해져 갔다. 태민이 그녀를 끌어당겨 품에 꼭 안더니 귓가에다 대고 무슨 말인가를 중얼거렸다. 하지만 안타깝게도 심장만 간질간질거릴 뿐, 제대로 알아듣지 못하고 잠속으로 빠져들고 말았다.

CHAPTER 7

소령은 따뜻한 기운을 느끼며 천천히 눈을 떴다. 은은한 스탠드 불빛이 주위를 밝히고 있는 것으로 보아 날이 새려면 좀 더 있어야 하는 모양이다. 살짝 눈을 감았다가 다시 뜨자 편안한 얼굴로 잠들어 있는 그가 바로 눈앞에 있었다. 그녀의 입가에 부드러운 미소가 번졌다. 누군가의 품에 안겨서 눈을 뜬다는 것이 생각했던 것보다 훨씬 포근하고 기분이 좋았다. 두근두근. 가슴이 설렐 만큼.

"아읏!"

몸을 꿈틀거리던 그녀의 입에서 신음 소리가 튀어나왔다. 온몸이 두들겨 맞은 것처럼 욱신거렸다. 깨물린 젖꼭지는 또 왜 그렇게 쓰라린지. 성이라도 났는지 가볍게 스친 것뿐인데 찌릿하니 아팠다. 그녀의 얼굴이 살짝 붉어졌다. 쾌락에 몸을 떨며 흥분에 겨워 내뱉던 신음 소리가 아직도 침실에 울리는 듯해 다시금 아랫도리가 움찔거렸다.

'헉! 맙소사. 그냥 잤어!'

불현듯 스치는 생각에 화들짝 놀란 소령은 그가 깨지 않게 조심하면서 이불 밖으로 살며시 몸을 뺐다. 다행히 그는 깊이 잠이 든 듯 미동조차 없었다. 다행이라 생각을 하며 시선을 아래로 내렸다.

"어? 어떻게 된 거지."

사랑을 나눈 흔적으로 엉망일 줄 알았던 그녀의 몸이 너무나 깨끗했다. 마치 아무 일도 없었다는 듯이. 그녀의 고개가 그를 향해 획 돌아갔다. 부끄럽게도 그가 뒤처리를 한 것이다. 그런데도 그녀는 아무것도 몰랐다.

"미쳤구나, 민소령. 어떻게 아무것도 못 느끼고 잠을 잘 수가 있어."

너무 어이가 없어 머릿속이 멍했다. 그녀의 고개가 다시 아래로 향했다. 그는 몸을 닦아내면서 무슨 생각을 했을까. 그러고 보니 잠에 빠져들기 전, 그가 무슨 말인가를 속삭였던 게 떠올랐다. 굉장히 기분 좋은 느낌이었는데 무슨 말을 한 거지? 소령은 어렴풋이 떠오르는 기억을 더듬어가기 시작했다. 그러나 무언가가 생각이 날 듯하면서도 도무지 떠오르지가 않았다.

"기억 못한다고 서운해하면 어쩌지. 그건 싫은데."

소령은 상체를 숙여 자는 얼굴을 가만히 들여다보았다. 그리고 무언가에 홀리듯 손끝으로 그의 뺨을 살며시 쓸어내렸다. 간지러운지 으음, 하는 소리가 입술 사이로 흘러나왔지만 눈을 뜨지는 않았다. 더 대담해진 그녀의 손가락이 이번에는 입술에 가 닿았다. 입술 선을 따라 가볍게 문지르자 부드러운 감촉이 손끝에 맴돌았다. 이 입술이 전해주는 향기에 취해 낯부끄러운 소리를 내지르며 헐떡거린 게 떠오르자 얼굴에 열꽃이 확 피어올랐다.

"정말 미쳤나 봐. 너무 뜨거워."

아랫도리로 후끈 열기가 밀려들자 소령은 눈을 질끈 감았다. 호흡도 거칠어지는 게 자신이 듣기에도 민망할 정도였다. 소령은 얼른 입술에서 손을 뗐다. 자는 사람을 상대로 욕정에 빠져들었다는 게 몹시도 부끄러웠다.

"아앗!"

소령은 손목이 덥석 잡히자 눈을 번쩍 떴다. 자는 줄 알았던 그가 뜨거운 눈길로 그녀를 빤히 쳐다보고 있었다.

"깨, 깼어요?"

"당신이 깨웠지."

그녀의 얼굴이 화끈 달아올랐다. 나쁜 짓을 하다가 들킨 사람답게 가슴도 세차게 뛰었다. 그리고 그가 조금은 얄미웠다. 모른 척 넘어가 줘도 될 일을 콕 찍어 말하는 게.

"이, 입술에 뭐가 묻어 있더라고요. 그래서 그랬어요."

"그러면 깨끗이 닦아야겠군."

"아악!"

그녀가 순식간에 그의 밑에 깔렸다. 이어 그가 고개를 숙여 놀라 벌어진 그녀의 입술을 삼켰다. 그의 감미로운 입술이 닿자 소령은 본능적으로 입술을 열었다. 젤리처럼 말랑거리는 혀가 그녀의 입안으로 깊숙이 파고들었다. 소령은 촉촉하게 젖은 혀를 부드럽게 휘감고 끌어당겼다. 서로의 침액이 뒤섞이며 나는 젖은 소리가 아찔한 쾌감을 불러일으키자 아랫배가 바짝 조여들었다. 또다시 시작된 유희는 음란할 정도로 빠르게 전신으로 퍼져 갔다.

"하아!"

입술이 떨어지자 그녀의 입에서 더운 숨결이 확 쏟아져 나왔다. 태민이 그녀의 입술을 혀로 쓰윽 핥으며 다시 고개를 숙였다. 키스로 붉어진 입술을 집어삼키려는 듯 깊게 빨더니 목덜미를 타고 내려간 입술이 가슴 돌기를 머금었다. 움찔! 그녀는 아릿한 통증이 밀려와 저도 모르게 몸을 움츠렸다.

"아파?"

"조금요."

그의 표정이 서서히 굳어졌다. 소령은 이런 모습을 바라서 한 말이 아니었기에 다시 입을 열어다.

"참을 만해요. 걱정 말아요."

"다른 곳은? 여긴 괜찮아?"

그가 손가락을 예민해진 꽃잎에다 대고 부드럽게 문질렀다.

"아아!"

허리가 휠 정도로 짜릿한 전율이 척추를 타고 흘렀다. 결코 아파서 내지른 소리가 아니었다. 하지만 그것을 알 리가 없는 그는 이제 눈빛까지 어둠이 지배하고 있었다.

"표정이 왜 그래요. 사람 민망하게."

소령이 그의 뺨을 부드럽게 만졌다. 그런데도 죄책감에 빠진 표정은 풀리지가 않았다. 아무래도 제 입으로 부끄러운 소리를 해야 하나 보다. 그녀가 양손으로 그의 뺨을 감쌌다. 그리고 그의 눈을 지그시 바라보며 목소리에 힘을 실어 말했다.

"다시 말하지만 거긴 아무렇지도 않아요. 너무 좋아서, 너무 흥분되고 짜릿해서 나온 소리예요. 그러니까 표정 풀어요."

"정말 괜찮은 건가?"

"내 안에 들어와 봐요. 그러면 알게 될 테니까."

완벽한 도발이었고, 참을 수 없는 유혹이었다. 하지만 태민은 고개를 가로저었다.

"됐어. 무리하지 마."

"내가 원해도요?"

그녀의 눈동자가 붉은 열기를 내뿜었다. 하지만 태민은 망설여졌다. 만일 안쪽에 생채기가 났다면 겉으로는 느끼지 못해도 그가 안으로 들어가면 고통스러울 게 뻔했다.

"그러지 않는 게 좋겠어."

"후우. 안 되겠군요."

소령이 그를 확 밀쳐 내더니 순식간에 우위를 차지하고 앉았다. 눈 깜짝할 사이에 벌어진 일이라 미처 말릴 틈도 없었다. 그녀의 의도를 알아챈 태민이 무겁게 가라앉은 목소리로 말했다.

"하지 마. 다쳐!"

"괜찮아요. 당신이 날 다치게 할 리가 없으니까."

"민소령. 내려와."

"원해요. 아니, 하고 싶어요. 내가."

소령이 고개를 숙여 그의 입술을 덮쳤다. 태민은 눈을 지그시 감았다. 부드럽게 머금었다가 점점 깊게 파고드는 열기를 참기가 힘들었다. 하지만 그녀가 걱정이 되어 선불리 움직일 수가 없었다. 그녀가 갑자기 고개를 휙 들었다. 붉은 입술이 물기를 머금고 반짝거리는 게 참을 수 없이 유혹적이었다. 하지만 그녀의 눈에는 이런 그의 마음이 보이지 않는 듯, 곱지 않은 시선으로 흘겨보더니 다시 고개를 숙였다.

"으윽!"

반응하지 않는 그에게 벌을 주려는 듯 그녀가 가슴 돌기를 사정없이 깨물었다. 태민의 얼굴이 고통으로 일그러졌다. 하지만 깨물린 곳이 아파서가 아니었다. 오히려 무심코 한 그 행동이 중심부로 피를 몰고 와 남성을 아프게 옥죄었다. 그녀도 그것을 느꼈는지 천천히 고개를 들고 있었다. 아주 앙큼한 미소를 지으며.

"날 갖고 싶다는데…… 어떡할래요?"

그녀가 얼굴을 바짝 디밀고 은근한 목소리로 속삭였다. 서로의 입술이 닿을 듯 말 듯 가까운 거리다 보니 그녀의 숨결이 고스란히 그의 뺨을 적셨다. 태민이 손가락으로 그녀의 입술을 문지르며 말했다.

"여우의 꼬리를 잘라야겠지. 도망 못 가게."

"기꺼이 잘려 드리죠. 그 꼬리란 거."

그녀가 입술 끝을 씩 끌어 올리며 웃었다. 그의 심장이 한입에 꿀꺽 삼키고 싶은 욕망으로 욱신거렸다. 태민은 기꺼이 유혹에 빠져들며 그녀의 젖은 혀를 한껏 휘감았다. 서로의 타액이 뒤섞일 때마다 전해져 오는 음란한 소리가 몸을 뜨겁게 달구었다.

"아아!"

타액으로 번들거리는 입술이 목덜미를 타고 내려가 바짝 곤두선 유두를 부드럽게 머금더니 달래듯이 혀로 살살 굴렸다. 아릿한 통증과 짜릿한 감각이 동시에 전해져 왔다. 하지만 무언가가 성에 차지 않았다. 아픈데도 더 강한 자극을 원했다. 소령은 허리를 들썩이며 그의 머리를 부여잡았다.

"빨아줘요……. 세게."

"안 돼."

"아파도 좋아요. 깨물어줘요."

거친 숨소리로 애원하는 소리에 태민이 고개를 들어 그녀를 바라보았다. 그녀는 빨개진 얼굴로 입술을 질끈 깨물고 있었다. 제 입으로 그런 말을 했다는 게 부끄러운 것인지, 아니면 열기에 녹아내린 탓인지는 모르겠지만 기분은 좋았다. 그게 무엇이든 그를 원한다는 뜻이니까. 태민이 부드러운 손길로 톡 붉어진 가슴 돌기를 빙글빙글 돌리며 말했다.

"민감한 걸 보니 여기가 당신 성감대군."

소령은 입을 꾹 다문 채 그의 손길이 전해주는 전율에 몸을 맡겼다. 한 번도 그곳이 성감대란 생각을 해본 적이 없었다. 가끔 샤워를 하고 난 후, 유방암 자가 진단으로 마사지를 해본 적이 있긴 하지만 지금처럼 짜릿한 흥분으로 떨지는 않았다. 가슴을 희롱하던 그의 손가락이 점점 아래로 내려가더니 여린 속살을 마사지하듯 문지르다 안으로 쑤욱 밀고 들어왔다. 소령은 젖은 꽃길을 활짝 열어 그의 손가락을 집어삼켰다.

"아읏…… 하아."

"당신 표정 보기 좋아. 빠져들고 싶을 만큼."

소령은 자신이 어떤 표정을 하고 있는지 모른다. 하지만 몸이 뜨거운 것으로 보아 대충은 짐작할 수 있었다. 입을 반쯤 벌린 채로 열에 들뜬 숨결을 몰아쉬며, 그를 그녀 안에 담고 싶다는 열망의 눈빛으로 몸을 오싹거리고 있다는 것을. 색기가 흘러넘치는 아주 야한 얼굴로.

"당신을…… 하아, 느끼고 싶어요. 내 안에…… 내 안에 들어와요."

"아직 아니야."

안에 든 손가락이 원을 그리듯 부드럽게 움직이는가 싶더니 어느새 뜨거운 입술이 그곳에 닿아 있었다. 소령은 그의 어깨에 손톱을 박으며 허리를 휘었다. 혀가 움직일 때마다 몸이 들썩이고 머릿속이 아득하게 멀어지는 게 정신을 차릴 수가 없었다. 원래 이런 것일까. 처음 관계를 가졌던 때보다 느끼는 강도가 훨씬 셌다. 그러니 애원할 수밖에.

"아, 아직…… 멀었나요. 나, 더는…… 더는 아, 으윽!"

그가 여린 속살을 이로 잘근 깨물었다. 몸이 뒤틀리고 머릿속까지 짜릿하게 울리는 게 미칠 것 같았다.

"하아, 하아. 나, 더는…… 더는 안 돼요. 어서…… 아읏! 어서…… 허읏!"

소령은 손안에 잡히는 무언가를 꽉 움켜잡았다. 금방이라도 몸 안에서 무언가가 왈칵 쏟아질 것 같아서 견딜 수가 없었다.

"내 머리카락 다 뽑을 작정인가?"

"하아, 하아. 네?"

"당신 손아귀에 있는 거 말이야."

무슨 말인가 싶어서 상체를 약간 들어 올려 그녀가 잡고 있는 게 무엇인지 보았다. 그리고 그걸 확인한 순간 놀라서 화들짝 손을 뗐다.

"미, 미안해요."

"후훗. 그만큼 날 원한다는 거니까 용서하지. 나도 더는 참기 힘들어."

태민은 인내심의 한계를 느끼며 이슬을 머금고 있는 붉은 꽃잎에 입을 맞춘 후, 다리 사이로 들어가 자세를 잡았다. 터질 듯 부풀어 오른 남성이 금방이라도 그녀 안을 뚫고 들어갈 듯이 검은 숲으로 가려진 입구를 톡톡 두드렸다. 그녀가 야릇한 신음을 흘리며 잔뜩 기대하는 눈빛으로 그를 바라보았다.

하지만 그는 서두르지 않았다. 이마에 땀이 송골송골 맺히고 그녀의 허리를 붙잡고 있는 손끝에 힘이 잔뜩 들어갔지만 참고 또 참으며 고개를 숙였다. 그리고 툭 건들기만 해도 달콤한 과즙이 흘러내릴 것처럼 탐스럽게 영글어 있는 유두를 입안에 넣고 꿀꺽 삼켰다. 그녀는 덮쳐 오는 열기에 몸을 파르르 떨며 고개를 뒤로 젖혔다. 태민은 그 순간을 놓치지 않고 부드럽게 그녀 안으로 침범했다.

"으읏, 아아!"

척추를 타고 흘러가는 짜릿한 전율에 그녀의 몸이 크게 출렁였다. 세포 하나하나가 모두 깨어난 듯 온몸이 저릿저릿했다. 심지어 머리카락조차 쭈뼛 섰다. 하지만 그의 표정은 급격히 어두워졌다.

"괜찮아?"

"아니요. 미칠 것 같아요. 너무…… 으읏! 좋아서."

그녀가 걱정이 되어 촉각을 날카롭게 세워서 듣고 있던 태민은 그만 고개를 푹 숙이고 말았다. 정말 대책 없이 솔직한 여자였다.

"하아. 역시 강적이야."

"알았으면 어서 움직여요."

소령이 종용하며 엉덩이를 들썩였다. 솔직히 아프긴 했다. 하지만 그가 망설이는 건 싫었다. 그만두는 것은 더더욱 싫었다. 아파도 빠져들고 싶을 만큼 그와 하나가 된 지금이 너무 좋았다. 부끄러움을 무릅쓰고 대놓고 요구할 만큼. 그가 서서히 움직이기 시작했다. 소령은 아랫도리에 힘을 바짝 주고서 그의 것을 꽉 조였다. 참을 수 없다는 듯 그가 거친 숨을 토해내며 점점 더 격렬하게 움직였다. 서로의 몸이 깊이 부딪칠 때마다 맞물린 곳을 시작으로 음란한 소리가 침실을 가득 채웠다.

"허윽, 아윽!"

태민이 강하게 안으로 파고들며 그녀의 입술을 진하게 빨았다. 소령은 본능적으로 그의 등을 꽉 껴안았다. 머릿속이 빙글빙글 돌고 눈앞이 아득해지는 게 그에게 매달리지 않고서는 도저히 견딜 수가 없었다. 이대로는 몸이 산산조각 나서 허공으로 흩어질 것 같았다.

"크윽!"

촉촉한 속살이 빈틈없이 맞물려 조여들자 그가 고개를 뒤로 젖히며 으르렁거렸다. 그리고 이 순간을 기다렸다는 듯 몸속을 채우고 있던 열기가 울컥! 쏟아져 나왔다. 태민은 미칠 것 같은 쾌락의 절정을 고스란히 손끝에 담아 그녀를 꽉 끌어안고 무너졌다.

"하아, 하아."

두 사람의 입에서 쏟아져 나오는 거친 호흡 소리가 육체적 욕망의 잔향이 되어 주위를 맴돌았다.

"불편한 데 없어?"

태민이 그녀의 입술에 입을 쪽 맞추더니 물었다. 소령은 나른한 열기로 내려온 눈꺼풀을 겨우 들어 올려 살포시 웃으며 고개를 까딱했다. 꼭 술에 취한 것처럼 정신이 몽롱하고 네, 라는 간단한 대답조차 하지 못할 정도로 몸이 착 가라앉는 게 그저 자고 싶었다.

어렴풋이 그가 귓가에다 대고 무어라 속삭이는 게 느껴졌다. 하지만 그녀는 하나도 알아듣지 못한 채 서서히 잠에 빠져들었다. 눈이 감기니 귀까지 닫혀 버렸다. 그렇게 의식의 끈을 놓고 잠에 빠졌던 그녀는 갑자기 몸이 허공에 붕 뜨는 것 같은 느낌이 들어 인상을 찌푸렸다. 살짝 어지럽기도 한 게 몸이 이상했다.

'어. 왜 이러지? 속이 울렁거려.'

소령은 무엇이라도 붙잡기 위해서 무의식적으로 손을 뻗었다. 그러나 잡히는 것은 아무것도 없었다. 다시 손을 들어 이리저리 휘저었다. 하지만 역시나 손은 힘없이 아래로 툭 떨어졌다. 분명 그가 옆에 있을 텐데도 손을 잡아주지 않았다. 혹시 꿈을 꾸고 있는 건가. 아니면 가위에라도 눌린 건가. 그게 무엇이든 간에 겁이 나는 것은 어쩔 수가 없었다.

'그, 그는 어디 갔지? 왜 옆에 없는 거야?'

소령은 그를 부르기 위해서 입술을 달싹였다. 눈도 뜨려는데 눈꺼풀이 붙어버린 듯 떠지지가 않았다. 그때였다. 따뜻한 기운이 몸을 감싸더니 찰랑찰랑거렸다.

'찰랑거려? 무, 물인가.'

소령은 모든 감각을 이질감에 집중시켰다. 그러자 찰랑거리는 소리가 다시 들려왔다.

'아, 물이구나. 물?'

소령은 놀라서 눈을 번쩍 떴다. 몽롱한 정신으로도 지금 있는 곳이 침실이 아니라는 것을 알 수 있었다.

"깼어?"

소령은 귓가를 간질이는 목소리에 고개를 휙 돌렸다. 그가 바로 코앞에서 그녀를 내려다보고 있었다.

"어, 어떻게 된 거예요? 왜 우리가 여기에……."

소령은 욕탕에 왜 그들이 함께 들어가 있는지를 묻고 싶었지만 차마 입이 떨어지지가 않았다. 하지만 역시나 그는 눈치가 빨랐다.

"피로를 풀어주지 않으면 안 되니까."

"그, 그러면 전 나중에……."

그녀가 엉거주춤 몸을 일으켰다. 그와 목욕을 같이 한다는 것이 기분을 묘하게 했다. 하지만 그가 그녀를 끌어당기는 바람에 다시 안기고 말았다.

"안 돼. 이것 역시 우리에게 필요한 시간이야."

"그래도 이건 아니에요. 정말 부끄럽단 말이에요."

"이미 볼 거 다 본 사이야. 새삼 뭐가 부끄럽다는 거지?"

그녀도 그런 줄 알았다. 하지만 아니었다. 욕탕에 함께 몸을 담그고 있다는 것을 알았을 때, 제일 먼저 든 생각은 완전히 벌거벗겨졌다는 거였다.

"난 처음이란 말이에요. 다른 사람과 목욕하는 거."

"대중탕도 안 가봤나?"

"그들은 모르는 사람이잖아요."

몸을 섞은 상대보다 안면도 없는 사람을 더 편하게 여긴다는 뜻이었다. 어이가 없긴 하지만 재미있는 발상이긴 했다.

"내가 당신을 안다는 게 문제라면 날 목욕관리사라 생각해. 지금부터 성심성의껏 모실 테니까."

"아악!"

태민은 그녀를 번쩍 안아 들고 욕탕을 나왔다. 그리곤 샤워부스 밑에 그녀를 내려놓았다. 따뜻한 물속에서 조금이라도 피로를 풀어주려 했는데 아무래도 오늘은 샤워로 만족해야 할 것 같았다.

"지, 지금 뭐 하시려고요."

소령은 그가 바디워시를 타월에 묻혀서 거품을 내는 것을 보곤 뒤로 한 발자국 물러섰다. 설마 저것으로 그녀를 씻기려고 하는 것은 아닐 것이다. 그러나 그녀의 설마는 손을 뻗어오는 그로 인해 확실해졌다.

"아, 안 돼요! 그러지 말아요!"

그녀가 몸을 뒤로 빼며 손을 내저었다. 하지만 태민은 간단하게 그녀의 팔을 잡고서 몸을 씻기기 시작했다. 이리저리 몸을 비틀어보았지만 그는 놓아주지 않았다. 반항해도 소용없다는 것을 알게 된 소령은 눈을 질끈 감아버렸다. 그녀의 몸을 마치 제 몸처럼 구석구석 닦고 있는 것을 차마 볼 수가 없었다. 그러나 더 참을 수 없는 것은 그가 거품이 잔뜩 묻어 있는 몸을 맨손으로 마사지하고 있다는 거였다.

뭉쳐 있는 근육을 풀어주려 한다는 것을 안다. 하지만 그 느낌이 너무 야릇하고 흥분되어 입술이 제멋대로 신음을 토해내고 있었다. 소령은 그의 손이 다리 사이로 파고들자 힘을 꽉 주었다. 안 그래도 미칠 것 같은데 그곳까지 내어주면 그대로 무너지고 말 것이다.

"더는 아무 짓도 안 해. 긴장 풀어."

태민이 검은 숲으로 가려진 곳을 부드럽게 마사지하며 말했다. 그래도 소령은 다리에 힘을 풀지 않았다. 그가 한숨을 푹 내쉬더니 일어나 물을 틀었다. 이내 따뜻한 물이 머리 위로 쏟아졌다. 그제야 소령은 슬그머니 다리에 힘을 풀었다. 그런데 너무 힘을 주고 있었는지 종아리에 쥐가 났다.

"으윽!"

소령이 손으로 벽을 짚으며 휘청거리자 태민이 얼른 그녀를 붙잡으며 말했다.

"왜 그래? 어디 안 좋아?"

"쥐."

"응?"

"다, 다리에 쥐가 났다고요."

"뭐? 푸하하!"

태민은 그만 큰 소리로 웃고 말았다. 웃을 상황은 아니었지만 제 손을 피하려다 쥐가 났다는 게 은근 고소했다.

"우, 웃는 건 나중에 하고 쥐부터 풀어줘요."

"후훗. 그러지. 대신 하나만 약속해."

"아, 알았으니 말해요."

"나와 있을 때는 목욕도 함께야."

"아, 진짜 치사하게. 알았어요. 얼른 풀어줘요. 너무 아프단 말이에요."

태민은 울상이 된 그녀의 표정을 보고서야 사태의 심각성을 깨닫고 발끝을 그녀의 몸 쪽으로 밀며 마사지했다. 그제야 긴장된 근육이 풀린 듯 그녀의 표정이 편안했다. 그러다 갑자기 그녀가 큰 소리로 웃기 시작했다. 태민도 덩달아 웃음을 터뜨렸다. 홀딱 벗은 채로 쥐라니. 어이가 없긴 했지만 어색한 분위기는 한 방에 날려 버렸다.

소령은 창가에 서서 느긋하게 커피를 즐겼다. 태민이 볼일이 있다고 아침부터 나간 터라 한결 마음이 여유로웠다. 회의 참석차 장 대리가 오지 않았다면 아마 음악까지 틀어놓고 이 시간을 즐겼을 것이다.

"으음. 날씨가 정말 좋네요."

소령은 쏟아져 들어오는 햇살에 눈을 지그시 감으며 말했다. 입가에 사르르 미소가 번질 정도로 날씨가 매우 포근했다.

"네. 나른하니 잠도 오는 게 한숨 잤으면 좋겠네요."

"후훗. 그러게요. 저도 일하러 온 게 아니라 여행 온 거였으면 좋겠어요."

장 대리의 말에 소령도 맞장구를 쳤다. 계절마다 느낌이 다른 곳이 제주라더니 5월의 제주는 날씨부터가 화창하고 상쾌했다.

"그런데 민 비서님. 무슨 좋은 일 있어요? 오늘은 기분이 살짝 들떠 보이네요."

"어머. 제가 그랬나요?"

"네. 아주 많이요."

"하하하. 이곳 공기가 좋아서 그런가. 딱히 특별한 것은 없는데 이상하게 기분은 좋네요."

묘하게 신경을 자극하는 말이었다. 하지만 혜린은 내색하지 않았다. 여자의 직감이라고 할까. 어제와 오늘의 그녀는 어딘가 모르게 느낌이 달랐다.

"서울보다는 이곳 공기가 좋긴 하죠. 그런데 사장님은 어디 가신 거예요?"

"매각 건으로 알아볼 것이 있다고 나가셨어요. 출발한다는 연락받았으니 곧 도착하실 겁니다. 조금만 기다려 주세요."

"물론 기다릴 거예요. 사장님 보러 왔으니까."

약간 날이 선 목소리에 소령은 찻잔을 들고 테라스로 나가는 장 대리를 조용한 눈길로 좇았다. 여자인 소령이 부러워할 만큼 그녀는 매우 아름다웠다. 몸의 곡선은 말할 것도 없고 그런 몸을 받쳐 주고 있는 얼굴이며 시원스럽게 쭉 뻗은 다리까지. 어느 것 하나 빠지는 게 없었다. 그러니 남자라면 누구라도 그녀를 보며 침을 흘릴 게 뻔했다. 아마도 태민도 예외는 아닐 것이다. 그런 장 대리가 그에게 관심이 있다는 게 은근히 신경 쓰였다.

'그가 말한 볼륨 있는 몸매는 저런 것이겠지.'

소령은 그가 병원에서 한 말이 떠오르자 슬그머니 고개를 숙여 자신의 몸을 훑어보았다. 살이 찌거나 하진 않았지만 확실히 예쁜 몸매는 아니었다. 그의 말처럼 가슴 볼륨도 그저 그렇고. 소령은 한숨을 푹 내쉬었다. 이럴 줄 알았으면 운동이라도 열심히 할걸, 하는 생각마저 들었다.

"기다리게 해서 미안합니다."

"다녀오셨습니까!"

소령이 제 몸매에 대해서 실망하고 있을 때, 문이 열리더니 태민이 들어왔다. 깜짝 놀란 그녀가 벌떡 일어나며 말했다. 당황해서 그런지 목소리가 평소보다 크게 나왔다. 하지만 장 대리의 목소리는 농담을 던질 만큼 아주 여유로웠다.

"커피 마시면서 사장님을 기다리는 것도 나름 좋았습니다."

"다행이군요. 그럼 5분만 더 기다려요."

"네, 그러죠."

장 대리가 화사하게 웃으며 커피 잔을 들어 보였다. 마치 직장 상사가 아니라 친구를 대하듯 편안한 모습이라 소령은 그저 놀랍기만 했다. 침실로 들어갔던 태민이 곧 다시 모습을 드러냈다.

"자. 이제 시작합시다. 아, 민 비서. 나도 커피 한잔만."

"저도 한 잔 더 부탁드릴게요."

"알겠습니다."

"장 대리, 혹시 김영일 씨에 대해서 아는 것이 있습니까? 서류상에 나와 있는 것 말고."

"다른 거라면 그가 이곳 토박이고, 보육원을 꾸려 나가기 전에는 교편을 잡았다고 들었습니다. 꽤나 존경받는 분으로 학생들은 물론, 학부모까지 믿고 의지했던 모양입니다. 그 명성이 지금까지 이어져 오는 것이고요."

"그래서 다들 그를 선생님이라고 부르는 거군요. 그만큼 사람들에게 끼치는 영향도 크고. 하긴, 내가 보기에도 심성이 곧은 사람이더군요."

"언제 만나보셨나요?"

소령이 그들 앞에 커피 잔을 내려놓았다. 가볼 곳이 있다더니 거기였나 보다. 태민이 커피 잔을 들며 말했다.

“지금 거기서 오는 길입니다. 어떤 사람인지 한번 만나봐야겠기에 찾아갔더니 나를 친구 대하듯 반겨주더군요.”

“사장님이란 걸 알고서 그랬을 겁니다.”

“그렇지 않습니다. 그는 내가 관광객인 줄 알아요. 그렇게 말하니 의심하는 눈치는 아니었으니까.”

소령은 그제야 그가 카메라를 들고 나간 이유를 알았다. 처음엔 그걸 왜 들고 나가나 했더니.

“그래도 모르는 일입니다. 알고도 모른 척할 수 있으니까요.”

“그럴지도 모르죠. 그래서 말인데 장 대리가 그에 대해서 자세히 알아봐 줬으면 합니다. 만일 소문이 사실이라면 어떤 대책이 마련되지 않는 한 매입하는 건 불가능하니까.”

“알겠습니다.”

“아, 그리고 하나 더. 아들인 김태형 씨에 대한 조사도 부탁합니다.”

“김태형 씨는 이 일과 관련이 없는데요?”

“압니다. 하지만 김영일 씨와 얘기를 하다 보니 마음에 걸리는 게 하나 있더라고요.”

“어떤 게 말인가요?”

“아들을 위해서 보육원을 운영하게 되었다더군요. 그 말이 자꾸만 신경 쓰여서 무시할 수가 없습니다.”

“이상하네요. 서울에서 직장 생활을 하던 김태형 씨가 이곳으로 온 것은 불과 1년 정도밖에 안 된 걸로 아는데요. 보육원은 훨씬 이전부터 운영하고 있었고요."

"그 말을 들으니 더 궁금해지는군요. 부자 사이에 무슨 일이 있었는지."

"알겠습니다. 알아보도록 하죠. 아, 그리고 김 과장님은 김판석 씨와 황석일 씨가 매각하겠다는 연락이 와서 그쪽으로 가셨습니다."

"잘됐군요. 참, 임정혜 씨는 아무래도 시일이 걸릴 듯합니다. 집으로 찾아갔지만 만나지 못했다는군요. 다시 연락하기로 했으니 좀 더 기다려 봅시다."

"알겠습니다."

Rrrrr. Rrrrr.

태민의 휴대전화가 울렸다. 소령은 무심코 고개를 돌려 전화기를 바라보았다. 하지만 태민이 손에 드는 바람에 누군지 확인을 할 수가 없었다.

"월요일 오후에 조사한 내용으로 다시 진행합시다. 이곳 일을 빨리 마무리 지어야 하니 서둘러 주시고, 보고할 내용이 있으면 지체 없이 연락하세요."

태민이 제 할 말만 하고 테라스로 나가며 전화를 받았다. 소령은 통화를 하는 그를 불안한 눈빛으로 바라보았다. 문이 닫힌 상태라 내용은 알아들을 수 없지만 잔뜩 찌푸린 얼굴로 머리카락을 휘젓는 모습이 아무래도 좋은 일은 아닌 듯했다.

"설마 그 여자는 아니겠지."

"그 여자가 누군데요?"

"아우, 깜짝이야!"

소령이 흠칫 몸을 움츠리며 장 대리를 바라보았다. 혼잣말인데 그녀는 팔짱까지 낀 채로 대답을 기다리고 있었다.

"아무것도 아닙니다."

소령은 얼른 시선을 피하며 커피 잔을 치웠다. 그게 더 장 대리를 자극한 것인지 그녀에게 바짝 달라붙더니 은근한 목소리로 다시 말했다.

"지금 통화하는 사람이 사장님 애인인가요?"

"저는 아는 바가 없습니다. 설령 안다고 해도 그건 사장님의 개인사라 말씀드릴 수가 없습니다."

"그럼 어떤 여잔지만 말해줘요. 같은 여자로서."

장 대리는 참으로 끈질겼다. 소령은 침착하지 못했던 자신을 탓하며 한숨을 푹 내쉬었다. 상대가 그녀라는 보장도 없는데 가볍게 중얼거린 말 한마디에 그를 난처하게 했다는 것이 마음에 걸렸다.

"장 대리님, 혹시 사장님께 다른 마음 있으세요?"

"어머! 아직 눈치 못 채셨어요? 관심이 아주 많다고 드러내 놓고 광고했는데."

짐작은 하고 있었지만 막상 본인에게 직접 들으니 입안이 쓰디썼다. 진미경만으로도 머리가 복잡한데 장 대리까지. 그렇다고 태민이 제 남자라고 대놓고 말할 수 있는 처지도 아니었다. 상황이 이렇다 보니 이래저래 그녀의 마음만 무거웠다.

"그만 갈게요. 더 있어봐야 시간 낭비일 것 같네요."

"안녕히 가세요, 장 대리님."

간다는 소리가 이렇게 반가울 수가 없었다. 소령은 얼른 그녀를 배웅했다. 그런데 문을 나서다 말고 그녀가 다시 돌아섰다.

"근데 말이에요. 민 비서님은 제 라이벌 아니죠?"

"네?"

소령의 눈이 놀라서 휘둥그레졌다. 장 대리가 그런 질문을 하리라고는 전혀 예상치 못한 것이다. 그녀의 반응이 재미있다는 듯 장 대리가 씩 웃더니 말했다.

"뭐, 아니라고 믿어요. 설령 그렇다 한들 상관없지만. 갈게요."

사람의 심장을 들었다 놓은 장 대리는 손까지 흔들어 보이더니 사라졌다. 소령의 표정이 싸늘히 굳어졌다. 장 대리가 그녀의 마음을 눈치챈 것도 모자라 선전포고를 한 것이다. 소령은 그제야 밤바다에서 키스하는 연인들은 헤어진다고 했던 장 대리의 말이 무슨 의민지 알 수 있었다.

"음식이 입에 안 맞아? 왜 그렇게 못 먹는 거지?"

태민이 와인으로 목을 축이며 물었다. 음식 앞에서는 체면 따위 없이 늘 맛있게 먹던 그녀였다. 그런데 지금은 젓가락으로 깨작거리기만 할 뿐, 좀처럼 음식을 입에 대지 않고 있었다.

"군것질을 좀 했더니 입맛이 없네요. 속도 개운치 않고. 그런데 사장님은 왜 그렇게 못 드세요? 계속 와인만 드시고."

"나도 식욕이 없어."

"무슨 걱정 있으세요?"

소령이 아예 젓가락을 내려놓으며 물었다. 통화할 때부터 표정이 심상치 않더니, 그 여파가 지금까지 이어지고 있었다.

"내일 서울 갈 거야. 당신도 같이 갔으면 해."

"서울에는 왜……."

무심코 입을 열었던 소령은 말꼬리를 흘렸다. 그러지 말아야지 하면서도 서울이라는 말을 듣는 순간, 진미경이 떠올랐던 것이다.

"며칠 전에 친구가 입원을 했어. 그런데 오늘 퇴원했다는군."

"친구분이 어디가 안…… 좋으세요?"

소령은 불안한 마음을 애써 억누르며 물었다. 그날 진미경이 병원이 어쩌고저쩌고 하던 말이 떠올라서였다.

"머리를 좀 다쳤어."

"어머! 어쩌다가 그런 일이……."

소령이 놀라서 소리쳤다. 이제야 그가 갑자기 사라졌던 그날의 상황들이 이해가 됐다.

"그걸 모르니 답답해. 당사자도 기억 못하고."

"그래서 서울로 급히 가신 거군요."

"미안해. 당신에겐 알려주고 갔어야 했는데 경황이 없었어."

"새삼스레 사과는요. 이미 다 지난 일인데. 그보다 좋은 일도 아닌데 제가 동행을 해도 될까요?"

소령은 왠지 내키지가 않았다. 진미경이 그녀를 보고 반겨줄 리도 없거니와 또, 아픈 사람 약 올리는 것 같은 기분도 들어서.

"박상진이라고 기억나?"

"네. 기억나…… 설마! 그분인가요? 박상진 씨?"

불쑥 떠오르는 생각에 소령이 놀라서 소리쳤다. 당연히 진미경이라 생각했는데 그게 아니라면 제대로 헛다리를 짚은 것이다.

"맞아. 그 친구야."

"하아. 그랬구나. 진미경 씨가 아니었구나."

"여기서 왜 그 여자 이름이 나오지?"

태민이 불쾌감을 드러내며 목소리를 낮게 깔았다. 소령은 그제야 마음의 소리를 무심코 입 밖으로 내뱉었다는 것을 알고서 무겁게 입술을 달싹였다.

"그날, 진미경 씨에게서 전화가 왔어요. 제가 대신 받았는데 울먹이면서 병원이라고 하더군요. 그래서 전, 진미경 씨가 입원한 거라고 생각했어요."

'제발 더는 묻지 말아요. 너무 부끄러워서 입도 안 떨어지니까.'

소령은 이대로 그냥 넘어가 주길 간절히 바라며 와인 잔을 들어 목을 축이는 그를 바라보았다. 이윽고 그가 잔을 내려놓으며 말했다.

"그런 일이 있었군. 그런데 왜 내게 말하지 않았을까. 참고 있을 여자가 아닌데."

"그건 말할 기회가……."

"아니. 당신 말고 진미경이 말이야."

올 것이 왔구나, 라는 심정으로 입을 열었던 소령은 난데없는 소리에 멍하니 입을 열었다.

"그게 무슨……."

"난, 누가 내 핸드폰을 손대는 걸 무척이나 싫어해. 사생활을 침해당하는 것 같아서. 그러한 사실을 진미경도 잘 알고 있지. 그러니 당신이 내 전화를 받았다면 분명 화를 냈을 거야. 당신뿐만 아니라 내게도. 그런데 아무 말이 없더라고."

소령은 조용히 숨을 토해냈다. 그에게 그런 민감한 사항이 있을 줄이야. 그녀와 통화를 안 했기에 망정이지 했더라면 어떤 독설을 들었을지 생각하는 것만으로도 등골이 오싹했다. 그래도 오해는 풀어줘야 했기에 소령은 입술을 열었다.

"진미경 씨는 통화 상대가 사장님인 줄 알 거예요. 제가 듣기만 하고 전화를 끊어버렸거든요."

당신을 오해해서요. 라는 말은 차마 덧붙일 수가 없었다.

"그랬군."

"미안해요. 함부로 핸드폰을 만져서."

"됐어. 알고 한 일도 아니고. 내일 아침밥 먹고 출발할 수 있게 준비해 둬."

"알겠습니다."

Rrrrr. Rrrrr.

다시 젓가락을 드는데 그녀의 휴대전화가 울렸다. 발신자를 확인한 소령이 전화를 받기 위해서 자리에서 일어나려는데 태민이 무뚝뚝한 목소리로 입을 열었다.

"그냥 받아."

소령은 어떻게 할까 잠시 망설이다가 그냥 전화를 받았다. 차라리 불편한 게 낫지. 그가 오해하는 것은 싫었다.

"네, 진하 씨. 잘 지냈어요?"

[잘 지냈겠어? 내가 전화를 하지 않으면 목소리도 들을 수가 없는데. 그렇게 바빠?]

"미안해요. 일이 좀 많았어요."

[물론 그렇겠지. 밥은 먹고 하는 거야?]

"네. 진하 씨는 저녁 먹었어요?"

소령이 그의 눈치를 슬쩍 보며 물었다. 그녀에게는 신경조차 쓰지 않은 채 느긋한 자세로 와인을 마시고 있었다. 그런데 왜 그 모습이 화가 난 것처럼 보이는지 모르겠다.

[아니, 아직. 이제 먹어야지.]

"배고프겠다. 어서 먹어요. 저도 지금 먹는 중이었어요."

[그랬구나. 지금 뭐 먹고 있는데?]

"스테이크요."

소령은 이로 살짝 입술을 깨물었다가 대답했다. 밥을 핑계로 전화를 끊으려고 했는데 계획이 틀어진 것이다.

[맛있겠네. 난 직원들이랑 삼겹살에 소주 한잔하기로 했는데.]

"그럼 어서 가세요. 직원들 기다리는 거 싫어해요."

[후훗. 그래, 알았어. 아, 소령아.]

"네?"

[나, 내일 제주에 내려가려는데 시간 돼?]

"어? 나 내일 서울 가는데. 여긴 무슨 일로 오는데요?"

[일은 무슨. 소령이 보러 가는 거지.]

"그럼 서울에서 봐요. 집에 가서 전화할게요."

[그래, 알았어. 집에 오면 전화해. 24시간 망부석처럼 대기하고 있을 테니까.]

"하하하. 네. 전화할게요. 이제 그만 끊고 밥이나 먹으러 가요. 저도 밥 먹을래요."

[오케이. 그럼 내일 보자.]

"네. 술 많이 마시지 말고 밥은 꼭 챙겨 먹어요."

[후훗. 네. 그렇게 하죠, 공주님. 밥 맛있게 먹어. 그만 끊을게.]

"네."

소령은 전화가 끊어진 걸 확인하고 나서야 귀에서 전화기를 뗐다. 안 그래도 내일 서울에 가면 얼굴이라도 보고 올 생각이었는데 엇갈리지 않아서 다행이었다.

"그 사람과 오래 알고 지냈나?"

그가 빈 잔에 와인을 따르며 물었다. 소령은 뜬금없이 진하에 대해서 물어오자 신경이 바짝 곤두섰다.

"제 인생의 반 이상을 함께했으니 오래됐죠. 그런데 그건 왜 물어보세요?"

"가족끼리 친분이 있는 건가?"

묻는 말에는 대답도 없이 그가 다시 묻고 있었다. 마치 호구조사라도 하는 것처럼.

"네. 부모님들이 친구세요."

"그렇다면 어릴 때부터 봤다는 소린데 왜 오빠라고 부르지 않지? 그럴 경우 대부분 오빠라는 호칭을 사용하지 않나?"

틀린 말은 아니었다. 소령도 처음엔 그를 오빠라고 불렀으니까. 하지만 대학생이 되고부터는 그를 진하 씨라고 불렀다. 딱히 이유가 있는 것은 아니었다. 장난처럼 불렀던 그 호칭을 진하가 마음에 들어 하면서부터 부르게 됐으니까. 그런데 왜 이런 걸 묻는 걸까? 궁금한 사항도 아닐 텐데.

"진하 씨가 그렇게 불러주길 원했어요. 저도 그렇게 부르는 것이 편했고요. 사실 오빠라고 불렀을 때는 철이 없을 때라 그런지 버릇이 없어지더라고요."

"그에게 그렇게 요구할 만한 다른 이유가 있었겠지."

"에이. 다른 이유랄 게 뭐 있어요. 지금도 철부지 꼬맹이로밖에 안 보는데."

"글쎄. 과연 그럴까."

태민은 단숨에 잔을 비웠다. 와인 특유의 달콤함이 입안을 가득 적셨다. 그런데도 입안이 소태 씹은 것마냥 쓰디썼다. 아주 불쾌할 정도로.

"후훗. 점점 더 미친개가 되어가는군."

태민은 품 안에서 곤히 잠든 그녀를 부드러운 눈길로 바라보았다. 입가에 미소를 살짝 머금은 채 자는 모습이 너무나 사랑스러웠다. 아니, 그녀의 모든 것이 그의 심장을 쥐고 흔들었다. 심지어 손가락을 살짝 오므리고 있는 이 작은 손마저도. 태민은 깔끔하게 다듬어진 손을 거머쥐고서 살며시 입맞춤을 했다.

그의 인생을 통틀어 누군가를 이렇듯 원해보기는 처음이었다. 만약, 결혼을 한다고 해도 사랑은 아닐 거라고 생각했다. 그저 편한 상대면 그만이라고 생각했으니까. 그런데 어느 순간부터 그의 옆에는 늘 진미경이 있었다. 욕심이 많다는 건 알고 있었지만 귀찮게 하지 않아서 좋았다. 그러다 보니 결혼 상대로 그녀라면 괜찮지 않을까, 라고 생각하게 된 것이다. 그런데 생각지도 못한 일이 엉뚱한 곳에서 터져 버렸다.

"빌어먹을!"

태민은 울컥, 하고 무언가가 가슴을 꽉 막아버리자 침대를 벗어났다. 담배라도 피우지 않으면 가슴이 터질 것 같았다.

"후우."

태민은 길게 숨을 내뱉으며 연기를 내뿜었다. 알싸한 담배 향이 주위를 맴돌았다. 이제는 습관처럼 입에 물게 된 담배였다. 그래서인지 담배 한 개비가 모두 재가 되었지만 답답한 속내는 그대로였다. 다시 담배를 꺼내 물려던 그는 생각을 바꿔 곧장 침실로 향했다. 그리고 벗어두었던 옷을 챙겨 입고서 그녀를 깨웠다. 하지만 깊이 잠이 든 그녀는 좀처럼 일어나지 않았다.

"민소령, 일어나 봐. 갈 데가 있다니까!"

"좀 내버려 둬요. 피곤해 죽겠단 말이에요!"

눈도 뜨지 않은 채 불만의 소리를 뱉어내는 말을 못 들은 척 다시 깨웠지만, 역시나 그녀는 눈을 뜨지 않았다.

"안 일어나면 이대로 안고 갈 수밖에."

태민은 알몸인 그녀를 얇은 시트로 감싼 다음 그대로 안아 들었다. 그제야 사태의 심각성을 깨달았는지 그녀가 눈을 번쩍 뜨더니 발버둥을 치기 시작했다.

"아악! 뭐, 뭐 하시는 거예요. 얼른 내려줘요!"

"이미 늦었어. 기회를 줬을 때 일어났어야지."

"무슨 기회요? 피곤한 사람을 지금 어디로 데려가는 거예요?"

"가보면 알아. 그러니 얌전히 있는 게 좋을 거야. 뭐, 큰 소리로 사람들을 깨우고 싶다면 그렇게 하든가. 나야 아무래도 상관은 없지만 당신은 좀 곤란하겠지?"

그가 능글맞게 웃었다. 소령은 너무 기가 막혀 그를 노려보았다. 그러다 문이 열리는 소리가 천둥처럼 귓가로 파고들자 황급히 소리쳤다.

"옷! 옷이라도 입고 가요!"

"이미 늦었다고 했을 텐데."

"그, 그럼 옷이라도 가져가요. 네? 이러고 다닐 수는 없잖아요!"

그녀가 고함을 질렀다. 하지만 그는 아랑곳없이 엘리베이터에 몸을 실었다. 소령은 입술을 질끈 깨물었다. 아예 귀를 닫기로 한 건지 그녀의 말을 들으려고도 하지 않았다. 그러는 사이 엘리베이터가 주차장에 도착했다. 이대로 여길 벗어나면 그야말로 끝장이었다. 소령은 다시 한 번 목소리에 힘을 실어 말했다.

"정말 이럴 거예요?"

"자. 도착하면 깨울 테니까."

그가 보조석에 그녀를 내려놓더니 착실하게 안전벨트까지 채웠다. 소령은 그가 하는 것을 그저 노려보았다. 어떤 말을 한다고 해도 들어줄 것 같지가 않았다. 이윽고 그가 운전석에 앉더니 시동을 걸었다. 그녀의 화난 눈길이 그에게 꽂혔지만 차는 어김없이 주차장을 빠져나갔다. 이제는 정말 돌이킬 수 없게 된 것이다.

'치. 옷이라도 가져오지. 이 꼴이 뭐야. 사람 민망하게.'

소령은 노려보던 시선을 거두고 등받이에 머리를 털썩 기대고 눈을 감아버렸다. 제아무리 시트로 몸을 감추고 있다지만 옷을 다 갖춰 입은 그의 앞에서 나신으로 있다는 게 몹시도 부끄러웠다.

'왜 조용하지.'

괜한 실랑이를 하고 싶지 않아 그녀의 말을 무시하며 앞만 보고 운전에 집중하고 있던 태민은 옆자리가 조용하자 슬며시 고개를 돌렸다. 그러다 그녀의 고개가 옆으로 픽 꼬꾸라지는 것을 보고선 얼른 손바닥으로 머리를 받쳤다. 가는 길 내내 투덜거리는 소리로 귀가 따가울 줄 알았는데 그녀는 어느새 잠이 들어 있었다. 많이 피곤하긴 한가 보다.

"후훗. 자는 모습하고는."

태민의 입가에 잔잔한 미소가 번졌다. 그에게 못다 푼 화가 잠결에도 영향을 미치는지 그녀는 미간을 살짝 찡그린 채 자고 있었다. 태민은 그 모습조차 사랑스러워 손가락으로 살며시 볼을 쓸었다. 사랑에 눈이 멀면 세상이 온통 아름답게 보인다더니 콩깍지가 씌어도 단단히 씐 것이다.

한적한 도로를 거침없이 달리던 그는 바다가 한눈에 내려다보이는 곳에 차를 세웠다. 잠시 후, 어두웠던 하늘에 새벽빛이 서서히 스며들고 있었다. 차에서 내린 태민은 안전벨트를 풀고 그녀를 안아 들었다. 깊이 잠이 든 것인지 그의 무릎 위에 앉히는 동안에도 그녀는 깨어나지 않았다. 태민이 그녀의 입술에 입을 쪽 맞추고서 나지막한 목소리로 귓가에다 대고 속삭였다.

"일어나, 민소령. 눈뜨지 않으면 후회할 거야."

"으음. 하지 마요!"

곤하게 자는 잠을 다시 방해받은 게 짜증나는지 그녀가 볼멘소리를 하며 몸을 틀었다. 하지만 태민은 그녀를 다시 깨웠다. 안 보면 틀림없이 후회할 것이다. 아니, 오히려 그에게 화를 낼 것이다.

"잠꾸러기 아가씨야. 그만 눈 떠. 여기서 확 잡아먹히기 싫으면."

"아앗! 뭐예요!"

태민이 코를 손가락 사이에 끼우고서 살짝 잡아당기자 그녀가 눈을 번쩍 떴다. 그리곤 이게 무슨 짓이냐는 듯 그를 노려보았다. 하지만 태민은 생긋이 웃으며 그녀의 턱을 잡고서 앞을 보게끔 고개를 돌렸다.

"아, 아프단 말이…… 와아! 해가 뜨려나 봐요!"

소령은 눈을 휘둥그레 뜨고서 소리쳤다. 탁 트인 바다의 끝에서 한줄기 빛이 어둠을 가르며 붉게 피어오르고 있었다. 너무나 아름다운 모습에 소령은 할 말을 잃고 말았다.

붉은 꽃을 담기에는 바다가 너무 작은 듯 더욱더 붉은 핏빛으로 물들어갔다. 세상에 하나밖에 존재하지 않는 뜨거운 열꽃. 어떤 말로도 이 존재를 표현하기에는 역부족일 것이다. 아마 평생 동안 이 꽃을 눈으로 직접 보지 못한 사람도 있을 것이다. 그녀도 이렇듯 생생하게 보는 것은 오늘이 처음이니까. 존재하면서도 만질 수 없는 오묘한 빛이 만들어내는 신비의 꽃. 너무나 아름다워 그녀의 눈가에 작은 이슬들이 맺혔다. 태민은 이것을 보여주기 위해서 그녀를 데려온 것이다. 소령은 그에 대한 사랑으로 가슴이 꽉 차오르자 태민을 꼭 끌어안았다.

"고마워요. 이렇게 아름다운 선물을 내게 줘서."

"감동하는 당신을 보니 오길 잘했군."

그의 고개가 천천히 내려왔다. 소령은 기꺼이 입술을 열어 그를 맞았다. 부드럽게 침범한 열기가 입안을 휘젓고 다니자 서로의 숨결이 거칠게 얽혀들었다. 몸이 뜨거워지고 호흡 소리가 거칠어질수록 더 큰 갈망으로 목이 타들어갔다.

"허윽!"

소령은 한기가 느껴지는 차가운 공기에 눈을 번쩍 떴다. 어깨를 감싸고 있던 시트 자락이 흘러내려 가슴을 훤히 드러내 놓고 있었다. 그러나 이내 더운 공기가 내려앉더니 정점을 시작으로 열꽃이 피기 시작했다. 그녀는 무의식적으로 손을 뻗어 그의 머리를 꽉 끌어안았다. 보는 사람이 없는 새벽이었지만 공개된 장소라는 특성 때문인지 몸이 느끼는 쾌락의 강도는 훨씬 셌다.

"아윽!"

그가 삼켜 버릴 듯 유두를 세게 빨더니 돌연 이로 질끈 깨물었다. 짜릿한 쾌감에 허리가 꺾이고 손이 바들바들 떨리는 게 미치게 좋았다. 이런 그녀의 반응이 마음에 드는지 그가 고개를 들더니 쿡쿡 웃었다. 다른 날 같았으면 웃지 말라고 소리라도 질렀을 텐데 지금은 아무것도 할 수가 없었다. 그저 숨을 헐떡이는 것 외에는.

"맛있어. 당신 가슴. 꿀물처럼 아주 달콤해."

그가 혀로 정점을 부드럽게 핥아 올리더니 입안에 넣고 쪽 빨았다. 소령은 몸을 파르르 떨며 그의 어깨를 꽉 붙잡았다. 낯부끄럽게도 몸 안 깊숙한 곳으로부터 그를 느끼고 싶다는 갈증으로 몸이 뒤틀렸다. 그것도 이 자리에서 지금 당장.

"눈 떠. 민소령."

그가 눈꺼풀에 입을 맞추더니 나지막이 중얼거렸다. 하지만 선뜻 눈을 뜰 수가 없었다. 눈을 뜨게 되면 그를 원하는 그녀의 마음을 고스란히 들키고 말테니까.

"눈 떠서 날 봐."

그가 다시 중얼거렸다. 그녀는 어쩔 수 없이 눈꺼풀을 들어 올렸다. 그러자 금방이라도 집어삼킬 것 같은 눈빛이 바로 눈앞에 있었다. 소령은 저도 모르게 마른침을 꿀꺽 삼켰다. 하나가 되고 싶은 마음은 그녀만이 아닌 것이다. 태민이 짧지만 강렬하게 입맞춤을 하더니 말했다.

"당신과 사랑을 나누고 싶어. 그런데 여기는 아니야."

소령은 붉어진 얼굴로 고개를 끄덕였다. 이미 알고 있었기에 실망하지는 않았다. 그리고 이것이 마지막도 아니었다. 그들이 함께하는 동안에는 얼마든지 하나가 될 수 있었으니까. 그들이 열정에 몸을 맡기는 동안 바다를 태워 버릴 듯 붉게 타들어가던 기운은 어느새 대지를 환하게 비추고 있었다.

"아, 이제 어떡해요. 사람들 막 돌아다닐 텐데."

소령의 얼굴이 울상이 되고 말았다. 어리석게도 주차장에 도착해서야 자신의 몰골이 어떤지 깨달은 것이다.

"그러게 깨울 때 일어났으면 좋았잖아. 왜 고집을 부려."

"누가 고집을 부렸다고 그래요. 피곤해서 그런 거지. 그리고 내가 옷 가져가자고 했을 때, 무시한 건 사장님이잖아요."

소령이 억울해서 소리쳤다. 몇 번이나 말했지만 그는 들은 척도 하지 않았다. 그런데 이제 와서 이 모든 사달의 원인이 그녀에게 있다고 말하고 있었다. 그것도 아주 느긋하게 앉아서 미소까지 지은 얼굴로. 그게 더 그녀를 약 올렸다.

"그래서 지금 거기 다녀온 걸 후회해?"

"누가 그렇대요. 여기서 나갈 방법을 찾아보라는 거지."

"방법은 무슨. 그냥 나왔던 것처럼 들어가면 되지."

태민이 차에서 내리더니 보조석으로 와 문을 열었다. 소령은 너무 놀라서 버럭 소리를 질렀다.

"미쳤어요! 그게 무슨 말도 안 되는 소리예요!"

"그럼 미친 짓 한번 해보지 뭐. 아주 재미있을 것 같은데."

태민은 그녀를 번쩍 안아 들었다. 놀란 그녀가 내려달라고 발버둥을 쳤다. 하지만 그는 생긋이 웃기만 할 뿐, 걸음을 멈추지 않았다.

"헉! 난 몰라."

1층에 멈춰 선 엘리베이터의 문이 열리자 소령은 황급히 그의 가슴에 얼굴을 묻었다. 아무도 타지 않길 바랐는데 호텔 지배인을 비롯해 2명이나 더 있었다. 그들도 태민에게 안겨 있는 소령을 보곤 흠칫 놀라고 있었다. 그중에 지배인만이 태연스럽게 행동하며 입을 열고 있었다.

"안녕하십니까. 한태민, 사장님."

"네. 지배인님. 좋은 아침입니다."

태민도 자연스럽게 지배인의 인사를 받았다. 그리고 이어진 지배인의 말에 소령은 하마터면 고함을 지를 뻔했다.

"부인께서는 좀 어떠십니까. 응급처치는 잘 받으셨습니까?"

"네. 덕분에 무사합니다."

소령은 입술을 지그시 깨물었다. 두 사람은 마치 잘 짜여진 각본처럼 아주 능청스럽게 대화를 주고받고 있었다. 그 덕분에 이제는 다른 사람들까지도 그녀가 아픈 줄 알았다.

"다행입니다. 다음부터는 미리 대비하는 것이 좋겠습니다."

"그렇게 하도록 하겠습니다. 그리고 물의를 일으켜서 죄송합니다."

"그 마음 충분히 이해합니다. 그럼, 좋은 시간 되십시오."

"감사합니다."

지배인이 손수 그들이 머물고 있는 층까지 안내한 다음 돌아갔다. 소령은 얼굴이 불에 덴 듯 화끈거려 차마 고개를 들 수가 없었다. 만일, 그 자리에 지배인이 없었다면 꼼짝없이 망신을 당했을 것이다.

"같이 씻을까?"

"됐거든요!"

그가 내려놓자 소령은 앙칼지게 쏘아붙이고서 욕실로 향했다. 그녀는 화가 나 죽겠는데 아무 일도 없었다는 듯이 능청스럽게 말하는 것이 너무 얄미웠다.

"아침은 어떻게 할 거지?"

"전, 생각 없으니까 알아서 드세요!"

고함 소리에 이어 문이 쾅 닫혔다. 아무래도 화가 단단히 난 모양이다. 태민은 욕실 문을 바라보며 한숨을 푹 내쉬었다. 사실 주차장에 도착하기 전까지는 방으로 가서 그녀가 입을 옷을 챙겨올 생각이었다. 시트 자락만 걸치고 있는 그녀의 모습을 다른 사람이 보는 게 싫어서.

그런데 어찔 줄 몰라 하는 그녀를 보고서 슬쩍 장난기가 발동을 한 것이다. 그리고 어쩌면 운이 좋아 다른 사람과 부딪치지 않고 방으로 돌아갈 수도 있지 않을까 생각하면서. 그런데 거기서 지배인과 딱 마주칠 줄이야. 다행히 눈치가 빠른 사람이라 무사히 위기를 모면할 수 있었지만 문제는 지금부터였다.

"이제 그녀의 화를 어떻게 풀어준다."

태민은 벌써부터 골치가 아파 머리가 지끈거렸다. 장난친 것을 뒤늦게 후회하며.

CHAPTER 8

택시에서 내린 소령은 햇살을 받아 반짝거리는 건물을 멍하니 올려다보았다. 3층 정도 되는 그 건물은 전체가 유리로 되어 있어 마치 거울처럼 세상을 비추고 있는 듯했다. 단 하나. 리더스라는 간판만이 그곳이 어떤 곳인지를 말해주고 있었다.

"친구가 여기 있나요?"

소령은 건물에서 시선을 떼지 않은 채 물었다. 눈으로 보기에는 아름답긴 하지만 날아다니는 새들에게는 치명적인 무기가 될 수도 있는 곳이라 그다지 마음에 들지는 않았다.

"응. 눈부시지?"

"네. 금방이라도 유리 조각들이 와르르 쏟아질 것 같아요."

"후훗. 그럴 리 없으니까 걱정 마. 모두 특수 제작된 강화유리야."

소령은 유리값만도 엄청 나겠군요, 라는 말은 애써 삼켰다. 지금은 제 코가 석 자라 그런 말을 할 때가 아니었다.

'하아. 진짜 떨린다.'

소령은 손끝이 파르르 떨리자 주먹을 꽉 쥐었다가 폈다. 이제 곧 그의 친구들을 만난다고 생각하니 설레기도 하고 불안하기도 하는 게 좀처럼 마음이 진정되지 않았다.

"당신답지 않게 긴장하는군. 좋은 녀석들이니 마음 편히 가져."

태민이 그녀의 손을 꼭 잡아주었다. 하지만 소령은 슬그머니 그의 손에서 벗어났다. 막상 따라오긴 했지만 잘한 일인지 아직도 알 수가 없었다. 그가 무슨 마음으로 이곳으로 그녀를 데려왔는지 또, 그녀가 어떤 자격으로 이 자리에 서 있는지도 모르는 상태였다.

"가지. 놀라는 표정들이 궁금하군."

태민이 그녀의 손을 잡더니 성큼 걸음을 뗐다. 소령은 깜짝 놀라서 그의 손을 확 뿌리쳤다. 그가 살짝 찡그린 얼굴로 그녀를 바라보았다.

"방금 한 소리 뭐예요? 설마, 친구들이 우리가 오는 거 모르고 있는 건가요?"

"그래. 말 안 했어. 연락하면 분명 오지 말라고 했을 테니까."

"아니. 그렇다고 무작정 들이닥치면 어떡해요. 저랑 함께 가면서!"

"그게 뭐 어때서. 늘 하던 짓인데."

소령의 표정이 싸늘해졌다. 그에게 여자가 진미경, 하나뿐이었을 거라고는 생각하지 않았다. 그 정도 남자라면 여자들이 가만두지 않았을 테니까. 하지만 늘 하던 짓이라는 말까지 할 정도로 여자가 많았을 줄은 몰랐다.

“이렇게 불쑥 쳐들어오는 게 늘…… 하던 짓이라고요?”

“그래. 이렇게 가끔씩 깜짝 이벤트를 해줘야 사는 게 지루하지 않지.”

그의 말을 들으면 들을수록 어처구니가 없어서 화가 났다. 그러니 나가는 말이 고울 리가 없었다.

“그걸 지금 말이라고 해요? 아니, 사장님은 놀랄 일이 없으면 인생이 지루한가 보죠? 그런데 전 빼주세요. 일부러 놀라게 할 만큼 인생이 지루하지 않으니까.”

소령은 톡 쏘아붙이고서 등을 돌렸다. 그녀의 존재가 그런 용도로 쓰이는 거라면 동참할 수 없었다. 태민은 홱 돌아서서 가는 그녀를 얼른 붙잡았다. 그녀의 표정으로 보아 무언가가 잘못되어 가고 있었다.

“어딜 가는 거지?”

“사장님 장난에 동참하고 싶지 않아서 집에 가는 거예요.”

“아침에 있었던 일 때문에 아직도 화가 난 건가? 그렇다면 내가 사과하지. 미안해. 그만 화 풀어.”

소령이 그를 노려보았다. 긴장감으로 잠시 잊고 있었는데 아침에도 그의 장난 때문에 곤욕을 치렀던 것이다.

“사장님은 상대방을 곤란하게 하는 게 재미있나요?”

“그런 걸 재미있어 할 만큼 당신에게는 내가 나쁜 놈인가 보군.”

“그런 말이 아니잖아요. 아니, 됐어요. 그만하죠!”

"그만 들어가. 녀석들 나오기 전에."

소령은 대꾸할 말이 없었다. 분명 집에 간다고 했는데도 저런 말을 하다니. 그녀가 가만히 서 있자, 태민이 그녀의 손을 잡아끌었다. 손목이 욱신거릴 정도로 세게 잡는 것을 보니 집에 간다고 고집을 부려도 놔줄 것 같지가 않았다.

"표정 풀어. 녀석들이 걱정해."

"알았으니 손이나 놔줘요. 아파요."

"도망 안 갈 거지?"

"안 가요."

그가 슬그머니 손아귀의 힘을 풀었다. 소령은 빨개진 손목 자국을 내려다보며 한숨을 삼켰다. 지금 이게 뭐 하는 짓인가 싶은 게 제가 생각해도 어이가 없었다. 태민을 따라 리더스로 들어가자 아직 이른 시간이라 그런지 손님은 한 사람도 없었다.

"아무도 없는 것 같은데요."

"3층에 있나 보군."

"전 층을 다 쓰는 거예요?"

소령의 눈이 휘둥그레졌다. 1층만으로도 만만치 않은 공간인데 3층이라는 말까지 들으니 대체 이 술집의 규모가 얼마나 되는 건가 싶어서 조금 놀랐다.

"재혁의 생활공간이 3층이야."

"아, 그렇구나."

그제야 납득이 된 소령은 3층으로 올라가는 그의 뒤를 따랐다. 두근두근 거칠게 뛰는 심장을 손바닥으로 꽉 누르고서. 3층에 도착한 태민이 벨을 눌렀다. 소령은 마음의 고삐를 단단히 틀어쥐고서 문이 열리길 기다렸다. 이윽고, 굳게 닫혀 있던 문이 벌컥 열렸다. 그런데 문을 연 사람은 예상 밖의 인물이었다.

"어서 와, 태민 씨."

미경이 생긋이 웃으며 들어가라는 듯 한쪽으로 비켜섰다. 태민의 얼굴이 사납게 일그러졌다.

"너, 여기서 뭐 해?"

"뭐 하긴. 친구들 보러 왔지."

"여기가 어디라고 네까짓 게 와. 당장 돌아가!"

태민이 눈을 부라리며 으르렁거렸다. 하지만 미경은 가소롭다는 듯이 웃을 뿐이었다. 기분 나쁜 눈길로 소령을 흘끗 쳐다보면서.

"내 말 안 들려. 당장 꺼지라고!"

태민이 미경의 팔을 움켜잡고 확 밀쳤다.

"아앗!"

"으윽!"

무방비 상태로 입구에 서 있던 소령은 떠밀려 온 그녀와 부딪치면서 바닥에 털썩 주저앉고 말았다. 넘어지긴 미경도 마찬가지였다. 그때, 안에서 누군가가 뛰쳐나오는 소리가 들렸다.

"누가 왔는데 이렇게 소란스러워…… 어! 태민아!"

"미경아!"

재혁이 태민을 보고 놀라는 사이 상진이 넘어진 미경을 일으켜 세웠다. 소령만 덩그러니 주저앉은 채 고개를 푹 숙였다. 왜 이런 꼴로 여기에 앉아 있나 싶은 게 괜스레 서글퍼졌다.

"괜찮으세요?"

재혁이 얼른 그녀에게 다가가며 물었다. 소령은 엉거주춤 몸을 일으키며 고개를 끄덕였다.

"네. 괜찮습니다."

"정말 괜찮은 거야?"

태민이 그녀의 팔을 잡아주며 물었다. 소령은 만신창이가 되었지만 고개를 가로저으며 말했다.

"괜찮아요."

"아픈 데 없는지 잘 살펴봐. 나중에 고생하지 말고."

"네."

소령은 살포시 미소까지 지었다. 상황이야 어찌 됐던 친구들 앞에서 그를 난처하게 할 수는 없으니까. 하지만 속으로는 그를 향한 분노로 이를 바드득 갈았다.

"다들 안으로 들어가자. 들어가세요."

재혁의 말에 상진이 미경을 안고 안으로 들어갔다. 하지만 태민과 소령은 움직이지 않았다. 그러자 재혁이 그의 등을 떠밀며 말했다.

"들어가. 이대로 돌아가면 상진이가 불안해할 거야."

"빌어먹을!"

태민이 나지막이 욕을 내뱉더니 그녀의 손을 잡고서 안으로 성큼성큼 들어갔다. 그 바람에 소령도 얼떨결에 안으로 들어오고 말았다. 그리고 미경과 눈이 마주치는 순간, 서 있는 곳이 가시밭길이란 걸 알았다.

'왜 저렇게 노려보는 거야. 내가 뭘 어쨌다고.'

그녀를 노려보는 미경의 눈빛은 싸늘하다 못해 뾰족하게 솟은 고드름마냥 소령의 심장을 푹푹 찔렀다. 그런 반면, 상진은 처음 봤을 때와는 다르게 그녀를 보며 화사하게 웃고 있었다. 소령은 고개를 까닥거려 인사했다.

"앉아. 왜들 서 있어. 앉으세요."

재혁이 태민을 소파 쪽으로 밀어 앉혔다. 소령은 이래저래 마음이 편치 않아서 그저 멀뚱히 서 있었다. 그러자 재혁이 그녀 앞에 불쑥 다가오더니 활짝 웃으며 말했다.

"당신이군요. 한 남자를 미치게 만든 장본인이."

"그게 무슨……?"

소령이 얼떨떨한 표정으로 바라보자, 재혁이 생긋이 웃더니 다시 입을 열었다.

"민소령 씨죠? 만나서 반갑습니다. 태민이 친구, 김재혁입니다."

"저, 저를…… 아세요?"

소령은 말끝이 살짝 떨리자 입술을 질끈 깨물었다. 노처녀가 맞선 자리에 나온 것도 아닌데 그가 그녀를 알고 있다는 것이 조금 놀라웠다.

"당연히 알고 있어야죠. 천하의 한태민을 미친개로 만든 대단한 분인데."

소령의 얼굴이 서서히 굳어졌다. 미친개는 뭐고 또, 미친개를 만든 사람은 또 무슨 뜻인지 알 수가 없었다. 웃고 있는 표정으로 보아 비꼬는 말은 아닌 것 같은데 가히 듣기 좋은 말도 아니었다.

"아! 오해하지 마세요. 이건 칭찬입니다."

"그런가요."

"당신 칭찬한 거 맞아. 더불어 날 놀린 거고."

"아, 자식. 역시 눈치가 빠르단 말이야. 일단 앉으세요, 소령 씨."

재혁이 그녀를 끌어다 태민의 옆에 앉혔다. 소령이 슬쩍 미경을 쳐다보았다. 미경도 그녀를 보고 있었는지 표정이 일그러졌다. 아마도 소령이 그의 옆에 앉아 있는 게 못마땅한 듯했다. 그렇다고 본인이 앉을 수 있는 것도 아니면서.

"반가워요, 소령 씨."

"안녕하세요, 상진 씨. 또 뵙네요."

소령이 그에게 인사를 되돌렸다. 그러자 상진이 몸을 흠칫거리더니 입을 열었다.

"우리가 만난 적이 있군요?"

"네. 한 번 뵌 적이 있는데 기억 안 나세요?"

"죄송합니다. 제가 머리를 다쳐서 기억이 잘……."

상진이 미안한 듯 말꼬리를 흘렸다. 소령은 고개를 휙 돌려서 태민을 바라보았다. 머리를 다쳤다고만 했지, 기억을 잃었다는 말은 하지 않았던 것이다.

"기억상실이라더군. 우릴 전혀 기억 못해."

태민의 말에 삽시간에 분위가 싸하게 어두워졌다. 소령은 괜스레 미안해졌다. 그녀가 그들의 아픈 상처를 헤집은 것 같아서.

"아, 맞다. 초밥!"

갑자기 재혁이 소리를 지르며 손뼉을 탁 쳤다. 그 소리에 사람들의 시선이 일제히 그에게로 향했다. 소령도 마찬가지였다.

"미경이가 초밥 사와서 먹고 있었는데 태민이 너 때문에 깜빡

했다."

"넌 고작 초밥 때문에 호들갑을 떤 거냐?"

"고작이라니. 밥이 얼마나 중요한데. 소령 씨, 점심 드셨어요?"

"네? 아, 아니요."

태민의 핀잔에 눈가를 살짝 찌푸리고 있던 소령은 너무 놀라서 얼떨결에 대답하고 말았다.

"역시 그럴 줄 알았어. 소령 씨, 이 녀석하고 다니려면 뱃속을 든든하게 채워둬야 해요. 안 그러면 시간개념이라는 게 전혀 없어서 배고파 쓰러져요."

"후훗. 그렇군요. 고마워요, 재혁 씨. 잊지 않을게요."

소령이 입꼬리를 보기 좋게 위로 올리며 대답했다. 재혁이 너스레를 떨어댄 덕에 어두웠던 분위기가 한결 부드러워졌다. 아마도 재혁은 그걸 노린 듯했다.

"자, 그럼 밥부터 먹자. 배고프면 짜증나니까."

"밥들 먹어. 우린 나갔다 올게."

태민이 자리에서 일어나자, 재혁이 확 잡아당겨 소파에 도로 앉혔다.

"인마, 가긴 어딜 가. 있는 밥으로 나눠 먹으면 되지. 그래도 괜찮죠, 소령 씨?"

"아, 네. 뭐……."

소령은 딱 부러지게 대답도 못하고 태민의 눈치를 살폈다. 사실 그녀도 그들과 함께 밥을 먹는다는 게 내키지가 않았다. 도끼눈을 하고서 쳐다보고 있는 진미경도 신경 쓰이고. 그래서 은근히 태민이 고집을 부려주길 바랐다. 이런 그녀의 마음이 통한 걸까. 태민이 다시 자리에서 일어나고 있었다.

"내가 싫어! 나갔다 올게."

"태민아."

재혁이 그를 붙잡았다. 하지만 태민은 뻔뻔한 얼굴로 상진이 옆에 착 달라붙어 있는 미경이 꼴 보기가 싫어서 앉아 있을 수가 없었다.

"민소령, 일어나."

"네."

태민의 말에 소령이 자리에서 일어났다. 바라던 것이라 망설일 이유가 없었다.

"너, 정말 이럴 거야?"

"그만해, 재혁 씨! 보기 짜증나!"

미경이 버럭 소리를 질렀다. 태민의 눈동자가 금방이라도 그녀에게 달려들 듯 무섭게 번뜩였다.

"입 닥쳐, 진미경. 네가 낄 자리 아니야."

"아니! 여긴 내 자리야. 충분히 그럴 자격도 있어!"

"하! 자격 같은 소리 하고 있네. 어디서 개소리를. 당장 나가. 끌어내기 전에!"

"미친! 내 꼴 보기 싫거든 태민 씨가 꺼져! 난 여기서 한 발자국도 못 나가!"

"니들 정말 이럴 거야! 제발 그만 좀 해!"

재혁이 중간에 끼어들어 말려보았지만 그들의 말싸움은 한 치의 양보도 없이 아주 치열했다. 두 사람을 지켜보던 소령은 이해가 되지 않았다. 비록, 헤어지긴 했지만 그래도 한때는 연인 사이였다. 그리고 같은 친구를 공유하고 있는 친구이기도 했다. 그러니 얼굴을 마주하기가 껄끄럽다는 것은 인정한다. 하지만 저렇듯 죽일 듯이 상대를 물고 뜯는 모습은 도저히 상식 밖의 행동이었다.

태민이 하는 행동으로 봐서는 미경에게 문제가 있는 듯했다. 하지만 가시를 뾰쪽하게 세우고 덤벼드는 그녀를 보면 꼭 그런 것만도 아닌 것 같았다. 그렇다면 다른 문제가 있다는 것인데. 소령의 시선이 상진에게로 향했다. 그는 양팔로 몸을 감싼 채 하얗게 굳어진 표정으로 몸을 부들부들 떨고 있었다. 눈동자까지 이리저리 춤을 추는 게 금방이라도 쓰러질 것처럼 위태로워 보였다. 깜짝 놀란 소령이 황급히 소리쳤다.

"태민 씨!"

날카롭게 울리는 목소리에 일제히 그녀에게로 고개가 돌아갔다. 소령은 손가락으로 상진을 가리키며 말했다.

"상진 씨가 이상해요."

"상진아!"

재혁이 황급히 그에게 다가갔다. 그리고 상진을 품에 안더니 아이를 달래듯 어르기 시작했다.

"괜찮아. 괜찮아, 상진아. 아무 일도 아니야. 걱정하지 말고 진정해. 진정해."

소령의 가슴으로 아릿한 기운이 스며들었다. 상진의 등을 쓸어주고 있는 재혁의 표정이 너무 아파 보였다.

"아악! 제기랄!"

태민이 문을 박차고 나가 버렸다. 소령은 그를 따라나가려다 그만두었다. 잠시라도 혼자 두는 게 좋을 듯했다.

"미경아, 오늘은 그만 가는 게 좋겠다."

"내가 왜! 가야 할 사람은 따로 있는데!"

미경이 재혁의 말에 반박하며 고개를 홱 돌렸다. 순간, 소령은 죄지은 사람처럼 몸을 흠칫 떨었다. 노려보는 미경의 시선이 이게 다 너 때문이야! 라고 외치고 있었다.

"그러지 말고 가. 그 자식 속이 어떨지는 네가 더 잘 알잖아!"

"몰라! 내가 그딴 자식 속을 어떻게 알아! 아니. 알아도 안 가. 아니, 못 가!"

"진미경! 너 정말 이럴 거야!"

재혁의 목소리가 거실에 쩌렁쩌렁하게 울렸다. 미경의 시선을 피해서 창밖을 보고 있던 소령은 깜짝 놀라서 고개를 돌렸다. 그런데 놀란 것은 그녀만이 아니었다. 바락바락 악을 쓰고 있던 미경의 눈이 금방이라도 튀어나올 듯 휘둥그레졌다. 마치, 저런 모습의 그를 처음 본다는 듯이.

"재, 재혁아. 너 지금……."

미경은 너무 놀라서 말조차 나오지 않았다. 늘 침착하기만 하던 그였다. 바보스러울 정도로 화를 낼 줄 모르는 남자였다. 그랬던 그가 그녀를 향해 화를 폭발시켰다. 미경은 문득 태민이 했던 말이 떠올랐다.

'김재혁을 조심해. 늘 웃고 있지만 제일 무서운 놈이야. 그 녀석이 화를 내면 아무도 못 말려.'

아마도 이거였나 보다. 태민이 말한 의도가. 미경은 마른침을 꿀꺽 삼켰다. 아무래도 여기서 물러나는 게 좋을 듯했다.

"아, 알았어. 가면 될 거 아니야. 상진 씨. 나, 갈게."

미경이 주섬주섬 옷과 가방을 챙기더니 휑하니 밖으로 나갔다. 그제야 태풍이 휘몰아친 듯 어지럽던 공간이 조용해졌다. 소령은 재혁의 품에서 안정을 찾아가는 상진을 조용히 지켜보았다. 모르는 이가 본다면 두 사람이 형제인 줄 착각할 정도로 그들의 모습은 편안했다. 그만큼 오래된 친구라 가능할 것이다.

"미안해요, 소령 씨. 이런 꼴을 보여서."

"아, 아니에요. 무슨 그런 말씀을……."

재혁의 느닷없는 사과에 소령은 손사래를 쳤다. 본의는 아니었지만 태민과 미경의 사이가 악화된 것은 그녀의 책임도 있었다. 그러니 어쩌면 미경에게 소령은 눈엣가시 같은 존재일지도 모른다.

"녀석들이 전에는 안 그랬는데 요즘은 툭 하면 언성을 높이네요. 뭐가 그렇게 틀어졌는지."

"저는 괜찮으니까 신경 쓰지 마세요. 그리고 원래 싸워야 정든다는 말도 있잖아요."

"후훗. 저러다 너무 정들어서 서로를 죽일까 봐 걱정이죠."

"하하하. 설마요."

"저도 설마이길 바랍니다. 저기, 소령 씨."

"네. 말씀하세요."

"태민이 녀석, 잘 좀 봐주세요. 이번 일로 소령 씨께 점수 깎이면 아마 우리를 죽이려 할 겁니다. 소령 씨도 보셔서 아시겠지만 녀석이 화를 내면 좀 무섭거든요."

재혁은 정말 무섭나는 듯 능청스럽게 몸까지 부르르 떨었다. 그녀의 입가에 부드러운 미소가 번졌다. 그의 말속에 깃들어 있는 태민에 대한 애정을 고스란히 느낄 수 있었다. 소령은 그가 굉장히 매력적인 남자라고 생각하며 입을 열었다.

"친구를 보면 그 사람을 알 수 있다는 말이 있지요. 재혁 씨를 보니 오히려 보너스를 줘야겠는걸요."

"하하하. 정말입니까? 그럼 이왕에 주시는 거 아주 많이 주세요. 태민이가 잘못을 했을 때 까먹을 점수까지 보충해 두게요."

"네. 그렇게 할게요. 저기, 그런데 태민 씬 어디로 갔을까요?"

소령이 조심스럽게 물었다. 지금쯤이면 그의 감정도 많이 누그러졌을 것이다.

"아마 바(bar)에 있을 겁니다. 내려가 보세요. 소령 씨가 오길 기다리고 있을 거예요."

"그래야 되겠어요. 사실, 조금 걱정이 되거든요."

"네. 가셔서 위로 좀 해주세요. 녀석, 많이 힘들 겁니다."

"네. 그럼."

"소령 씨!"

문으로 향하는 소령을 재혁이 불러 세웠다.

"네?"

"태민이 곁에 소령 씨가 있어서 정말 기쁩니다. 그리고 환영합니다. 진심으로."

"감사합니다."

소령은 환한 미소로 화답했다. 그녀도 그를 만나게 되어 무척이나 반가웠다.

"제길!"

밖으로 뛰쳐나온 태민은 벽에 등을 기대고 눈을 질끈 감았다. 두려움에 떨던 상진의 모습이 눈앞에서 아른거려 그를 미치게 했다. 상진인 평소에도 잘 웃는 얼굴은 아니었다. 부드러운 이미지와는 거리가 먼 무뚝뚝한 친구였다. 그래서 때로는 상남자 흉내내냐고 놀리기도 했었다. 늘 거만한 표정으로 앉아 있었으니까.

하지만 마음은 누구보다도 따뜻했다. 불의를 보면 참지 못하고 덤비기 일쑤였고, 아파하는 친구를 보면 조용히 옆을 지켜주는 그런 친구였다. 하지만 저런 모습은 상상조차 해보지 않았다. 꿈에서조차 해본 적이 없었다. 천하의 박상진이 악몽을 꾼 어린아이처럼 두려움에 바들바들 떨다니. 심장이 제 것이 아닌 듯 너무 아파서 견딜 수가 없었다.

"아악! 젠장맞을!"

태민은 그대로 주먹을 날렸다. 그들이 어쩌다가 이런 못나빠진 관계가 된 것인지, 생각할수록 분통이 터졌다.

"뭐 하는 거야!"

다시 주먹을 날리던 그는 날카롭게 울리는 목소리에 고개를 휙 돌렸다. 제발 그의 눈앞에서 꺼져 주길 바라는 여자가 계단 끝에서 있었다.

"이게 뭐야! 손 다 까졌잖아!"

미경이 그의 손을 덥석 잡았다. 태민은 온몸으로 소름이 쫙 끼치자 확 뿌리쳤다.

"더러운 손 치워!"

"가만 좀 있어봐. 손에서 피 흐르잖아!"

그녀가 겁도 없이 다시 손을 붙잡았다. 그녀의 손길에서 벗어난 태민이 사나운 손길로 미경의 목덜미를 움켜잡고서 벽으로 확 밀어붙였다.

"어디다 손을 대! 너, 죽고 싶지?"

"죽일 수는 있어?"

"내가 못할 것 같아?"

"못해. 당신은 그렇게 독한 남자가 아니거든."

그녀의 목덜미를 움켜잡은 손에 힘이 불끈 들어갔다. 물론, 죽일 수는 없었다. 별거 아닌 여자 때문에 살인자가 되는 것도 싫었지만, 누군가가 아파하는 것도 보고 싶지 않았다. 그래서 참고 있는 거였다. 마음속으로는 셀 수도 없이 죽이고 싶었지만.

"꺼져!"

"아얏!"

태민이 그녀를 확 밀쳤다. 미경은 힘없이 바닥에 털썩 주저앉고 말았다. 머리 위에서 다시 그의 목소리가 들려왔다.

"경고하는데 다시는 내 눈에 띄지 마. 봐주는 것도 이게 마지막이야!"

"아니! 넌 날 벗어날 수 없어!"

두어 발자국 걸음을 뗐던 태민이 성난 동작으로 뒤돌아섰다. 아무래도 여기서 죽으려고 작정을 한 모양이다.

"하! 미쳤구나. 헛소리하는 걸 보니. 혼자서 버티기 힘들거든 말해. 정신병원에 처박아줄 테니까."

"그딴 식으로 말하지 마. 나도 힘들어!"

"힘들다? 후, 뭐가 찔리는 게 있나 보지?"

"말 함부로 내뱉지 마. 부메랑이 되어 돌아갈 테니까."

"하하하. 부메랑? 야, 그거 괜찮네. 어디 들어나 보자. 내게 되돌아올 대단한 것이 무엇인지."

태민은 가차 없이 비꼬았다. 뿌린 대로 거둔다고, 정작 당해야 할 사람은 바로 그녀였다.

"민소령. 그 여자가 나와 당신이 어떤 관계였는지 알아?"

"여기서 그 이름이 왜 나와?"

태민의 눈빛이 무섭게 번뜩였다. 미경은 머리카락이 쭈뼛 설 정도로 등골이 서늘했다. 하지만 어금니를 꽉 깨물고서 입술을 끝을 씩 끌어 올렸다. 그가 두렵지 않다는 듯.

"나처럼 하루아침에 버려질 여자란 것을 알려주려고."

"누가 너랑 같다는 거야! 헛소리하지 마. 너 하나쯤은 쥐도 새도 모르게 처리할 수 있어!"

"물론 그렇겠지. 천하의 한태민인데. 하지만 그 여자는 모르겠지? 당신이 얼마나 많은 여자들을 농락하고 버렸는지를."

"그래서 지금 네 말은 나 역시도 그렇게 버려질 것이다, 라고 말하고 싶은 건가?"

"후훗. 역시 눈치가 빨라. 맞아. 내가 보기에 민소령은 당신의 실체를 알고서도 붙어 있을 만큼 성에 대해서 너그러운 여자가 아니야. 오히려 환멸을 느껴서 혐오할 타입이지."

태민의 표정이 눈에 띄게 확 굳어졌다. 확실히 틀린 말은 아니었다. 그 나이가 되도록 처녀성을 가지고 있다는 것이 그 증거니까.

"당신 표정을 보니 내 말이 맞는가 보네. 하하하. 웬일이니. 천하의 한태민이 여자에게 쩔쩔매는 꼴이라니. 새삼 민소령이란 여자가 대단해 보이는걸."

"그녀에게 허튼짓하지 마. 너도 무사하지 못해!"

"그러니까 나, 건들지 마! 안 그러면 미친년이 어떤 모습인지 제대로 보게 될 테니까!"

미경이 눈을 부라리며 표독스럽게 쏘아붙였다. 태민의 눈에는 지금도 충분히 미친년으로 보였다. 대놓고 미친년이라고 말하고 싶을 만큼. 하지만 참았다. 안 그래도 골치 아픈데 긁어 부스럼 내면 기어이 피를 보게 될 것 같아서.

"진미경, 내가 널 버린 이유가 궁금하다고 했지?"

"왜? 이제야 말해줄 생각이 들어?"

"그래. 이제는 말해줘야 할 것 같아서."

"하하하. 듣고 보니 이상하네. 왜? 말하지 않은 이유가 나 때문이라고 하고 싶어?"

"아니. 상진이 때문이지. 소중한 친구를 내 손으로 상처준 게 미안해서."

"상처라니. 그게 무슨 소리야?"

그녀는 전혀 모르겠다는 듯 미간을 찡그리더니 팔짱을 꼈다. 태민은 가증스럽기 짝이 없는 모습에 구역질이 치밀어 올랐다.

"모른 척 시치미 떼지 마! 상진이가 네 남자였다는 거 다 알아! 널 사랑하고 있는 것도 다 알고! 그런데 넌, 그런 상진이의 마음을 다 알면서도 내게 왔어. 쓸모가 없다고 판단했을 테니까. 아무것도 몰랐던 난, 네 손에 놀아난 거고!"

"미친! 무슨 헛소리야. 내가 사랑한 사람은 태민 씨란 거 알잖아!"

"제발!"

"아악!"

고함 소리와 함께 태민의 주먹이 얼굴로 날아들었다. 그녀는 양팔로 머리를 감싸며 비명을 질렀다. 하지만 몸의 어느 곳에서도 통증은 느껴지지 않았다. 미경은 슬그머니 눈을 떴다. 그리고 그의 주먹이 벽에 박힌 듯 멈춰 있는 게 보였다. 순간, 미경은 다리에 힘이 풀려서 그대로 주저앉고 말았다. 그러자 그녀의 머리 위로 아직도 가시지 않은 분노의 목소리가 들려왔다.

"사랑이란 말 따위 입에 담지 마. 다 부숴 버리고 싶으니까! 그리고 더는 날 자극하지 마. 네가 미친년이면 난 미친놈이 될 수 있어!"

"다, 당신이 오해한 거야. 내겐 당신밖에 없어."

"오해? 너, 상진이 부모님이 친부모가 아니란 거 알고 있었잖아!"

"그건……!"

"몰랐다고 하지 마! 주둥아리 확 찢어버리기 전에!"

미경은 입을 꾹 다물었다. 그녀가 알고 있다는 것을 그가 어떻게 알았을까. 상진이도 눈치 못 챌 만큼 내색하지 않았는데. 하지만 그녀는 어떻게 알았냐고 묻지 않았다. 그보다는 어떻게 처신해야 하는지가 더 급했다.

"넌, 그 사실을 알고서 내게 접근했어. 물론, 그전에는 상진이가 가지고 있는 부가 널 만족시켰겠지. 네가 원하는 건 다 해줬을 테니까. 하지만 친부모가 아니란 것을 안 이후로 상진인 너를 만족시켜 줄 수 없다고 판단했을 거야. 그렇지?"

"아, 아니야! 물론, 상진 씨가 입양아라는 건 알고 있었어. 하지만 내가 사랑한 사람은……!"

"넌, 날 사랑하지 않아! 아니, 누구도 사랑할 수 없어. 너 자신밖에는. 하하, 그래. 따지고 보면 이 모든 잘못이 내게 있을 거야. 네가 어떤 여자란 걸 듣고서도 조금도 의심하지 않았으니까. 아니, 오히려 너를 상대로 정착하려 했었지. 이 모든 게 너의 계산된 행동이란 것도 모르고."

미경의 얼굴이 새파랗게 질렸다. 하지만 태민의 말은 거기서 멈추지 않았다.

"내 옆에 있던 여자들, 네가 제거했다는 거 알아. 송하연은 아예 폭력까지 행사했더군. 하지만 그녀는 안 돼. 만일, 이번에도 내 말 무시했다간 험한 꼴 당하게 될 거야."

"아니야. 아니야, 태민 씨. 난, 태민 씨를 사랑한 죄밖에 없어. 상진 씨와는 어쩔 수 없었어. 날 사랑한다는 건 알고 있었지만 내 눈은 언제나 당신만 바라봤어. 내 마음이 태민 씨만 원했어. 내 심장이 상진 씨가 아니라 태민 씨를 원해서 나도 괴로웠단 말이야!"

"내가 싫어! 네 마음 따위 내가 싫다고! 그러니 제발 날 내버려 둬. 네가 바라는 대로 그녀와 헤어지는 일 따윈 절대 없으니까. 절대! 알아들어!"

삿대질까지 하며 고함을 지르던 태민은 성난 걸음으로 그곳을 벗어났다. 여기서 더 머물렀다가는 제 손으로 그녀를 어떻게 할지도 몰랐다.

"한태민. 너, 식수했어. 절대라는 말은 함부로 사용해서는 안 되는 거야."

미경은 멀어져 가는 그의 뒷모습을 노려보며 이를 바드득 갈았다. 쥐가 궁지에 몰리면 고양이를 문다고, 그가 그렇게 나올수록 그녀가 더 독해질 수 있다는 것을 태민은 아직 모르고 있었다.

"고개는 왜 떨구고 있는 거야. 보는 사람 마음 아프게."

리더스로 들어선 소령은 스탠드에 앉아 있는 그를 어렵지 않게 찾을 수 있었다. 하지만 어깨를 축 늘어뜨린 채 술잔을 기울고 있는 모습이 너무 처량해서 선뜻 다가가지 못하고 있었다.

"내가 가면 위로가 될까. 괜히 자존심만 다치게 하는 거 아니야."

소령은 머릿속이 복잡한 생각들로 엉켜들자 선뜻 결정을 내리지 못했다. 사람의 심리가 그렇듯 초라한 자신의 모습을 보이고 싶지 않은 상대도 있으니까. 그리고 태민에게 소령이 그런 존재일 것 같았다. 이유는 모르겠지만 느낌이 그랬다. 그렇다고 저대로 혼자 두기에는 그녀의 마음이 편치 않았다.

"와아. 연애란 거 진짜 어렵다."

소령은 갑자기 피곤이 확 몰려왔다. 누군가를 만난다는 게 이렇듯 신경 쓰이고, 머릿속이 복잡할 줄은 생각도 못했다. 그뿐만이 아니었다. 그놈의 연애라는 게 사람을 겁쟁이로 만들고 있었다.

"에이, 진짜."

소령은 성큼성큼 그에게 다가갔다. 머리 싸매고 고민해 봤자 이미 답은 나와 있었다. 소령이 그의 옆에 가 섰다. 하지만 태민은 혼자만의 세상에 빠진 듯 전혀 모르고 있었다. 그녀가 노크를 하듯 테이블을 똑똑 두드렸다. 그제야 고개를 돌려 그녀를 바라보았다. 순간, 공허하던 눈빛에 반짝 빛이 스며들어 가는 게 보였다. 그래도 다행인 건가. 그녀를 밀어내지 않아서. 그가 천천히 손을 내밀었다. 소령은 기꺼이 그 손을 잡았다. 따뜻한 온기가 손을 감싸는가 싶더니 확 끌어당겨 허리를 껴안았다.

"혼자 두고 와서 미안해."

"괜찮아요. 혼자서도 씩씩하니까. 이제 기분은 좀 나아졌어요?"

"아니."

태민이 그녀의 배에다 머리를 기댔다. 소령은 짧은 대답 속에 담겨진 그의 마음이 고스란히 전해져 오자 아무 말 없이 머리를 쓰다듬었다. 그들 사이에 어떤 일이 있었는지는 모른다. 하지만 그 일로 인해 모두가 상처받고 괴로워한다는 것은 알 수 있었다.

"당신에게는 늘 못난 꼴만 보이는군."

"에이, 이 정도로는 표도 안 나요. 제 포용력이 워낙에 넓어서."

"큭큭큭. 역시 당신을 당해낼 수가 없어."

"무슨 소리예요. 맨날 이겨먹으려고 떼쓰면서."

태민이 쿡쿡 웃으면서 고개를 들었다. 소령은 손가락 사이로 부드럽게 감겨들던 감촉이 사라지자 조금 아쉬웠다. 하지만 태민이 그녀의 손을 잡더니 살며시 쓰다듬기 시작했다.

"지금 뭐 하시는 거예요?"

"난 말이지. 어렸을 때부터 누군가가 내 머리를 만지는 것을 아주 싫어했어. 그게 아무리 칭찬을 해주는 것이라 할지라도. 이유는 모르겠는데 왠지 머리를 만지면 자존심을 건드리는 것 같은 기분이 들었거든."

"아, 미안해요. 난, 그것도 모르고."

소령은 뜻밖의 말에 무의식적으로 잡힌 손을 빼내려 했다. 하지만 그가 손에 힘을 주더니 쓰다듬는 걸 멈추지 않았다.

"당신을 탓하려는 게 아니야. 오히려 그 반대지. 아니, 솔직히 나도 이해가 안 돼. 당신의 손길은 나를 아주 편안하게 하거든. 대체 그 이유가 뭘까?"

"그야 제 손이 약손이니까 그렇죠."

"그래, 맞아. 약손. 그래서 당신 손만 닿으면 고통이 사라지는 거였구나."

"뭐예요, 그게."

소령은 어이가 없어 피식 웃어버렸다. 농담으로 한 말을 그가 너무 진지하게 받아들이고 있었다. 하지만 태민은 고개를 가로저었다.

"아니야. 정말 그런 것 같아."

"정말이요?"

"응. 당신이 오기 전까지는 미칠 것처럼 힘들었는데 지금은 한결 마음이 편해졌어."

그가 믿으라는 듯 살포시 웃었다. 오히려 그 모습이 소령의 가슴을 찌르르 울렸다. 고작 말 몇 마디, 머릿결 몇 번 어루만져 준 것으로 사라질 고통이 아니었다. 그런데도 그는 그녀에게 위안을 받은 것이라고 말하고 있었다. 비록 그것이 듣기 좋으라고 한 말일지라도 그 마음을 모른 척할 수가 없었다. 소령은 울컥! 목구멍으로 올라오는 너운 기운을 볼아내며 힘 있게 말했다.

"에이, 인심 썼다. 아픈 곳 있으면 말만 해요. 제가 특별히 사장님께만 이 약손을 빌려 드릴게요. 아셨죠?"

"손만 빌려줄 건가?"

"뭐, 다른 것도 필요하세요?"

"그렇다고 대답한다면?"

태민이 그 말과 동시에 그녀를 끌어당겨 무릎 위에 앉혔다. 소령은 깜짝 놀라서 입을 벌렸다.

"이, 이러지 마세요. 누가 보면 어쩌려고."

"뭐든 말하라며?"

"그래도 이건……!"

이리저리 고개를 돌리며 주위를 살피던 소령은 그와 눈이 마주치자 마른침을 꿀꺽 삼켰다. 칠흑처럼 어둡고 깊은 눈동자엔 그녀에 대한 욕망이 고스란히 담겨 있었다. 그렇다는 건 그가 무엇을 하든 뿌리칠 수 없다는 걸 의미했다.

"그, 그래서…… 원하는 게 뭔데요?"

가까스로 입을 벌려 말하자 그가 쓰윽 고개를 숙였다. 소령은 무의식적으로 어깨를 움츠렸다. 더운 숨결이 얼굴을 확 적시는가 싶더니 말랑거리는 혀가 입술을 핥았다. 간지러울 정도로 살짝 닿았다가 떨어지는 감촉. 하지만 체감으로 전해지는 짜릿한 감각은 가히 충격이었다. 그리고 이어진 말.

"당신의 모든 것을 원해. 숨결 하나까지 모두 다."

곧바로 입술이 포개졌다. 소령은 신음을 흘리며 그의 숨결을 빨아들였다. 벌어진 틈새 사이로 쏙 미끄러져 들어온 혀가 치아를 훑더니 부드럽게 입천장을 어루만졌다. 머릿속이 하얘지고, 달랑

거리는 발끝이 바짝 오그라들었다. 달콤하게 파고드는 키스는 매번 그녀의 의식을 뒤흔들어 놓고 있었다.

"그녀가 있어서 다행인 건가."

태민이 걱정되어 바(bar)로 내려왔던 재혁은 두 사람의 모습을 보고 발길을 멈췄다. 미경에게 그녀에 대한 이야기를 들었을 때는 심각하게 생각하지 않았다. 태민에게 달라붙는 여자들은 많았지만 어쩐 일인지 오래가지는 않았다. 그래서 그녀도 잠시 머물다가 떠날 존재라고 생각했다. 미치게 보고 싶다는 그의 말을 듣기 전까지.

그래서 더 궁금했다. 그가 입버릇처럼 말하던 열정적인 사랑의 상대가 그녀인지 확인하고 싶어서. 그리고 만나본 그녀는 재혁의 마음에 쏙 들었다. 다른 건 다 떠나서 태민을 바라보는 눈빛에 담겨진 사랑만으로도 환영받을 자격이 충분했다. 거기다 얼굴 예쁘고 마음이 따뜻한 것은 덤이었다.

"부러운 놈. 어디서 저런 여자를 만난 거야. 배 아프게."

빙그레 웃은 재혁은 일부러 발자국 소리를 크게 울리며 안으로 들어갔다. 두 사람을 방해하고 싶지는 않았다. 하지만 곧 영업시간이라 직원들이 온다. 그러니 그들의 열정을 멈추게 해야 했다. 그의 발소리를 들었는지 두 사람이 떨어지는 게 보였다. 재혁은 룸 쪽으로 발길을 잡았다. 태민이야 상관없었지만 그녀가 난처해하는 것은 보고 싶지 않았다. 룸을 한 바퀴 돌아보고 나오자 그녀의 모습은 보이지 않았다.

"소명 씨는?"

"자식! 봤으면 피해줄 것이지 무슨 심보야. 사람 무안하게."

태민이 들고 있던 술잔을 내려놓더니 곱지 않은 시선으로 흘겨보았다. 재혁은 어이가 없어 헛웃음이 튀어나왔다. 적반하장이라더니. 뭐 이런 놈이 다 있나 싶었다.

"야, 인마. 여기 내 일터거든! 곧 직원들 올 시간이라 살려줬더니 어디서 짜증이야, 짜증이. 확 CCTV 풀어서 광고해 버릴라."

"칫. 얄미운 놈."

"네가 더 얄밉거든! 그래서 소령 씨는 어디 있는데?"

"너 피해서 도망갔지, 여기 있겠냐!"

"그러게 적당히 좀 하지 그랬어. 사람 약 올리는 것도 아니고."

"약이 오르긴 하고?"

"당연하지. 나도 남잔데."

"천만다행이네. 조만간 게이라는 소문이 날 줄 알았더니."

"게이라니. 끔찍한 소리 하지 마. 혼삿길 막혀!"

말도 안 되는 소리에 재혁이 발끈했다. 아직 마음을 확 끌어당기는 여자가 없을 뿐, 남자를 좋아하는 것은 결코 아니었다. 아니, 남자라면 지금 옆에 있는 놈만으로도 징글징글했다. 하루가 멀다 하고 사고를 치는 바람에 뒤치다꺼리하는 것도 지겨울 지경이니까.

"후훗. 그래도 결혼은 할 모양이네."

"당연한 말 자꾸 하지 마. 다쳐!"

재혁은 그의 앞에 놓여진 술잔을 들어 단숨에 들이켰다. 속에 불길이 확 이는 게 역시 독한 술이라 가슴이 짜릿했다.

"재혁아, 네 말이 맞더라."

"뭐가?"

뜬금없는 그의 말에 재혁이 흘긋 쳐다보며 물었다. 눈꼬리까지 휜 채 웃고 있는 것을 보니 나쁜 말은 아닌 듯했다.

"미친개더라고, 내가."

"후훗. 난 또 뭐라고. 그래서 소령 씨에게 네 마음 전한 거야?"

"내가 자길 원한다는 건 알아. 다행히 그녀도 나와 같은 마음이고."

"출발은 좋네. 그런데 뭐, 문제 되는 거라도 있어?"

재혁은 조금 전과 다르게 그의 표정이 어두워지자 조심스럽게 물었다. 태민은 무슨 말을 어떻게 꺼내야 할지 잠시 망설이다가 입을 열었다.

"진미경이가 걱정돼. 아니, 진미경이 그녀에게 무슨 짓을 할지가 걱정돼."

"그게 무슨 소리야? 미경이가 뭘 어쩐다고."

"내 옆에 있던 여자들이 버티지 못한 이유가 바로 진미경 때문이었어. 협박으로도 모자라 송하연에겐 폭력까지 행사했더라고."

"말도 안 돼. 미경이가 왜 그런 짓을 해?"

"날, 제 옆에 붙잡아두기 위해서겠지. 미경에겐 내가 필요했으니까."

"그건 또 무슨 소리야?"

재혁의 목소리가 조용한 공간에 가득히 울려 퍼졌다. 듣고 있는 말마다 너무 기가 막히고 어이가 없었다. 태민은 잔에 술을 채워 단숨에 마셨다. 이런 말까지는 하지 않으려 했는데 상진을 위해서라도 재혁이 아는 게 나을 듯했다.

"미경이가 상진이의 부모님에 대해서 알고 있어. 언제부터 알고 있었는지는 모르지만."

"미경이가 그걸 어떻게 알아? 너와 나만 알고 있는 일인데. 그렇다고 상진이가 제 입으로 말하진 않았을 테고."

"어떻게 알았는지는 나도 몰라. 하지만 그것을 알고 나서부터 관심을 내게로 돌린 건 맞아. 내가 이미 확인했어. 본인은 아니라고 했지만."

"아니야. 아닐 거야. 그게 사실이라면 너무 무섭잖아."

태민도 사실이 아니라고 믿고 싶었다. 하지만 여러 가지 정황으로 미루어볼 때 거의 진실에 가까웠다.

"그래, 무섭지. 아니, 끔찍해. 우리가 다 그녀의 손아귀에서 놀아난 꼴이니까. 그래서 말인데, 재혁아. 그때 너, 미경이 전화 받고 상진에게 간 거라고 했었지?"

"그래. 미경이가 울면서 전화했더라. 아무래도 상진이가 이상한 것 같은데 자기는 무서워서 못 가겠으니 나 보고 빨리 가보라고 말이야. 그 말 듣고 나도 불안해서 신호도 무시하고 달렸어. 미경의 목소리가 심상치 않았거든. 그리고 도착해 보니 상진이가 그런 상태였고. 그런데 그게 왜?"

"그날, 상진이 주위에 이상한 거 없었어?"

"이상한 거라니, 뭐?"

"잘 생각해 봐. 상진이 주위에 뭐가 있었는지."

재혁은 미간을 찌푸리며 기억을 되돌려 보았다. 하지만 딱히 아무것도 없었다.

"아니. 아무것도 없었어. 테이블에 있던 약통 말고는."

"이상하지 않아?"

"뭐가?"

"상진인 미경의 일이라면 자다가도 벌떡 일어나서 움직이던 녀석이었어. 비록 투덜거리기는 했지만 한 번도 싫다는 말은 하지 않았지. 그때는 그것이 상진이만의 사랑 방식이라는 것을 몰랐지만 알고 있는 지금은 정말 이해가 되지 않아. 미경이를 그렇게 사랑하는 상진이가 약을 먹었다는 것도 그렇고, 마지막 가는 길에 아무것도 남기지 않았다는 것은 더 이상해."

듣고 보니 일리가 있는 말이었다. 상진이가 오래도록 그녀를 바라보고 있었다는 것을 누구보다 잘 아는 사람이 바로 그였으니까. 재혁은 다시 머릿속을 헤집으며 그날의 상황을 떠올려 보았다. 그러나 아쉽게도 기억에 남을 만한 것은 아무것도 없었다.

"다시 생각해 봐도 마찬가지야. 주위에는 아무것도 없었어."

태민은 길게 한숨을 내쉬었다. 아무리 생각을 해봐도 상진이가 약을 먹을 만한 이유가 떠오르지 않았다. 미경이와 통화 중에 벌어진 일이라면 분명 그녀와 관련이 있을 텐데, 모른다고 딱 잡아떼니 더 미칠 지경이었다. 상진이가 기억을 찾으려면 그 당시 상황을 알아야 도움이 될 텐데 말이다.

"근데 조금 이상하긴 했어."

"뭐가?"

느닷없이 들려온 말에 태민이 그를 바라보았다. 재혁이 땅이 꺼져라 한숨을 길게 내뱉더니 입술을 달싹였다.

"그 일이 있기 이틀 전인가. 상진이가 침통한 표정으로 앉아서 술을 입에 들이붓더라고. 마치, 죽으려고 작정한 사람처럼. 그래서 죽고 싶어서 환장했냐고 다그쳤지. 그랬더니 녀석이 뭐라는 줄 알아? 차라리 죽을 수라도 있으면 좋겠다고 하면서 미친놈처럼 웃더라. 그런데 웃는 게 꼭 우는 것처럼 보였어."

"무슨 일이냐고 물어봤어?"

"물어봤지. 그런데 알아들을 수도 없는 말만 중얼거렸어."

"그게 뭔데?"

"녀석이 혼잣말처럼 읊조려서 제대로 듣지는 못했는데, 지켜주지 못해서 미안하다. 뭐 그런 말인 것 같았어."

"지켜주지 못해서 미안하다? 무엇을?"

"나도 그게 의문이다. 미경이에게 뭐 아는 거 없냐고 물었지만 모른다는 말만 하더라."

알아도 말하지 않겠지. 아니, 말 못한다는 게 정확할 것이다. 입을 여는 순간, 그녀가 관련됐다는 것을 인정하는 꼴이 되니까. 일이 이렇게 되고 보니 태민은 아무래도 그녀를 따로 만나봐야 할 것 같았다. 내키지는 않았지만 상진을 위해서는 어쩔 수 없었다.

"또 다른 말은 없었어?"

"다른 말? 아! 나한테 하늘을 날면 어떤 기분일지 묻더라. 그래서 날아봐야 그 기분을 알지 않겠냐고, 언제 날 잡아서 우리 3명 시원하게 하늘을 날아보자고 말했어. 그랬더니 피식 웃더라. 그럴 기회가 있겠냐고 하면서."

틀어져 버린 그들의 관계를 두고 한 말일 것이다. 그래서 태민은 미경을 더 용서할 수가 없었다. 그녀의 욕심 때문에 모든 것이 어긋나 버렸기에. 그 말을 끝으로 둘은 약속이라도 한 듯이 술잔을 비웠다. 술이라도 들어가지 않으면 가슴이 터져 버릴 것 같았다. 그렇게 한동안 침묵을 벗 삼아 술잔을 비우던 태민은 문득 생각나는 것이 있자 입을 열었다.

"그 집에서는 누가 왔었냐?"

"오긴 했지. 상진인 보지도 않고 병원비만 내고 가더라. 더러운 인간들!"

재혁이 화를 내자 태민이 어깨를 다독거리며 진정시켰다.

"열 내지 마. 어디 그게 어제오늘 일이야. 상진이도 그러는 게 더 편하다고 생각할 거야."

"그래도 그렇지. 어떻게 인간의 탈을 쓰고 그런 짓을 할 수가 있어! 아무리 친부모가 아니더라도 그동안 키운 정이 있는데."

"제 자식이 먼저라고 생각하는 거지."

"그 마음 모르는 건 아니지만 그 인간들이 그럴 때마다 울화통이 터진다! 에이, 씨!"

재혁이 잔에 술을 채우더니 입안으로 확 들이부었다. 태민도 술잔을 비웠다. 그 역시도 그 인간들만 생각하면 울화가 치밀어 올랐다. 하지만 상진이 침묵하고 있는 이상 그들이 할 수 있는 게 없었다.

Rrrrr. Rrrrr.

조용한 공간 사이로 태민의 휴대전화가 울렸다. 무심코 전화기를 들었던 그는 상대가 소령이자 냉큼 받았다.

"왜 안 들어와?"

[사장님. 저, 집에 가는 길이에요.]

태민의 표정이 대번에 일그러졌다. 다른 데 정신이 팔려 있다 보니 이제 그녀가 통화했던 인물을 그만 잊고 있었다. 오늘 집에 가서 전화를 한다고 했으니 틀림없이 둘이 만나게 될 것이다. 태민의 가슴으로 뜨거운 바람이 불었다. 소령이 그를 만난다는 것이 몹시도 짜증나고 싫었다.

"집에는 왜?"

[온 김에 집도 둘러보고, 볼일도 좀 보려고요.]

"볼일이란 게 뭔데?"

볼일이란 게 무엇인지 빤히 알면서도 목소리가 시비조로 나왔다. 태민도 안다. 지금 얼마나 유치하고, 좀스러운 짓을 하고 있는지. 그래도 어쩔 수 없었다. 소령이 그 남자와 함께한 시간이 오래되었다는 것도 그랬지만, 그가 그녀를 여자로 보고 있다는 것을 남자의 직감으로 알고 있었기에.

[통화 내용 들었잖아요. 괜한 시비 걸지 말아요.]

"그럼 나랑 같이 가."

[사장님이 왜요?]

"확인할 게 있어."

거짓말이 아니었다. 그를 만나서 태민이 생각하는 것이 맞는지 제대로 확인해야 했다. 그래야 엄포를 놓든 방어막을 치든 할 수 있었다.

[확인은 무슨. 속이 훤히 보이는데. 오늘은 참아줘요. 때가 되면 제가 정식으로 소개할게요.]

"정식 같은 거 필요 없어. 같이 가."

[그러지 말고 오늘은 친구들과 계세요. 상진 씨 일로 걱정 많잖아요. 재혁 씨 힘도 좀 덜어주고. 많이 피곤해 보이던데.]

태민이 고개를 돌려 재혁을 바라보았다. 갑자기 쳐다보는 게 이

상했던지 그가 입 모양으로 왜, 라고 물었다. 그러고 보니 녀석의 얼굴이 많이 수척해져 있었다. 태민의 미간에 주름이 잡혔다. 왜 지금까지 몰랐을까. 처음 보는 그녀조차 눈치챌 정도인 것을.

"알았어. 다녀와."

[네. 나중에 전화할게요.]

"그래."

"소령 씨 어디 간대?"

태민이 전화기를 내려놓자 재혁이 물었다. 태민은 술잔으로 손을 뻗으며 말했다.

"볼일 있다고 너랑 놀란다."

"그만 마셔. 너, 취기 올랐어."

재혁이 술잔을 막았다. 벌써 양주 한 병이 바닥을 보이고 있었다.

"이것만 마실게."

재혁이 손을 놓았다. 태민은 단숨에 잔을 비우고 테이블에 내려놓았다. 마지막 잔이라서 그런지 유독 입안이 썼다.

"소령 씨, 좋은 여자 같더라. 네 사람이거든 꽉 잡아. 다른 놈에게 빼앗기지 말고."

"그럴 생각인데 이미 눈독 들인 놈이 있어. 그녀는 모르는 것 같지만."

"알게 되는 건 한순간이야. 상대방이 움직이기 전에 확실하게 해. 나중에 후회하지 말고."

태민은 아무런 대꾸도 하지 않았다. 후회라면 이미 뼈저리게 하고 있었으니까.

CHAPTER 9

"아, 좋다. 역시 집이 최고야!"

소령은 소파 위로 쓰러지듯 주저앉았다. 집 떠나면 개고생이라더니 그 말이 딱 맞았다. 그녀만의 공간에 들어오니 숨통이 확 트이고, 몸도 노곤한 게 절로 잠이 쏟아졌다. 그리고 정말 눈이 스르르 감겼다.

"아, 안 돼, 안 돼. 이대로 잠들면 끝장이야."

냉큼 몸을 일으킨 소령은 손바닥으로 뺨을 톡톡 치며 주방으로 갔다. 냉장고에서 물을 꺼내 마신 그녀는 청소를 하기 위해서 옷을 갈아입었다. 쌓여 있을 먼지를 대충이라도 닦아내야 했다. 머리를 질끈 동여맨 그녀는 자동청소기를 작동시키고서, 주방으로 가 냄비에 물을 받은 다음 가스레인지에 올렸다. 점심을 못 먹었더니 배가 고팠다.

"으음. 라면 냄새 끝내준다."

스프만 넣었을 뿐인데 식욕을 자극하는 냄새에 벌써부터 입에 침이 고였다. 면까지 집어넣은 그녀는 냉장고에서 김치를 꺼냈다. 부글부글 끓는 소리가 참 맛있게 들렸다. 면이 익은 것을 확인한 그녀는 냄비째로 식탁에 가져간 다음 자리를 잡고 앉았다. 시장이 반찬이라고 면발을 한 젓가락 입에 넣자 세상 부러울 게 없었다.

"으음, 맛있어."

소령은 목구멍으로 음식이 넘어가기도 전에, 다시 뜨거운 면발을 후우 불어서 입에 넣었다. 그러다 문득 떠오르는 얼굴이 있자, 휴대전화를 흘끗 바라보았다.

"밥이라도 먹여놓고 올 걸 그랬나."

소령은 빈속에 술을 마시던 태민이 떠오르자 라면이 목구멍에 딱 걸렸다. 재혁의 얼굴을 보기가 민망스러워 그냥 왔는데 괜히 그랬다는 후회가 들었다.

"아휴, 깜짝이야!"

전화기를 물끄러미 바라보고 있던 소령은 갑자기 벨이 울리자 화들짝 놀랐다. 그러다 발신자를 보곤 빙그레 웃었다. 24시간 대기한다더니 그새를 못 참고 전화를 했나 보다.

"내가 전화한다니까."

통화키를 누른 소령은 여보세요, 라는 말을 생략한 채 말했다. 그러자 상대방이 툴툴거렸다.

[목마른 놈이 우물 판다고 시간이나 보고 말해.]

"헤헤헤. 화났어요?"

[그래. 화났나. 내가 아무리 24시간 대기조라 말했다지만 정말

그 시간을 채우려나 싶어서.]

"에이, 설마요. 청소해 놓고 전화하려고 했지."

[청소? 지금 집이야?]

"네. 집이에요."

[칫. 그럼 재깍재깍 전화를 했어야지, 왜 사람 목을 빼. 혈압 오르게.]

"목을 왜 빼고 기다려요. 인심 후하게 쓸 때는 언제고."

[그러니까…… 후우. 내가 바보지.]

"하하하. 그렇다고 바보씩이나."

[웃지 마. 정말 바보 같으니까.]

대답하는 목소리가 침울했다. 소령은 얼른 웃음기를 거두며 말했다.

"에이. 기분 풀어요. 맛있는 거 쏠게요."

[네 얼굴 봐야 풀릴 것 같아. 지금 집으로 갈게.]

"아니에요, 진하 씨. 밖에서 봐요."

[괜찮겠어?]

"안 괜찮을 게 뭐예요. 당연히 괜찮지."

[그럼 우리가…… 아니다. 그냥 집에 있어. 내가 데리러 갈게.]

"그래요, 그럼. 30분 있다가 출발해요."

[그래. 나중에 보자.]

"네."

전화기를 내려놓은 그녀는 곧 라면으로 시선을 돌렸다. 그사이 면발이 퉁퉁 불어 있었다.

"에이, 다 불었네. 난, 꼬들이가 좋은데."

그러면서도 소령은 젓가락으로 면을 건져 올려 입에 넣었다. 씹는 맛이 물컹거리기는 했지만 배가 고프니 이것도 먹을 만했다. 누구는 이것도 못 먹고 있을 테니.

'왜 하필 여기람.'

소령은 익숙한 곳에서 차가 멈추자 즐거웠던 기분이 착 가라앉았다. 그가 알고서 데려온 것은 아니겠지만 언짢았던 기억이 머물러 있는 곳이라 마음이 편치 않았다.

"안 내려?"

"내려야죠."

진하의 말에 소령은 한숨을 삼키며 안전벨트를 풀었다. 다른 곳으로 가자는 말이 목구멍까지 차올랐지만 그만두기로 했다. 말을 하면 장소야 옮길 수 있겠지만 그 뒤가 피곤해진다. 누구랑 왔었냐는 것을 시작으로 대답하고 싶지 않은 시시콜콜한 이야기까지 다 물어볼 테니까.

"여기 어때?"

"좋아요."

직원이 안내한 자리에 앉자마자 진하가 물었다. 소령은 와본 곳이라는 말은 굳이 하지 않았다. 모른 척하기로 했으니 철저히 숨겨야 했다. 그런데도 시선은 태민과 앉았던 창가 쪽으로 향하고 있었다. 생각처럼 마음이 따라주지 않고 있었다. 주말이라서 그런지 창가 쪽 자리는 연인들이 다 차지하고 앉아 있었다.

"와아. 유명한 곳이라더니 정말인가 보네. 빈자리가 없다."

"흐흣. 뭐야. 꼭 처음 와본 사람처럼."

"나, 처음 온 거 맞아. 그러는 넌, 와본 적이 있나 보다?"

소령은 순간 당황했다. 그녀가 처음 이곳에 왔을 때가 생각나서 무심코 중얼거렸는데 그만 진하에게 딱 걸리고 만 것이다. 와본 곳이라는 것을 숨기기로 한 것을 까맣게 잊고서 말이다.

"대답을 못하는 걸 보니 맞나 보네. 누구랑 왔었던 거야?"

대수롭지 않은 것처럼 묻고 있었지만 사실 진하는 신경을 날카롭게 세우고 있었다. 특별한 장소인 만큼 그녀가 이곳에 왔었다는 것이 몹시도 귀에 거슬렸다.

"사장님이랑."

"뭐? 사장?"

"네."

진하의 표정이 눈에 띄게 굳어졌다. 그가 알기로 이곳은 연인들을 위한 장소였다. 그래서 프러포즈 장소로도 많이 이용되고, 특히 주말에는 예약을 하지 않으면 갈 수도 없다고 했다. 그런 이야기를 어제 송 과장에게 들었을 때, 그녀와 꼭 오고 싶었다. 그래서 송 과장이 결혼기념일로 예약해 둔 자리를 호텔 스위트룸과 맞바꾼 것이다. 최소 3개월 전에 예약을 해야 올 수 있는 곳이라서. 그런 곳에 그녀가 사장이랑 온 것이다. 대체 사장이 그녀에게 무슨 의도를 가지고 있기에 이런 곳을 온단 말인가. 왜!

"너희 보스가 여길 왜 데려와? 그가 뭐라고."

그의 목소리에 날이 서 있었다. 소령은 이제부터 시작이구나 싶어서 마음을 단단히 다잡았다. 그의 페이스에 말려들지 않기 위해서.

"오해 말아요. 감사 인사차 온 거니까."

말도 안 되는 헛소리에 진하의 눈빛이 날카로워졌다.

"무슨 감사? 상사와 부하직원 사이에 감사할 일이 뭐가 있어서."

"잊었어요? 저, 매일같이 야근한 거. 고생했다고 저녁 산 거예요."

소령은 일부러 거짓말로 둘러댔다. 회사와 관련된 일은 되도록 입 밖으로 내뱉지 않았다. 그게 무엇이든 한번 내뱉기 시작하면 가벼워질 수 있는 게 사람 마음이라서.

"그런데 왜 하필 여기야? 연인들이 주를 이루는 이런 곳에."

"에이, 너무 깊이 파고든다. 연인들만 오라는 법도 없는데."

"아니. 네가 너무 가볍게 생각하고 있어. 여기는 최소 3개월 전에 예약을 해야지만 올 수 있는 곳이야. 당일치기로는 어림도 없어."

뜻밖의 말에 그녀의 가슴이 쿵 내려앉았다. 그날 분명히 태민은 전화 한 통화로 예약을 잡았다. 진미경도 그날 왔었고. 그렇다면 이미 예약이 되어 있었다는 말이 되는 건가. 그게 아니라면 진하가 잘못 알고 있는 게 분명했다.

"그럼 진하 씨도 3개월 전에 예약을 한 거예요?"

"아니. 송 과장이 예약한 자리를 내게 양보한 거야. 너랑 같이 가라고."

소령은 익히 알고 있는 송 과장의 얼굴이 떠오르자 나지막이 중얼거렸다.

"송 과장님께 감사하다고 전해주세요."

진하는 거기에 대해서는 아무런 대꾸도 하지 않았다. 감사는커녕 기분만 더 엉망이 된 꼴이니까. 그것보다는 묻고 싶은 게 있었다.

"너, 전에 술 마시고 내게 한 말 기억나?"

"무슨…… 말이요?"

소령은 기억도 안 나는 그 일을 갑자기 왜 물어보나 싶어서 대답하는 목소리가 조심스러웠다.

"그날 네 입술 훔친 놈이 사장이야?"

그녀의 정수리로 벼락이 내리쳤다. 설마 취중에 그런 말까지 한 건가. 대답을 하기 위해서 벌어지는 입술이 파르르 떨렸다.

"무, 무슨 말……."

"둘러댈 생각 마. 네 입으로 한 말이니까!"

그녀의 말을 단칼에 잘라 버리는 목소리에는 노기가 가득했다. 소령은 주먹을 꽉 틀어쥐었다. 대체 그날 무슨 짓을 한 걸까. 기분이 더러워 다른 때보다 술을 좀 과하게 마신 것 같긴 한데.

'헉! 미쳤구나, 민소령! 너, 지금 제정신이야!'

그날의 기억을 되짚어가던 그녀의 얼굴이 화끈 달아올랐다. 그제야 횡설수설했던 그날의 일들이 하나둘 기억나기 시작했다. 술에 취했다지만 어떻게 다른 남자와 키스한 것까지 시시콜콜 이야기를 다 한단 말인가. 아무리 허물없이 지내는 사이라고 해도 말이다. 소령은 너무 부끄러워 쥐구멍이라도 있으면 들어가고픈 심정이었다.

"왜 대답이 없어. 그놈이야?"

"아, 아니에요. 무슨 그런 말도 안 되는 소리를……."

다그치는 목소리에 소령은 저도 모르게 거짓말로 둘러댔다.

"그런데 얼굴은 왜 빨개져. 입술은 또 왜 깨물고 있고. 그놈 맞잖아?"

진하는 그녀의 입에서 네라는 대답을 듣기 위해서 집요하게 물었다. 그놈이 아니고서는 저런 표정을 할 리가 없었다. 그 말을 듣는 즉시 미쳤냐고 펄쩍 뛰었을 테니까. 거기다 현재 그녀 옆에 가장 가까이 있는 놈이 바로 그였다. 잠자는 시간만 제외하면 늘 붙어 있다고 해도 과언이 아닐 정도로. 그런데도 그녀의 입은 벌어지지 않았다. 진하는 끓어오르는 열기를 그대로 입술에 담아 내뱉었다.

"됐어. 그 자식에게 직접 물어보면 돼!"

"안 돼요!"

소령이 놀라서 소리쳤다. 두 사람이 만나는 모습을 상상하는 것만으로도 등골이 오싹했다. 이런 그녀의 반응이 마음에 안 든다는 듯 그의 한쪽 눈썹이 치켜 올라갔다.

"왜 안 되는데?"

소령은 되묻는 말에 말문이 막혔다. 안 되는 이유가 머릿속으로는 셀 수도 없이 많은데 입 밖으로 나오는 말은 하나도 없었다.

"왜 안 되냐고 물었어."

소령은 낮게 가라앉은 목소리에 깃들어 있는 섬뜩한 기운을 떨쳐 버리기 위해서 어금니를 꽉 깨물었다. 그가 화를 참고 있다는 것을 온몸으로 느끼고 있었다. 하지만 태민과의 관계를 말할 수는 없었다.

"제 일이……."

소령은 말을 하다 말고 마른침을 꿀꺽 삼켰다. 가까스로 입을 열기는 했지만 너무 긴장한 탓에 목구멍에서 말이 걸리고 말았다. 하지만 날카로운 시선으로 뚫어지게 바라보고 있는 그와 눈이 마주치자 혀로 입술을 적신 후 다시 입을 열었다.

"제 일이에요. 나서지 말아요."

"뭐?"

진하는 멍하니 입을 뗐다. 뇌가 그 뜻을 인식도 하기 전인데도 충격은 곧장 심장을 때렸다.

"제가 알아서 할 테니까 신경 안 써도 된다고요."

그의 가슴으로 차가운 바람이 휘몰아쳤다. 진하는 낯선 사람을 보듯 그녀를 쳐다보았다. 대체 그녀에게 무슨 일이 일어나고 있는 것일까. 지금 눈앞에 앉아 있는 소령은 그가 알고 있던 그녀가 아니었다. 그러니 저런 말을 할 테지.

"너, 무슨 생각인 거야?"

"무슨 뜻이에요?"

"한태민 사장. 네 상대 아니야!"

알고 있다. 결코 한태민을 가질 수 없다는 것을. 그리고 처음부터 그를 가질 욕심으로 관계를 한 것도 아니었다. 처음으로 마음이 끌린 상대가 그였고, 기꺼이 하나가 되고 싶다는 욕망에 빠져든 것도 그가 처음이었다. 그 역시도 그녀를 원하고 있었기에 망설이지 않았을 뿐이었다. 그러니 언제든지 그들의 관계는 깨어질 수 있었다.

"사장님을 제 상대라고 생각한 적 없어요. 일시적인 감정일 뿐이니까. 그래서 진하 씨가 나서는 걸 원치 않는 거예요."

"네 마음은 어떻게 하고? 상처받는 네 마음은 상관없다는 거야?"

"내가 원한 거예요."

"너, 설마 그 자식과 잤어?"

직설적인 표현에 소령의 얼굴이 확 굳어졌다. 그는 지극히 개인적인 일을 공개된 장소에서 아무렇지도 않게 꺼내고 있었다. 갑자기 의자가 덜컹거리더니 진하가 벌떡 일어났다. 그리고 성큼성큼 그녀에게 다가오더니 팔을 잡아채듯 일으켜 세웠다.

"윽!"

얼마나 세게 잡았는지 잡힌 곳이 불에 덴 것처럼 욱신거렸다. 하지만 손아귀의 힘은 더욱 거세졌고, 소령은 그대로 끌려가고 말았다.

"진하 씨, 왜 이래요!"

"입 다물어!"

잇새로 짓이기듯 내뱉는 말에 소령은 입을 꾹 다물었다. 이렇게 난폭한 행동을 하는 그를 지금껏 본 적이 없었다.

"거기서 뭐 하냐?"

테라스에서 노을이 붉게 타들어가는 것을 보고 있던 상진은 느닷없이 들려온 말에 고개를 획 돌렸다. 언제 왔는지 태민이 소파에 털썩 주저앉고 있었다. 이상하게 그는 친구라는데도 대하기가 어려웠다. 그래도 대답은 해야 할 것 같아서 조심스럽게 입을 열었다.

"그냥. 노을이 예뻐서."

"후훗. 예쁘긴 하지. 정열적으로 타오르니까."

상진은 그가 숨을 길게 내쉬는 것을 보며 주방으로 갔다. 비스듬히 기대어 앉는 것으로 보아 술을 마신 듯했다.

"여기."

소파에 널브러져 앉아 있던 태민은 테이블에 놓여진 컵을 물끄러미 바라보다가 시선을 들었다. 상진이 쑥스러운 표정으로 서 있었다.

"술…… 마신 것 같아서."

빤히 쳐다보는 게 부담스러운지 상진이 중얼거리듯 내뱉으며 주춤주춤 뒤로 물러서고 있었다. 순식간에 뜨거운 감정이 심장을 타고 흘렀다. 겁에 질린 듯 도망가는 모습은 그에게 어울리지 않았다. 태민은 힘줄이 튀어나올 정도로 주먹을 꽉 틀어쥐었다. 그리고 굳어진 입매를 겨우 움직여 그를 불렀다.

"상진아."

"응?"

태민은 새삼스레 그를 쳐다보았다. 당연한 건데 왜 응, 이라는 대답이 반가운지 모르겠다. 아마도 은연중에 네, 라는 대답이 나올 줄 알았나 보다.

"잘…… 마실게."

태민이 앞에 놓여진 컵을 들어 올리며 말했다. 상진이 활짝 웃으며 고개를 끄덕였다. 눈까지 웃고 있는 진짜 미소였다. 오랜만에 보는 미소에 심장이 욱신거리고, 눈시울이 뜨거워졌다. 다시는 그의 웃는 얼굴을 보지 못할 줄 알았는데 이렇듯 다시 보니 커다란 선물을 받은 기분이었다.

"아, 앉아. 왜 서 있어."

억지로 말을 하려니 목소리가 다 떨렸다. 상진이 엉거주춤 자리에 앉는 것을 보며 태민은 컵에 담긴 물을 꿀꺽꿀꺽 마셨다. 갈증을 느낀 것도 아닌데 막상 달콤하고 시원한 것이 목구멍으로 넘어가자 입을 뗄 수가 없었다.

"아, 시원하다!"

태민은 빈 잔을 테이블에 내려놓았다. 답답했던 가슴이 조금은 풀린 듯했다. 태민이 입가에 묻은 물기를 손등으로 쓰윽 닦았다.

"더…… 줄까?"

상진이 조심스럽게 물었다. 태민은 고개를 가로저었다.

"아니야. 그보다 이제 반말하네."

"어? 어. 치, 친구라고 해서……."

상진이 말끝을 흘리며 고개를 숙였다. 탓하려고 한 말이 아닌데 금세 표정이 바뀌었다. 태민은 그가 좀 더 당당하게 행동하길 바랐다.

"친구 맞아. 그러니까 고개 들고 당당하게 말해. 넌 기억 안 나겠지만 우리 절친이었어."

"알아. 재혁이가 말해줬어. 사진도 봤고."

태민도 그럴 것이라 예상했다. 상진이를 옆에 둔 이유 중에 하나일 테니까. 태민은 새삼 재혁이 그들의 친구라는 것에 감사했다.

"뭔가 기억나는 거라도 있었어?"

"아니."

상진은 고개를 가로저었다. 무언가를 기억하려고만 하면 뇌 속에서 폭탄이라도 터진 듯 조각난 그림들이 엉망진창으로 뒤섞이면서 엄청난 두통이 밀려왔다. 그럴 때는 눈조차 뜨고 있을 수가 없었다.

"너무 조급하게 생각하지 마. 어느 한순간에 돌아올 수도 있는 게 기억이라잖아. 그냥 흘러가는 대로 내버려 두자. 아직 몸도 회복 안 됐는데 무리하다가 몸 상하면 안 되잖아."

"그래야지. 좀 답답하기는 하지만 지금으로서는 할 수 있는 게 없으니까."

"마음 편히 가져."

"안 그래도 그럴 생각이야. 저기, 그래서 말인데……."

"할 말 있으면 해. 그게 뭐든 괜찮아."

태민은 그가 머뭇거리자 생긋이 웃어 보이기까지 했다. 그가 무슨 말을 하던 지금은 듣는 쪽이어야 했다.

"미경이 말이야. 그냥 두면 안 될까?"

태민의 표정이 차갑게 굳어졌다. 그 이름이 나올 줄은 생각지도 못했다.

"그냥 두자는 말이 무슨 뜻이야?"

"네가 미경이를 못마땅하게 생각하는 거 알아. 그런데 난, 미경이가 필요해."

태민은 거대한 주먹이 명치를 후려친 것처럼 숨이 꽉 막혔다. 설마 어둠에 갇힌 기억에서조차 그녀에 대한 사랑만큼은 작동되고 있는 건가. 분명 미경도 그들처럼 기억이 나지 않는다고 했었는데.

"너, 미경인 기억나는 거야?"

"그런 거 아니야. 그냥 같이 있어야 마음이 놓여서 그래. 안 보이면 불안하거든."

태민의 미간이 눈에 띄게 일그러졌다. 지금 그의 심정이 어떨지는 충분히 이해한다. 그가 그들을 기억하지 못한다는 소리를 들었을 때, 하늘이 무너진 것처럼 눈앞이 캄캄했으니까. 아마 그도 먹물을 뿌려놓은 듯 사방이 새까맣기만 한 곳에 갇혀 있다는 것이 몹시도 두렵고 무서울 것이다. 그러니 의지할 누군가가 필요한 것은 어쩌면 당연했다. 하지만 왜 하필 상대가 그녀란 말인가. 그녀의 속셈이 눈에 뻔한데.

"재혁이만으로는 안 돼?"

"재혁이랑은 달라."

"뭐가 다른데. 오히려 기억을 찾는 데는 미경이보다는 재혁이가 훨씬 도움이 될 텐데. 아니면 그녀에겐 뭔가 특별한 감정이라도 느껴져?"

상진은 점점 목소리 톤이 올라가는 태민을 물끄러미 바라보았다. 욱신욱신. 또다시 심장이 발작하듯 아파왔다. 그를 포함해서 태민과 재혁, 그리고 그녀까지. 그들 4명 모두 친구였고, 남들이 부러워할 만큼 사이가 좋았다고 했다. 그런데 왜 태민은 그녀의 이야기만 나오면 이성을 잃는 걸까. 그리고 왜 그는 태민의 이런 행동을 볼 때마다 죄인 같은 기분이 드는 걸까. 그가 기억하지 못하는 시간 속에서 대체 무슨 일이 있었기에.

"특별한 감정이라면 미경이보단 네가 더 심해. 이유는 모르지만."

태민은 뜻밖의 대답에 멍하니 입을 뗐다.

"그게 …… 무슨 소리야."

"네 말에 대답하기 전에 사고 나기 전의 우리 관계가 어땠는지 듣고 싶어. 말해줄 수 있어?"

태민의 입매가 굳어졌다. 사고 나기 전의 그들 관계는 아주 최악이었다. 말로 옮기기 싫을 정도로. 그리고 그 중심에는 미경이가 있었다. 그러니 그가 원하는 대답을 말해주려면 먼저 그녀와 그들의 관계부터 말해야 하는 것이다.

"표정을 보니 좋은 관계는 아니었던 모양이네."

상진의 말에 태민은 아니라고 대답하지 못했다. 표정에서 이미 너무 많은 것을 드러냈다.

"하나만 더 물을게."

태민은 저도 모르게 주먹을 꽉 쥐었다. 듣게 될 말이 신경 쓰여 바짝 긴장하고 있다 보니 그가 입술을 움직일 때는 마른침까지 꿀꺽 삼켰다.

"너에게 난 아직도 친구야?"

대답할 가치도 없을 만큼 당연한 말이었다. 지금까지도 그랬지만 앞으로도 그의 인생에서 재혁과 상진일 떼어놓고 생각할 수는 없었다.

"언제나 넌, 내 친구야."

태민의 대답은 순간의 망설임도 없었다. 상진은 속으로 안도하며 눈을 살짝 감았다가 떴다. 그가 아니라고 하면 어쩌나 걱정이 되었는데 다행히 바라던 대답이 돌아온 것이다.

"고마워. 그렇게 말해줘서. 사실 네가 가장 신경 쓰였어. 널 보고 있으면 이상하게 여기가 너무 아파서."

상진이 손바닥으로 제 심장을 지그시 눌렀다. 순간, 울컥하고 뜨거운 덩어리가 목구멍을 뚫고 올라오려 하자 태민은 이를 악물었다. 그가 그랬던 것처럼 상진도 같은 것을 느낀 모양이다. 이 모든 게 자신 때문에 벌어진 게 아닐까 하는 죄책감.

"태민아."

상진이 조용한 목소리로 그를 불렀다. 태민은 흔들리는 눈빛으로 상진을 바라보았다. 다시는 저 입을 통해서 그의 이름을 듣지 못할 거라고 생각했다. 그리고 그러한 생각은 한없이 그를 슬프게 했다. 그런데 이렇게 다시 듣게 될 줄이야. 사람 마음이라는 게 참 얄궂게도 이번만큼은 상진이 기억을 잃었다는 것이 감사하기까지 했다.

"네 입에서 나오는 내 이름이 참 듣기 좋다, 상진아."

"뭘 그렇게나 감동해. 쑥스럽게."

상진이 입으로 바람을 후 불더니 손가락으로 앞머리를 만지작거렸다. 정말 쑥스러울 때 하는 행동이었다. 태민은 이런 낯익은 동작이 여간 반갑지 않았다.

"후훗. 이제야 내가 알던 박상진 같네."

상진이 그게 무슨 뜻이냐는 듯 눈을 깜박거렸다. 그것 역시 그가 늘 하던 버릇이었다. 말귀를 못 알아듣는 것도 짜증나는데 입으로 말하려니 자존심 상한다고. 그래서 가끔은 재혁과 짜고서 그런 행동을 못 본 척했다. 그러면 말을 하겠지 싶어서. 하지만 한 번도 성공하지 못했다. 얼마나 대단한 자존심이기에 말을 못하냐고 핀잔을 줘도 끝내 입은 열리지 않았다. 태민은 문득 이번에는 그가 어떤 반응을 할지 궁금해졌다. 머릿속에서는 이미 그의 다음 행동이 예상되고 있었다.

"방금 한 그 행동 말이야. 너답다고."

상진이 콧잔등을 찡그리며 눈을 가느다랗게 떴다. 그의 예상에서 한 치의 어긋남도 없는 모습이었다. 태민은 쿡쿡 소리 내어 웃었다. 몸에 밴 습관이 무섭다는 것을 다시 한 번 알게 되는 순간이었다.

"사람 바보 만들지 말고 말해. 왜 웃는 거야?"

갑작스러운 웃음소리에 기분이 상했는지 그가 미간을 좁혔다. 하지만 쿡쿡거리며 웃던 태민의 웃음소리는 점점 더 커졌고, 이유를 모르는 상진의 표정은 서서히 굳어졌다. 아, 정말이지. 이렇듯 크게 웃어본 지가 얼마 만인지 모르겠다. 답답했던 속까지 시원하게 뚫리는 게 아주 기분 좋았다.

"너 그거 모르지?"

한참을 웃던 태민이 눈가에 맺혀 있는 물기를 손등으로 훔쳐 내며 물었다. 상진은 이건 또 무슨 소린가 싶어서 절로 턱 선에 힘이 들어갔다.

"뭐가?"

"몸에 밴 습관은 그대로라는 것. 동작 하나, 말투 하나까지 모두 되살아나고 있어."

상진은 저도 모르게 몸을 흠칫했다. 그러고 보니 그를 대하는 태도가 달라져 있었다. 전혀 의식도 못했는데.

"후훗. 이제야 자각한 모양이네. 암튼 보기 좋다. 움츠러드는 거 보기 싫었는데."

"이게 내 본 모습이란 말이지?"

태민이 고개를 끄덕였다. 상진은 새삼 자신을 내려다보았다. 소파에 등을 완전히 기대고서 다리는 꼰 채 앉아 있었다. 한 팔을 등받이 위에 떡하니 걸친 채로. 제법 건방진 자세였다. 하지만 언제부터 이렇게 하고 있었는지는 전혀 기억나지 않았다. 그때, 태민의 목소리가 잔잔하게 울려 퍼졌다.

"콧잔등을 찡그리며 눈을 가느다랗게 뜰 때부터였어. 네가 그렇게 하고 앉은 게."

속을 꿰뚫어 본 듯 그의 마음을 정확하게 되짚었다. 그것도 아주 무서울 정도로 명확하게. 친구란 원래 그런 것일까. 상진은 문득 떠오른 생각을 이내 떨쳐 냈다. 친구라고 해서 다 알 수 있는 것은 아니었다. 그만큼 관심과 사랑이 있어야지만 눈에 보이는 것이다. 그 말은 즉, 태민이 누구보다 그와 가깝다는 것을 의미했다. 빌어먹을! 상진은 벌떡 자리에서 일어났다. 묵직한 기운이 순식간에 가슴을 짓눌러 왔다.

"왜?"

태민도 덩달아 자리에서 일어나며 물었다. 그의 표정이 갑자기 굳어지는 게 신경 쓰였다.

"바람 좀 쐬려고."

"잘됐다. 나도 나가고 싶었는데. 같이 가자."

태민은 곧장 걸음을 뗐다. 뒤에 남겨진 상진은 한숨을 푹 내쉬었다. 혼자 있고 싶어서 한 말인데 일이 엉뚱하게 꼬여 버렸다.

"안 와?"

우두커니 서 있던 상진은 소리쳐 부르는 소리에 할 수 없이 걸음을 옮겨야 했다.

탁! 등 뒤로 문이 닫혔다. 소령은 제집처럼 신발을 벗고 성큼성큼 안으로 들어가는 진하의 뒷모습을 불안한 눈빛으로 좇았다. 레스토랑에서 나와 집으로 오는 내내 그는 한마디도 하지 않았다. 달리는 차 안에서 뛰어내리고 싶을 정도로 좁은 차 안에 갇혀 있던 시간이 곤혹스러웠다.

"하아. 왜 저래, 진짜."

소령은 나지막이 중얼거리며 떨어지지 않으려는 발을 억지로 움직였다. 그에게 시달릴 걸 생각하니 벌써부터 질식할 것처럼 숨이 막혀왔다.

"어디 갔지."

소파에 앉아 있을 줄 알았는데 그의 모습은 보이지 않았다. 그때, 주방 쪽에서 탁 하고 닫히는 소리가 들렸다. 소령은 그곳으로 발길을 돌렸다. 그리고 안으로 들어서기도 전에 진하의 모습이 눈에 들어왔다. 어디서 났는지 그는 소주병을 입에 대고 벌컥벌컥 들이켜고 있었다.

"지금 뭐 하는 거예요!"

황급히 다가간 소령이 병을 확 잡아챘다. 그 바람에 술이 사방으로 튀었다. 하지만 빼앗았다고 생각했던 술병은 다시 그의 손에 들려 있었다. 그리고 그는 술병이 비워질 때까지 입에서 떼지 않았다. 그녀의 가슴이 새까맣게 타들어가는 것도 모르고.

"하아, 하아."

진하는 손등으로 입가를 쓱 닦았다. 술이라도 마시지 않으면 자신을 통제할 수 없을 것 같았다. 그러나 한 병을 다 비웠는데도 들끓는 마음이 진정되지 않았다. 당장이라도 이 두 손으로 눈앞에서 있는 그녀를 몰아붙여서 그가 하고 싶은 대로 마음껏 하고 싶었다. 진정 그러고 싶었다. 두 눈 멀쩡히 뜨고서 다른 놈에게 빼앗기는 꼴은 두고 볼 수가 없었다.

"너, 묻는 말에 제대로 대답해. 그 자식 위한답시고 돌려 말하면 한태민, 내 손에 죽어."

차가운 눈빛만큼이나 시린 목소리가 등골을 오싹하게 했다. 위험하다는 적색 경보가 울리는 것처럼 그는 온몸으로 분노를 내보이고 있었다. 진실을 말하지 않으면 그 말을 실행에 옮기기라도 할 것처럼. 이런 모습을 한 번도 본 적이 없었기에 몸에 와 닿는 두려움은 이루 말할 수 없을 만큼 컸다.

하지만 소령은 발끝에 힘을 꽉 주고서 태연스레 팔짱을 꼈다. 어떤 돌발 상황이 벌어질지는 모른다. 하지만 그가 그녀에게 위해를 가하지는 않을 것이라는 믿음이 있었다. 설령, 그렇지 않다 하더라도 여기서 무너질 수는 없었다. 그렇게 되면 협박이 아니라 정말로 태민이 다치게 될지도 몰랐다.

"진하 씨가 알고 싶은 게 뭐예요?"

소령이 입을 여는 순간, 허공을 사이에 두고 두 사람의 시선이 불꽃이 튀듯 뜨겁게 얽혀들었다. 그에게 지지 않으려는 그녀의 의지가 고스란히 담겨 있었다. 진하의 턱 선이 꿈틀거리더니 입이 벌어졌다.

"그 자식이 널 강제로 취한 거야?"

소령은 어이없는 질문에 헛웃음이 나왔다. 그녀를 잘 안다고 생각한 사람이 저런 말을 할 줄은 몰랐다.

"진하 씨는 내가 강제로 그런 일을 당하고 있을 여자로 보여요?"

그런 여자가 아니라는 것을 알기에 더 화가 났다. 하지만 그녀가 원해서 그런 짓을 했다고도 인정할 수 없었다. 인정해 버리면 그가 설 자리가 없어진다. 그녀의 마음이 열리기를 마냥 기다리기만 한 그의 사랑이 사라지고 마는 것이다. 그녀에 대한 마음을 전할 기회조차 없이.

"힘으로 밀어붙이면 당해낼 여자 없어!"

"기억 안 나요? 강석현이를 내가 어떻게 했는지?"

진하는 똑똑히 기억하고 있었다. 그 자식을 제 손으로 죽여 버리지 못한 것이 원망스러울 정도로 아주 뼈저리게. 그러나 한태민과 강석현은 비교 대상이 될 수 없었다. 강석현이라는 놈보다 더 지독할 수 있는 놈이 바로 한태민이였으니까.

"그건 운이 좋았을 뿐이야! 그리고 그 자식과 한태민은 달라! 그는 네가 감당할 수 있는 남자가 아니야!"

운이 좋았다는 건 부정할 수 없었다. 급소 한 방에 떨어져 나갈 줄은 생각도 못했으니까. 하지만 태민이 그놈과 다르다는 말에는 인정할 수 없었다. 물론 강석현보다 태민이 더 위험한 남자라는 것은 인정한다. 내리는 가랑비에 옷이 젖는다고 티격태격하는 사이에 야금야금 그녀의 마음을 갉아먹은 남자니까.

하지만 성추행은 달랐다. 그가 그런 짓을 할 리도 없었지만 만일 그런 수작을 부렸다면 그녀는 지금 이곳에 서 있지 않았다. 설령 서 있다 하더라도 온전한 모습은 아닐 것이다. 죽기를 각오하고 그와 싸웠을 테니까. 소령은 치욕스러웠던 그날의 일들이 또렷이 떠오르자 이를 갈 듯 말했다.

"다를 거 없어요. 내 상관이라도 그런 짓은 용납 못하니까. 아니, 더 기를 쓰고 덤벼들었을 거예요. 그런 파렴치한 인간은 그런 자리에 앉을 자격조차 없으니까!"

진하의 마음이 깊은 수렁에 빠진 듯 무겁게 가라앉았다. 그녀의 말대로 강제로 몸을 탐하려 한다면 목숨 걸고 싸울 여자가 민소령이었다. 그리고 남자라면 고분고분 말 잘 듣는 여자보다는 기를 쓰고 싸우려는 여자에게 더 구미가 당길 것이다. 그만큼 상대를 굴복시키고자 하는 마음이 강할 테니까. 그리고 그만큼 짜릿하기도 할 터였다. 그러니 그녀가 멀쩡한 모습으로 있다는 것은 그런 것과는 거리가 멀다는 뜻이었다. 그렇다면 정말 그가 마음에 있다는 것인가. 그 짧은 시간에 그토록 빨리. 진하는 도저히 그녀의 말을 받아들일 수가 없었다.

"너, 이러는 거 설마 한태민 때문이야? 내가 그를 다치게 할까 봐서?"

그게 사실이었지만 소령은 어이없다는 듯 피식 웃어버렸다. 속마음을 들키지 않으려면 그럴 수밖에 없었다.

"말도 안 되는 소리 하지도 말아요. 진실을 원한 건 진하 씨예요."

"정말 네가 원해서 한 거라고?"

그가 한 발 다가가며 물었다. 그러자 위협을 느꼈는지 흔들리는 눈동자로 그녀가 몸을 흠칫 떨었다. 그것을 본 순간, 술병을 쥐고 있는 손끝에 힘이 바짝 들어갔다. 고함을 질러대도 당당하게 받아치더니 고작 발을 한 발 뗐을 뿐인데 저런 모습을 하다니. 안타까움과 안쓰러움이 동시에 그를 덮쳤다.

"그래요. 내가 원한 거예요. 그가 아니라."

언제 겁을 먹었냐는 듯 그녀의 대답은 똑 부러졌다. 하지만 미세하게 떨리는 목소리까지는 감추지 못했다. 그래서 한 번 더 기회를 주기로 했다. 이번에는 제발 진실을 말하길 간절히 바라며.

"마지막이야. 제대로 답해. 혹시 그 자식이 입 다물라고 협박했어?"

"억지 쓰지 말아요. 협박 같은 거 없었으니까. 오히려 내가 유혹했어요. 그를 간절히 원해서."

"닥쳐!"

고함 소리와 함께 그의 손아귀에 있던 술병이 휙 날아갔다. 이어 깨지는 소리와 함께 사방으로 파편이 튀었다.

"아앗!"

뺨에 따끔거리는 통증이 찾아들자 절로 손이 가 닿았다. 그러나 상처를 확인하기도 전에 불쑥 다가온 손이 그녀의 턱을 움켜잡았다.

"으윽!"

갑작스러운 상황에 소령은 몸을 휘청거리며 한 걸음 뒤로 물러났다. 턱뼈가 으스러질 것처럼 손아귀의 힘이 아주 강했다. 그녀가 양손으로 그의 손목을 덥석 잡았다.

"다시…… 말해봐. 네가 뭘 어쨌다고?"

금방이라도 집어삼킬 것 같은 사나운 눈동자로 그가 으르렁거렸다. 손목을 떼어내려 안간힘을 쓰던 그녀의 몸이 돌연 흠칫했다. 피해자는 그녀였고, 가해자는 그였다. 고통스러운 사람 역시도 그가 아니라 그녀였다. 그런데 왜 태워 버릴 듯이 노려보는 시선이 더 아프게 보이는 걸까. 왜 그가 더 고통스러워하는 것처럼 여겨지는 걸까. 덫에 갇힌 들짐승이 살기 위해서 몸부림치는 것처럼 그의 표정이 엉망으로 일그러졌다.

'설마! 날 여자로 보고 있는 건가! 그래서 이렇듯 이성을 잃고 날뛰는 거야!'

소령은 뒤통수를 치듯 떠오르는 생각에 망연자실하고 말았다. 오랜 시간을 함께하면서 그녀는 단 한 번도 그를 남자로 생각해 본 적이 없었다. 결코, 그가 못나서가 아니었다. 오히려 함께 걸으면 남들의 부러움을 살 정도로 훤칠하니 잘생긴 남자였다. 태민과 견주어도 전혀 꿀리지 않는 그런 남자였다. 그런데도 그를 남자로 보지 않았던 것은 처음부터 오빠라는 인식 때문이었다.

진하가 그녀보다 5살이나 많기도 했지만 초등학교 3학년 때, 친구 오빠에게 맞은 기억 때문이었다. 잘못은 제 동생이 해서 싸웠는데 이유는 물어보지도 않고 그녀의 뺨을 때렸다. 그때 얼마나 억울했던지 집에 가서 대성통곡하고 울면서 그랬다. 그녀에겐 왜 오빠가 없는 거냐고. 오빠가 갖고 싶다고.

그러던 차에 엄마 친구의 아들인 그를 만났다. '오빠야, 인사해.' 라는 한마디에 그녀는 비명을 질렀다. 드디어 그녀에게도 오빠가 생긴 것이다. 그리고 그날 종일 친구들에게 전화를 걸었다. 그녀에게도 오빠가 있다고 자랑하느라. 그때부터 진하는 든든한 오빠가 되어주었고, 소령도 지금껏 그때 그 마음을 그대로 담아서 그를 대했던 것이다. 그런데…….

"호, 혹시 나, 날 여…… 여자로 보는 거예요? 그래…… 그래서 이, 이러는 거예요?"

머릿속 말이 제멋대로 입에서 쏟아져 나왔다. 알아야 했다. 그의 진짜 마음을.

"맞아! 내게 너 여자야. 언제부터였냐고 묻지 마. 나도 모르니까!"

벼락처럼 내리꽂히는 말에 그녀의 몸이 휘청거렸다. 몰랐다. 전혀 몰랐다. 지금까지 그가 보여준 모든 행동들을 그저 오빠가 동생에게 해주는 것이라 생각했다. 그래서 그녀도 기쁜 일도 슬픈 일도 모두 그와 함께하면서 허물없이 지낼 수 있었다. 심지어 그녀의 치부라 할 수 있는 강석현의 일까지. 그만이 유일한 제 편이라 생각했으니까. 만일, 조금이라도 그를 남자로 생각했다면, 아니, 진하가 그녀를 여자로 보고 있다는 걸 알았다면 절대 그렇게 하지 못했을 것이다.

"왜…… 마마, 말…… 하, 하지 않았어요?"

소령은 너무 충격적인 말을 들은 터라 목소리가 다 바들거렸다.

"네가 남자가 아닌 오빠를 원했으니까! 네 옆에 있으려면 그 수밖에 없었어!"

소령은 너무 화가 나서 양손으로 그의 가슴팍을 확 밀쳤다. 그를 바보로 만들고 그녀를 속 빈 강정 같은 여자로 만들어놓고 하는 말치곤 너무 허접했다.

"그럼 끝까지 오빠로 있어주지, 왜! 왜 지금에서야 그런 말을 하는 거예요. 왜!"

"다른 놈이 널 갖는 걸 보면서 내 감정을 숨길 자신이 없었으니까! 아니, 이제 그렇게 하고 싶지 않아! 하기 싫어! 하기 싫다고! 제길!"

진하는 그동안 억눌러 왔던 감정이 억울하다는 듯 고래고래 고함을 질렀다. 마치 그 모습이 살려달라고 울부짖는 것 같았다. 소령은 양 주먹을 꽉 틀어쥐었다. 몸속에 있는 세포들이 가시로 돌변했는지 온몸에 침을 놓은 것처럼 따끔거렸다. 어쩌다가 일이 이 지경이 됐는지 모르겠다. 차라리 그의 마음을 조금만 더 빨리 알았더라면 이렇듯 서로가 상처를 받지는 않았을 텐데 지금은 너무 늦어버렸다.

"진하 씨, 부탁인데요. 그냥 지금처럼 오빠로 옆에 있어주면 안 되겠어요? 나, 진하 씨가 오빠로 있어주면 좋겠어요. 우리, 우리 지금까지 잘 지내왔잖아요. 네?"

"싫어! 이제부턴 네 남자로 옆에 있을 거야!"

"이미 늦었다는 거 알잖아요. 제발 고집부리지 말아요."

"내가 고집대로 했으면 넌 이미 내 여자야! 아니. 지금이라도 내 여자로 만들 수 있어. 그런데도 참고 있는 것은 너에 대한 나의 마지막 배려야. 알아!"

거대한 파도가 밀려와 그녀를 삼켜 버린 듯 몸에 힘이 쫙 빠졌다. 소령은 가슴을 들썩거리며 숨을 몰아쉬고 있는 그를 낯선 사람 보듯 쳐다보았다. 늘 온아한 미소로 그녀의 이야기를 들어주던 사람이 이렇듯 막무가내로 나오니 어떻게 해야 할지 알 수가 없었다. 거기다 어울리지 않게 협박이라니. 이제 정말 그는 그녀가 알고 있던 사람이 아닌 모양이다.

소령은 눈을 질끈 감고서 호흡을 가다듬었다. 일이 이 지경이 된 것은 어쩌면 눈치가 없는 그녀의 잘못인지도 모른다. 그러니 받아야 할 상처라면 피하고 싶지 않았다. 그 불똥이 진하에게도 튀겠지만 다른 방법이 없었다. 이미 나와 있는 결론을 가지고 시간을 길게 끌어봤자 상처만 더 짙게 새겨질 뿐이었다.

"사랑은……."

소령은 감았던 눈을 천천히 뜨면서 말을 이었다.

"타이밍이래요. 최고의 효과를 낼 수 있는 그 순간. 그런데 진하 씨는 그 시기를 놓친 것 같아요."

"지금…… 무슨 말을 하려는 거야?"

진하는 일순간, 심장이 멈춘 것 같은 느낌을 경험해야 했다. 그녀가 하려는 말을 이미 들은 것처럼.

"미안해요, 진하 씨. 정말…… 정말 미안해요. 난, 당신의 여자가 될 수 없어요. 내 사랑의 타이밍은 한태민 씨예요."

진하는 머릿속 회로가 정지된 것처럼 멍해져서 입을 열었다.

"뭐?"

혼이 빠져나간 듯 멍한 눈빛이 그녀를 바라보았다. 소령은 가슴으로 이는 뜨거운 덩어리를 애써 삼켰다. 깊게 새겨진 상처에 소금을 뿌리는 것일 테지만 이왕 시작한 일, 독해져야 했다. 이기적인 생각이라는 것은 알지만 그래야 그녀도, 그도 덜 힘들어진다.

"전에 내가 취해서 했던 말 기억하죠?"

진하는 그녀가 했던 말을 어렵지 않게 떠올렸다. 평생 잊지 못할 아주 근사한 키스를 받았다는 말을 들었을 때, 제게 향하는 분노를 삼키기가 꽤나 힘들었으니까. 그리고 그 일을 계기로 그녀에 대한 소유욕이 더욱 강해졌다. 두 눈 멀쩡히 뜨고서 다른 놈에게 빼앗길 수는 없으니까. 그가 이런 생각을 하는 와중에도 그녀의 말은 계속되었다.

"그때부터였어요. 그를 원하게 된 것이. 그래서 가졌어요, 아주 열렬하게. 그리고 이제는 그를 놓을 수가 없어요. 그가 아니면 안 되니까."

머리에서부터 발끝까지 찌르는 듯한 전류가 훑고 지나가자 진하는 이를 악물었다. 그녀는 사랑이 타이밍이라고 했지만 그에게 사랑은 기다림이었다. 타이밍이란 일순간에 타오르는 불꽃처럼 그 시기가 지나면 희미해진다. 더구나 상대는 대한그룹의 사장 한태민이었다. 재벌 2세들의 습성이 그렇듯 결코 오래갈 수 없었다. 그래서 더 그녀를 포기할 수가 없다. 상처받을 것을 뻔히 아니까. 진하는 꽉 막혀 버린 목구멍을 억지로 열어서 씹어뱉듯이 말했다.

"민소령, 똑똑히 들어둬. 나, 너 포기 안 해. 아니, 못해! 그러니까 각오 단단히 해둬. 그딴 자식에게 절대 너 안 빼앗겨!"

선전포고를 한 그는 뒤도 안 돌아보고 주방을 나갔다. 이어 문이 쾅 닫히는 소리가 지축을 흔들었다. 소령은 털썩! 그대로 주저앉고 말았다. 순간, 눈물방울이 또르르 굴러떨어졌다. 그 사이로 산산조각 난 파편들이 어지럽게 흩어져 있는 게 보였다. 그런데 왜 깨어져 나뒹구는 파편들이 그들의 모습처럼 보일까. 갈기갈기 찢겨져 피로 얼룩진 상처만이 눈에 보이는 듯했다.

"아, 기분 좋다."

공원 벤치에 털썩 주저앉은 태민은 고개를 젖혀서 하늘을 올려다보았다. 땅거미가 내려앉은 하늘은 딱히 볼 것이 없었다. 그런데도 그의 눈에는 별들이 반짝반짝 빛을 뿌리는 것처럼 아름답기만 했다. 아마도 그 이유는 바로 옆에 소중한 사람이 앉아 있기 때문일 것이다.

태민의 시선이 자연스럽게 상진에게로 향했다. 하지만 상진은 다른 곳을 뚫어지게 쳐다보느라 그의 시선을 못 느끼는 것 같았다. 대체 뭘 보고 있기에 그러나 싶어서 태민도 상진이 바라보는 곳으로 시선을 돌렸다. 그러나 어묵을 파는 포장마차 외에는 딱히 시선을 빼앗길 만한 것은 없었다.

"태민아, 우리 저거 하나 먹을까?"

"뭐? 어묵?"

"어. 하나만 먹자."

상진이 자리에서 벌떡 일어나더니 포장마차로 향했다. 태민도 덩달아 그곳으로 다가갔다. 가끔 저기 서서 어묵을 먹곤 한 터라 혹시 무슨 기억이라도 떠올랐나 싶어서였다.

"와아, 맛있다. 내 입맛에 꼭 맞아."

어묵 한 개를 게 눈 감추듯 씹어 삼킨 상진이 빙그레 웃으며 말했다. 당연했다. 유독 여기서만 어묵을 사먹었으니까.

"새삼스레 뭘 그려. 꼭 처음 먹어보는 사람처럼."

주인아주머니가 국물을 그릇에 담아주며 말했다. 상진이 여기 왔었냐는 듯 그를 흘끗 바라보았다. 태민은 가만히 고개를 끄덕였다.

"너, 여기 어묵만 먹었어."

"아, 그랬구나. 어쩐지 이곳이 낯설지가 않더라."

"뭐 떠오르는 거라도 있어?"

태민은 반가운 소리에 냉큼 물었다. 티끌만 한 것이라도 기억이 난다는 것은 좋은 징조였다.

"특별한 건 없어. 의자에 앉아 있는데 여기 서서 어묵을 먹은 것 같은 느낌이 다니까. 오히려 얘기를 듣고서야 안개처럼 떠오른 생각이 기억이란 걸 알았어."

상진이 어묵 하나를 더 집어 들었다. 태민도 빈 꼬치를 내려놓고서 어묵을 집어 들었다. 이제 시작이었기에 조급해하지 않기로 했다.

"그런데 소령 씨가 안 보이네. 어디 갔어?"

"왜. 보고 싶어?"

느닷없이 그녀의 이름이 나오자 태민이 장난스럽게 대꾸했다.

"보고 싶은 것은 너고, 난 안 보여서 궁금한 거고."

"하하하, 자식. 역시 날 잘 안다니까."

"재혁이보다 더?"

상진은 물어놓고 아차 했다. 친구를 두고 무슨 경쟁이라도 하듯 그런 생각을 했다는 것 자체가 부끄럽고 미안했다. 그래서 얼른 말을 덧붙였다.

"농담이야. 대답 안 해도 돼."

"전에도 네가 그런 비슷한 말을 한 적이 있었어."

"그랬어?"

태민이 고개를 끄덕이더니 입을 열었다. 상진은 신경을 바짝 곤두세우고서 그의 말에 귀를 기울였다.

"응. 고등학교 2학년 체육 시간 때였어. 땀 흘리며 운동하는 게 싫어서 내가 배가 아프다고 거짓말을 했지. 후훗. 사실 그날 미팅이 있어서 땀 냄새 풍기는 게 싫었거든. 여자들의 관심이 내게 쏠리기를 바라서. 그러는 바람에 점심도 굶어야 했어. 수업이 끝나면 바로 점심시간이었으니까."

상진의 입가에 잔잔한 미소가 번졌다. 기억은 안 나지만 왠지 그답다는 생각이 들어서였다.

"양호실에 누워 있으면서 차마 배고프다는 말은 못하겠더라. 거짓말한 게 들통나는 게 싫어서. 그런데 그날따라 어찌나 배가 고프던지 위가 다 아플 지경이었어. 그때, 니들이 양호실에 왔어. 근데 빈손이더라. 혹시 니들이 먹을 것을 가지고 오지 않을까 내심 기대하고 있었거든. 10분 정도 신나게 체육 시간에 있었던 얘기만 떠들어대더니 그냥 가더라. 배 안 고프냐고 묻지도 않고서. 정말 그 순간은 많이 서운했어. 그런데 가고 나서 보니까 이불 위에 우유랑 빵이 있더라. 천천히 먹어. 체해. 라는 메모랑 함께. 글씨체 보고 알았어. 상진이 너란 것을. 그래서 내가 꾀병인 거 어떻게 알았는지 물었지. 그때 네가 그랬어. 나에 대한 눈치는 재혁이보다 빠르다고."

태민의 말은 거기서 멈췄다. 상진은 슬그머니 고개를 돌려 그를 바라보았다. 어묵을 한입 베어 무는 얼굴에 슬픈 그늘이 드리워져 있었다. 그 시절의 추억이 그리운 것인지 아니면 자신이 그들을 기억하지 못하는 것이 안타까워서 저런 표정을 하는 것인지는 잘 모르겠다. 어쩌면 둘 다일지도 모른다. 그런데 이상하게 마음 한편에서는 다른 아픔이 느껴졌다. 그 이유를 모르기에 입에 담을 수도 없었다. 그저 꾹 눌러둘 수밖에. 상진이 그의 어깨 위에 손을 올리고서 힘을 꽉 주었다.

"표정 풀어. 되돌아갈 수도 없는 아까운 추억들 잃어버리기 싫어서라도 기억은 꼭 찾을 테니까."

"후훗. 자식. 당연히 그래야지."

태민이 어깨 위에 올려진 손을 탁탁 두드리며 대꾸했다. 그가 기억을 찾게 되면 이렇게 나란히 서서 웃을 일이 없을지도 모른다. 어쩌면 벌어진 상처가 더 깊을 수도 있었다. 하지만 그가 기억을 잃어버린 채로 지내는 것은 원하지 않았다. 지금까지도 늘 함께했고, 앞으로도 함께하고픈 친구였기에. 그때, 주머니에 넣어둔 휴대전화가 울렸다. 태민은 혹시나 싶어서 얼른 전화기를 꺼냈다. 하지만 상대는 소령이 아니라 재혁이었다.

"어, 나야."

[어디야?]

대뜸 어디냐고 묻는 소리가 짜증스럽게 들렸다. 태민은 또 뭣 때문에 기분이 상한 건가 싶어서 냉큼 대답했다.

"상진이랑 어묵 먹고 있어. 왜?"

[상진이랑 같이 있다고?]

"어. 바꿔줄까?"

[야, 인마! 그러면 나갈 때 미리 말을 했어야지, 왜 사람 놀라게 해!]

재혁이 귀가 울릴 정도로 고함을 꽥 질렀다.

"아오, 귀 아파!"

태민이 깜짝 놀라서 휴대전화를 귀에서 멀찌감치 떼어냈다. 그러자 상진이 왜 그러냐고 입으로 묻고 있었다. 새끼손가락으로 귀를 후비고 난 태민이 다시 귀에다가 전화기를 가져대 대며 툴툴거렸다.

"재혁이가 너 찾았나 보다. 이 자식 화 잔뜩 났어. 아우, 귀가 멍

멍해.”

[화 안 나게 됐어! 나가면 나간다고 말을 해야 할 거 아니야. 왜 사람 똥줄 빠지게 찾아다니게 만들어! 안 그래도 머리가 터질 지경인데.]

태민의 말이 들렸는지 재혁이 다시 신경질을 냈다. 태민은 그제야 아무 말 없이 나왔다는 게 미안해졌다. 더불어 화를 내는 재혁의 마음도 충분히 이해가 됐다.

“미안. 바람 좀 쐰다는 게 그렇게 됐다. 지금 들어갈게.”

[빨리 와. 배고파.]

“먹을 것 좀 사갈까?”

[됐어. 오기나 해.]

“그래, 알았다.”

태민이 전화기를 내려놓자 상진이 쿡쿡거리며 웃었다. 딱히 웃을 일도 아닌데 웃고 있으니 은근히 신경 쓰였다.

“왜 웃어?”

“바가지 긁는 마누라하고 통화하는 것 같아서.”

“이 자식 화나면 무섭잖아. 알아서 기어야지.”

“재혁인 네가 무섭다던데? 나도 마찬가지고.”

태민이 믿지 못하겠는지 고개를 삐딱하게 기울이고서 그를 쳐다보았다. 하지만 방금 한 말은 사실이었다. 병원에서 눈을 떴을 때, 하얀 눈밭처럼 머릿속이 깨끗이 비워졌을 때도 재혁을 보곤 빙그레 웃었다. 왠지 그래야만 할 것 같아서. 그러나 태민을 보았을 때는 본능적으로 몸이 움츠러들었다. 그의 눈에 비친 재혁의 모습이 흰색이라면 태민은 근접할 수 없는 짙은 검정이었다.

그러다 미경과 언쟁하는 것을 보고는 확신했다. 그들 중에서 가장 위험한 인물이 태민이라는 것을. 그래서 선뜻 다가가지 못한 것이다. 지금은 그런 감정이 많이 누그러진 상태였지만 온전히 사라진 것은 아니었다.

“재혁이 이 자식. 대체 날 어떤 놈으로 세뇌시켜 놓은 거야. 헤실헤실거리며 정작 본성을 숨기고 있는 놈은 자기면서.”

태민이 어묵값을 계산하려는지 주머니에서 지갑을 꺼내 들며 투덜거렸다. 상진은 냉큼 어묵 한 개를 더 집어 들었다. 한 개만 먹을 생각이었는데 막상 입에 대니 구미가 당겼다.

“재혁은 제 생각이고, 내 감정은 내 느낌이야. 널 처음 봤을 때 든 생각이니까.”

“그게 더 기분 나빠. 처음 본 순간부터 이미 난, 네 눈 밖에 난 거란 뜻이니까.”

그에 대해서는 상진도 할 말이 없었다. 눈 밖에 났다는 표현은 좀 그렇지만 그와 눈을 마주하는 게 두려웠던 것은 사실이니까.

“더 먹을 거야?”

“아니.”

태민이 어묵 값을 치르더니 성큼 걸음을 뗐다. 상진도 얼른 빈 꼬치를 내려놓고 뒤를 따랐다.

“뭐 먹고 싶은 거 있어? 아니면 가보고 싶은 곳이라도.”

“없어.”

“있으면 말해. 오랜만에 셋이서 뭉쳐 보자.”

“다음에. 오늘은 그만 쉬고 싶어.”

“그래, 그럼.”

태민도 더는 권하지 않았다. 무리해서 좋을 게 없으니까. 그 말을 끝으로 리더스에 도착할 때까지 둘은 말이 없었다. 그러다 입구에 떡하니 서 있는 재혁을 보곤 태민이 빙그레 웃으며 입을 열었다.

"자식. 나, 마중 나왔냐?"

"헛소리하지 마. 너, 기다린 거 아니야."

재혁이 태민에게 톡 쏘아붙이더니 상진을 바라보며 다시 말을 이었다.

"나, 가볼 곳이 있는데 컨디션 괜찮으면 같이 갈래? 안 좋으면 태민이랑 집에 있어도 되고."

"아니야, 같이 갈게."

상진의 대답에 태민은 입안이 썼다. 조금 전까지 피곤하다고 하더니 재혁의 말에는 냉큼 따라나서는 게 서운했다.

"태민아, 넌 어쩔래? 같이 갈래?"

"왜? 나는 떼놓고 가고 싶냐?"

재혁의 말에 태민이 잔뜩 찡그린 얼굴로 되물었다. 상진에게 서운했던 마음을 괜히 재혁에게 풀고 있었다.

"그렇다면 어쩔래?"

"어쩌긴 뭘 어째. 악착같이 따라붙어야지."

"그럼 따라붙어. 가자, 상진아."

재혁이 주차되어 있는 차로 가더니 운전석 문을 열었다. 태민이 곱지 않은 시선으로 재혁의 뒷모습을 좇고 있을 때, 상진이 그의 팔을 툭 치더니 은근한 말투로 속삭이듯 말했다.

"오늘은 재혁이 벗겨먹자. 아주 비싼 걸로."

"그럴까?"

상진이 개구쟁이 아이처럼 짓궂은 표정을 지으며 고개를 끄덕였다. 그 모습에 언제 그랬냐는 듯 서운한 감정이 눈 녹듯 사라지고 없었다.

"안 올 거야?"

"간다, 가!"

재혁의 고함 소리에 태민과 상진이 냉큼 차에 올랐다. 곧이어 문이 닫히는 것과 동시에 시동이 걸리더니 미끄러지듯 차가 출발했다.

"목적지는 어딘데?"

"가보면 알아."

태민의 말에 재혁이 무표정한 얼굴로 한마디 툭 던지더니 운전에 집중했다. 태민도 더는 묻지 않았다. 어디를 가던 그들이 함께라는 게 좋았다. 각자의 생각에 빠진 듯 이내 차 안은 침묵에 휩싸였다. 그런 상태로 한참을 달리던 차가 허름한 건물 주차장에서 멈췄다.

"내려."

재혁이 안전벨트를 풀며 하는 말에 태민과 상진도 안전벨트를 풀고서 차에서 내렸다. 밖으로 나와 보니 실내 포장마차였다.

"한잔의 추억?"

태민이 간판에 적힌 글을 보고 중얼거렸다. 이름도 촌스러울 정도로 유치했다. 재혁이 그의 어깨를 탁탁 두드리더니 말했다.

"들어가자."

"여기를 왜?"

태민이 걸음을 옮기는 재혁의 팔을 탁 붙잡으며 물었다. 술이라면 리더스에서 마셔도 되는데 왜 여기까지 온 것인지 궁금했다.

"재호가 며칠 전에 포차 개업했어. 개업식 날 참석 못하고 화환만 보내서 오늘 온 거야."

"아, 재호가 드디어 네 손아귀에서 벗어났구나. 잘됐다. 그동안 악덕 업주 밑에서 일하느라 고생 많이 했는데."

"이 자식이 진짜. 누가 악덕 업주야. 나만큼만 하라 그래. 뒤통수 맞을 일 없으니까!"

재혁의 발이 엉덩이로 날아오자 태민이 잽싸게 피하며 말했다.

"그건 네 생각이고. 지금도 봐봐. 개업집에 오면서 빈손이잖아."

"요즘 누가 촌스럽게 손에 바리바리 싸들고 다녀. 주머니에 넣고 오지. 헛소리 그만하고 얼른 오기나 해!"

재혁이 톡 쏘아붙이더니 성큼성큼 걸어갔다. 태민도 알고 있다. 재혁이 직원들을 위해서 얼마나 신경을 쓰는지를. 아마 저 주머니 속에 든 것도 제법 두툼할 것이다.

"후훗. 자식. 가자, 상진아."

태민은 흐뭇한 표정으로 재혁의 뒤를 따랐다. 개업한 지 얼마 안 돼서인지 입구부터 왁자지껄했다.

진하는 술잔을 비우고 또 비웠다. 기분이 더러워서 그런지 목구멍으로 넘어가는 소주가 맹물 같았다. 아무리 마셔도 취기가 오르지 않았다. 탁! 신경질적으로 소주잔을 내려놓은 진하는 제 손을 사납게 노려보았다. 손바닥 위에 일그러진 표정으로 고통스러워

하던 그녀의 얼굴이 또렷이 그려졌다. 이 손으로 그녀에게 상처를 주었음에도 불구하고 화가 가라앉지 않았다. 오히려 분출되는 용암처럼 더 끓어올랐다.

그녀와 이런 일로 싸우게 될 거라고는 꿈에도 생각하지 않았다. 아니, 그녀가 그가 아닌 다른 남자를 바라보게 될 줄은 전혀 몰랐다는 것이 맞는 표현이었다. 늘 그가 옆에 있었고, 그녀 역시도 당연하게 받아들였다. 그랬기에 때가 되면 자연스럽게 하나가 되리라고 믿었다. 그런데 오늘에서야 알았다. 그동안 그가 자만에 빠져 있었다는 것을.

"빌어먹을!"

진하는 주먹을 불끈 쥐었다. 딴 놈에게 빼앗기느니 그녀의 숨통을 제 손으로 끊어버리고 싶은 잔인한 욕망이 고스란히 손가락 끝에 담겼다. 그는 빈 잔에 술을 채워 단숨에 마셨다. 그리고 또 한 잔을 채워 입안에 털어 넣을 때였다. 무언가가 팔꿈치를 툭 쳤다. 그 바람에 술이 컥! 하고 목구멍에 걸리고 말았다.

"콜록…… 콜록!"

진하는 격하게 기침을 했다. 술 때문인지 기침을 할 때마다 목구멍이 타들어가는 것 같았다.

"아, 죄송합니다."

태민이 얼른 손수건을 꺼내 내밀며 사과를 했다. 하지만 남자는 기침을 하느라 손수건은 보지도 않았다. 그때, 재혁이 물 잔을 내밀었다. 태민이 서둘러 그것을 받아 남자의 손에 쥐어주며 말했다.

"물입니다."

알아들었는지 남자가 잔을 입으로 가져가 물을 마셨다. 그러더니 하아! 하고 숨을 길게 토해냈다. 술을 꽤나 많이 마셨는지 알코올 냄새가 독하게 퍼졌다.

"좀 괜찮습니까?"

진하는 괜찮다는 말을 하려고 고개를 들었다. 그러나 상대를 확인하는 순간, 눈에 불길이 확 일었다. 원수는 외나무다리에서 만난다고 여기서, 그것도 지금 이런 기분으로 그를 만나게 되리라곤 전혀 예상치 못했다. 진하는 저도 모르게 벌떡 일어나서 주먹을 날렸다. 와장창! 무방비 상태로 서 있던 태민이 옆 테이블로 넘어졌다. 순식간에 주위가 아수라장이 되었다.

"태민아!"

재혁이 놀라서 그에게 다가갔다. 그러나 태민의 멱살을 움켜잡는 진하의 손이 더 빨랐다. 진하는 다시 그의 얼굴로 주먹을 날렸다. 이딴 자식에게 소령을 빼앗겼다는 것이 억울하고 분했다. 그러나 누군가가 진하의 손을 덥석 잡았다.

"놔!"

진하가 사납게 손을 뿌리쳤다. 어떤 자식이든 그를 방해하면 가만두지 않을 것이다.

"그만하시죠!"

상진이 뒤에서 진하의 팔을 확 꺾으며 소리쳤다. 살짝 부딪쳤을 뿐인데 남자의 반응은 너무 과격했다.

"놔, 이 새끼야! 놓으라고!"

진하가 앞 테이블을 발로 확 밀었다. 와장창! 깨지는 소리와 함께 여기서기서 비명 소리가 터졌다. 하지만 상진의 손아귀를 빠져

나가지는 못했다.

"태민아, 괜찮아?"

재혁의 말에 태민은 손등으로 입가를 닦으며 고개를 끄덕였다. 쟁반을 들고 오는 직원에게 길을 내주기 위해서 한 발 물러선 것뿐인데 이런 사달이 일어나다니. 진짜 어이가 없었다.

"아이, 씨. 뭐 저런 자식이 다 있어!"

재혁이 화가 나서 소리쳤다. 그러나 상대 남자가 난동을 부리는 바람에 그의 목소리는 묻히고 말았다. 그러는 사이 누군가가 신고를 했는지 경찰이 들어서고 있었다.

"하아, 민소령. 그만 좀 하자. 짜증난다."

소령은 거칠게 손바닥으로 눈물을 닦았다. 눈물샘이 고장이 났는지, 아니면 우울증에라도 걸린 것인지. 멍하니 있다가도 눈물이 흐르고 괜찮아졌나, 생각하면 다시 또 눈물이 주르륵 흘러내리는 게 이젠 슬슬 짜증이 났다.

"제발, 정신 차리자, 민소령."

소령은 양손으로 뺨을 찰싹찰싹 때렸다. 지금은 눈물이나 흘리고 있을 때가 아니었기에 이렇게라도 해서 정신을 차려야 했다. 그렇게 몇 번 친 것이 효과가 있었는지 더 이상 눈물은 나오지 않았다. 소령은 숨을 크게 내쉬고서 깨진 유리 파편들을 치우기 시작했다.

"아얏!"

따끔거리는 통증과 함께 손가락에서 붉은색이 배어 나왔다. 조심한다고 했는데 기어이 손가락을 베이고 말았다. 오늘 여러모로 되는 일이 하나도 없는 게 아무래도 일진이 사나운 날인가 보다. 싱크대로 간 소령은 수도꼭지를 틀어 흐르는 물에 손가락을 씻었다. 상처 난 부위에 물이 닿자 아릿한 통증이 전해졌다. 핏물을 씻어내고 보니 제법 상처가 깊었다.

거실로 나온 소령은 서랍장에서 구급함을 꺼냈다. 상처 난 곳에 약을 바르고 밴드를 붙이고 있을 때, 문자 알림이 울렸다. 전화기를 들고 메시지를 확인하던 그녀의 표정이 급격히 굳어졌다.

「경찰서야. 데리러 와.」

"마, 말도 안 돼!"

소령은 가방을 챙겨 들고 집을 뛰쳐나갔다. 경찰서라니. 그사이에 대체 무슨 일이 있었기에. 진하가 경찰서에 있다는 것이 도저히 믿어지지가 않아 엘리베이터를 타고 내려가는 동안에도 그녀의 시선은 메시지에 못 박혀 있었다. 가슴은 또 왜 그렇게 쿵쾅거리는지. 운전석에 앉아 시동을 거는 손이 부들거렸다.

"경찰서엔 왜 간 거지? 혹시 싸웠나. 설마 두들겨 맞은 것은 아니겠지."

운전을 하면서도 머릿속엔 온갖 잡생각들로 가득했다. 그러다 미처 신호등을 보지 못해 급브레이크를 밟은 게 한두 번이 아니었다. 이러다가는 경찰서에 도착하기도 전에 병원 신세를 질 것 같아서 겨우 정신을 차렸다. 경찰서에 도착한 소령은 곧장 안으로 뛰어들어 갔다.

"진하 씨!"

그녀의 고함 소리에 진하가 뒤돌아보았다. 그러나 그녀를 향해 돌아선 사람은 그뿐만이 아니었다.

"민소령?"

"소령 씨."

태민을 비롯해 재혁과 상진까지. 세 사람의 눈동자가 믿을 수 없다는 듯 커졌다. 그러나 그곳에 있는 사람들 중에서 누구보다 놀란 사람은 바로 소령이었다.

"태, 태민 씨. 여긴 어떻게……. 재혁 씨와 상진 씨까지."

그녀의 발이 무의식적으로 그들에게로 향했다. 그러나 그녀의 팔을 확 잡아당기는 손길로 인해 엉뚱한 곳으로 끌려가고 말았다.

"어딜 가. 내 옆에 있어야지!"

진하가 성난 목소리로 으르렁거렸다. 그녀가 고개를 돌려 진하를 바라보았다. 술 냄새가 지독하긴 했지만 다행히 다친 곳은 없는 듯했다. 그러다 문득 스쳐 지나가는 것이 있자, 고개를 휙 돌려서 태민을 바라보았다. 눈빛이 사납게 이글거리고 있는 것으로 보아 그녀의 등장이 마음에 안 드는 듯했다. 하긴, 그녀도 놀라서 뒤로 자빠질 지경인데 어느 누군들 기분이 좋겠는가. 여기 있는 그 누구도 불쾌하긴 마찬가질 텐데. 그때, 그녀의 눈에 태민의 입술이 찢어져 있는 게 보였다.

"다쳤어요?"

소령이 태민에게 가려고 걸음을 뗐다. 하지만 진하가 손목을 잡고 있는 탓에 꼼짝도 할 수가 없었다.

"진하 씨, 손 좀 놔줘요."

"싫어. 넌, 아무 데도 못 가! 특히, 저 자식은 안 돼!"

"안 가요. 그러니까 손 놔요."

소령이 그를 달랬다. 상황이 어떻게 된 것인지는 모르겠지만 일단은 진하를 진정시키는 게 좋을 듯했다. 여기서 소동을 일으키면 꼼짝없이 유치장 신세를 질 것이다. 하지만 그는 고집스럽게 손을 잡고 놓지 않았다.

"아앗!"

갑자기 그녀가 확 밀쳐졌다. 이어 퍽! 소리가 들리더니 진하가 뒤로 나자빠졌다.

"태민아!"

"이게 무슨 짓입니까!"

재혁과 경찰관의 고함 소리가 동시에 울려 퍼졌다. 소령도 놀라서 그를 쳐다보았다. 다행히 상진이 뒤에서 태민을 끌어안고 있어서 더 이상의 폭력은 없었다.

"내 여자에게 함부로 손대지 마. 숨통을 끊어버리는 수가 있어!"

이를 갈 듯 말한 태민은 거칠게 상진을 떨쳐 내고는 그녀의 손을 낚아채더니 성큼성큼 걸어갔다. 하지만 누구도 그를 제지하지 않았다. 진하만이 고래고래 고함을 질렀다.

"누가 네 여자라는 거야! 한태민. 너, 거기 서! 어딜 가는 거야! 소령인 두고 가, 새끼야! 소령아! 민소령!"

"조용히 하세요! 여기 경찰섭니다!"

경찰관의 목소리가 그녀의 심장을 철렁하게 했다. 진하를 저대로 두고 가서는 안 될 것 같았다. 소령은 곁눈질로 태민을 흘끔 쳐다보았다. 그는 숨이 꽉 막힐 정도로 위압적인 분위기를 풍기고 있었다. 입을 떼기만 해도 날카로운 칼날이 목을 쓱 베어버릴 듯 아주 섬뜩했다. 그러니 손을 놓아달라는 말은 그저 입안에서만 맴돌았다.

"아윽!"

소령은 등에 충격이 가해지자 이를 악물었다. 경찰서를 벗어나고도 한참을 걸어가기만 하던 그가 갑자기 그녀를 벽으로 확 밀어붙이고서 어깨를 내리눌렀다.

"너 뭐야."

위협적인 목소리가 등골을 오싹하게 했다. 소령은 주먹을 꽉 틀어쥐었다. 대답을 듣고자 묻는 것은 아닌 듯했다.

"대체 너 뭐 하는 여자야!"

날카로운 목소리가 다시금 다그쳤다. 소령도 궁금했다. 그녀가 지금 뭐 하고 있는지. 솔직히 지금은 너무 피곤해서 쓰러져 자고 싶었다.

"그 자식이지. 사무실에서 껴안고 있던 놈이?"

소령은 대답하지 않았다. 그것이 그의 화를 더욱 부채질했는지 어깨를 누르는 손길이 더욱 강해졌다.

"대답해. 그놈 맞지?"

"그래요. 진하 씨예요. 그게 뭐 어떻다고요?"

오기일까. 아니면 다 알고서 묻는 그가 얄미워서일까. 입에서 나오는 말이 시비조였다. 그의 눈빛이 차갑게 얼어붙었다. 소령은 본능적으로 위험에 처했다는 것을 알았다. 하지만 빠져나갈 구멍이 없었다.

"어떤지는 두고 보면 알 거야!"

태민이 우악스럽게 그녀의 입술을 삼켰다. 안 그래도 그녀에 대한 소유욕을 드러내는 그놈 때문에 피가 거꾸로 치솟았다. 아니,

경찰서에 나타난 그녀를 본 순간부터 제정신이 아니었다. 그리고 그 자식이 손을 잡고 놓지 않을 때는 눈에 아무것도 보이지 않았다. 오직 그놈을 죽이고 싶다는 충동만이 들끓었다. 그런데 어리석게도 이런 그에게 도발이라니. 다시는 어리석은 짓을 하지 못하게 똑똑히 기억 속에 심어줄 것이다. 남자의 잔인한 본성이 얼마나 무서운 것인지를.

"으읍!"

소령은 강제로 입을 벌리고서 거침없이 침범해 들어오는 혀를 피해 세차게 고개를 흔들었다. 하지만 그런 짓은 용납하지 않겠다는 듯 거친 손길이 턱을 움켜잡았다.

"허윽!"

강하게 밀려드는 통증에 다리가 훅 꺾이고, 두 눈에는 눈물이 왈칵 몰려들었다. 진하에게 붙잡혀서 한 차례 곤혹을 치렀던 곳이라 조금만 자극해도 턱이 빠질 듯이 아팠다. 그런 곳을 무자비하게 움켜잡고 있으니 버틸 재간이 없었다.

"똑바로 서!"

더 없이 차가운 목소리가 입술 위에서 명령했다. 소령은 다리에 힘을 바짝 주고서 그의 허벅지에 걸려 있는 엉덩이를 가까스로 들어올렸다. 기억도 안 나는데 그의 한쪽 다리가 그녀의 가랑이 사이로 들어와 소령의 몸을 지탱하고 있었다. 그러는 와중에도 턱에 가해지는 통증은 사라지지 않았고, 무릎은 계속해서 힘을 잃고 무너지려 했다.

"키스만으로 벌써 가다니. 아주 음탕한 여자군."

그가 조롱 섞인 말을 서슴없이 내뱉더니 벌을 주려는 듯 그녀의 입술을 이로 질끈 깨물었다. 이내 살점이 떨어져 나가는 것 같은 고통이 살을 파고들었다. 하지만 소령은 터져 나오려는 비명을 잘근잘근 씹어 삼켰다. 고통은 더 지독한 고통으로 다스려야 한다더니 그 말이 딱 맞았다. 턱에 가해지는 통증에 비하면 살점이 떨어져 나가는 것쯤은 순간일 뿐이었다.

"역시 대단한 여자야."

그가 비릿하게 웃으며 빈정거리더니 허벅지 안으로 손을 불쑥 집어넣었다. 소령은 황급히 손을 뻗어 그를 저지했다. 가소롭다는 듯 그의 입꼬리가 비틀렸다. 그래도 상관없었다. 길거리에서 치욕스러운 수모를 당하는 것보다는 그와 싸우는 게 더 나았다. 그가 손에 불끈 힘을 주더니 팬티 사이로 손가락을 집어넣었다.

"으윽!"

소령은 양손으로 그의 손을 붙잡고서 움직이지 못하게 이를 악물고 버텼다. 태민이 그녀의 턱을 잡고 있는 손을 놓지 않는 한, 그가 하려는 짓을 막을 수 있었다. 그러다 보면 통증이 너무 심해서 감각이 무뎌져 가고 있는 턱도 자유로워지겠지.

"나와 싸우겠다고?"

소령은 눈을 부릅뜨고서 세차게 고개를 끄덕였다. 입을 벌렸지만 소리가 나오지 않았다. 그가 가소롭다는 듯이 피식 웃었다. 그 모습이 얼마나 얄밉던지 웃는 얼굴에 침이라도 뱉을 수 있었으면 좋겠다고 생각했다.

그때, 구세주처럼 그의 휴대전화가 울렸다. 그 소리가 어찌나 반갑던지 하마터면 살았다고 고함을 지를 뻔했다. 하지만 소령은 벨소리를 못 들은 척하며 더욱 사나운 눈길로 그를 노려보았다.

속으로는 어서 전화를 받으라고 소리치면서. 이윽고, 그녀의 마음이 통했는지 팬티 안에 있던 손이 쑤욱 빠져나갔다. 이어 그가 전화기를 꺼내 발신자를 확인하더니 드디어 나머지 한 손마저 턱에서 멀어져 갔다.

"허윽!"

거친 숨이 왈칵 쏟아지듯 튀어나왔다. 고통으로 내뱉는 신음 소리와 그에게서 벗어났다는 안도의 신음 소리가 한꺼번에 터진 것이다. 하지만 여기서 벗어나지 않는 한 아직 안심하긴 일렀다.

소령은 태민이 전화를 받는 것을 보며 슬금슬금 옆으로 걸음을 옮겼다. 기회를 봐서 도망갈 생각이었다.

"어, 상진아."

[지금 어디야?]

태민은 거칠게 머리를 쓸어 넘기며 주위를 둘러보았다. 가로등이 거리를 비추고 있었지만 주위가 너무 어두워서 어디가 어딘지 분간을 할 수가 없었다.

"어딘지 잘 모르겠다. 경찰서에서 나와서 무작정 걸었거든."

[소령 씨도 같이 있지?]

상진의 말에 태민이 그녀를 바라보았다. 그에게서 조금 벗어나기는 했지만 눈앞에 있긴 했다.

"그래."

[혹시 소령 씨한테 경찰서 앞에 차 세웠는지 물어봐. 문도 활짝 열린 채로 차에 열쇠까지 꽂혀 있어서 경찰이 차주 찾아다니고 있어.]

그녀를 바라보는 태민의 눈빛이 날카롭게 번뜩였다. 이 밤에 경찰서로 달려온 것만으로도 열불이 날 지경인데 혼까지 빼놓다니. 그 정도로 그 남자가 소중한 존재인지 다그쳐 묻고 싶었다. 하지만 봇물 터지듯 쏟아져 나오려는 불쾌한 감정을 꾹 눌러 참았다. 대신, 성큼성큼 다가가 그녀의 손을 움켜잡았다.

"바꿔줄게. 직접 물어봐."

태민이 그녀에게 전화기를 불쑥 내밀었다. 소령은 무슨 뜻인가 싶어서 그를 쳐다보았다. 그러자 그가 이를 갈 듯 말했다.

"받아. 상진이야."

소령은 상진이라는 말에 퍼뜩 전화기를 가져가 귀에다 댔다. 그가 왜 그녀를 찾는지 궁금했다. 물어보고 싶은 것도 있고. 과연 물어볼 수나 있을지 모르겠지만.

"네, 상진 씨. 저예요."

[소령 씨. 괜찮아요?]

소령은 그 한마디에 눈시울이 뜨거워지고 목이 꽉 잠겨왔다. 마음 같아서는 엉엉 소리 내어 울고 싶었다. 하지만 눈을 부릅뜨고 빤히 쳐다보고 있는 그의 앞에서는 울 수가 없었다.

"음, 네. 괜찮아요. 근데 제게 무슨 하실 말씀이라도 있으세요?"

[아, 혹시 8282 차량 넘버 소령 씨 차예요?]

"아, 네. 제 차 맞아요. 지금 경찰서에 있어요. 근데 그게 왜요?"

[마음이 급했나 봐요. 열쇠를 꽂아놓은 채 문도 활짝 열어놨더군요. 경찰이 차주 찾기에 혹시나 해서 전화한 거예요. 괜찮다면 내가 가져다줘도 될까요?]

무척이나 반가운 소리였기에 마다할 이유가 없었다. 소령은 조금은 들뜬 목소리로 말했다.

"그렇게 해주시면 저야 좋죠. 고마워요, 상진 씨."

[그럼 제가 가져다줄게요. 아, 그러지 말고 택시 타고 리더스로 오세요. 소령 씨 집도 모르고, 태민이도 자기가 어디에 있는지 모른다고 하니까 택시가 낫겠어요.]

"네, 그렇게 할게요. 아, 저기 택시가 오네요."

소령은 때마침 택시가 눈에 들어오자 기회다 싶어서 얼른 손을 흔들어 택시를 세웠다. 태민이 산 채로 태워 버릴 듯이 그녀를 노려보았지만 무시했다. 지금은 그에게서 벗어나는 게 급했다. 소령은 그에게 말도 없이 뒷좌석의 문을 열고 안으로 들어가며 말했다.

"반갑습니다."

"네. 어서 오세요."

소령이 인사를 하자 택시기사가 반갑게 인사를 되돌렸다. 할 수 없이 그녀를 따라 택시에 올라탄 태민의 눈꼬리가 보기 싫게 휘어졌다. 하지만 이내 등을 기대고 팔짱을 끼더니 눈을 감았다.

소령은 다행이라고 속으로 안도하며 기사에게 목적지를 말한 다음 무심코 손에 들려 있는 전화기로 시선을 내렸다. 끊어진 줄 알았는데 아직도 타임이 흘러가고 있었다. 소령은 혹시나 싶어서 다시 귀에다 전화기를 대고 말했다.

"상진 씨?"

[네, 소령 씨. 택시 탔어요?]

"네. 지금 리더스로 가고 있어요."

[그럼 나중에 봐요. 아, 그리고 최진하 씨는 집으로 갔습니다. 궁금해하실 것 같아서.]

소령은 안도의 한숨과 함께 눈을 질끈 감았다. 전화기를 건네받자마자 묻고 싶었던 말이었다. 하지만 태민의 눈치가 보여서 차마 입이 떨어지지가 않아 속으로만 애를 태우고 있었다. 그런데 이런 그녀에게 상진이 단비를 내려준 것이다. 처음 상진을 봤을 때 차가운 사람이라고 생각했던 것이 미안할 정도로 그는 마음이 아주 따뜻한 남자였다.

"고마워요, 상진 씨."

[뭘요. 우리도 지금 출발한다고 태민이에게 전해주세요.]

"네. 그럴게요."

[끊습니다.]

소령은 천천히 귀에서 전화기를 뗐다. 끊어진 전화가 아쉽기는 처음이었다.

"상진 씨도 지금 출발한다고 전해달라네요."

소령이 전화기를 건네며 말했다. 하지만 그는 미동도 하지 않았다. 소령은 오히려 그 편이 마음 편했기에 묵묵히 전화기를 손에 쥐고 차창 밖으로 시선을 던졌다. 그녀의 인생에서 오늘처럼 파란만장한 일을 겪어보기는 처음이었다. 그리고 아직 그 시련이 끝난 것은 아니라는 것을 튀어나올 듯이 거세게 뛰고 있는 심장이 강하게 경고하고 있었다.

"어서 와요, 소령 씨."

안으로 들어가자 상진과 재혁이 반갑게 그녀를 맞았다. 하지만 뒤에 들어오던 태민이 문을 쾅! 닫는 바람에 소령은 인사를 되돌리지 못했다.

"야, 인마. 건물 무너져!"

재혁이 버럭 고함을 질렀다. 소령은 불안한 눈빛으로 태민의 뒤를 좇았다. 하지만 그는 들은 척도 안 하고 소파에 털썩 주저앉더니 주머니에서 담배를 꺼냈다. 차에서 내려 어디를 가나 했더니 담배를 사러 갔나 보다. 태민이 담배를 입에 물고 라이터를 켰다. 그러나 담배에 불이 붙기도 전에 재혁이 성난 손길로 확 낚아챘다. 갑자기 담배를 빼앗긴 것에 화가 난 태민이 싸늘한 목소리로 말했다.

"뭐 하는 짓이야!"

"너야말로 뭐 하는 짓이야. 피우려면 나가서 피워!"

재혁이 담배를 반으로 댕강 부러뜨리더니 태민을 향해 휙 던졌다. 운 나쁘게도 날아간 담배가 태민의 얼굴에 맞고 아래로 툭 떨어졌다.

"헉!"

소령은 저도 모르게 거칠게 숨을 들이켰다. 이러다가 친구끼리 싸우는 게 아닌가, 더럭 겁이 났다.

"그만들 해. 소령 씨 불안해하잖아."

그녀의 숨소리를 들었는지 상진이 중재를 하고 나섰다. 지극히 평범한 목소리였는데도 그의 말이 먹혀들었는지 서로를 노려보던 시선이 흩어졌다.

"소령 씨, 앉으세요."

상진이 우두커니 서 있는 그녀의 등을 슬쩍 소파 쪽으로 밀었다. 소령은 마지못해 주춤주춤 다가가 엉덩이를 소파에다 걸쳤다. 냉장 집으로 들이기고 싶었지만 분위기가 너무 험악해서 입을 뗄 수가 없었다.

"소령 씨, 받아요. 차는 주차장에 있어요."

상진이 그녀에게 자동차 열쇠를 내밀었다. 안 그래도 주차장에 차가 세워져 있는 것을 보고 냉큼 올라타고 싶은 것을 간신히 참았었다. 차를 가져다준 그에게 감사 인사는 해야 했기에.

"고마워요, 상진 씨."

"인사는 아까 받았잖아요. 더 안 해도 돼요. 그보다 다쳤어요? 뺨도 그렇고 턱 주위가 빨개요."

"아, 집에서 서둘러 나오다가 그만."

소령은 멋쩍은 웃음을 지으며 말을 얼버무렸다. 찌르는 듯한 태민의 시선이 느껴졌지만 그쪽으로는 눈길조차 주지 않았다. 이 순간, 그와 눈을 마주치는 게 제일 싫었다.

"저기, 그만 가봐야겠어요."

소령이 자리에서 벌떡 일어났다. 여기 더 있을 이유도 없었지만 너무 힘든 하루를 보낸 터라 집에 가서 죽은 듯이 자고 싶었다.

"운전할 수 있겠어요?"

상진이 걱정스러운 목소리로 물었다. 소령은 걱정 말라는 뜻으로 빙그레 웃으며 대꾸했다.

"네, 괜찮아요."

"같이 가."

"아니에요. 혼자 갈게요!"

태민이 자리에서 일어나자 소령은 손까지 내저으며 거절했다. 격하게 반응하는 그녀가 못마땅한 듯 그의 눈빛이 차갑게 얼어붙었다. 그래도 할 수 없었다. 오늘은 정말 혼자 가고 싶었다.

"정말 괜찮겠어요?"

이번엔 재혁이 한발 다가서며 물었다. 소령은 고개까지 끄덕이며 대답했다.

"네. 정말 괜찮아요. 그만 가볼게요."

소령은 다른 말이 나오지 못하게 서둘러 문으로 향했다. 재혁과 상진이 그녀의 뒤를 따라왔지만 태민은 움직이지 않았다. 소령은 오히려 다행이라 생각했다. 친구들 앞에서 그와 싸우는 못난 꼴을 보이지 않아도 되었기에.

"그만 들어가세요."

주차장까지 따라온 그들에게 소령이 인사를 했다. 재혁이 운전석 문을 열어주며 말했다.

"조심히 가요, 소령 씨. 도착하면 연락 주시고요. 녀석이 기다릴 거예요."

"네. 그렇게 할게요."

대답하는 그녀의 입안이 매우 썼다. 연락은 고사하고 마음 같아서는 당분간 그의 얼굴은 보고 싶지도 않았다. 그러나 걱정스럽게 그녀를 바라보고 있는 두 남자에게 미안해서라도 무사히 도착했다는 문자는 보내야 할 듯 했다.

"최진하 씨 일은 잘 해결됐으니 걱정 말고요."

"감사합니다."

소령은 상황이 어떻게 된 것인지 궁금했지만 묻지 않았다. 지금도 쓰러질 만큼 지친 상태라 그 일까지 받아들일 만한 여력이 없었다.

"그럼 갈게요."

"소령 씨!"

소령이 운전석에 오르려 할 때 상진이 그녀를 불렀다.

"네, 상진 씨."

"아프면 참지 말고 응급실 가요. 꼭!"

무슨 눈치라도 챘는지 상진의 낯빛이 매우 어두웠다. 소령은 그들에게 괜한 걱정을 끼치고 싶지 않아서 생긋이 웃으며 말했다.

"그럴게요. 그만 들어가세요."

"운전 조심해요."

그녀가 운전석에 오르자 재혁이 문을 닫았다. 시동을 건 소령은 살짝 고개를 숙여 보이곤 차를 출발했다. 사이드미러로 보니 그들은 아직도 그 자리에 서 있었다. 그녀가 가는 길을 지켜주듯. 왠지 그 모습이 든든하기도 하고 울적하기도 한 게 기분이 참 묘했다.

"너, 미쳤어!"

재혁이 태민의 손에 들려 있는 술병을 빼앗았다. 집으로 들어오니 죽고 싶어서 환장한 것마냥 독한 술을 병째 들고서 나발을 불고 있었다.

"제발 오늘은 그만하자. 지친다!"

소파에 털썩 주저앉은 재혁은 빼앗은 술병을 입에 대고 길게 한 모금 마셨다. 식도를 타고 내려가는 뜨거운 열기가 몸을 화끈거리게 했다. 아무리 일진이 사나워도 그렇지. 이건 해도 해도 너무했다. 어떻게 하루 사이에 그 많은 일들이 벌어질 수 있단 말인가. 누군가가 일부러 장난친 거라고 믿고 싶을 정도로 정신없는 하루를 보냈다. 그리고 그 정점을 찍은 게 바로 경찰서였다.

밑에서 일했던 직원이 독립해서 포장마차를 차렸다기에 축하해 주러 간 거였다. 그것도 개업식에도 참석하지 못하고 며칠이 흘러간 터라 바쁜 시간을 쪼개서 말이다. 그런데 축하는커녕 가게를 난장판으로 만들어놓고 간 곳이 경찰서라니. 다시 생각해 봐도 참 어이없는 하루였다.

"하아, 젠장! 오늘 하루 진짜 길다!"

술을 한 모금 더 마신 재혁이 입가를 쓱 닦으며 투덜거렸다. 태민은 하루가 길다는 말에 전적으로 동감했다. 오늘처럼 미쳐 날뛰고 싶은 기분이 든 것도 처음이었다. 눈이 멀고, 귀가 멀고, 급기야 이성까지 멀어져 버린 감각에 하마터면 돌이킬 수 없는 짓을 저지를 뻔했다. 때마침 상진이 전화를 해서 다행이지, 그렇지 않았다면 그 자리에서 그녀를 겁탈하고 말았을 것이다. 그 정도로 그는 생각이라는 것을 할 수가 없었다.

도대체 어디서부터 무엇이 잘못된 것일까. 제주에서 날아올 때만 하더라도 상당히 들뜬 기분이었다. 모처럼 친구들을 만난다는 것도 좋았지만, 그녀를 친구들에게 정식으로 소개하고 싶은 기분에 더 설레고 떨렸다. 그러나 좋았던 그 기분은 미경을 만나고부터 균열이 생기기 시작하더니, 허겁지겁 경찰서로 뛰어든 소령을 보곤 산산이 깨져 버렸다. 그리고 그녀의 얼굴에 남아 있는 붉은 기운. 그것은 분명 그가 한 짓이었다. 하지만 상진이가 말하기 전까지 그는 보지도 못했다. 아니, 보이지가 않았다.

"아악, 빌어먹을!"

태민은 양손으로 뒷목을 거머쥐고서 고개를 푹 숙였다. 제 여자라고 여기는 그녀에게 어떻게 그런 짓을 할 수가 있었을까. 그것도 사람들이 오가는 길바닥에서 말이다. 아무리 화가 나서 눈이 뒤집혔다고는 하지만 그가 한 짓은 결코 용서받을 수 없는 것이었다.

"미쳤어. 미쳤던 거야. 제길!"

태민이 자책에 빠져 허우적거리고 있을 때, 지그시 어깨를 누르는 손이 있었다. 누굴까, 궁금해하기도 전에 나긋나긋한 목소리가 귓가에 울려 퍼졌다.

"태민아, 어떤 경우에라도 폭력은 안 돼. 당한 쪽도 그렇고 폭력을 행사한 당사자도 마찬가지야. 기억이 존재하는 한 두고두고 고통스러워. 다시는 그런 어리석은 짓 하지 마."

상진의 말에 태민의 죄책감은 극에 달했다. 할 수만 있다면 시간을 되돌리고 싶었다.

"소령 씨에게 사과해. 안 받아주면 무릎이라도 꿇고 빌어. 멍든 거 보면 저절로 무릎이 꺾이겠지만."

재혁이까지 말을 보태자 태민은 쥐구멍이라도 찾고 싶었다.

"많이…… 아파하겠지?"

"소령 씨에게 오빠가 있다면 당장 쫓아와서 널 죽여 버린다고 난리칠 정도로."

태민의 고개가 더욱 아래로 푹 내려갔다. 조금만 더 내려가면 아예 바닥을 뚫고 처박힐 것 같았다.

"고개 들어, 인마. 보기 싫다!"

재혁은 짜증스럽게 내뱉고서 술병을 집어 들었다. 사랑이 사람을 나약하게 만든다고, 저런 모습의 그를 본 적이 없었기에 화가 치밀 만큼 기분이 엿 같았다.

"너도 그만 마시고 가게 내려가 봐. 주말이라 바쁘다며."

상진이 다시 술병을 입에 대는 재혁을 말렸다. 기분 나쁠 때 마시는 술은 치명적인 독이 될 수도 있었다. 고분고분 말 잘 듣는 아이처럼 재혁이 술병을 내려놓았다.

"하아. 그래야겠다. 있어봐야 술만 당길 테고. 아, 태민아."

자리를 털고 일어나던 재혁은 문득 생각나는 것이 있자 그를 불렀다. 태민이 천천히 고개를 들어 재혁을 바라보았다. 많이 괴로운지 금방이라도 눈알이 튀어나올 듯이 빨갛게 충혈되어 있었다. 순간, 차라리 울어버리라고 고함치고 싶은 감정이 울컥 치밀어 올랐다.

"왜?"

그가 빤히 쳐다보고만 있자, 불러놓고 왜 말이 없냐는 듯 태민이 물었다. 재혁은 마른침을 꿀꺽 삼키며 감정을 억눌렀다. 차마 그가 우는 꼴은 보고 싶지 않았다.

"너, 제주 내려가기 전에 본가에 들렀다 갈 거야?"

"아니. 바로 갈 거야. 근데 그건 왜 물어?"

"그야 너 가면 우리도 아버님 뵈러 갈까 해서 그러지. 퇴원하신 후로 못 뵀잖아."

재혁의 말에 태민은 가슴이 뜨끔했다. 아무리 바빠도 한 달에 한 번은 꼭 친구들과 본가에 들러서 아버지와 식사를 했는데 이번에는 까맣게 잊고 있었던 것이다. 아버지도 녀석들을 기다렸을 텐데.

"미안. 잊고 있었다."

"너만 잊은 거 아니야. 나도 어제야 생각났어. 그동안 여러모로 정신없었으니까."

듣고 보니 맞는 소리였다. 쓰러진 아버지를 비롯해서 상진이까지. 한 달 사이에 참 많은 일이 일어난 것이다. 그가 민소령이라는 여자에게 미쳤다는 것까지 포함해서. 그래도 미안한 마음은 가시지 않았다. 부모님이 두 분 다 돌아가신 재혁은 그의 아버지를 친아버지라 여기며 따랐다. 그리고 상진은 부모님이 계시기는 하지만 친부모가 아니라는 것을 알게 된 이후로 아버지의 정이 그리울 때마다 태민의 아버지를 찾아뵙곤 했던 것이다.

"내일은 안 되고 다음 주말에 가자. 아버지도 너희들 기다리실 테니까."

"그래, 알았어. 쉬어라. 내려간다."

"수고해. 일손 필요하면 부르고."

"됐어, 인마. 넌 침대나 끌어안고 퍼질러 자. 네 눈 쳐다보니 소방차 부르고 싶어!"

재혁이 걱정스러운 눈빛으로 쏘아붙이더니 자리를 떴다. 현관문 닫는 소리를 들으며 태민은 등받이에 머리를 기대고 눈을 감았다. 아닌 게 아니라 눈알이 빠질 듯이 아리는 통에 머리까지 지끈거리고 있었다.

"들어가서 자."

상진의 목소리가 조용히 귓가를 울렸다. 태민은 어, 라고 짧게 대답했지만 몸을 움직이지는 않았다. 마음이야 침대에 누워 편히 자고 싶었다. 지금 상태라면 사흘 밤낮을 자도 모자랄 지경이었으니까. 그러나 감은 눈 사이로 떠오르는 얼굴이 그건 사치라고 다그치고 있었다.

"미친놈."

저도 모르게 욕이 튀어나왔다. 아무리 제 기분에 사로잡혀서 사는 세상이라지만 그딴 짓을 하고서도 그녀를 보고 싶어 한다는 게 정말 어이가 없었다. 내일이라도 당장 그의 얼굴에다가 사직서를 집어 던질지도 모를 일인데 말이다. 그때, 문자 들어오는 소리가 들렸다.

「집이라고 전해주세요.」

무심한 손길로 주머니에서 전화기를 꺼내 들고 확인하던 태민의 얼굴이 비 오기 전에 몰려드는 먹구름마냥 잔뜩 흐려졌다. 짧은 문장 속에는 문자를 보내는 것이 결코 그녀의 뜻이 아니라는 것이 분명히 전해졌다. 그를 걱정한 녀석들이 부탁을 했을 테지. 그녀는 마지못해서 응했을 테고. 빌어먹을! 태민은 자리에서 벌떡 일어났다.

"소령이 집에 도착했대. 피곤하다. 먼저 들어갈게."

태민은 그의 대답도 듣지 않고 성큼성큼 걸음을 옮겼다. 차라리 문자를 보지 말 걸 그랬다. 보고 나니 기분이 더 엉망이었다.

"하아. 기어이 흔적이 남는구나."

거울 앞에서 얼굴을 살피고 있던 그녀의 표정이 시무룩해졌다. 욱신거리는 통증 때문에 밤새 찜질을 한 덕에 통증은 많이 가라앉았지만 군데군데 어려 있는 붉은빛까지는 사라지게 하지 못했다.

"이씨. 남자라는 족속들은 왜 툭하면 힘으로 밀어붙이는 거야! 짜증나게!"

부글부글 속이 끓다 못해 뒤집어지는 기분이었다. 솔직히 그녀가 무슨 잘못을 했다고 두 남자가 번갈아가며 그녀를 괴롭히는지 모르겠다. 한 남자는 사랑했을 뿐이고, 한 남자는 오랜 시간을 오빠로서 좋아하고 따랐을 뿐인데 마치 그녀가 양다리라도 걸친 듯 성질을 냈다. 정작 미칠 사람은 그녀인데 말이다.

"제길. 화장으로 가려지려나 모르겠다."

소령은 침대에 털썩 누워버렸다. 안 그래도 기분이 엉망인데 얼굴까지 신경 써야 한다고 생각하자 기분이 한없이 울적해졌다.

"이제 어쩌지. 그 둘을 어떻게 보지. 아, 미치겠다!"

소령은 세차게 고개를 흔들었다. 밤새 생각해 보고 또 생각해 봐도 그들을 어떻게 대해야 좋을지 판단이 서지 않았다. 솔직히 태민보다는 진하를 보는 게 더 힘들었다. 감정을 제어하지 못하고 폭발한 것을 보면 오랜 시간 혼자서 가슴앓이 했을 것이다. 하지만 뜻대로 안 되는 게 사람 마음이라고, 진하의 마음을 받아들일 수가 없었다. 이미 태민에 대한 사랑을 알아버리기도 했지만 그에게 느끼는 감정은 좋아하는 것이지 결코 사랑은 아니었다.

만일, 그에게 가지고 있던 마음이 사랑이었다면 진하의 말을 들었을 때, 든든하게 그녀를 지켜주던 울타리가 무너진 듯한 기분은 들지 않았을 것이다. 더불어 안타깝고 안쓰러운 마음에 눈물 흘리지도 않았겠지. 그러나 태민을 떠올리면 욕망으로 몸이 뜨거워지고 보고 싶은 열망에 사로잡혔다. 이렇듯 두 사람에 대한 감정이 확연히 다르다는 것을 알고 있다 보니 진하를 대하기가 더 괴로운 것이다.

"아악, 미치겠다, 진짜!"

소령은 몸을 벌떡 일으켰다. 답이 없는 문제를 끌어안고 고민하려니 머릿속이 깨질 것 같아서 도저히 참을 수가 없었다. 이럴 때는 차라리 머릿속을 비우는 게 나았다. 욕실로 들어간 소령은 대충 고양이 세수에 양치질만 하고서 드레스룸으로 갔다. 머릿속을 비우려면 뛰는 것밖에는 없었다. 정신없이 뛰다 보면 뭔가 하나라도 걸리는 게 있겠지.

"당신 뭐야. 왜 여기 있어!"

새벽 공기를 맡으며 차체에 기대어 서 있던 태민은 적개심에 불타는 목소리를 향해 천천히 고개를 돌렸다. 뜬눈으로 밤을 새우고 달려온 곳이 바로 그녀의 아파트였다. 하지만 잠을 못 이룬 것은 그만이 아닌 듯했다. 그를 노려보고 서 있는 최진하 역시도 눈이 퀭한 게 잠을 자지 못한 듯했으니까. 태민은 비스듬히 기울어진 몸을 바로 세웠다.

"당신과 같은 이유겠지. 내가 한발 빨랐던 거고."

"헛소리 집어쳐. 죽었다 깨어나도 당신은 나와 같을 수 없어!"

태민의 한쪽 입꼬리가 삐쭉이 치켜 올라갔다. 그가 한 말은 틀리지 않았다. 죽었다가 깨어나도 그는 그녀를 가질 수 없을 테니까.

"내가 실언을 했군. 난 결코 당신과 같을 수 없는데 말이야."

"알았으면 그만 꺼져!"

원하는 답을 들었다는 듯 그가 휑하니 지나쳐 갔다. 하지만 태민은 그가 오해한 채로 가는 것을 원하지 않았다. 나중에라도 귀찮아지는 것은 딱 질색이니까. 태민은 갑자기 담배가 확 당겼다.

"알고 있나. 당신은 늘 나보다 한발 늦다는 것을."

진하는 가던 걸음을 멈추고서 사나운 눈초리로 몸을 틀었다. 그는 주머니에서 태연스럽게 담배 케이스를 꺼내 들고 있었다. 담배 냄새를 그다지 좋아하지 않았기에 필터에 불을 붙이는 모습이 상당히 눈에 거슬렸다. 하지만 꾹 참았다. 지금은 담배 따위가 중요한 게 아니었다.

"무슨 뜻이야?"

"그녀와 제법 오랜 시간을 함께 보냈다고 들었어."

진하의 눈썹이 불쾌감으로 꿈틀거렸다. 그 말은 그에 대한 이야기를 그녀에게 들었다는 뜻이었다. 어떤 계기로 그런 말까지 하게 되었는지는 모르겠지만 결코 반가운 소리는 아니었다.

"그래서 말하고 싶은 게 뭐야?"

"오랜 시간 함께 하면서도 그녀를 갖지 못했다는 것은 당신에게 주어진 시간은 이미 끝났다는 거야. 하지만 난 지금부터가 시작이지."

"알지도 못하면서 함부로 지껄이지 마! 난 소령일 지켜야 했어!"

"그럼 계속해서 지켜. 난 가질 테니까."

"소령인 갖고 싶다고 해서 가질 수 있는 장난감이 아니야! 그랬다면 이미 내가 가졌어!"

핏대를 올리며 고함을 지르는 그를 보며 태민은 담배 연기를 길게 내뱉었다. 희뿌연 연기를 타고 니코틴 특유의 냄새가 공기 사이로 흩어지는 걸 맡으며 생각했다. 그녀가 장난감이었다면 손에 넣기가 훨씬 쉬웠을 거라고. 물론 그도 마찬가지였겠지만. 하지만 그런 존재가 아니었기에 태민도 그리고 눈앞에서 죽일 듯이 노려보고 있는 최진하도 서로가 갖겠다고 욕심을 내고 있는 것이다.

"그건 당신보다 내가 더 잘 알아. 내 여자니까."

"이런 미친 새끼!"

성난 목소리가 새벽 공기를 가르고 튀어 오르는가 싶더니 어느새 다가온 손아귀에 멱살이 붙잡혔다. 하지만 태민은 그 손을 떨쳐 내지 않았다. 그저 무심한 눈길로 바라보며 연기를 내뱉었다.

"누가 네 여자야. 당장 취소해!"

"후훗. 이미 알고 있었잖아. 그 덕에 경찰서까지 가게 된 거고. 아닌가?"

"이게 진짜!"

제법 거친 주먹이 턱을 강타했다. 어제에 이어 오늘까지. 여자 때문에 일방적으로 맞아보긴 처음이었다. 그런데도 기분 나쁘지가 않았다. 오히려 미친놈처럼 비실비실 웃음이 새어 나왔다. 어제는 눈이 뒤집혀서 미처 깨닫지 못했던 것을 지금에서야 알게 되었다. 포장마차에서 부딪쳤을 때, 그는 이미 태민이 누구인지 알고 있었던 것이다. 보자마자 미쳐 날뛸 정도로 아주 강하게 말이다.

"웃어? 어디, 언제까지 웃을 수 있나 두고 보자."

웃는 얼굴에 침 못 뱉는다는 말도 있는데 그는 가차 없이 주먹을 날렸다. 얼마나 세게 쳤는지 골까지 띵하니 흔들렸다. 태민은 입안에 느껴지는 비릿한 맛을 퉤 뱉었다. 아침부터 맞는 취미 같은 것은 없는데 그녀를 만난 이후로 여러모로 새로운 것을 경험하는 중이었다.

"날 때리는 것으로 분이 풀린다면 얼마든지 맞아주지. 하지만 그녀는 넘보지 마. 탐하지도 마. 그건 절대 용서 못해. 아니, 안 해!”

“미친 개소리! 너 따위에게 그녀를 줄 것 같아. 어림없어!”

“지금 뭐 하는 거예요!”

주먹이 태민의 턱을 때리는 것과 동시에 날카로운 목소리가 무거운 공기를 가르고 그들 사이로 끼어들었다.

『2권으로 계속…』